GEDANKEN

SIND FREI

GEDANKEN
SIND FREI

Verweise sind denkbar zu

TAFANI

Aus dem Leben
eines
TAugFAstNIchts

ISBN 978-3-7583-7364-0

GEDANKEN
SIND FREI

Die nachstehende Geschichte handelt vom realen Leben mit einem sowohl historischen wie ebenfalls zeitgemäßen Bezug zu den genannten Medien und deren Inhalt. Selbstverständlich entsprangen die zentral handelnden Figuren, wenn jemand sich wiederzufinden glauben sollte, nicht allein der Fantasie des Autors. Wer zwischen den Zeilen mehr zu finden glaubt als im Text, fühle sich willkommen. Wer alle geschilderten Szenen als literarischen Scherz auffasst, darf sich gratulieren, dass er die verschrobene Welt der Justiz nicht wirklich kennt. Wer trotzdem bis zum Ende durchhält, muss als konsequent gelten. Viel Spaß.

Abdruck:

Mit freundlicher Genehmigung des Autors
Abdul Karim wurden folgende seiner Werke
im Text verwendet: Wärter, Polizeibericht.

Verlag: BoD • Books on Demand GmbH, In de Tarpen 42, 22848 Norderstedt
Druck: Libri Plureos GmbH, Friedensallee 273, 22763 Hamburg
ISBN: 978-3-7597-7979-3

Inhaltsverzeichnis

Prolog

Nein, er würde es nicht mehr darauf ankommen lassen. Er war doch so klug, dass er das Feuer scheute, jenes, das in seinem Inneren aufflammte, wenn er sie sah. Die schlanke Blondine, Brünette oder Schwarze mit den großen Augen und sportlich-athletischen Beinen, mit ihren erotisierenden Bewegungen, wenn sie wie ein rassiges Raubtier durch die Gassen zog. Mochte ja sein, dass sie gerade auf ihn gewartet hatte, wenngleich dies jedoch kaum zu erwarten wäre. Wer weiß schon, was sich wirklich im Herzen eines fröhlichen Täubchens abspielt, das einem potentiellen Galan nicht abweisend gegenübersteht.

Reife, saturierte Männer, das lieben alle jene einfachen Mädel über dreißig, die nach mehreren nicht gerade beeindruckenden Beziehungsversuchen entdeckt haben, dass sie viele Prinzen küssen müssen, bis sich einer nicht in einen Frosch verwandelt. Außerdem bieten gerade die gereiften Herren Erfahrung und gelebte Toleranz, nicht zu schweigen von jenen Übungen zwischen den Laken, von denen ein junger Hengst in Sachen angewandter Kür kaum zu träumen vermag. Echte Perlen im Land der falschen Egos weisen in der Regel eben ein gesetzteres Alter auf.

War er so weit, es drauf ankommen zu lassen? Sie war in seine Nähe geschlendert, suchte gerade im Schokoladenregal nach etwas eher Kalorienärmeren, wie es ihm schien. Der Blick in ihren Einkaufswagen bestätigte eindeutig, sie war eine Single, wie sie im Buche steht und vor allem keine ‚Zwei-Apfel-ein-Joghurt-Tante‘, die sich vegan ernährt und keine wahre Fleischeslust kennt.

Da lächelte ein herzhaftes Steak aus der Plastiktüte des hauseigenen Fleischers, schien bestens abgehangen, mindestens vier Wochen lang. Begleitet von einem Netz mit großen Ofenkartoffeln, Crème double und frischen Kräutern aus der Gartenecke. Sie konnte also kochen und hatte sichtlich keine Scheu vor Genuss ohne Reue, wenngleich nach ein paar Sekunden auf den Lippen alles großartig Mundende dann lebenslang die Hüften polstern könnte. Die waren übrigens zum Anbeißen und ganz schön üppig, boten einen wahren Halt für das Gourmet-Auge und ließen in ihrem Zentrum den Nadir männlicher Sehnsüchte im Geist des Eros ahnen. Das Heck schien kurvig und stabil trotz eleganter Formen, weshalb er es nicht aus den Augen verlieren wollte, als sie den Wagen vorbeischob. Keinen Fertigpudding oder sonst etwas an Industriezuckerwaren konnte er erblicken, sondern Beeren, Sahne und Nüsse, was daraus hindeutete, dass sie ihre Desserts hausgemacht liebte. Honig und Rohrzucker sammelten sich in einer Ecke. Ihm lief das Wasser im Mund zusammen, als er an diverse Rezepte und Möglichkeiten dachte.

Das Schrecklichste an seinen Gedanken war jedoch, dass er sich nicht wieder zum Bankomat-Onkel missbrauchen lassen wollte, der für ihre Kost und Logis fleißig spenden solle, während die Gute ihn an der langen Leine verhungern ließ und üblicherweise auf üppigeren Wiesen Hunger und Durst stillte, ihn darben hieß in seiner Anbetung. Das mit seinen Eheerfahrungen und seinem Blick für das Wesentliche! Warum betrachteten ihn die holden Maiden immer wie Leslie Caron einst Fred Astaire als ihren Daddy Longlegs, fühlten sich wie die Primaballerina und führten sich vor allem bald so auf, nachdem sie ihn in ihrem festen Griff vermuteten?

Warum sollte er wieder im Gefühl leben, sie vor den bösen Verführern retten zu müssen, sie ehelichen und ihr ein trautes Heim bieten? Dabei hatten so viele, auch gute Freunde, ihm immer wieder erfolglos abgeraten. Was soll's, er liebte eben festliche Hochzeiten, die Trauungen und das ganze Drum und Dran. Noch besser wäre es gewesen, hätten nicht alle über seine Naivität gelästert, jetzt auch die neuen Schwiegereltern unterhalten zu dürfen, neben den Geschwistern der Braut. Was sollte er auch mit seinem schwer erarbeiteten Vermögen Besseres tun, als sich um seine engste Familie zu kümmern, ihnen ein geruhsames Leben zu ermöglichen?

Schließlich sollten die sich auch auf einem behaglichen Level fühlen, dauernd, damit sie nicht klagen müssten. Dazu zwangen ihn allein schon sein Ehrgefühl, sein Blick für soziale Rechte und seine erworbene Anständigkeit. Schließlich gab es kaum etwas Berauschenderes im Ehebett als die erklärte Zufriedenheit der ganzen Familie, die sich durchaus lohnte. Genau das bedeutete ihm sein Juwel: Der neue Glanz in seiner Hütte, die Befriedigung seiner elitären Wünsche. Doch, was machte er in diesem Billa-Markt und wozu starrte er der Kallipyge, dieser modernen Aphrodite im Minirock, auf die unübersehbaren Reize?

Schwer seufzend schob er in manierlicher Distanz seinen Einkaufswagen hinter ihr her, folgte ihrem Pfad zu den Toilette-Artikeln und ergänzte seinen eigenen Bedarf an Windeln. Wieder starrte er nach vorne auf das geteilte Glück, da tippte ihm einer auf die Schulter:

„Tagträume, Herr Baumeister? Na, wie geht's Ihnen heute?"

Sprachlos starrte Richard seinem Geschäftspartner in die schmunzelnden Augen.

Immer diese Entscheidungen! Noch dazu zwischen zwei Männern, jeder für sich ein Musterknabe im Verhalten, strikt nach Mamas Lehrbuch. Archie und Charlie, der Eine knackig und eher frisch, der Andere schon sehr reif und erfahren in seinen harmonischen Bestrebungen, wahren Kompositionen seines persönlichen Ausdrucks. Nannte er sie nicht Donna Lee und hatte ihr eine Melodie gewidmet? Der veritable Frischling hingegen hatte etwas Aufregendes an sich, das ihren Bauch zittern ließ, dort Regungen hervorrief, die sie nicht mehr gesittet unter Kontrolle halten konnte.

Langsam bereitete sie das Abendessen zu, schnippelte Speck in kleine Würfel, dazu den Lauch und das restliche Gemüse. Beim Anblick der angeschwitzten Zwiebeln, glasig aus dem Topf schimmernd, überkam sie der Gedanke an das, was an diesem Abend vor ihr lag. Diese wichtige Entscheidung zur Begleitung zum festlichen Dinner.

Das zusammengestellte Potpourri, gedünstet in Grenache Gris, einem üppigen, fruchtbetonten Wein mit Kirscharoma aus dem Roussillon, aus der Languedoc, füllte sie in die vorbereiteten Dinkel-Mehl-Palatschinken, die ihr so dünn wie Crêpes gelungen waren. Sie stopfte sie mit den Gaben der Natur, schichtete diese dünnen Röllchen in die vorgefettete rechteckige Backform aus Pyrex, einem Borsilikat-Glas. Obendrauf hobelte sie noch etwas Schweizer Gruyère, der ein zusätzliches, würziges Aroma garantieren sollte.

Liebe geht durch den Magen, besonders bei reiferen Männern. Lohnte sich das Ganze überhaupt? Na gut, auch Jüngere haben heutzutage kaum jemanden, der ihnen selbstgekochtes und taugliches Futter hinstellt, statt Fertiggerichte von Pizzadienst, Dönerbude oder Mac anzubieten. In der Hoffnung auf eine gleichwertige Belohnung wie für ein 5-Gänge-Menü im Steirereck.

„Männer!"

Verächtlich schabte sie noch Flocken von der Irischen Butter und streute sie mit gehacktem Schnittlauch auf die Käseschicht, um die heiße Pastete zu gratinieren, also knusprig zu überbacken. Echte Kerle wollen Cholesterin-Bomben als Nahrung, dann laufen sie zu Höchstleistungen auf, auch im gesetzteren Alter. Wer weiß das besser, als ein reifer Engel über dreißig? Nicht dass sie es drauf anlegen würde, doch wozu ist man schon Frau? Jeder erwartet feminines Gebaren. Zierliche Teller mit veganem Fraß vertreiben echte Naturburschen von Tisch und Bett.

Seufzend begann sie sich selbst zu analysieren. Es war entlarvend, dass sie sich überhaupt solche Fragen stellte. Gleichzeitig bereitete sie alles vor, den Tisch rückte sie vor den Flat-Screen-TV, sodass man beim Essen darauf starren konnte. Die Lautsprecher der Stereoanlage waren bereits angeschlossen. Alles war bereit, bis auf die langsam fertiggarenden Speisen. 20 Uhr nahte in Windeseile und sie stellte Sekunden vorher die aromatisch duftende Backform auf das Rechaud am Tisch.

Das gute Service arrangierte sie und dazu das gravierte Silberbesteck. Schließlich soll man Feste feiern, wie sie fallen und sie hatte normalerweise kaum Gelegenheit dazu. Auch eine Kerze durfte es sein, denn schließlich gönnt man sich ja sonst nichts. Flackernd im silbernen Kerzenhalter der Großmutter, den sie so liebte, weil er sie an die weißhaarige Dame erinnerte, die ihre Meinung immer so resch und frank kundgetan hatte.

Dann griff sie zur Backschaufel, hob eine großzügige Portion auf das Teller, die Fernbedienung in der Linken. Ein letztes Mal seufzte sie ob der Last der Wahl und entschied sich endgültig, grüßte ihn für sich gemeinsam mit dem Kommentator der Reprise: „Hi Archie Shepp. Der Sax-Guru – live! Wer braucht heutzutage schon einen realen Mann im Haus?"

Leise verklangen die letzten Töne des Tenor-Saxophons und der Jazzmusiker überließ dem Moderator wieder das Mikrofon. Aufseufzend rappelte sie sich hoch und stapfte verdrossen ins Arbeitszimmer, um ihr Werk fertigzustellen. Sie lag gut in der Zeit, aber das schwierigste Teil, die redaktionelle Vollendung, bereitete ihr Sorgen, bis ihr die erhoffte Eingebung endlich kam. Jetzt endlich gefiel ihr das Ganze und sie bereitete sich seelisch auf das Treffen am nächsten Morgen vor.

Die Studie

Der Minutenzeiger näherte sich der vollen Stunde. Sie grüßte die Chefsekretärin, ihre Freundin Anna, die gerade mit fragenden Augen, eine dampfende Kaffeetasse in der Hand, aus der Küche eilte.

„Dein absolutes Schatzi wartet." Anna genoss den urplötzlichen Schock in den meergrünen Augen.

„Wer? Sag' schon!"

„Unser Ekel. Wer sonst würde Dich zu so einer Uhrzeit beglücken wollen. Ein Mann mit morgendlicher Härte. Alles, was sich ein Mädel vom Lande sehnlichst wünscht, nebst Kind, Hund und Pferd."

„Es wird doch vermutet, dass er doppelgleisig fährt?" entfuhr es ihr.

„Der, immer, wenn du Deinen Lover-in-spe meinst."

„Wär' ja auch zu schön gewesen, aber ein kluges Mädchen weiß sich zu wehren." Mit den Worten begab sie sich in das Chefzimmer, in dem das Ekelpaket, noch allein, schon ihrer harrte wie die sprichwörtliche Spinne im Netz.

„Na schönes Kind, wie funkt's denn so? Neuer Galan in petto?" Er war und blieb unverbesserlich.

„Alles senkrecht! Bei Dir auch?" erkundigte sie sich überfreundlich.

Damit traf auch sie den berüchtigten Schürzenjäger voll unter der Gürtellinie, was er freudig begrüßte.

„Na, heute wieder wie üblich als Zimtzicke unterwegs?"

„Du klingst wieder einmal überragend widerwärtig und verdachtsweise sexuell ausgehungert."

„Mädel, Du wirst es nie lernen! Aus dem ‚in pectore', dem ‚in der Brust behalten', wurde auf Italienisch das ‚in petto' und hat nichts mit Deinem heißgeliebten Bett zu tun. Von der Nominierung bis zur offiziellen Verkündung dauert diese Frist des für sich Behaltens der Entscheidung des Papstes zu neuen Kardinälen bis zu einem Jahr und das passt zu Deiner aktuellen Situation", grinste das Ekel sie schelmisch an.

„Wenn Du das meinst, wird es schon stimmen", erwiderte sie trocken. „Hast Du was Brauchbares geschrieben? Oder ging Dein Wahn mit Dir wieder mal durch?"

„Neugierig, mein Schatz?" Unverblümt starrte er sie an. „Bitte sehr, Euer Hochwohlgeboren, hier, kritisiere mal!" Damit überreichte er ihr das Werk seiner Feder.

Universelle Wahrheiten

Wieder einmal trafen sie sich, die Götter dieser Welt. Aus allen Kontinenten herbeigeströmt, tafelten sie auf dem Olymp, der diesmal auserkoren worden war, weil sie niemand dort vermuten würde. Nach den üblichen Neckereien beim Gelage war es erneut Ganesha, dem die Gesellschaft auferlegte, einen Schwank aus seinem Leben preiszugeben.

Der ,Donald Duck der indischen Mythologie' lächelte in die Runde und hob an:

„Ihr wisst alle noch, wie sich diese Menschen entwickelten und weiterhin alles verseuchen, was so auf den Kontinenten als Lebensraum verfügbar ist. Sie streunten anfangs, Khoisan genannt, bestehend aus den Khoi und San, wie die Ameisen über das Land. Die Einen schufen die beiden Reiche am Nil und belustigten sich beim Bau der Pyramiden, die Nächsten schlugen sich durch die Regenwald-Dschungel Asiens und erschufen Angkor Wat. Dritte wiederum bekleideten sich bis zum ,geht-nicht-mehr', reisten via Sibirien über die Kontinentalbrücke nach Alaska, trampten weiter nach Süden, wo sie endlich wieder ihre Pelzfummel loswurden und zuletzt als bekennende Nudisten die karibische Sonne genossen.

Einige, die als Wikinger das Bootfahren ebenso gelernt hatten wie die Sumerer, die schon mit dem alten Indien regen Seehandel trieben, schifften nach den Amerikas und trafen dort die Ägypter, die ebenfalls eine Abkürzung über das Wasser genommen hatten. Dieser Thor Heyerdahl hat einst mit seinen Balsa-Holz-Flößen aufs selbe Pferd gesetzt. Auf diesem Weg waren früher schon findige Migranten den Nachstellungen entkommen, als es am südlichen Mittelmeer ungemütlich geworden war.

Die Nachkommen der unterschiedlichen Seefahrervölker mischten sich am Titicacasee, wo heute noch dieselben typischen Balsa-Flöße von indigenen Fischern gebaut werden, welche eine Fußbekleidung tragen wie jene auf den Hebriden. Klar, denn barfuß in der Kälte in einer Höhenlage von über 3800 Meter zu stehen, ist nicht gerade angenehm.

Das Menschenvolk erklärte es als bahnbrechende Erkenntnis, dass dieser Thor, übrigens nach Dir - Ganesha zwinkerte dabei dem finster blockenden nordischen Donnergott zu - genannt, auf die Idee kam, das Ganze zu wiederholen. Der sein jämmerliches Malven-Floß in den Pazifik setzte, sich Richtung Tahiti treiben ließ, nachdem ihm diese Anden-Indianer nach der erfolgreichen RA II die Kon-Tiki gebaut hatten. Er strandete auf der Osterinsel, etwa auf halber Strecke. Es ist bei den Menschen oft üblich, dass sie bereits am halben Weg schon voreilig den ganzen Erfolg bejubeln.

Warum?

Weil sie selbstverständlich nicht mehr wissen, wo mit dem genannten Ziel ins Karussell des Humboldt-Stroms einzusteigen. Reine Dummheit also. Die Ignoranz dieser Wesen ist schon erstaunlich. Nach drei Monaten sichteten sie Puka-

puka. Wie auch einst der erste Weltumsegler, der Portugiese Fernão de Magalhães, bei uns Magellan genannt, dieses Atoll im Tuamotu Archipel, im heutigen Französisch-Polynesien entdeckte.

Nicht ohne Logik versuchte der Forscher zu beweisen, und zwar anhand des Schilfes, das am Titicaca-See für die Boote verwendet und auch auf der Osterinsel von den Einwohnern angepflanzt worden war, dass eine weitere Migration dorthin stattgefunden haben mag. Na gut, da steht dieser Heyerdahl auf Rapa Nui und glotzt entgeistert die errichteten Moais, diese Steinstatuen mit einem Hut am Schädel an. Als wäre der Sorge des Majestix, dass ihm eines Tages der Himmel auf den Kopf fallen könnte, damit ein Mahnmal gesetzt worden.

Auf so etwas war der Mensch nicht vorbereitet. Er kennt zwar die Orion-Koordinaten am Sternenhimmel, die Abmessungen der Seitenlängen der Tempelbauten, die Präzessions-Parameter des kosmischen Spielzeugkreisels namens Erde, auch den Goldenen Schnitt, das Phi Φ der Wissenschaft. Somit die Maße der historischen Weltwunder, der Tempel wie jene in Chichén Itzá, Tikal, Angkor Wat, oder die Pyramiden von Gizeh, doch sein Vorstellungsvermögen scheitert an ein paar Steinfiguren mit Melone ohne Frackhemd auf einer heute vegetationsarmen, entlegenen Insel im Pazifik.

Dabei liegt alles auf der Hand. Fern der Welt wie eine Eremitage liegt das Eiland. Die Statuen stehen für jene etwas 1.000 Emigranten und ihre Nachfahren, die schon damals keine Geduld mit ihren Erdenbrüdern hatten und ausgewandert waren. Sie waren die ersten erfolgreichen Asylanten, die nicht im Meer ersoffen, sondern eine neue Siedlung bildeten.

„Arma virumque cano ..." sang Vergil für andere, für die Troer, erinnert Ihr Euch?

Die Siedler-Nachfahren hatten jedem ihrer ersten paar Generationen, den geistigen Erben der Osterinsel-Mayflower-Besatzung, ein imposantes Grabdenkmal auf Rapa Nui versprochen. Eine entsprechende Anzahl an Figuren stand einst auf dem verdammten Eiland. Heute sind noch fast 700 erhalten. Dafür hatten diese Gestörten alles an Bäumen vernichtet, Wälder mit Millionen von Palmen eliminiert. Dieser schiere Wahnsinn begrenzte die Besiedlungszeit. Sie besaßen weder genug zum Fressen noch fanden sie nennenswerte Bodenschätze: Es ging ihnen wie Griechenland heute. Auch keine Circe konnte sich halten, mangels ausreichenden Publikumsverkehrs an Laufkundschaft, da dieser Flecken im Ozean lange Zeit hindurch auf den meisten Karten gar nicht verzeichnet war.

So starben die Nachfahren der Entdecker aus und ließen nur diese Pappkameraden zurück. Wie die Uniformierten auf unseren Straßen auch stetig von Schießbudenfiguren ersetzt werden. Inzwischen vielleicht mit etwas Roboterhirn versehen, dass sie auf den ersten Eindruck etwas länger wie lebendig wirken, denn gelebtes Beamtenmikado auf den Straßen wird kaum jemanden abschrecken, die Straßenverkehrsordnung wahrhaft großzügig auszulegen."

Manitou fiel ein:
„Das war's auch schon und jetzt kommt der Überhammer! Die Menschen enträtselten, was nicht existierte. War ja nicht das erste Mal. Sie hatten ihren christlichen Heiligenschein mit dem damaligen Glauben analysiert und den Lichtstrahl mit der Geschichte des alten Ra und des donnernden Thor verknüpft, weil dieser auch mit pyramidenförmigen Beinanhängern abgebildet war. Als im Kreis gefasste Blitze, sozusagen als Magazin für ein Dauerfeuer der göttlichen AK47, wollten sie diese Aureole verstehen.

Albert Einstein, wie nett das doch alles zusammenpasst mit den Juxfiguren auf der Osterinsel, hatte dazu Formeln aufgestellt, wie diese: $E = M \times c^2$. Die passten zu diesen Annahmen. Worauf sie im schweizerischen Geneve diesen Ring, diesen ‚Kern' bauten, um das alles weiter gründlich zu erforschen."

„CERN" - fiel Anubis ein, pedantisch auf die Details versessen wie immer. Seine Zwangsstörung, sein ausgeprägtes anankastisches Syndrom, konnte manchmal wirklich lästig sein.

„Ja, gut" setzte Manitou fort, „jedenfalls glaubten sie nun, das Universum zu verstehen und rechneten sich dumm und dämlich mit ihren Simulationsmodellen auf ihren aus Parallelprozessoren zusammengebastelten Computern."

„Und dann fanden sie den letzten Beweis", grinste Viracocha, der Exote aus den Anden. „Dabei war nur Euer Dionysios wieder mal stockbesoffen und irrte mit Pan auf der Suche nach Feuchtgebieten auf der Partymeile umher und erschrak zu Tode, als er Kali mit ihren vielen Armen erblickte. Ja der Suff, der hat's in sich! Jedenfalls stieß er auf und diese Verbindung ihres Bengalischen Feuers mit seiner schwer mit Ouzo getränkten Atemluft, die er mit seinem ‚Hicks' ausrülpste, führte bei CERN zum Erfolg."

„Wir können jetzt neue Erkenntnisse für unser Universum ableiten", teilten die Forscher der staunenden Weltbevölkerung mit. Hühner gackern lauthals, wenn sie ihre Eier legen. Dieser Fund des berühmten ‚Higgs-Teilchens' befriedigte die Gelehrten über alle Maßen. Sagten sie jedenfalls."

„Dabei war alles ganz anders!" Asase, die alte Mutter der Erde aus Afrika, wagte sich weiter vor: „Unsere Urmutter hatte zu viel Ambrosia genascht und Unmengen von Nektar gesoffen. Da konnte sie ihn nicht mehr zurückhalten, ihren gewaltigen Götterfurz."

Ra fiel belustigt ein: „Bei diesem wahren Urknall ging auch Material mit. Wir wurden dabei durch den Sog mitgerissen und sitzen nun auf so einem feuchten Stück ihrer Exkremente, Resten der Ursuppe, und warten. Warten, bis wir alle endlich wieder ein genügend enges, schwarzes Loch finden, durch das wir wieder zurück auf unsere ehemaligen Ministersessel gelangen können. Jenseits, auf der anderen Seite. Zukünftig halten wir uns aber weit entfernt von Ihrem Verdauungstrakt. Schließlich lernt man aus Fehlern!"

„Du sicher nicht, Bruno!" Louis XIV, der Sonnenkönig, beschied es grinsend seinem mentalen Nachfolger und alle zerkugelten sich vor Lachen, während sich der Angesprochene schwer beleidigt nach Mallorca vertschüsste, wo er auf einer Finca bis zuletzt die Leute belästigte. Gnadenhalber ließen die Olympier ihn dann in die ewigen Jagdgründe eingehen, sprich, sie nahmen ihn als Adepten auf.

Ehrlicherweise gefiel Rita diese Schmunzelstory und sie wusste nicht, ob sie diese toppen können würde, mit ihrem Weihnachtsgeschichtchen, das sie Harry als Gelegenheit zu einer Revanche schweigend darbot.

Ein besonderer Geburtstag

„Gold, Weihrauch und Pizza", sprach Han, als er die Geschenke für das Neugeborene übergab.

„Myrrhe war aus", ergänzte Hakim, der etwas verlegen wirkte.

„Döner schien uns falsch am Platz für ein Christkind." Taylor gurgelte immer noch das ,r' tief im Rachen, der Akzent des ,Cotton States' war unverwechselbar.

„Selbstverständlich wäre Falafel die richtige Wahl gewesen." Maria nickte mit ihrem schönen Haupt.

„Pizza hingegen passt lautmalerisch optimal für unseren Pisser." Josef war immer schon ein Scherzkeks gewesen und seine Erleichterung über die problemlose, schnelle Geburt war ihm anzusehen. „Was macht der Kleine die ganze nächste Zeit anderes, als schlafen, nuckeln und abführen? Wie die Kühe dort drüben." Er deutete auf den nahen Viehstall.

„Warum hast Du eigentlich dort geboren? Paläontologie beim Wurf, Steinzeit-Esoterik oder was?" Magdalena war wieder einmal mit frecher Schnauze unterwegs.

„Ich wollte nach dem Vieh sehen, da spürte ich einen unwiderstehlichen Drang und es war ja in vertrauter Umgebung. Die Tiere würden sich nicht über das Zusatzaroma beklagen und ich war nicht mehr in der Lage, zurückzueilen." Maria seufzte: „Ich hatte gerade noch auf die saubere Strohschütte ausweichen können, da flutschte er schon raus. Jesus, schrie ich auf! Was ist das? Da lag dieses verrunzelte Etwas mit dem faltigen, roten Greisengesicht, verdrückt und wie halbroh. Es öffnete sein rechtes Auge wie ein Pirat aus der Karibik und begann zu brüllen. Wie zum Echo stimmten die Kühe ein und muhten im Chor. Es war einfach unbeschreiblich. Da tropfte schon die Milch in meine Bluse und ich fühlte mich wie ein Milchtier." Maria verstummte.

Hakim lächelte ihr zu und die junge Mutter schwieg verlegen unter den prüfenden Blicken des jungen Arabers, während der riesige Schwarze mit den winzigen Fingern des Babys spielte. Mit stoischer Miene verfolgte Han die Szene, der selbst zufällig auch hieß wie sein Volk. Welch ein Geschrei um ein paar Geschenke. Dabei hatten die Anderen ihm dringend abgeraten, etwa Glückskeks zu spendieren.

„Die stammen ja nicht einmal aus dem Reich der Mitte", tröstete Taylor seinen verwirrt blickenden Kollegen. „Alles ‚Invented by' und ‚Made in California'. Das passt nicht zu solch einer unkonventionellen Geburt."

So standen sie nun auf der Terrasse der Ranch im Hazienda-Stil. Diese unterschied sich stark von den anderen sichtbaren Gebäuden, hob sich aufgrund der fast maurischen Architektur positiv von den Protz- und Prunkvillen rundherum auf den nahen Hügeln im Osten ab. Westlich davon breitete sich die fast ebene Wiesenlandschaft bis in unendliche Ferne aus.

‚Was soll's', dachte Josef, ‚schließlich wirft auch heute niemand mehr im Stall'.

Sie schlenderten durch die mächtige Schiebetür in den Wohnsalon, da die Sonne kräftig strahlte und im tiefen Süden kann sie für die sensible Babyhaut schnell gefährlich werden.

„Was plant Ihr jetzt?" insistierte Magdalena.

Diese Frage traf Maria nicht unvorbereitet. „Wir werden eben eine Pause einlegen. Es ist nicht einfach, mit einem Kleinkind an der Brust vor Publikum zu singen. Als Mezzosopranistin werde ich zwar nicht so intensiv engagiert wie bisher werden, doch dafür kann ich neue Rollen einstudieren wie den Octavian aus dem Rosenkavalier oder den Prinzen Orlofsky aus der Fledermaus.

„Wird da die Milch nicht sauer, wenn Du zu hoch hinauf trällerst?" Hakim, respektlos wie immer, brachte sich damit unwiderstehlich charmant in die Debatte ein.

„Die Pizza wird kalt" unterbrach Josef das Geplänkel. Er gab sich vordergründig um seinen Gäste bemüht, genauer gesagt, um das verlockend duftende Fastfood, das er der Küche seiner Madonna bei weitem vorzog. Als echter Internet-Nerd liebte er seine Arbeit im ausgebauten Anbau, dessen Tür nur ab und zu geöffnet wurde, wenn man ihm etwas zum Futtern zuwarf. Dass Maria nun immer zu Hause anwesend sein würde, ihn bekochen, das schmeckte dem praktizierenden Berufsjugendlichen gar nicht. Aus mit Chinese Food, Kentucky Fried Chicken, Mackie's Delikatessen oder Döner-to-go.

Dazu noch gute Miene machen und Genuss vortäuschen im Wissen um die Kochkünste seiner privaten Trällerliese, wie er seinen Schatz insgeheim getauft hatte. Sie hatte begonnen, ihrer ungeborenen Frucht Arien vor zu summen, auf Empfehlung eines ihrer Ratgeber-Bücher.

14

Um den mächtigen Tisch herum stand nun das Quintett und als Erste langte Magdalena in die Schachtel, schob sich eine Ecke der ‚Napoli' in den gierigen Schlund, wonach wie auf ein geheimes Kommando der Rest der Jungs zulangte, dass für die hungrige Mutter nur mehr zwei Spalten übrig blieben, wie sie sofort realisierte.

„Eine Mutter braucht viele Kalorien." Hastig schloss sie die Schachtel mit den letzten Resten und stellte ihre Beute auf die Anrichte, während sie den Käse auf der Zunge schmelzen ließ. „Kein Wein, kein Bier, nichts. Ich freu' mich nicht auf die nächsten sechs Monate."

„Warum, bei Bier schläft das Kind doch viel besser", versuchte Han zu vermitteln, „Tsiang-tao macht schlau, stärkt den Knilch wie Muttermilch."

„Nichts gegen Samuel Adams, denn Malz ist gesund", begehrte Taylor auf, während Hakim vor sich hin träumte und die anderen palavern ließ.

Josef leistet ihm Gesellschaft und trauerte der Tatsache nach, dass nur eine einzige Pizza im Familienformat bestellt worden war, obgleich er ganz allein so eine Lieferung vertilgen konnte, wenn Not am Mann war. Fast konnte man seinen Magen vor Ärger knurren hören.

„Was steht uns nun bevor?" flüsterte der junge Papa.

Mitleidig klopfte Taylor ihm auf die Schulter: „Dein armseliges Leben wird nie mehr so sein wie es war. Spätestens in etwa zwei Wochen bist Du ein neuer Blitzwickler. Weckt Dich jemand mitten in der Nacht, wirst Du blind aufspringen und eins, zwei, drei, wird dieser frisch gewickelt sein, während Du schon wieder schlummerst."

„Glaubst Du?"

„Natürlich. Frag' meinen Chef. Er hat mich bald nach einer derartigen Episode bei einem seiner Vier-Augen-Gespräche auf die Seite gezogen und sich bedankt, dass wenigstens einer Empathie zeigen würde, Rücksicht auf seine Prostata-Operation nehmen und die Folgewirkungen verstehen. Seitdem haben wir ein weit besseres Verhältnis. Ich bringe ihm Geschenke mit, schön verpackt. Jeder denkt, ich wär ein Kriecher geworden, dabei handelt es sich nur um Hunderterpackungen von Windeln, deren Einkauf bei mir nicht auffällt. Glaub' mir, das hat meine Karriere beflügelt."

„ Zum Chef gewindelt. Etwas ganz Neues!" gratulierte ihm Josef, dem nun sichtlich etwas leichter ums Herz wurde.

Währenddessen hatte das Baby die Lider geöffnet und blickte mit dunkelblauen Augen durch den Raum, musterte die illustre Gesellschaft, die ihm so nette Geschichten dargeboten hatte und schmunzelte vor sich hin. Ein glückliches, zufriedenes, eine volle Windel anzeigendes Lächeln. Unvergleichlich, denn nie wieder in seinem Leben würde mit ihm so geschmust und es so sehr geherzt werden, wenn es mit voller Hose im eigenen Bett liegt. So dachte es insgeheim: „Nur Kinder und

15

Betrunkene sagen die Wahrheit" und friedlich schlummerte der junge Prinz der Herzen wieder ein.

Nachdenklich überlegte Josef, es werde wohl schwer sein, die Zukunft des jungen Herrn vorauszusehen und er reimte insgeheim vor sich hin:

Lebenserwartung

Weihrauch, Gold und Pizza
Und 'nen Trip nach Nizza
Versprach Deine Mama,
Tief in Alabama.

Das holde Kind im Bette schlief.
Etwas schien seine Nase schief,
Entstellte seine Mimik.
Wer denkt da an Eugenik?

„Es wächst sich aus das alles,
Ach und sonst', im Fall des Falles,
Lassen wir das korrigieren.
Wird mit allem korrelieren!"

Sie blickte auf des Vaters Prinz -
Inzwischen lebte der in Linz -
Lachte über Babys Faxen.
Ja: Ein Bärtchen wird ihm wachsen.

„Wir sollten uns einigen, wie wir dem Verlag beide Werke verkaufen" dachte Rita laut, „was denkst Du?"

„Ich sehe eine Short-Story wie einen Roman als puren Zeiträuber. Er stiehlt Dir Zeit, die Du anderswie verbringen hättest können. Ob es zweckmäßiger, belustigender, befriedigender sein mag, eine Soap-Opera zu sehen, zu twittern oder in Facebook zu ‚liken', das bleibt jedem selbst überlassen. Wenn Du wirklich gut schreibst, hast Du ein Zeitstehlwerk verfasst, das der Konsument kaum so schnell als Solches erkennen wird. Dafür wirst Du bezahlt, zum Zeitrauben für andere, für möglichst viele. Das krönt einen Erfolgsautor."

„Was ist mit Zitaten?"

„Du wirst nicht alle zu erkennen geben, vor allem jene, die Du deswegen gestohlen hast, um sie anzupassen, sie sogar ins Gegenteil zu verkehren gewillt bist. Eine gute Formulierung mag ein Bibelzitat sein, ein Exzerpt daraus klingt immer

16

gut, obwohl jeder ahnt, dass Du es von dort geklaut hast. Der Autor zwingt den Leser, in die Gedanken seiner Romanwelt einzutauchen, sich mit dem auseinanderzusetzen, was er liest. Das ist Bauernfängerei im wahrsten Sinne des Wortes, Werbung für falsche Ideen. Der Schriftsteller überlässt die Analyse dem Gefoppten, der sich erst nach einiger Zeit zurecht findet und dies dann vielleicht auch erkennt. Meist jedoch löst das Werk einige der losen Enden bewusst nicht auf. Mag sein, dass es dem Autor nicht aufgefallen ist oder er aus künstlerischer Freiheit einen versandenden Gedankengang offen lässt, da es kaum jemanden stören wird. Sei es drum, das Recht liegt auf Seiten des Verkäufers der Wortspenden."

„Du bist bereit, seitenweise Textpassagen zu verfassen, von denen Du Dir bewusst bist, dass sie nichts anderes im Sinn haben, als den Leser am Ende sich fragen zu lassen, wo seine Freizeit geblieben sein mag?"

„Bingo. Wenn sie, die Leser, in genügend hoher Menge dafür noch ordentlich löhnen, kann ich es mir erlauben, meine Zeit zu vergeuden, weitere Zeitstehlwerke zu meiner Erbauung und wirtschaftlichem Ertrag zu verfassen. Das nennt man dann Erfolgsautor. Das ist pures Marketing eigener Ideen, eigener Visionen, wobei der Gehalt des Produkts im bedruckten Papier und nicht im Inhalt des Geschriebenen liegt. Warum gibt es so viele Krimis, jedes zweite verkaufte Buch heutzutage ist ein solcher 08-15-Roman mit meistens Serienmorden. Welcher Autor schreibt schon so, dass man einen Sinn zwischen den Zeilen, eine Lebenseinstellung, eine Aussage im Text finden kann? Die meisten labern nur vor sich hin!"

„D'accord!" Sie nickte stumm. „Wie geht's nun weiter?"

„Deine oder meine Wohnung, äh, Büro" provozierte er und öffnete ihr die Tür.

„Du Möchtegerne-Macho würdest wohl gerne meine innere Schönheit kennenlernen?" Sie war nicht gerade auf den Mund gefallen und bot schlagfertig sofort verbales Wechselgeld. Das hatte man ihr schon oft genug attestiert.

„Ich steh' auf muntere Mädchen. Schließlich sind die schon seit Jahren dabei, Ihren Platz im Beruf zu behaupten. Ein Freund hat dazu seiner Assistentin ein liebes Gedicht gewidmet. Weil er militante Emanzen so gerne mag, hat er ihnen eine Eselsbrücke gebaut, dass sie etwas nie vergessen."

„Lass' hören, Du platzt sonst vor Geifer, Du sabberst ja schon." Sie war wirklich nett zum Ekel.

„Nun gut, Du hast es gewollt: Friede Deiner Asche!"

Nachdenklich musterte sie ihren Widersacher. „Wenn ich Dich richtig verstehe, willst Du mir etwas sagen. Du weißt, dass ich Potemkin'schen Fassaden ablehne. Auch habe ich gemerkt, dass Du etwas drauf hast, also raus damit, was hast Du vor? Warum bist Du eigentlich so frauenfeindlich?" Sie war nun neugierig.

„Ich habe es auf die bittere Weise gelernt, so zu handeln, wie die slawischen Männer zu agieren, seitdem ich eine Freundin aus dieser Gegend hatte. Erst danach, nach der Anpassung an deren Kultur, wurde es eine brauchbare Beziehung. Diese Weisheit habe ich in Verse gegossen, für alle, die sie verstehen wollen."

„Bevor Du platzt, lass hören."

„Mein Gedicht Bitte sehr. Es nennt sich:

Entscheidungshilfe

So waren einst die Kallipygen,
Sie verziehen keine Lügen.
Wer diese Regeln nicht voll ehrte
Und vergaß, dass diese Werte
Doch allen and'ren viel bedeuten,
Von dem Teile dies bereuten.
Genau die Haltung war gediehen,
Um sich Freunde zu erziehen.
Mit Fug und Recht mag man bemerken:
Den Charakter wollt' man stärken.
Damit die Braut zu sehr nicht reizte,
Mit den Mitteln man nicht geizte."

Sie unterbrach und fiel ein:

„Doch gibt es dann so manchen Toren,
Der sich wähnte auserkoren
Zu testen dieser Regel Limit.
Der merkte schnell, dass er nie mit
Solch einem Weg Erfolg versuche
Sondern die Idee verfluche.
Streng sei die Braut und lass' nicht handeln,
Ihre Stimmung nicht verwandeln.
Der Ehe hat Passion gegeben,
Die Empörung auszuleben.
Bevor sie ihm den Ring darreiche
Ihre Rechnung sie begleiche!

Er staunte und setzte fort:

„Wie Hund und Nussbaum:
Beide schwärmen
Was das Herz denn kann erwärmen,

Denn nur die wahren Leidenschaften
In Gedanken bleiben haften.
Wer sie kennt, die Liebesspuren,
Sich verkneift gewagte Touren."

Lächelnd ergänzte sie mit
Kobolden in den Augenwinkeln:

„Xanthippe lehrt: So hab' die Härte
Und erhalte deine Werte.
Mit den Mitteln dir gegeben,
Sollst nach Einsicht du stets streben.
Nur wenn's nicht hilft, das ganze Rügen,
Mach es wie die Kallipygen."

Jetzt war er fassungslos: „ Wie machst Du das, du kannst diese Reime doch nicht kennen!"

„Ich habe Talent zum Blitzdichten. Ich las einmal von Karl Farkas und seiner Gabe und an guten Tagen gelingt es mir auch, vor allem, wenn ich mich emotional engagiert fühle. Ich vergesse nie meinen Lieblingszweizeiler, den er einst einem Nazi im Simpl verbal um die Ohren schlug. Dieser hatte ihn während der Vorstellung ‚Saujud' geschimpft.

Farkas nahm die frisch geschnittene Blume aus einer der Vasen auf den Tischen im Kabarett und dichtete mit fröhlicher Schelte vor sich hin:

Hier ist die Rose, das ist der Stängel,
Ich bin der Jud' und dort sitzt der Bengel!"

„Nun, dann wird mir Einiges klar. Ich glaube, ich sollte in Zukunft sehr aufpassen, bevor ich zu reimen beginne", grinste er anerkennend.

„Wir sollten Waffenruhe vereinbaren."

„Ich heiße Harry. Wer wie ich solche Freunde hat, die Du kennst, braucht keine Feinde mehr."

„Rita und ich warne Dich, solltest Du das missbrauchen oder meinen Namen verballhornen!"

„Niemals, großes Indianerehrenwort." Ihm schien sehr ernst dabei zu sein, fiel ihr auf. Was sollte das bedeuten? Sie wurde immer noch nicht klug aus diesem Typen, der eigentlich ganz gut aussah, wenn man näher hinsah. Sehnig, sportlich und schier unzerbrechlich wirkte er auf den eingehenden Betrachter.

Sie erwiderte ernst: „Du bist und bleibst ein wahrer Narr!"

Der Job

Helmut jauchzte. Seine hundertvierte Bewerbung hatte Erfolg gezeitigt. Als Absolvent der Studienrichtungen Geschichte und Publizistik war es für ihn schwer geworden, nach langen Monaten als Taxifahrer, Hilfsarbeiter und Kellner jemanden zu überzeugen, dass er seine Kenntnisse laufend aufgefrischt habe und sich in den Schulbetrieb nahtlos eingliedern könne.

„Ich habe eine Lehrstelle frei" hatte er am Telefon verstanden, als der Direktor ihn angerufen hatte. „Sie müssen nur etwas sportlich sein und Hand anlegen, da unsere Schüler sehr rege sind. Ihre Daten, vor allem das Alter und Ihr Hobby, der leichtathletische Zehnkampf, haben uns überzeugt, dass Sie der richtige Mann sein könnten. Wir haben gerade in unserem Budget die fehlenden Mittel für ihr Anfangsgehalt freigeschaufelt und so können Sie zu Schulbeginn bei uns anfangen. Ihre Vorkenntnisse passen optimal."

„Natürlich", bestätigte Helmut erfreut, „bin ich pünktlich zur Stelle. Das passt hervorragend zum Ende meines Urlaubs. Bis dahin wünsche ich Ihnen noch schöne Ferien."

Der Direktor dankte und legte auf.

Helmut verbrachte seinen Urlaub in der Dominikanischen Republik, wo er seiner Leidenschaft frönte und sich auf die Spuren des Voodoo der Yoruba-Tradition setzte. Darüber hatte er nebst zu anderen Naturreligionen in seinen Studien geforscht, im Jahr zuvor in Kuba, wo sie ‚Santeria' genannt wird. Er traf eine verhutzelte Haitianerin, eine bekannte Mambo, die ihm nach den alten Methoden weissagte: Er würde bald eine neue Stelle antreten, auf der er sich gut weiterentwickeln könne, wenn er sich mit seiner ganzen Willenskraft einsetze.

Helmut fühlte sich bestätigt. Glücklich und zufrieden lebte er in den Tag hinein, genoss seinen Urlaub, ließ sich von der karibischen Sonne streicheln und kühlte Mütchen und Körper am Abend nach dem Volleyball mit coolen Drinks im Abendrot.

Manchmal, wenn die Jugendlichen vom Hotel nebenan ihre tägliche Party feierten, musikalisch gestaltet von dessen hauseigenen Diskjockeys, amüsierte er sich zwar, sah sich jedoch als stillen Zuseher und reimte insgeheim dazu, denn das Ganze ließ ihn eigentlich ziemlich

Kalt

Rocker rocken, Rapper rappen, doch mit Geigen und Posaunen
Alter Jazz mit seinen Launen ein spezielles Volk erfreut.
Sprech' ich wirklich von was Neuem?

Heiß und heißer tobt die Stimmung, Beat und Metall, alles raved,
Alles mischt sich, wird ganz eins.
Rhythmus heißt das Zauberwort, nur das Eine, das lebt fort:
Drüben in der dunklen Ecke,
Dort er sitzt, der arme Tor,
Denkt nur an den Meinl-Mohr.

Hatte er seine Stimmung getroffen?

„Ja", sagte er sich als schweigender Zuseher. So hatte er seine persönliche und gesellschaftliche Rolle bisher eingestuft. Nun würde er das ändern, da er jetzt einen sicheren Job besaß, als festangestellter Lehrer für sich günstige Zukunftsaussichten erblickte. Er plante, nicht mehr schweigend in der Ecke zu lauern. Es schwebte ihm vor, ab sofort sein Leben aktiv zu gestalten.

Zurückgekommen aus den Gefilden der westindischen Inseln präparierte er sich in den letzten Stunden für den ersten Schultag, prüfte noch einmal das dunkelblaue Jackett, die Bügelfalten der schwarzen Cord-Hose und den perfekten Sitz des Windsor-Knotens seiner dezent gestreiften Seidenkrawatte. Rechtzeitig startete er Richtung seiner zukünftigen Lehrstätte. Dort traf er auf andere Junglehrer. Sie unterhielten sich angeregt, bis der Schulleiter die Aula betrat und den neuen Klassenvorständen ihre jeweilige Gruppe von Rabauken zuwies. Helmut wartete geduldig, bis zuletzt ihm der Direktor den Arm um die Schulter legte und ihn bat, mitzukommen. Sie schritten in Richtung der Garderobe des Turnsaales und kreuzten dabei den schuleigenen Sportplatz.

Helmut begann sich zu wundern. „Aber ich bin kein Sportlehrer", wagte er einen schüchternen Anfang.

„Da würde unser Sportchef wirklich böse sein, wenn wir ihn in seiner Jugend schon pensionieren wollten. Nein, wir haben etwas anders für Sie geplant. Wissen Sie, wichtig ist Eines: Die glücklichsten Menschen sind nicht die, welche von allem das Beste haben, sondern jene, die aus allem das Beste machen."

Helmut entspannte sich ein wenig, bis sie der Weg zu einer kleinen Kate führte, in der er Werkzeug für die Gartenarbeit erblickte.

„Wir freuen uns, dass Sie uns aushelfen wollen. Unsere Leerstelle für ein Faktotum werden Sie bestimmt optimal ausfüllen."

„Wie bitte?" Helmut stotterte: „Iiiii, ich soll nicht unterrichten?"

„Selbstverständlich nicht, was haben Sie gedacht? Für Geschichte wird in ganz Österreich bis etwa 2030 keine Stelle frei und Publizistik können Sie in Ihrer Freizeit betreiben, es bleibt Ihnen sicher genug Zeit dafür übrig. Wir brauchen einen Fahrer für den Schulbus, einen Gärtner und Platzwart für die Sportanlagen, sowie einen Mann für alles, denn unser Schulwart ist mit der Reinigung des Schulgebäudes voll ausgelastet. Unsere Anlagen benötigen sorgsame Pflege. Sie sind der richtige Mann dafür, jung, sportlich und erfahren. Wir lassen Sie selbstverständlich bei Bedarf auch supplieren, wenn einer der Lehrer ausfällt, sodass sie langsam auch in den Schulbetrieb hineinwachsen und mit viel Glück wird vielleicht im nächsten Jahr eine Halbtagsstelle frei."

„Sie haben doch am Telefon gesagt, Sie hätten eine Lehrstelle."

Der Direktor legte ihm ermutigend die Hand auf die Schulter und lächelte ihn jovial an: „Natürlich, Sie haben sie ja gerade angertreten, unsere Leerstelle. Eine Lehrstelle, eine mit stummem ‚h', eine solche benötigen Sie doch nicht, denn Sie sind ja schon fertig ausgebildet, Herr Magister."

Helmut überlebte den Tag wie in Trance. Er stellte einen Plan auf, an dem er sich bei seinem neuen Job orientieren wollte. Das erledigte er in Gedanken, während er mit dem selbstfahrenden Rasenmäher den Sportplatz wieder bespielbar gestaltete und das hochgeschossene Gras stutzte.

Wieder zu Hause begann er, sich ernsthafte Gedanken zu machen, wie sein Berufsleben nun aussehen solle. Zumindest hatte er einen festen Job und war schon in der Nähe eines Lehramts. Nun war seine andere Arbeit dran.

„Ein fester Job?" Stimmte das wirklich in den Jahresabschluss-Zeiten der neuen

Handels-Freiheit – Bilanz rosarot

„Du bist gefeuert!"

Immer öfter hören derzeit österreichische Arbeitnehmer diese entsetzlichen Worte aus dem Mund ihres Arbeitgebers. Schließlich liegt die Wirtschaft regelrecht am Boden, weil der Sparkurs der Angela Merkel durchschlagenden Erfolg verzeichnet, allerdings in eine komplett falsche Richtung führt. Während in den Vereinigten Staaten die Wirtschaft schon längst wieder floriert, verzetteln sich EU-Aktivitäten in Palaver-Gremien und die Debatten über Details des Freihandelsabkommens zwischen der EU und den USA reduzieren sich auf marginale Aspekte wie das Chlorhühnchen mit Sonderschlichtungsstellen für die Lobby der politikgestaltenden Konzerne.

Es vermag der werte Leser selbst einzuschätzen, wie sehr ihm zum Schnitzel oder Bauernschmaus beim Wirt um die Ecke die Hühnerkeulen des KFC, des ‚Kentucky Fried Chicken' interessieren. Daher wird das wahre Problem sicher geschickt vertuscht und bleibt für Otto, den Normalverbraucher, verborgen. Genauer gesagt, stellt sich die brisante Frage, ob sich die EU-Wirtschaftsszenerie mit eigentlich sehr erfolgreichen Klein- und Mittelbetrieben der Konkurrenz gigantischer Konglomerate stellen kann, deren Rechtsabteilungen juristisch besser besetzt sind, als die meisten Gerichtshöfe aller Mitgliedsstaaten. Diese Kernfrage wird nicht von Geistesriesen wie Kanzler Faymann und Konsorten zu lösen sein und auch in Angelas Niederungen fehlt die Expertise zu Mega-Prozesse, welche die internationalen Kanzleien schon aus eigenem Interessen vom Zaun brechen werden, denn wer will schon darben, wenn es gilt abzuzocken, die Trägheit der immobilen Denkapparate systemerhaltender Regierungspolitiker auszunutzen.

Die Wirtschaft wird jede Option nutzen, ihren Fesseln zu entkommen und gerade die hinterwäldlerischen Ladenschlusszeiten stellen ein Paradebeispiel für engstirnige Denkschemata dar. Freihandel bringt unabsehbare Chancen für alle mobilen, wendigen, kreativen Unternehmer. Dass diese Eigenschaften bei den Chefs der beiden Großkotzparteien nicht vorhanden sind, pfeifen die Spatzen von den Dächern.

Wie überleben, wie viele Arbeitsplätze sichern, wenn jede größere Produktion wegen nicht konkurrenzfähiger Arbeitslöhne in Billigländer abwandert. Das „Du wirst gekündigt!" stellt eine reale Folge der Wählerwahl an Regierung dar, denn die Mehrheit hat als Staatslenker jene gewählt, die zum Überleben in einer sich permanent selbst kannibalisierenden Wirtschaft weder jemals Erfahrung gesammelt haben noch geeignet erscheinen, mit kreativen Ideen gegenzusteuern.

Fazit: „Der Gefeuerte darf bei der nächsten Wahl an der Urne wieder jene unterstützen, die ihm ‚helfen' werden."

Die Kolumne konnte er jetzt vor sich sehen. Die etwa 2.650 Zeichen passten in die reservierten Magazin-Spalten, als hätte er die Worte vorher abgezählt. Helmut war mit seinem Text zufrieden. Seine Intentionen als Schriftsteller erhielten auf diese Weise jedenfalls weit mehr Platz in seiner Zukunftsplanung, als er zuerst angenommen hatte. Er musterte seinen PC und sah, dass es gut war. Er lag gut in der Zeit, aber der schwierigste Teil, die redaktionelle Überarbeitung, bereitete ihm Sorgen. Er träumte vor sich hin und fragte sich noch einmal, als stünde er vor einem größeren Publikum, was im Kopf seines Titelhelden, eines Autors, wohl abgehen würde auf diese essenzielle Frage: Warum ich schreibe?

Ein Poet gesteht

Die Versammlung schwieg. Als niemand sich rührte, wurde der Dichter aktiv. Er stellte sich auf das Podium vor das Mikrofon und hob an:

„Diese Regierung hat ihren personellen Höhepunkt erklommen, seitdem die Besetzung der Ministerien den Kabarettisten willkommene Schatzfunde bietet. Der Schabernack einer Kleinkunstbühne könnte nicht mehr Erfolg versprechen als das Wunschteam des Humoristen, der sich als Experten erfleht:

- Lehrer als Polizisten
- Schlosser als Ärzte

23

- Juristen als Buchhalter
- Zahnstein-Reiniger als Baumeister
- Wehrdienstverweigerer als Soldaten.

Dazu einen Oberbefehlshaber des Heeres zur Landesverteidigung, dem einst ‚der Alte', Dr. Bruno Kreisky, attestiert hatte, dass er bei jeder brisanten anstehenden Entscheidung flugs das Häusl aufsuche. Beste Voraussetzung für diese Rolle im Staat. Jedes Volk verdient, was es gewählt hat. Rettung ist meilenweit keine in Sicht, die politversklavte Justitia bleibt machtlos. Unsere Volksvertreter haben nur sich als fressgierige Maden entpuppt, aus deren Kokons ist nirgendwo ein schöner Schmetterling entstiegen.

Fazit: Es muss neues Personal her!

Minister will ich werden!

Viele Wege führen nach Rom

Auf dem Weg über das Ministerium für Bildung und Kunst geht es am einfachsten, wie die Geschichte seiner Personalbesetzungen zeigt.

Die Affenschaukel oder Ochsentour will ich als willkommener Quereinsteiger vermeiden, deshalb möchte ich die Schwarzen begeistern. Etwa durch gereimte Loblieder auf Österreich, in denen besonders die Töchter nicht benachteiligt sind. Kann auch eine Hymne werden.

Über die Lyrik soll mein Pfad führen, denn einprägsame Reime werden meistens zu Gassenhauern. Kann ich es schaffen, auf der Gosse gesungen, gepfiffen zu werden? Bringe ich alle Voraussetzungen mit, für die ein gestandener Politiker Jahrzehnte in tätiger Korruption braucht?

Auf die Kabarettisten und Karikaturisten darf ich auch nicht vergessen: Verspottet werden eigentlich nur echte Staatsmänner. Ohne echte Leidenschaft im Ausdruck und Passion im Leben kann man schweigend mit der Spindel in der Ecke bestes Leinen weben und langweilt doch seine Mitbürger durch fehlende Animation und Motivation.

Vergil reimte einst in Hexametern: „Arma virumque cano ... - Singen will ich von Männern und Waffen ....." Ich gieße mein Wahlprogramm in weibliche, hudibrastische Verse, wie seit Langem die rheinischen Büttenredner es vorzeigen.

Ein einzig Ziel schwebt mir vor: Ich will den blauen Reiter rechts überholen. Jedoch nicht nach einem Ministeramt zuerst Kanzler werden, sondern gleich Staatsoberhaupt. Schließlich waren andere Poeten schon erfolgreich an der Macht. Václav sei mein Zeuge!

So höret meine Weise und wählet mich!

Werden möcht' ich jetzt Minister!
Dass es dann heißt: Dort, das ist er!

Dafür lernen nichts ich brauche,
Wenn ins Milieu ich tauche.
Mach' zu allem gute Miene,
Bleib' da auf der Partei Linie
Und zuletzt ich mich erkühne:
Steig' als Präserl auf die Bühne.

Mein Wahlmotto: Vom Literaten zum Potentaten!"

Was sollte Helmut dazu noch sagen?
Das passte! Auf die erdachte Frage des Publikums an den Dichter, wie er sich dann fühlen würde, entgegnete Helmut für diesen in seinen Gedankenspielen mit den Reimen zu der wahren Lage zu dessen Image.
Er beurteilte sachgerecht, der Dichter wäre vermutlich gesellschaftlich ziemlich

Unbedeutend

Mag sein, er sei berühmt!
Kann sein. Wer weiß, ob's stimmt?
Will sein, dass man ihn kennt, wenn auf der Straße lang er rennt -
Mit seinem Schatten um die Wette.
Überholt er ihn? Wer wen?
Das bleibt die Frage.

Jetzt gefiel ihm die ganze Chose plötzlich weit besser. Er bereitete sich seelisch auf sein Treffen am nächsten Morgen vor. Inzwischen hatte es sich seine Mitbewohnerin bequem gemacht. Er sah ihr in die unergründlichen Augen und murmelte leise vor sich hin:
„Bei Dir habe ich wohl sehr

Dünne Rechte

Nicht dick, nicht fett, doch untergroß
Nehm' ich dich auf meinen Schoß,
Schmeichelnd höre ich dich schnurren.
Was zucken deine Pfoten?
Sanfter Blick aus grünen Augen: Liebe?
Nein! Du erlaubst mir, hier zu sein,
Dich als Sklave zu erfreu'n.
Dein Revier, teilst du es heut'?

25

Nur wenn's Futter gibt. Kapiert!

Man muss sich nur bewusst sein, was ein Haustier außer Arbeit bedeutet." Er sinnierte vor sich hin. Dann goss er sich ein Glas Portwein ein, holte noch frisches Brot mit dem über Nacht getränkten Stilton im Tongefäß aus der Speisekammer und genoss das frugale Abendmahl.

Später fragte er sich, wie solle er die Handlung in seiner Novelle weiter gestalten? Da schoss ihm ein Gedanke durch den Kopf. Er könnte doch über eine Spendenveranstaltung berichten, mit all den Fakten, die ins Konzept passten. Vor allem die Bedenken bewegten ihn, die seinen Protagonisten innerhalb dieser Szenen beschäftigten. Er charakterisierte Menschen wie ihn als

Seltene Feiglinge

Häufig sind es diese Herren
Und sind niemals zu bekehren,
Die sich brüsten, ob dem Wohle,
Das sie schaffen mit der Kohle.
So ein Mann fühlt sich als Held,
Denn er spendet all sein Geld
Für die armen schwarzen Waisen,
Dass die Funktionäre reisen.

Selbstverständlich wurde ihm bewusst, wie makaber sein schwarzer Humor ankommen würde. Doch nach dem erschütternden Erlebnis dieses Tages war seine Toleranz ziemlich an ihre Grenze gerückt. Seufzend drückte er die letzten, diese tristen Gedanken in den mentalen Mülleimer und arbeitete weiter an seinem literarischen Werk.

Sein aktueller Arbeitgeber, eine katholische Institution, ein privates Gymnasium mit Staatsunterstützung, reizte mit dieser Verarschung seiner Person seine latente Aversion. Seine besondere Liebe zu den katholischen Pfaffen hatte er seit seiner Jugend kultiviert, seitdem die Typen ihn genervt und bitter enttäuscht hatten. Die aktuellen Geschehnisse der Aufarbeitung der priesterlichen Kinderschändung während des letzten Jahrhunderts bestätigten ihn in seinen Gefühlen und verstärkten seine Widerspenstigkeit.

Niemand würde ihn, Helmut, jemals zähmen können. Seine Erinnerung führte ihn in den originalen Text Shakespeares, zu: ‚The Taming of the Shrew'. Er fühlte sich durch den Direktor verhöhnt wie die Figur ‚Schlau', um dessen Rolle sich die Geschichte dreht, um das Thema der Liebe und der Frage, wie man sie sich ‚verdient'. In der gleichen Weise, wie er sich seine Berufschance verdienen solle. Nur war er nicht besoffen und sah die Sachlage außerordentlich klar. Diese in der religiös angehauchten Umgebung, bei seiner nahezu militanten Abneigung gegen die Pfaffen, den Auswüchsen der Kirche und insbesondere im Verhältnis zu den Ordensbrüdern, die offensichtlich in dieser Institution maßgeblich tätig waren. Er lobte sich selbst und dachte bei sich, so wäre alles

Gut gesagt

„Ich bin wie jeder andere geprägt durch meine Erziehung und das Umfeld des scheinheiligen Landes, in dem meine Kindheit stattfand. So überraschte mich nach meinem Umzug in die Großstadt die Idee der Werbewirtschaft, durch eine Schockwirkung einen nachhaltigen Erinnerungseffekt bei den Kunden zu hinterlassen, Spuren im Hirn zu generieren.

Die Firmen Humanic und Benetton waren, jede auf ihre Art und Weise, die bekanntesten Vorreiter dieses Trends im Marketing. Nicht mehr die Produkte standen im Mittelpunkt des Werbekonzepts, sondern die Marke und ihre Repräsentation sollten den erfolgreichen Kaufreiz auslösen. Es waren beziehungsweise sind große Firmen, die solche Wege beschritten haben, also sollte man davon ausgehen, dass auch in den großen Organisationen und Institutionen derartige Ideen Platz gegriffen haben, vielleicht sogar, ohne dass es jemand gemerkt, möglicherweise daraus Gepflogenheiten abgeleitet hat, Rituale, wie das tägliche, morgendliche und gemeinsame ‚Team-Einschwören‘, das durch die Angestellten des US-Konzerns Wal-Mart über die Medien bekannt geworden ist

Wer jedoch genau hinsieht, der merkt, dass die größte Organisation der Welt diese Art der Werbung seit ihrer Gründung bis zum Äußersten benutzt und ausgenutzt hat. Genial geschmeidig in der Anwendung des Wortes als eine verbale Pretiose.

Nur ein begnadeter Juwelier fertigt solche Kunstwerke an, meist auf individuelle Bestellung. Wenn ein solcher Kunsthandwerker einen entsprechenden Ruf besitzt, man denke an Tiffany in New York, entwirft er Derartiges auf Verdacht, dass ein Neureicher seiner Braut oder Freundin damit dermaßen imponieren möchte, dass der Preis keine Rolle mehr spielt, weil ein Einzelstück mit seiner Trägerin es damit in die Medien schaffen kann.

Ein Goldschmied der Worte, wie jeder sich begnadet fühlende Dichter genannt zu werden hofft oder ein Autor davon träumt, gehört zu einer weit selteneren Spezies und derart rare Werke schaffen öfter den Aufstieg in die Weltliteratur. Was passiert, wenn ein solcherart Begabter sich religiöse Kunst zum Thema seiner Entwürfe erwählt? Was ist von einer Religion zu halten, deren Symbolik auf einem vollstreckten Todesurteil beruht? Dabei lasse der Grübler im Geist vorüberziehen, dass nicht ein schnödes Holzkreuz, sondern ein Galgen, eine Garotte oder Guillotine verwendet worden wäre.

Wer mag sich am Karfreitag vorstellen, wie sich der eintretende Tod in der Realität abgespielt haben muss, rein medizinisch betrachtet? Die letzten Muskeln verlieren ihre Spannung, auch die Ringmuskeln öffnen sich und nicht nur die Zunge hängt aus dem offenen Mund des Gekreuzigten, Erwürgten, Gehenkten, Ermordeten. Da hilft keine noch so schöne Formulierung, der Poet scheitert an jenen lapidaren Fakten, die jeder Krimiautor seinem Leser genüsslich serviert. Es ist schon interessant, fast morbid, sich vorzustellen, wie eine Gruppe von Anhängern des jüdischen Rabbi mühsam suchte, diese Tatsachen zu verbergen, als Ablenkung vom Kadaver eine Auferstehung zu gestalten.

Sicher, auch der biblische Adam wurde aus der Erde geformt, doch der Dünger des Leichnams vom Hügel Golgota gilt nicht als Quelle des neuen Heils. Sie wurden schamhaft verschwiegen, die Billionen von Mikroben, aus denen letztlich der Mensch besteht, die Bakterien, Pilze, Hefen, Algen, Protozoen und sogar Viren. Sie wurden geleugnet, um einen gesalbten Leib in der Grotte drei Tage lang reifen zu lassen wie einen delikaten Käse oder einen speziellen Brotteig, der sich später im Backofen ausformen soll.

Die Nachbildung der Szene am Kreuz, klassisch oder modern dargestellt, formten Künstler schon unzählige Male aus allen Materialien und schafft es ein Handwerker, die Einzelteile zu verbinden, Juwelen darauf zu applizieren und dem Symbol auch realen Wert in Mammon zu verleihen. Wie passt das alles zur Lehre des Mannes aus dem heutigen Palästina, wo bitterste Armut und ein seit Jahrzehnten laufender Krieg vom Scheitern seiner Mission zeugen?

Sogar am sagenumwobenen Sprungbrett in den Himmel, am Tempelberg in Jerusalem, befehden sich die religiösen Liftwarte, wer denn eher berechtigt sei, vor Ort der ‚Scotty-beam-me-up-Nummer‘ zu gedenken, die einst beide Religionsstifter glorreich aufgeführt haben sollen, glaubt man ihren heiligen Büchern. Gedeihlicher gehen die Anderen mit ihrem Bildthema um, denn figürliches Gestalten ist jenen untersagt, sodass die Reliquie am Hals oder Gürtelstrick des mit Ornat, Soutane oder Mönchskutte Gewandeten Einzig- doch nicht Artigkeit verspricht.

Geschmeidig zum Thema Wahrheit gilt allgemein jeder Jesuit. Er ähnelt in der Wortwahl ziemlich genau der Schlange im Paradies. Nie wirklich lügen, doch Wissen verschweigen und laufend manipulieren, wie jeder andere Verführer, macht Sinn. Was nicht mehr zu vertuschen war, lagerte der Vatikan in seinem ‚Giftschrank‘ in den Archiven des Petersdoms, während gesalbte Münder die Lauterkeit der Kuttenträger hinausposaunten und Absolution auf verschiedene Arten erteilten, wie beispielsweise im erotischen Roman ‚Schwester Monika‘ nachzulesen ist oder aktuelle Kommissionen zum Reizthema Pädophilie in der Kirche dokumentieren.

Die Worte eines Girolamo ‚Hieronymus' Savonarola, Giordano Bruno und all der anderen Verfolgten wurden schlichtweg zensuriert, ihre Predigten als unwahr erklärt. Das ging so weit, dass einige Tage nach des Savonarola Hinrichtung die Glocke einer bestimmten Kirche als eine seiner Komplizinnen vom Rat der Stadt des Verrats für schuldig befunden, vom Turm genommen, durch die Straßen geschleift und vom Henker ausgepeitscht wurde, bevor man sie für elf Jahre aus Florenz verbannte. Meist fielen solche Aktionen nicht besonders auf, denn die Verbreitung der Fähigkeit des sinnerfassenden Lesens war eher marginal.

Eingeweihte, Adepten der Ideenlehre, parlierten in Latein, um alle Nichterwünschten a priori auszuschließen, die als Laien mit dem Charme verständiger Kinder diese Laber-Kaiser als ihrer Kleider bar bezeichnet hätten. Von den Besten zu lernen, sozusagen mit dem Segen aus Rom, versucht auch die österreichische Justiz seit Längerem, allerdings meist erfolglos. Mag es am Thema liegen oder ist die handwerkliche Kunst des Verschleierns zum Allgemeingut in Zeiten von Facebook zum Allgemeingut geworden, dass derartige Versuche von Personen aus dem Rechtssystem kläglich scheitern.

Fehlt es schlichtweg am begnadeten Silberschmied der Worte in deren Reihen, der mit aufpolierten Phrasen das rüberbringt, was derzeit jeder als Lüge entlarvt und deshalb die Institution anprangert?

„Nix mit geschmeidig" tönt es aus allen Ecken und Enden, aus allen Kehlen der Medien in ihrer Kritik an der Justiz.

Warum?

Ist das Wahlvolk in seiner Masse, sind die einzelnen Menschen klüger geworden?

Das darf berechtigt verneint werden. Sie agieren nur anders als früher und kommunizieren über alle Grenzen - auch der Legalität - hinweg, real-time oder zumindest zeitnah, stets online erreichbar und das nervt den Machtapparat. Wie soll man erregte Bürger beschwichtigen, wenn besänftigende Lügen umgehend nahezu zeitgleich entlarvt werden, notfalls durch einen Video-Beweis?

Absehbar ist in meiner Sache: Der Direktor wird geschmeidig all die Mängel mit seidenweichen Phrasen minimieren und ändert vielleicht in den gröbsten Punkten etwas. Alles andere obliegt mir, dem Opfer selbst, das sich - egal auf welche Weise hingerichtet - letztmalig erleichtern darf, wie hier mit Wortspenden gegen den Sprecher einer der unbedeutendsten Filialen der Kirche der Katholen.

Wer also, ausgehend von der Ethik des Wal-Mart, aus den Marken Humanic den Begriff ‚human' ableitet, könnte auch bei Benetton irrtümlicherweise den ‚guten Ton' vermuten und gut Gesagtes, wie die Äußerungen des Schulleiters, als ‚bene dictus' bezeichnen. Jener sei herzlich willkommen in der Welt der Assoziationen, die über Denkgrenzen hinweg reichen!

Die Marke ‚Katholische Kirche', die mehr als eine Milliarde Menschen im wahrsten Sinne des Wortes anbeten, wird gerade jetzt dominant sichtbar durch die Identifikationsfigur des Papstes Franziskus I, der ehedem als Jorge Mario Kardinal Bergoglio als Provinzial die Geschicke des Jesuitenordens in Argentinien gestaltet hat. Im Konklave 2005 soll er angeblich selbst im dritten Wahlgang, Zeitungsberichten zufolge, welche sich auf die Tagebuchaufzeichnungen eines anonymen Kardinals stützten, 40 Stimmen erhalten und dann darum gebeten haben, im vierten Wahlgang für Kardinal Ratzinger zu stimmen.

Die religiöse Marke präsentiert sich durch die Figur des Papstes, des jeweils aktuellen Steve Jobs der Kirche, der die Gläubigen warnt, Äpfel vom verbotenen Baum zu naschen. Somit wird die jeweilige Wahl des Papst-Namens ein Ausdruck der Verbundenheit mit dessen Historie. Jedoch bei Joseph Ratzinger, dem Benedikt XVI, wird auch die Rangzahl zum Thema. Sechzehn beinhält sowohl die Begriffe ‚sechs', also Sex, wie auch 'Zen' oder ‚zäh', wenn man daran denkt, einen Kalauer zu schaffen. Eine Nähe zum Buddhismus darf man beruhigt ausschließen, weshalb sich mit den Worten ‚Sex' und ‚zäh' die Idee vom ‚zähen Sex' abzuzeichnen beginnt. Somit auch die wichtigsten Themen im Leben des Kardinals Ratzinger, an dem in der Kirche die Adaptierung der Lehre nach der sexuellen Revolution der 68-er gescheitert ist.

Aber was hat Benedikt, der Heilige, mit diesen Begriffen zu tun?

Einst zog jener in eine Einsiedelei in die Berge, weil ihn die Orgien der roten Kuttenträger mit aus-erwählten Novizen, geschmeidigen Knaben, bei ihren Gelagen in den vatikanischen Lasterhöhlen abstießen und er der missratenen Welt der römischen Kirchenregierung entfliehen wollte.

Was bewegt also einen Kurienkardinal, sich diesen Namen zu geben, mit dessen impliziter Option, im Kalauer als Greis ‚zähen Sex' zu bevorzugen und damit abgestempelt zu werden?

Wer tiefer in den Sumpf der vatikanischen Archive eintaucht, wird erfahren, was er schon vermutete: Je weiter hinein er die Nase steckt, desto übler müffelt dieses Biotop zölibatärer Lustgreise. Der Leser der Berichte wird ungeahnte Parallelen erkennen: Eines hat er erreicht, der Germane mit der ‚ferula', dem päpstlichen Hirtenstab und dem Fischerring, dem ‚anulus piscatoris'. Sein Name wird mit dem Haut-goût der Knabenschändung untrennbar verbunden bleiben, den jetzt erst Franziskus I zu übertünchen versucht.

Zum Thema des Papstnamens lassen wir die Kirchengeschichte weiter für uns berichten.

Der Maler Giovanni Antonio Bazzi lebte mit verschiedenem Getier im Haushalt, das er nebst hübschen Knaben innig liebte. Er malte hauptsächlich für kirchliche Auftraggeber, die zur damaligen Zeit häufig ähnlichen Lastern frönten. Bekannt wurde er durch seinen Spitznamen ‚Sodoma‘ und seine Fresken aus dem Leben des Heiligen, einen Auftrag, den er in Fortführung der Werke von Luca Signorelli, einem Vorgänger des Michelangelo Buonarotti bei der realistischen Darstellung des menschlichen Körpers, für den Kreuzgang der Abbazia di Monte Oliveto Maggiore übernommen hatte. Dieses Ordenskloster der Kongregation des heiligen Benedikt auf dem Ölberg war in der Landschaft ‚Crete‘, in der Toskana, südlich von Siena erbaut worden. Die Olivetaner gehören zu den ‚weißen Benediktinern‘, so genannt wegen ihrer Ordenstracht. Sie befolgen die Regel ‚ora at labora‘ und leben streng asketisch, wie ihr Vorbild, Benedikt von Nursia: Von der Sittenlosigkeit seiner Mitstudenten enttäuscht, ging er bereits nach kurzer Zeit in die Berge beim heutigen Affile und lebte mit einer Gruppe von Einsiedlern, bevor er sich einige Jahre lang in eine Höhle in der Nähe Roms zurückzog.

Die frivole Kombination von Knabenschänder und Mönchen sowie das dadurch wahrhaft gelebte Oxymoron, die ‚contradictio in adiecto‘ zu den Idealen seines Namenspatrons, erlebten ihr Revival mit der Namenswahl des ‚Wir-sind-Papst‘, Joseph Ratzinger alias Benedikt XVI, der als Präfekt die Kongregation für die Glaubenslehre geleitet hatte. Sie ist in der Geschichte besser bekannt als Kongregation der römischen und allgemeinen Inquisition, mit der Aufgabe, die Glaubens- und Sittenlehre in der ganzen katholischen Kirche zu fördern und zu schützen. Als Kardinal werkte er maßgebend am Katechismus mit, insbesondere zu Themen der Sexualmoral. Er hat seine Aufgabe offenkundig missverstanden als eine vatikanische Pflicht, den laufenden Kindermissbrauch durch Mitglieder der Kirche zu vertuschen. Zusätzlich trat er insbesondere gegen die gleichgeschlechtlichen Lebenspartnerschaften ein, während sich die fröhlichen Novizen in gewissen Priesterseminaren bei morgendlicher Latte fürs Laudes erwartungsvoll salbten und dabei trällerten: „Benedictus qui venit … - Gelobt sei, der da kommt ….“

Aber so abwegig sind sie nicht, diese theologischen Erkenntnisse zur Kombination solcher Contraria. Nach Hegels Philosophie entwickelt sich der Geist durch Widersprüche weiter, nach dem Physik-Nobelpreisträger Niels Bohr ergänzen Gegensätze einander. Unter der Komplementarität zweier beobachtbaren Dinge versteht man beispielsweise in der Quantenmechanik die Eigenschaft, dass bei vollständiger Bekanntheit der ersten Größe über das Ergebnis einer Messung der zweiten Größe überhaupt nichts ausgesagt werden kann. Alle möglichen Ergebnisse sind gleich wahrscheinlich. Wenn über ein messbares Teil nur Teilwissen vorhanden ist, ist das mögliche Wissen über die komplementäre Größe begrenzt. Diese Beschränkung wird durch die Heisenberg‘sche Unschärferelation beschrieben, die sich analog übertragen lässt.

Widerspenstig zeigen sich daher die Novizen gelegentlich später, nach der ersten Begegnung, nach der erwartungsfrohen Schätzung zu den anschließend erlebten Messergebnissen, wenn sie ihre Hoffnung auf wahre Größe und Stärke aufgeben müssen. Doch die wahre Härte einer Ordenskultur zeigt sich bei der zu übenden Demut, im Knien, das von allen Weltreligionen nur die katholische Kirche unter Anderem zur Vollendung bei der eucharistischen Gabe des gewandelten Fleisches bei der Mundkommunion vorschreibt. Wie der Herr gepredigt hatte, die Beladenen zu ihm zu schicken, so richtet schon der lernbereite Priesterseminarist zum Erlangen späterer Perfektion die in ihrem Glauben Geschwächten, die Gestrauchelten, wieder auf, nachdem er die Last ihrer Sünden empfangen hat. Ein gelegentlicher Unwille, Widerspenstigkeit bei der Hinwendung zum wahren Glauben an die Allmacht seines Herrn, wird vom zugewiesenen Glaubenslehrer streng geahndet, um Zucht und Ordnung aufrecht zu erhalten. Auch für diese Fälle bieten vor allem die erste Reihe der Betstühle und die Mönchskutte beste auch architektonische Voraussetzungen zur Durchführung der gebotenen Maßnahme.

Es mag Uneingeweihte etwas verwundern. Gewisse katholische Ordensriten wie jene des ‚Opus Dei‘ beinhalten auch heute noch die Pflicht zu Selbstgeißelung, der Kasteiung, freiwilligen Entbehrungen und Leiden, die der devote Diener seines Herrn zur Beschränkung der Sinnlichkeit auf sich nimmt. Der ausgedrückte Liebesbeweis zur fortgesetzten Demutspflege, mit einer fünfschwänzigen Peitsche hilfsweise durch einen empathisch fühlenden Mitbruder gestriemt, mit diesem Schmerz geadelt zu werden, wie es der Ordensgründer Josemaría Escrivá de Balaguer y Albás euphemistisch bezeichnet hatte, findet sich in der Literatur wieder, beispielsweise im aktuellen Bestseller ‚Shades of Grey‘. In den Mönchsorden treffen die erwähnten Bußmethoden nur zölibatär Lebende, also damit insbesondere den in die üblichen Praktiken einzuweihenden Nachwuchs in den Priesterseminaren, den fördernd anzuleiten sich Erfahrene berufen fühlen.

Dabei sollte jeder das ‚Penta‘, das griechische Wort für die Zahl fünf beachten. Das Pentagramm kennt jeder, im Volksglauben gilt es als Bannzeichen für das Böse. Somit treibt der Wohlwollende mit der Teuflischen, der Fünfschwänzigen, dem Frevelhaften das Niederträchtige aus, indem er mit dem Einen den anderen vier Buchstaben etwas beschert, diszipliniert, indem er mit dem ‚P‘ der Peitsche rhythmischen Po-Pop komponiert, den das Instrument melodisch wiedergibt und alle Sinne der praktizierenden Künstlers erfreut. Böse Zungen meinen, dass auch eine andere Folge dieser Art der sinnlichen Erziehung wahrscheinlich sei, nämlich die Punktierung der vier Zeichen des Alphabetes nach der erfolgten Adelung mit dem samtenen Purpur der Könige. Schließlich geben Performance-Künstler nicht etwas Anderem Gestalt, sondern sich selbst.

Selbst Philosophen wie Sokrates, der für sein vorbildhaftes Verhalten bekannt worden war, soll bei seinem widerspenstigen Schüler Alkibiades beschlossen haben, nicht den jugendlichen Reizen zu erliegen, sondern seine eigenen Triebe mit dem Adeln der Globen seines Adonis zu kanalisieren. Alles selbstverständlich unter dem Mäntelchen von Körperpflege und Gesundheit, dass sich dadurch wunschgemäß der ,Mens sana in corpore sano' entwickle und der gelegentlich etwas makabre ,Danse de la croupe', der das schwellende Erblühen purpurner Rosen begleitet, hilfreich dazu diene.

Da sich die Auswüchse katholischer Weihen und rigider Erziehung durch gewissermaßen salbende Seelsorger in den Dokumenten beispielsweise der Klasnic-Kommission häufen, kann man davon ausgehen, dass diese Art an theologisch motivierten Liebesbeweisen nicht nur wie in den britischen Internaten zur Regel und die Widerspenstigkeit mancher Zöglinge zur Freude ihrer empathischen Erzieher genährt geworden war oder ist. Schließlich gilt als jahrhundertalte Erkenntnis, dass wahre Einsicht durch den Hintern in den Geist wandere und jede Aufsässigkeit auf diese Weise rigid kuriert werden solle, wie es in den Klöstern offenkundig verwirklicht wurde.

Insbesondere in England kennt man dazu weiterführende Literatur. ,Therese philosophe' hieß das erste bekannt gewordene Werk. Die meisten Bücher zu diesem Thema erschienen oft im bigott verlogenen Stil der viktorianischen Zeit als Manifeste dieser besonderen Erziehungsform. Der berühmteste Autor: Algeron Charles Swinburne. Ein Großteil seines literarischen Schaffens und seine Faszination für das Thema beruht auf den Erlebnissen, die in Eton selbst erfuhr oder als Zeuge miterlebte, unter anderem in der Novelle ,Lesbia Brandon'. Zuletzt widmete auch James Joyce diesen Aspekten einige Texte und schöpfte aus den Erfahrungen seiner katholischen Jugend in Jesuitenschulen Irlands. So prägt das Leben die jeweilige Persönlichkeit."

Helmut erwachte aus seinen verwirrenden Tagträumen und flüsterte vor sich hin: „Der Widerspenstigen Zähmung, das Loblied des William Shakespeare auf die Unterwürfigkeit, hat für mich ausgedient." Er erinnerte sich insbesondere an das falsche Image dieser Komödie. Im Original mit der gesamten Rahmenhandlung wird das Stück zur emanzipatorischen Farce, doch meist unterschlagen die Regisseure Prolog und Epilog, sodass die verbleibenden Aussagen im Stück nicht den Ideen des Autors entsprechen.

Was der Junglehrer fürchtete, war der Gedanke, dass der Direktor ihn bei jeder Gelegenheit ebenso auf die Straße setzen könne, wie der Lord der Shakespeare-Komödie es mit dem Kesselflicker Schlau macht. Das alles unter dem Dach der Scheinheiligkeit der Amtskirche. Er ärgerte sich wieder und verfolgte seine gerade unterbrochenen Gedanken weiter. Die Pfaffen waren ja schließlich nicht allein auf der Welt, denn um sie herum flatterten vergnügte

Kanzelschwalben

Sie waren es nicht gewohnt, so genannt zu werden. Schließlich hatten sie als Bräute des Herrn ihre Wahl getroffen. Da war nichts mit luftiger Höhe, kein Ansitz über einem Wildwechsel unter ihnen war vorgesehen, denn dieser gebührte den Pfaffen, die ihre Wortspenden von oben in die Menge träufelten.

Warum wurden sie eigentlich so genannt? Tabernakelschwalben als Alternative klang auch nicht freundlicher, sieht man von dem netten Vergleich mit dem Heiligen Geist ab, der in den Bildern der Christenheit gern als Vogel wie auch als Taube dargestellt wird, wenngleich diese Spezies heute geringschätzig als ‚Ratte der Lüfte' bezeichnet wird. Schwalben gelten als weit edlere Tiere und sozusagen hebt dies den Rang auch beim Spitznamen als eine doch überaus positiv besetzte Bezeichnung.

Die Jungfern Christi, wie sie auch genannt werden, waren früher weit besser beleumundet, da sie vor allem als jene geduldigen stillen Helferinnen in Spitälern neben den anderen Karbolmäuschen galten, die freundliche Züge ins triste Leben der Verwundeten und darbenden Kranken brachten und ihre herbe Frische zumindest zeitweise den allgegenwärtigen Geruch nach Kampfer, Urin und Desinfektionsmitteln verdrängte.

Warum erinnert sich ein jeder gern daran?

Es ist ganz einfach zu erklären. Seitdem überarbeitete Krankenschwestern und Pflegerinnen nur mehr den Opfern im Vorbeigehen eine Spritze ins Fleisch jagen oder sich ewig Zeit lassen, während das Produkt eines beendeten Stuhlgangs im Liegebett duftet, seit diesen Tagen ersehnen sich vor allem Ältere solche Zeiten zurück.

Warum eigentlich hat diese Zunft so radikal die Anzahl ihrer Mitglieder verringert, ja fast schon ihre Existenzberechtigung verloren, sieht man nur mehr in Palliativ-Zentren und Hospizen oder bei TV-Reportagen aus den ärmsten Ländern der Dritten Welt solche missionarisch täten Wesen?

Die Antwort liegt auf der Hand. Der Beruf ist nicht mehr attraktiv, der Bedarf jungfräulicher Damen an religiösen Boot-Camps längst gedeckt, da keine existentiellen Sorgen armer Eltern mehr ihre Töchter zu solch einer Berufs- als Überlebenswahl motivieren.

Was einst noch als echte Gewissensprüfung aufgebaut war, zu der sich die Novizinnen jahrelang vorbereiten konnten, bis sie ihre Entscheidung trafen, ist heute nur noch ein Model für wenige, die sich wahrhaftig berufen fühlen. Zumindest in Zentraleuropa wird das so gesehen.

Andere Meinungen lauten, das Ganze gehe mit dem Niedergang der Anzahl an Priesteranwärtern einher. Kaum noch Nachwuchs findet die katholische Kirche in den früher so gnadenlos scheinheilig-religiösen Ländern wie Österreich, wo inzwischen die Herren im Priesterrock meist aus dem ehemaligen Ostblock stammen und eine Vielzahl an Pfarrgemeinden zusammengelegt wird, damit die zu haltenden Messen auch personell besetzt werden können.

Sollte es sein, dass damit die Hyper-Nonnen bald ausgestorben sein werden, also jene, deren Eltern sich aus einem Mönch und einer Super-Nonne zusammensetzen, wobei das humane Produkt einer einfachen Nonne mit einem Priester derart bezeichnet wird? Einfacher gesagt, eine Hyper-Nonne resultiert aus den Aktionen oder - mehr wohl aus - den Passionen ihrer Ahnen aus drei Generationen an Kanzelschwalben.

Wenn nur mehr dermaßen wenige Pfarrer verbleiben, es so geringen Nachwuchs mit Soutane zur Demutsgeste vor ihrem Herrn reizt, verbleibt eine Reise nach Schottland als letzte Chance, unter einem Tartan-Kilt das zu finden, was Röcke tragende echte Männer gerippt, gestreift oder kariert dort in eisigen Wintertagen wärmt.

Dazu passen dann die Schwalben mit den charakteristisch gespreizten, gegabelten Schwanzfedern, welche die wahre Idee versinnbildlichen, die zu dem obszönen Spitznamen für das Organpaar der Kirche führte, der jenem der Bordsteinschwalben nachempfunden wurde.

Unter Mönch und Nonne versteht man einen Typ von Dachziegeln in Form einer der Länge nach halbierten Röhre, die zuerst mit der Rundung nach unten dicht aneinander auf das Dach gelegt und dann mit den umgedrehten, mit der Rundung nach oben zeigenden Ziegeln, vereint werden, einen Sexualakt, das ‚Tier mit dem zwei Rücken‘, versinnbildlichen.

Dornenvögel und Schwalben, die Einen mit dem scharfen Dorn, die Anderen mit den illustren Federn, sie prägten die Fantasien der blasphemischen Zyniker, deren Schriften die Kardinäle im Vatikan bis aufs Blut reizten. Die herausgeforderten Eminenzen der Kurie breiteten ‚ex cathedra‘ per Enzyklika ihre unfehlbaren Entscheidungen in Fragen der Sittenlehre, ‚Shades of Grey‘, über all die intimen Geschichten ihrer ‚Feuchtgebiete‘ und verdammten diese Werke in die Archive. So verbargen sie alle Erkenntnisse, die zu einer geordneten Nachfolgeregelung gehören, wie die resche Hausbesorgerin im Pastorat, die es dem Pfarrer und den Kontakt mit den Ordensschwestern und Gemeindemitgliedern besorgt.

Selbstverständlich unterlegen keine dokumentierten Statistiken diese abgeleitete Behauptung, doch über die aktuellen Zahlen lässt sich kaum mehr ein verhüllendes Spitzentüchlein breiten. Der Niedergang der Priester und Mönche und jener der Ordensschwestern verhält sich, jeweils als Bandweiten-Graph in einer statistischen Kurve dargestellt, mit kontinuierlich abnehmendem Abstand zwischen den beiden Linien und zeugt damit von der Validität dieser Aussage. Anders gesagt, die Kanzelschwalben fliegen wegen des schlechten Klimas tief, weil heute fast keine Dornenvögel mehr trillern und jubilieren oder sie gegebenenfalls

In Schönheit sterben

Die Belladonnalilie ist eine beliebte und weitverbreitete Zimmerpflanze. Sie stammt aus Südafrika, eingeführt im 18. Jahrhundert aus der südwestlichen Kapprovinz, wird auch ‚Echte Amaryllis' genannt und ist eine Pflanze aus jener Gewächsfamilie, deren Arten auch Narzissen heißen. Eine schöne Frau lobt man auf Italienisch: ‚Una bella donna'. Beim Gärtner um die Ecke werden die aus Südamerika stammenden Arten der Rittersterne ebenso bezeichnet. Stiel, Blätter und Blüten enthalten das Alkaloid Lycorin. Es führt in geringen Dosen zu Übelkeit, Erbrechen und Durchfall, in höheren zu Krämpfen, Lähmungen und Kreislaufversagen.

Die chemische Summenformel lautet: $C_{16}H_{17}NO_4$, deren CAS-Nummer ist 476-28-8. Diese Codes bestehen aus drei Zahlen, die durch zwei Bindestriche getrennt sind. Die erste Zahl kann bis zu sechs Ziffern enthalten, die zweite zwei, die dritte ist als einstellige Prüfziffer ausgestaltet. Die Bezeichnungen werden chronologisch in aufsteigender Reihenfolge vergeben

Der Begriff der schönen Maid findet sich in der botanischen Bezeichnung der schwarzen Tollkirsche wieder. Der zweite Teil des Namens der ‚Atropa belladonna' lässt auf dessen Herkunft schließen. Das in der Pflanze enthaltene Gift weitet die Pupillen und wird heute noch in der Augenheilkunde verwendet. Große dunkle Augen galten schon seit jeher als Schönheitsideal, weshalb sich Frauen den Saft in diese tropften.

Atropos, die Unerbittliche oder Unabwendbare, ist eine der drei Schicksalsgöttinnen, der Moiren der griechischen, der Parzen der römischen Mythologie. Als Dritte im Bunde der drei himmlischen Gestalter der Lebenszeit schneidet sie den Lebensfaden durch. Eine Eselsbrücke zum Merken ihrer Namen lautet: „Klotho setzt den Rocken an, Lachesis, sie muss spinnen und wenn Atropos will, dann muss der Mensch von hinnen."

Beim Verzehr schon geringer Mengen an Pflanzenteilen, insbesondere der Früchte, tritt eine schwere Bewusstlosigkeit ein, gefolgt von Atemlähmung und Tod. Dasselbe Toxin in Verbindung mit Scopolamin verbirgt sich auch im Stechapfel (botanisch: Datura) und wurde schon seit jeher als Rauschmittel zur Bewusstseinsveränderung verwendet. Beispielsweise Animisten, Schamanen wie jene der Zuni-Priester, benutzten Extrakte dieser Pflanze, um während gesteuerter Halluzinationen die Geister der Ahnen zu kontaktieren. Da der Stechapfel als Aphrodisiakum gilt, wurden daraus gewonnene Essenzen in Europa, China und Peru Getränken wie Bier zugesetzt. Scopolamin wiederum sorgt für einen Zustand der Willenlosigkeit und wurde von Geheimdiensten in den 1950er Jahren bis zum Aufkommen von Natrium-Pentothal als ‚Wahrheitsserum' eingesetzt.

Während jedoch das Wissen um die Gifte in Stechapfel oder Tollkirsche schon kleinen Kindern zu ihrem eigenen Schutz nahegebracht wird, kennt kaum jemand das tödliche Potential in der Amaryllis. Kreislaufversagen wird gerne von den durch ihre Arbeit stets überforderten Hausärzten bei verschiedenen betagten Menschen als Todesursache attestiert. Buketts aus Narzissen und Amaryllis schmücken oft die Altäre der Gotteshäuser.

Auch Narzissen enthalten Alkaloide. Für die Pflanze stellen sie einen natürlichen Schutz gegen den Befall von Parasiten dar. Zu Vergiftungen kommt es gelegentlich, weil deren Zwiebeln jenen der Küchenzwiebel sehr ähnlich sehen. Deren Verzehr kann zu Benommenheit und einem Kollaps führen. Sehr große Dosen begünstigen den Tod. Die Amaryllis mit dem Namen ‚Lycoris radiata' spricht selbst für ihr Potential. Das Alkaloid Galantamin, das beispielsweise in der Gelben Narzisse vorkommt, hilft ein wenig bei Alzheimer. Ein Fund im Blut eines senil werdenden Pfarrers weckt daher kaum einen Verdacht. Diese Krankheit soll akut gelegentlich auch ältere Männer befallen, wenn sie die hübschen Kurven eines reschen Weibchens gefällig mustern und situativ auf die Beste aller Ehefrauen vergessen.

So sorgt der tägliche Umgang einer eifersüchtigen Pfarrersköchin mit dem Blumenschmuck des Gotteshauses, dass den Gefühlen der Medea fast unbeachtet Ausdruck verliehen werden kann, wenn der ungetreue Dornenvogel in offenkundig beginnender Amnesie agiert, welche nicht einem Alzheimer- oder Lewy-Syndrom, sondern einer hübschen Konkurrentin zu verdanken ist. Wer denkt schon bei der Leichenschau, dass dem strengen Monsignore von seiner ebenso rigiden Domina die Leviten endgültig gelesen worden sein könnten.

„Schluss jetzt mit diesen Fantasien" befahl sich Helmut und dachte daran, dass er nahe dem Spielfeld mehrere Maulwurfshügel und Spitzmauslöcher gesichtet hatte, die ihm echtes Kopfzerbrechen bereiteten. Solch eine Plage würde er auf dem Sportplatz niemals dulden, unabhängig von seiner Tierliebe. Er dachte intensiv nach, der Population Herr zu werden, ohne den Tieren zu schaden. Schließlich bestand die Gefahr, dass sich unter dem Rasen eine Kolonie ausgebreitet haben könnte. Er stellte sich vor, was alles an architektonischem Handwerk in den Stollen unter der Erde vor sich gehen könnte, bereitete die geölte Rede vor, die er dem Schulleiter über seine Entdeckungen halten würde und pfiff, bereits erneut ins Dösen geraten, leise vor sich hin. Als begnadeter Autor würde er sie taufen:

Das HC-Lied

Als moderner Bänkelsänger bog er das Mikrofon nach oben und begann: „Jeder kennt das Nibelungenlied mit seinen legendären Versen:
‚Uns ist in alten mæren wunders vil geseit von helden lobebæren von grôzer arebeit …‘
Singen will ich Euch heute in der Weise unserer Väter von Wesen, die uns seltsam erscheinen. Sie hausen in riesigen Bauten, ähnlich den Termitenhügeln und sind einzigartig in ihrer Art, die allerdings schon überaus lange existiert, Ihre Haut ist braun-rosa getönt, da ihr das Tageslicht fehlt. Dafür können sie sich in ihren Gängen fast genauso schnell vor- wie rückwärts bewegen. Ihre Augen kann man fast als Sehschlitze bezeichnen, beeinflusst durch das Milieu der Umgebung.

Dafür sind ihre Kiefer mit sehr starken Kaumuskeln ausgestattet, wie auch andere Anpassungen an ihren Lebensraum gefunden wurden. Ihre Atmung und ihr Metabolismus sind sehr niedrig, zur Kontrolle ihrer nicht konstanten, selbst regulierbaren Körpertemperatur wechseln sie in die entsprechend warmen oder kalten Gänge. Hoch beliebt ist das sogenannte ‚Gruppenkuscheln‘ im Nest, wobei einige der Wesen eng aneinander gedrängt ihre Gesellschaft pflegen.

Bereits verdaute Nahrung nehmen sie als Autokoprophagen ein zweites Mal auf, um sich effizienter zu ernähren. Auf Deutsch: Sie fressen ihren Kot. Verwandte im Geiste sind Ratte und Hamster, da deren Eigenschaften täglich zu beobachten sind. Ihre spezielle Haut macht sie unempfindlich gegen Stiche und Schnitte, was in ihrem Lebensraum als nötige Anpassung bestens verständlich ist.

Die Verbreitung dieser Wesen ist geografisch auf wenige Zonen eingeschränkt, ebendort, wo diese spezielle Art Bienenstock als Behausung möglich gemacht wurde. Sie leben dort in Kolonien von bis zu 300 Individuen, wobei deren Organisation spezielle Besonderheiten aufweist. Charakteristisch ist die sehr spezielle Arbeitsteilung. Größere und Ältere halten sich meist an den Ausgängen auf. Sie fürchten vor allem die gefährlichen Nattern mit der Schnabelnase.

Dominiert wird jede Kolonie von einer einzigen Führungskraft, deren Partner erstaunlich schnell reifen, was man an den Streifen auf ihrer Hülle leicht erkennen kann. Der Stress durch die Unterdrückung beeinflusst die Untergebenen stark. Die Ursache für dieses besondere Sozialverhalten ist noch nicht endgültig geklärt, jedoch scheint ein Einzelner allein nicht in der Lage, für sich genügend Reserven anzuhäufen, ist deswegen auf die Hilfe und den Beistand der anderen angewiesen.

Wissenschaftlich erwiesen ist die weltweit höchste Inzestrate unter allen Lebewesen. Innerhalb einer Kolonie sind sie einander bis zu 80 Prozent genetisch identisch, normale menschliche Geschwister nur zu 50 %. Direkte Vorfahren sind wissenschaftlich nachgewiesen und als Fossile aktuell zu bewundern. Ein Rüppell hat sie bereits 1842 erforscht und ‚HC‘ getauft und, weil sie so gerne labern, mit dem Beinamen ‚glaber' charakterisiert. Andere sahen in ihnen die hässlichsten Wesen der Welt.

Evolutionstheoretiker prägten ihretwegen den Begriff der ‚Darwin'schen Sackgasse', was sie in den Fokus weiterer Forscher und der Medien rückte, wie gerade derzeit bemerkt werden kann. Walt Disney hat sie schon früher in seiner Figur des ‚Rufus' in der Zeichentrickserie ‚Kim Possible' verewigt, wobei die Hauptdarstellerin mit ihm und ihren Freunden die Welt vor Schurken aller Art rettet. Ob dies wegen des Charakter des ‚Ruhenden Fußes' geschah, darüber schweigt die Chronik in Hollywood. Retuschierte Fotos des Hosentaschen-Bewohners und Taco-Gourmands wurden 1995 als Aprilscherz im Magazin ‚Discover' in einem seriös gehaltenen Artikel über diese Wesen verwendet. Das brachte mehr Leserbriefe als jede andere Veröffentlichung bisher.

Dir ‚HC glaber', sei mein Lied gewidmet, das ich aus voller Kehle anstimmen will. Der wissenschaftliche Name des Zauberwesens lautet: Heterocephalus glaber – oder Nacktmull.“

Aufgrund dieser Gedankens erwachte Helmut wieder aus seinen Tagträumen, schüttelte seinen Kopf, griff nach dem Rest an vergorenen Tränen des Douro im bauchigen Glas, leerte es mit Vergnügen, ließ das Bukett auf der Zunge zergehen und stellte sich vor das Vertiko im Zimmer. Er betrachtete sich kritisch im Spiegel und ertappte sich beim Selbstgespräch:

Foto: Heterocephalus glaber

„Jetzt wird mir Einiges klar. Ich glaube, ich sollte in Zukunft sehr aufpassen, bevor ich zu reimen beginne“, grinste er anerkennend.

„Wir sollten einen Waffenstillstand miteinander schließen, Du und ich. Du bist ein wahrer Narr!

Ich werde Dich taufen:

le Fou “

Das Schiedsgericht

Es war bald soweit. Rita näherte sich der Direktion und grüßte die Chefsekretärin, ihre Freundin Anna, die wie üblich gerade mit einer Kaffeetasse in der Hand aus der Küche eilte.

„Dein absolutes Schatzi wartet dort." Anna genoss den urplötzlichen Schock in Ritas Augen.

Die Präsentation

„Lassen Sie hören" forderte Dr. Haber die junge Journalistin auf, nachdem sie sich begrüßt und die Kaffeetassen einander gefüllt hatten. Rita rückte sich Overhead-Projektor und Flipchart zurecht, ließ die erste Folie ihrer Studie durch den Beamer an die Wand werfen.

„Immer mit Zusatz-Windel unterwegs." Eine derartige Meldung konnte nur von Ekel Harry stammen, weshalb sie das schlichtweg ignorierte.

„Ich glaube auch nicht, dass wir den noch brauchen werden", erwiderte Dr. Haber, der seinen Pappenheimer kannte, „doch zeugt es von Professionalität, für einen Ausfall des Laptops gerüstet zu sein."

„Ich habe lange gezögert, bis ich mit meiner eigenen, intuitiv niedergeschriebenen Meinung einverstanden war", erklärte Rita, „da dieses Magazin mich komplett überrascht hat." Damit erhob sie sich und trug die wesentlichen Erkenntnisse vor, die sie in ihrer Studie eruiert und zusammengetragen hatte. Sie schloss den Vortrag mit den Worten: „Ich hatte nicht im Traum daran gedacht, was es für eine Leistung sein muss, unter solchen Umständen ein derartige Arbeit zu liefern."

Was sollte sie sagen, nachdem ihr die Analyse solche überraschende Erkenntnisse gebracht hatte? Das untersuchte Magazin stellte sich als ein Juwel mit verborgenem Schliff dar, funkelte ausnahmslos allein bei gebündeltem Licht. Nur aus einem bestimmten Winkel bemerkte man den Schliff der feinen Klinge der Autoren, die allerdings sichtbare, kantige Scharten aufwies.

Sie hatte nach dem üblichen Vorgehen begonnen, wie es der Verlagschef, Dr. Haber, verlangt hatte.

„Sie wurden ausgewählt, unser neues Magazin zu konzipieren, das in unserem Verlag vierteljährlich erscheinen soll, gedruckt für Abonnenten und online lesbar für alle anderen. Da Sie über einen Abschluss des Studiums der Medienwissenschaften mit dem Fokus auf Publizistik und Journalismus mitbringen, sind Sie für diese Aufgabe prädestiniert. Außerdem haben Sie schon jahrelange Erfahrung mit und in unserem Haus als Redakteurin und Reporterin.

Eine Ihrer Kolleginnen hat vor einigen Jahren eine erfolgreiche Diplomarbeit über ein solches Magazin namens ‚Insider' verfasst. Die Ausgaben 22 bis 28, also etwa der letzten drei Jahre, habe ich für Sie hier bereitgestellt. Ich möchte die Ergebnisse und Erkenntnisse Ihrer Studie bis Jahresende präsentiert erhalten. Alles, was sie aus diesen Heften herausklamüsern können, will ich dargestellt erhalten, egal, ob es offensichtlich ist oder nur Sie es rauslesen. Halten wir mal den 10-ten Dezember als Termin fest. Drei Stunden ab neun Uhr vormittags.

Ich brauche eine verantwortliche Chefredakteurin für unser eigenes Produkt, mit unseren Themenkreis. Ich will eine Quereinsteigerin wie Sie dafür, weil Sie noch keine Betriebsblindheit entwickelt haben können. Dazu sind sie in diesem Bereich noch zu kurz tätig. Jemanden, der in der Lage ist, die Essenz aus anderen Quellen zu quetschen und für uns nutzbar zu machen. Mehr als drei Monat Zeit reichen aus, das ist Zeit im Überfluss, wenn sie sich dranhalten."

Da saß sie nun und grübelte, ob sie sich trauen sollte, alles, was ihr während der Analyse-Phase aufgefallen war, wirklich in seiner Tiefe darzulegen, all das, was sie sich aus den Inhalten und ihren eigenen Interpretationen zusammengereimt hatte. Selbstverständlich klang alles logisch, aber war es auch wahr? Konnte sie damit etwas bezwecken, wenn sie diese Ideen, ja, vielleicht nur ihre Hirngespinste, in ihren Konzeptentwurf aufnahm?

‚Jetzt oder nie' schoss es ihr durch den Kopf: ‚Ich schnapp mir diese Chance, diesen Stier bei den Hörnern und spiel auf volles Risiko'.
Damit griff sie zu den Notizen, hämmerte die letzten Sätze in die Tasten, klickte auf ‚Drucken' und wartete, bis der Printer alles ausgespuckt hatte. Da lag sie nun, auf dem Tisch, unheilschwanger, harrte der Verpackung in eine hübsche Mappe und ihres weiteren Schicksals. Sie setzte Ihren Vortrag mutig fort.

Medienanalyse Insider

Das Magazin wurde offenkundig im Jahr 2014 einem Relaunch unterzogen. Die Änderungen ziehen sich in einigen Details bis ins Heft 32 durch und wirken sich auf die gesamten Inhalte aus. Die neuen Hefte zeigen im Vergleich zu 29 die Änderungen im Layout der Aufmachung, bei den Grafiken, in Cover-, Karikatur- und Rück-Seite. Die damit veränderte spezifische Gesamterscheinung des Medienproduktes, das detaillierte Sichtbarmachen des gedanklichen Bildes, hat den Wiedererkennbarkeitswert des Logos, der Marke, des Magazins

enorm gesteigert. Darauf ist im Einzelnen einzugehen, weil diese Wirkung elementare Bedeutung für ein derartiges Produkt besitzt.

Logo

Das bisherige Logo wurde verändert, ohne den Namen selbst anzutasten. Die beiden Großbuchstaben (DI) in der ursprünglichen Form wurden durch das große ‚R' am Schluss zu einem ‚DIR' gestaltet, personalisiert und damit ausgedrückt, dass ‚Dir, Insasse" dieses Heft gewidmet sei. Außerdem wirkt das Logo durch diesen grafischen Trick jetzt kompakter, irgendwie runder. Der neue, geraffte Untertext: „Information & Unterhaltung für Insassen der Karlau', soll ausdrücken, dass sich das Magazin mit einer Botschaft direkt an seine Adressaten richtet.

Außerdem wird das Logo freigestellt, verletzt damit nicht mehr ein wesentliches Objekt des Titelbildes wie in den Ausgaben zuvor, ragt nicht mehr in den Kopf - hier in das Barett - hinein. Der optische Eindruck, der sich aus dem blauen I zu Beginn und dem roten R am Ende ergibt, wiederholt sich in ‚Ausgabe' und deren Nummer, bietet Konsistenz. Dieses Stilelement wird der Titelseite vorbehalten. Das Grundkonzept wurde verändert, um das dauerhaft erfolgreiche Format zu modernisieren und dem zeitgemäßem Stil anzupassen, aber auch, um diese Botschaft subtil zu vermitteln.

Inwieweit diese Erkenntnisse auf reinen Vermutungen basieren oder die grafischen Elemente von den Schöpfern nur unbewusst eingesetzt wurden, soll eine spätere Recherche ergeben, wenn sie ermöglicht werden kann. Jedenfalls lassen die weiteren Erkenntnisse aus der Analyse die Schlussfolgerung zu, dass hier Absicht und nicht Zufall am Werk waren.

Das Verschieben des Logos von der linken Seite in die zentrale Bildachse des Betrachters und das Entzerren von Logo und Untertext bereinigt das Marken-Bild zusätzlich. Die optische Präsenz des Logos wird damit erhöht, die Aufmerksamkeit dafür gesteigert. Die gewollten Änderungen ziehen sich weiter im Heft fort, bis auf die Rückseite, welche kein Logo mehr zeigt. Dass damit die Option gewahrt werden soll, bei Bedarf Werbung zu schalten, lässt sich kaum bestreiten.

Cover

Die Titelseite mit dem Zeitungskopf ist die Visitenkarte, im Internet das virtuelle Schaufenster jeder Publikation. Interessant ist Folgendes: Der Spiegel erläuterte in seiner Ausgabe 19/2014, offenbar rein zufällig, sein verändertes Layout ab 5. Mai 2014. Der Insider erlebte schon zuvor, doch nahezu zeitgleich eine ähnliche Wandlung. Offenbar schien der Zeitpunkt dafür gegeben, wenn auch aus total unterschiedlichen Anlässen und Ursachen. Das bislang rein zufällig, grafisch ohne

Themenbezug gestaltete Titelblatt verweist nun als monothematisches Cover neben dem Titelthema auf zwei, maximal drei weitere Artikel im Heft.

Ein Blick auf drei vergleichbare Cover-Seiten zeigt plastisch die gravierenden Unterschiede. Die weiteren erkennt man auf der später analysierten Grafikseite (Comic, Karikatur) und dem Back-Cover, das ebenfalls neu konzipiert wurde. Die Bilder bis Ausgabe 29 hatten wenig bis gar keinen direkten Bezug zu Kerker, Haft oder Inhalten der wesentlichen Artikel im Magazin.

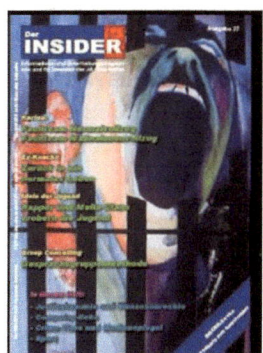
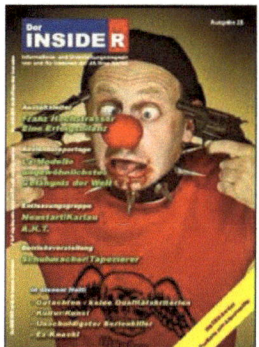
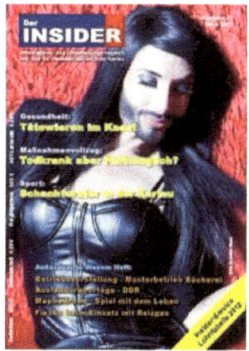

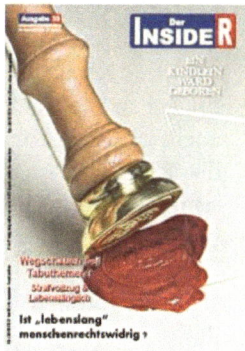

Die Texte überlappten das Titelbild ohne Rücksicht auf dessen implizite Aussage, was im Zusammenhang mit dem fehlenden Bezug weiter nicht störte. Mit dem neuen Konzept ist das unvereinbar. Die spezifischen Inhalte des jeweiligen Heftes, Titelstory, Leitartikel, größere Beiträge, erzwingen eine Art Konformität mit dem Cover oder dem Hauptthema.

Die Bildwirkung muss sich in den Textinhalten konsistent fortsetzen, das Bild praktisch weitgehend das Wort vorwegnehmen, provozieren, Vorurteile beim Leser zum erwarteten Text schaffen. Alles, was diesen Zweck beeinträchtigt, stört den Gesamteindruck und konterkariert die entsprechend dahin gezielten Bemühungen der Grafiker.

Ein permanenter Bezug zum Gefängnis verschreckt den potentiellen Leser. Die alte **AIDA**-Formel der Werbe-Wissenschaft, die Reihenfolge von **A**ttention → **I**nterest → **D**esire → **A**ction, bleibt unbestritten das wichtigste Szenario für einen Kauf und - noch viel mehr - für die Entscheidung, das Heft überhaupt zu lesen.

Gerade bei Gratisprodukten, wie Eva Dichands Gratis-Boulevard-Blatt ‚Heute‘ in beispielsweise Wien, zählt die Summe derjenigen, welche die Zeitung mitnehmen. Fast mehr Leser finden sich danach, ob in Firma oder in der U-Bahn, wo viele die ‚Heute‘ einfach, meist zur Entsorgung durch Dritte, liegenlassen. Der eine Wert des Magazins liegt in der Zahl der echten Leser, nicht in jenen, die nur das erstmalige Mitnehmen besorgen, der höchste jedoch bei jenen, welche das Heft als eine Art Nachschlagwerk archivieren, um für eigenen Zwecke daraus zu zitieren, wie es Insassen wohl empfohlen wird.

Redaktioneller Inhalt

Radikal räumte schon das Heft 30 mit dem bezugsarmen Konzept auf und fokussierte allein das Titelthema, die Forensik und die erschütternden Mängel der Laborergebnisse in allen nahezu allen Belangen. Der Text zu Heft 32 liest sich bereits wie eine ‚Betriebsanleitung‘, wirkt wie ein Guide durch das Dickicht der Inhalte. Damit löst das Redaktionsteam die schwierigste Aufgabenstellung, den optischen Eindruck durch das Cover in eine bestimmte Erwartungshaltung zu den nachstehenden Inhalten umzusetzen. Sozusagen als mentaler Anker, an dem sich die Themen festhalten. Allerdings mit der unabdingbaren Folge, dass dieser Anspruch beizubehalten ist. Dies im kargen Umfeld eines Gefängnisses mit äußerst beschränktem Zugang zur Medienwelt und dem Internet.

Entsprechend passende Bilder zu finden lässt schnell die Lösung in selbst erstellten Grafiken durch hauseigene Künstler finden, eine Vermutung, die sich durch die Cover-Grafiken der Ausgaben 31 bis 33 bestätigt. Die Ideen zu fokussieren, einen Grafiker oder Maler dazu zu motovieren, Entsprechendes zu schaffen, das scheint eine echte Herausforderung, nicht nur in diesem kritischen Umfeld.

Funktionierte das mit dem Anreiz, ein Buch-Cover zu kreieren, das in allen Buchhandlungen sichtbar aufliegen solle? Das Back-Cover 31 zeigt jedoch bereits ein Bild aus den Fantasien eines Anderen, Magazin 32 glänzt mit drei abbildenden Werken offensichtlich desselben Künstlers, welche thematisch auch in den Texten unterschiedlich verarbeitet werden. Das erhebt sich die Frage, ob die Zusammenarbeit bei der Erstellung der Zeitschrift vielleicht sogar über mehrere Anstalten hinweg funktionieren könnte, was einen weiteren Aspekt für die Konzeption eines integrierten und doch konsistenten Wirkens kreativer Personen darstellt.

Das Magazin hat damit prinzipiell eine weitere offene Frage beantwortet, bestätigt die Priorität für die Talente der daran beteiligten Individuen und lässt das geforderte Niveau für die Präsenz der jeweiligen Botschaft in den Inhalten erahnen. Es dürfte sehr spannend werden, diese Vermutungen zum Prozess der redaktionellen Entscheidungsfindung für Cover und Themen je Ausgabe mitzuerleben. Schön wäre es, die Recherche zu den Vorgängen in der Justizanstalt Karlau zu betreiben. Die Einigung unter Kriminellen steht jener des Redaktionsteams des eigenen Verlages gegenüber. Davon wüssten auch die Art-Direktorin und der Chefredakteur ein Hohelied zu singen. Danach ausgerichtet zieht sich der gesamte Problemkreis an Aufgabenstellungen weiter zu Karikatur- und Rückseite.

Die Wandlung in den Botschaften findet sich im jeweiligen Cover wieder. Auch die logische Fortsetzung des vorherrschenden Gedanken der Autoren kann leicht erkannt werden, wie die Themen auf den Titelseiten der Hefte 31 bis 33 beweisen:

31 - Ungebrochene Kreativität hinter Kerkermauern.
32 – Gandhi, der sanfte Zerstörer – bereits am Werk?
33 – Ist „lebenslang" menschenrechtswidrig?

Nach dem abgebildeten Vorwort zu Heft 32 ist es einfach absehbar, dass die ‚Forensik-Lügen' sich schon in der ‚Geheimakte Mensch' wiederfinden lassen, wie die Einschätzung zu ‚Vollzug auf der Kippe' die logische Fortsetzung des Weges der Justiz zum Abgrund und unbeirrt darüber hinaus darstellt und diese Serie wie geplant fortgesetzt werden wird.

Verdachtsweise ist in Heft 33 ist ein weiterer Paukenschlag zu erwarten, analog zum Vorwort sollte sich der längst beschädigte Krug dem Brunnen zum allerletzten Mal nähern und in der Ausgabe 34 virtuell zerbrechen. Man darf gespannt sein.

Bis zum Relaunch wurden nur spärlich klare Botschaften zwischen den Zeilen verborgen, jetzt springen diese dem interessierten Leser fast schmerzend in die erstaunten Augen. Gandhis Schaffen, eigentlich sein Zerstören als Leitmotiv sticht heraus. Der verkannte Greis trägt die wichtigste Message. Im Interview mit dem neuen Anstaltsleiter wird das sicht- und fühlbar.

Doch nur für jene, welche die Geschichte Indiens kritisch analysiert haben, den wahren Erfolg des verkannten Mahatma im Detail verstehen wollen. Denn der verehrte Mann hatte das alleinige Interesse, die Briten aus Indien zu eliminieren, alles andere hingegen unverändert beizubehalten, seine Anweisungen zur ‚non-cooperation' beinhielten die Weigerung der Steuerzahlung an Engländer, nicht jedoch an die lokalen Grundherren und änderten vor allem absolut nichts am von ihm verteidigten Kastensystem, was ein wesentlicher Grund für die flächendeckende Islamisierung der Gebiete des heutigen Pakistans und Bangla Desh sorgte, denn die Moslems kennen keine unantastbaren Parias, Dalits, ‚Unterdrückte', wie sie sich heute selbst nennen, die Unberührbaren im indischen Kastensystem.

Genauso verhält sich der Anstaltsleiter, der die Kontrolle meidet und dies im Wissen um die offenkundige Rechtsprechung des OLG Linz. In Erfüllung der Tatbestände iSd § 312a deklarierte der Jurist Mag. Josef Mock, im ‚Insider', Heft 32, ausdrücklich, dass seiner Ansicht nach die offenkundig rechtswidrige Anhaltung im Zellenhaus rechtskonform wäre, weshalb vom Vorsatz zum Rechtsbruch ausgegangen werden muss und der Sachverhalt von StA und BMJ amtswegig zu prüfen ist.

Mag. Mock deckt somit die rechtswidrige Käfighaltung der Untergebrachten im Zellenhaus der Karlau, gemeinsam mit Strafgefangenen, was Gesetz und Entscheidung ausdrücklich untersagen. Ebenso haben die Geschehnisse der Strafanstalt die Untergebrachten nicht zu berühren, etwaiger Alarm bei den Strafgefangenen haben die Untergebrachten, da räumlich und personell getrennt, nicht zu beeinflussen.

Ebenso unterliegen alle Untergebrachten denselben medizinischen Standards und ebenso gelten die generellen Besuchs- und Verschlusszeiten österreichweit und unterliegen nicht der Willkür eines nicht medizinisch gebildeten Anstaltsleiters. Gesetzeskonform haben alle Justizwache-Beamten für Untergebrachte eine psychologische Sonderausbildung nachzuweisen, was in der Regel, vor allem an Wochenenden, deswegen nicht der Fall ist, weil die korrekt Ausgebildeten auf anderen Etagen des Käfigs Dienst zu machen eingeteilt werden. Die vom VfGH Deutschland normgerecht festgestellte Anhaltung, vergleichbar „…einem Spital, einer Krankenanstalt ..." wird den Untergebrachten verweigert, obwohl das OLG Linz schon vor den Deutschen Verfassungsrechtlern dieselben Regelungen als ‚Artgerechte Haltung' festgeschrieben hatte.

Den Kontrapunkt setzt das Titelthema mit dem Leitartikel. Das Motto aus dem Insider 30 wird konsequent weiter fortgesetzt. Dazu folgt die Verknüpfung mit der Karikatur auf der Seite 2. Die wird noch zu untersuchen sein, denn es drängt sich die Ahnung auf, dass hier weitere Botschaften enthalten sein könnten, die sich dem unachtsamen Leser nicht sofort erschließen. Die Inhalte ‚zwischen den Zeilen' im Leitartikel führen uneingeschränkt zu diesem noch unbewiesenen Verdacht.

Aus dem Textmagazin mit Bilderhintergrund ist hat sich ein journalistischer Schmetterling entfaltet, der sich gleichzeitig zur Insassenunterhaltung als Message-System an die begabteren Leser darstellt, das ‚Bild und Ton' integriert. Eine konsistente Botschaft nistet sich unüberhörbar und unübersehbar im Gedächtnis des verständigen Lesers ein.

Die Titelseiten locken ins Innere. Der Interessierte sucht unbewusst nach den Anker-Beiträgen, welche das Konstrukt des jeweiligen Magazins stabilisieren und die hauptsächlichen Botschaften tragen. Jene, die nicht so präzise dokumentiert werden, sondern sich unbewusst ins Hirn schleichen sollen.

Wer sucht schon bewusst danach, forscht nach derartigen Facetten?

Jedenfalls wird er fündig. Beispielsweise in 31 auf 32, wo der Pfad zu den Gutachtern und dem Vollzugsgericht geschlagen, deren beider reale Qualität in der Satire ‚Die 7 Schwaben‘ abgehandelt werden. Die unauffällige Kritik der hauseigenen Band wird ebenfalls benutzt, um diese Leistung der beteiligten Insassen ins rechte Licht zu rücken, das Positive zugunsten der Häftlinge herauszuheben, am Beispiel zu zeigen, wie man solches platzieren kann.

Auch die Seite mit den Buchrezensionen bietet eine weitere Säule zur Verdrahtung der Messages. Die Rückseite zu Heft 30 und die Inhalte zum Buch ‚DIY‘ spielen sozusagen zusammen. Andere Botschaften verstecken sich in den weiteren Buchbesprechungen. Versteckte Kritiken am Haus, an der Anstalt, finden sich überall. In ‚Bora‘ wird die österreichische Richterschaft subtil entlarvt:

Gandhis vordringliches Gedankengut steht in ‚Um Mitternacht die Freiheit‘, wobei er britische Haft dafür einheimste, dass er ‚nicht kooperierte‘, eine Formulierung, die sich bei den unangepassten Beschwerdeführern in den hauseigenen Berichten der Justizanstalt wiederfinden dürfte. Die Idee einer - für 2014 und die Zustände in der Karlau angepassten - Askese klingt vorerst mal nicht schlecht.

Die Witzseite spielt inhaltlich genauso mit demselben justiz-kritischen Gedankengut, wie sich zeigt.

Mit der Antwort auf die Frage, wann der Zeitpunkt zum Umdenken in der inhaltlichen und künstlerischen Gestaltung des Magazins eingesetzt haben dürfte, kommt man den Redakteuren auf die Schliche. Anders gesagt, der Forscher wird auf die mentale Geisterbahn des Lebens eines Insassen zum Mitfahren eingeladen.

Der kreative Schub ist ab dem Heft 31 eindeutig in Wort und Schrift zu erkennen. Sinnerfassendes Lesen und possierliches Schreiben werden dort zum Ideal erhoben. Die Aktion der Lesung zu ‚kreatives Schreiben‘ soll die Interessierten befeuern. Dabei reizen die Verse und fordern zu einer ungehinderten Denkweise mit einer guten Chance auf Erfolg auf.

Die Kurzgeschichte, die Satire ‚Die 7 Schwaben‘ übermittelt knallhart die Botschaft, was im Hause der Justiz in Wahrheit alles abgeht. Die Persiflage auf das Handeln eines Gerichts in Zusammenarbeit mit dem Ideal eines Gutachters, der Tätigkeit des Rechtswahrers, der Staatsanwaltschaft und vor allem die strafrechtliche Wertung der Zeugenaussagen zeigt dermaßen klar die wahre Abfolge eines üblichen Gerichtsverfahrens, dass keine Fragen mehr übrig bleiben. Allerdings nur für jene, die sich den ‚Genuss‘ der Teilnahme an einem derartigen Prozess jemals gegönnt haben.

Die Analogie des Gedichts zum Werk des Eugen Roth und seiner Serie ‚Ein Mensch' ist unverkennbar. Die Hinführung zur Leichtigkeit des Seins- auch als Lebensphilosophie in Haft - sollte dabei nicht vergessen werden. Hier zeigt das Heft ebenfalls seine Botschaft auf, dass jeder es sich mental richten solle, wenn er dazu intellektuell in der Lage sei.

Weitere Angriffe auf das menschliche Denkvermögen geben die im Magazin zitierten Werke weiterer Insassen. Sie treffen die Stimmung, das Gefühl und ihre Machlosigkeit, die manche sich einbilden.

Die gedankliche Überleitung aus der fiktiven Story in die Fakten im Heft 32 ist unübersehbar.

Das Thema wird konsequent fortgeschrieben.

Aufgefordert wird, mitzumachen beim konstruktiven Wehren im eigenen Interesse des Gefangenen gegen die Willkür der Wärter. Unerreicht in seiner Aussage ist das entsprechende Gedicht des Abdul Karim, das nach Latrinengerüchten einen Justizwachebeamten zur Frage reizte, ob das einer seiner Kollegen geschrieben habe.

Es bedarf genügend Chuzpe, darauf noch selbstverständlich zu antworten, jedoch die Mühe lohnt kaum, denn der Adressat wäre nach unisoner Einschätzung intellektuell nicht in der Lage, die Schönheit seines eigenen Scherzes zu begreifen.

Der Autor erschuf mit dem Gedicht ein Juwel, als Geständnis getarnt, entlarvt die verlogene Gesellschaft der Angepassten, die ihre Mentalität seit dem Dienst ihrer Vorfahren in Mauthausen, Niederhagen, Buchenwald und anderen angepasst haben.

Der Leitartikel ‚Geheimakte Mensch' setzt die Enthüllungsserie zur Forensik-Blamage konsequent fort. Die Psychos wurden durch die Inhalte der wissenschaftlichen Artikel entlarvt. Auch die Leserbriefe schlagen in dieselbe Kerbe, entblößen das Geheimnis der angeblichen Unfehlbarkeit der Richter, karikieren die Situation, handeln die Thematik des Kaizen, des Kontinuierlichen Verbesserungsprozesses philosophisch ab.

Die Details zeigen noch mehr, wenn man die Zusammenhänge dazu als Maßstab verwendet. Das Ergebnis des Schachturniers in der Anstalt sieht beispielsweise die wesentlich Beteiligten in der Insider-Redaktion auf den vordersten Plätzen.

Die Bücherrezensionen lassen die Eingeweihten schmunzeln. ‚Musashi' spricht über Strategie, ‚Die Wohlgesinnten' zeigen die Problematik der sich niemals entpuppenden Made. ‚Ziel erfasst' mokiert sich über Weisheiten des Häf'n-Alltags, wie auch ‚Ein Russischer Roman' die Einsatztruppe veräppelt. Politiker und vor allem die Justizpolitik werden passend zu ihrem gängigen Verhalten auf der Witz- und Rätselseite charakterisiert. Dieses Konzept setzt sich unverändert in den weiteren Heften fort, in den Abschnitten: Leserbriefe, Bücher, Witze. Positive Artikel wie über ein Live-Konzert in der Anstalt durch junge Künstler werden umrahmt von zum Thema und Zitaten des Gründers, Lord Yehudi Menuhin.

Der verständige Leser merkt, dass er ein Magazin ‚mit Widerhaken' vor sich hat, das provoziert und seinen Intellekt fordert. Dass die Botschaften nicht an die Insassen mit einem Großteil nicht ausreichend Deutsch sprechender Ausländer gehen, liegt auf der Hand. Gerade deshalb lesen es interessierte Juristen aus Justizministerium und Strafanstalten, (Staats-)Anwälte, Politiker und Richter. In der Ausgabe 32 taucht eine neue Spalte auf, der ‚Outsider'. Dort werden weitere Fakten dargelegt und grundlegende Weisheiten des Hausverstandes verteilt.

Diese Spalte dient als weitere Säule, an der sich das Konzept und der verfolgte Pfad ablesen lassen. Der Outsider spricht Klartext und nimmt sich kein Blatt vor den Mund. Er bezieht sich auf jene Inhalte, die sich dem Leser nicht sofort erschließen, stößt ihn mit der Nase drauf, provoziert gegebenenfalls ein neuerliches Studium mancher harmlos klingenden, überfliegbaren Passagen.

Die neuen Leitartikel zum jeweiligen Thema der Titelseite zeugen vom erwachten Selbstbewusstsein des Redaktionsteams, Journalismus ernsthaft betreiben zu wollen, Inhouse-Widerständen mit unwiderlegbaren Fakten zu begegnen. Alles schön ‚fein, aber bewusst kantig, scharfig' mit Grafiken hinterlegt. Als Besänftigung und Ausgleich der manchmal empörten Leserschaft dienen weitere Artikel, welche positive Aspekte des Gefängnislebens adressieren. Der Chefredakteur steht im Kreuzfeuer der Ansinnen, vor allen im Zusammenhang mit der Ausprägung der offenkundig nicht nach anerkannten wissenschaftlichen Methoden erstellten Gutachten für Anhörung und bedingte Entlassung.

Artikel wie ‚Bücherverbrennung' zur Reduktion der Bibliotheksbände um etwa 2500 Werke eröffnen weitere aktuelle Baustellen im Vollzug, weil das Ersatzprodukt, der bald durch die Vollzugsdirektion erlaubte ‚Reader' von Kindel oder anderen Herstellern noch nicht verfügbar ist. Das gefährdet die Loyalitätsmentalität, wenn man die Entsorgung schon 2014 durchführt, den Ersatz erst frühestens 2015 in Aussicht stellt. Die zuvor dargestellten Leserbriefe stellen die Spitze der ‚sauber formulierten' Texte dar. Auf deren echtem, dem Knastjargon näheren Niveau, wäre das Ganze nicht druckbar. Die veröffentlichten Briefe zeigen genug von der wahren Stimmung im Haus. Diese ist nach deren Inhalt durchaus nachvollziehbar.

Rückseite

Die Rückseiten haben sich vor allem darin gewandelt, dass mehr zum Thema der Ausgabe konsistente Botschaften dahinter zu stehen scheinen, wenngleich die bisherigen Back-Covers durchaus ähnliche Gedanken generieren sollten. Dass die Grafik als Allegorie auf die Rechtsprechung und der an der Mauer hängende Ausbrecher die Fantasie anregt, bleibt unwidersprochen. Nur fokussieren die Botschaften der letzten Ausgaben etwas schärfer, punktgenauer das Vorgehende im Magazin.

Dasselbe gilt uneingeschränkt auch für die Karikaturen-Seite.

Dieses Prinzip wird mit Ausgabe 31 begonnen, ab Heft 32 konsequent durchgehalten. Das gelbe Band rechts unten am Cover (noch in Heft 31) mit Zusatzinformationen über Spendenerfolge weicht der neuen Aufmachung und verschwand. Es hatte zu sehr den Anstrich eines Sonderangebotes, von Mehrlieferung in der gleichen Packung und dürfte in besonderen Fällen wieder aktiviert werden, wenngleich eine andere Art der Aufbereitung von Zusatzinformationen zu empfehlen wäre.

Die bisherige Kennung der Inhalts-Hinweise auf Seite 3 änderte sich vom tätowierten Körper über ein ‚Forschendes Auge‘, in das jeder hinein interpretieren mag, was er möchte, in ein neues Symbol, das selbst noch in seiner Entwicklung zu stehen scheint.

Die steigende Aufmerksamkeit der Leser wird dadurch provoziert. Die sich aufdrängende Analogie zu ähnlichen Symbolen scheint durchaus nicht an den Haaren herbeigezogen.

Das Auge auf der Pyramide und der Satz ‚Novus ordo seclorum‘ finden sich auf der Rückseite des Großen Siegels der USA und werden seit 1935 auf die Rückseite des amerikanischen 1-Dollar-Scheins gedruckt. Es soll eine versteckte Anspielung auf Vers 5 der 4. Ekloge des Dichters Vergil: ‚Magnus ab integro saeculorum nascitur ordo‘ sein: „Die große Folge der Zeitalter beginnt erneut.“ Diese Worte sollen die Anfänge eines neuen Zeitalters unterstreichen. Die Andeutung liegt als Aussage des ‚Insider‘ damit auf der Hand.

Es darf erwartet werden, dass dieses Konzept sich unbeirrt fortsetzt, maximal behindert durch eine merkbare Zensur, denn manche Texte scheinen, wenn auch in geringem Maße, gewaltsam ‚optimiert‘ worden zu sein, um den Ansprüchen der Hauspolitik gerecht zu werden. Das wird sich in Heft 33 etwas kulminieren, denn es ist absehbar, dass im Magazin immer kritischere Themen auch der Tagespolitik aufgebracht werden. Weihnachten eignet sich, um einen neuen Eckpfeiler zu setzen, von dem aus sich im Jahre 2015 die weiteren Botschaften ergeben, zu erkennen schon zu Beginn dieser Medienanalyse.

Die Rechtfertigung zu beispielsweise zum Back-Cover 32, das eine Ansicht aus einem Straflager oder an den Eisernen Vorhang erinnert, lässt tief blicken, die Botschaft ist nicht mehr wirklich subtil, was erklärbar wird, wenn sich der geneigte Leser an die YouTube-Video-Clips zu Prügeleien an Häftlingen in der

Strafvollzugsanstalt Suben erinnert, ebenso an die Probleme beim ungehinderten Briefverkehr der und mit Insassen.

Die Möglichkeit von Aussagen in sprechenden Bildern wird sichtbar dort ausgereizt, wo die Zensur bei unmissverständlichen Texten unbarmherzig zuschlagen würde, aus der Sicht der Justiz gesehen, eigentlich sogar muss. Die Chance, etwas zu ändern, bleibt ihr somit vorbehalten und sie wird nicht auf den ersten Blick bloßgestellt. Das erinnert an die Bildwissenschaften, vor allem der Ikonografie, welche die Symbolik der Bildinhalte unter Berücksichtigung von zeitgenössischen literarischen Quellen erforscht.

Der öffentlichen Verbreitung von Gedanken dieser Art realer, justizieller Absurdität stehen die Interessen von Gefangenen in Isolation gegenüber, welche vormals durch Kassiber durchbrochen wurde. Nun gelingt es offenbar dem Redaktionsteam, seine versteckten Botschaften viel subtiler und treffender an den neugierigen Leser zu bringen und vertraut es auf dessen Intelligenz.

Zusammenfassung

Das Magazin Insider hat eine Aussagekraft, die sich als Lehre für ein eigenes Produkt besonders gut eignet, weil der Werbewirtschaft Grenzen gesetzt sind, welche die Redaktion kaum zu umgehen vermag. Den Leser zu einer Neugier zu bewegen, ihn zu motivieren, die gebotenen Inhalte viel genauer zu erforschen, das strebt jedes Medienprodukt als hehres Ziel an. Reine Werbezeitschriften mit Produktplatzierungen, wie es so schön heißt, werden langweilig, andererseits ist versteckte Werbung stark eingeschränkt.

Daher kann den Heften zugestanden werden, dass sie dieses Problem in einer beeindruckenden Weise lösen, die zu einer Nachahmung motiviert. Die sogenannten Credentials gelten heute kaum mehr etwas, doch in literarischen Artikeln verborgene Botschaften von glaubwürdigen Autoren bleiben im Gedächtnis jener Kunden haften, welche sich von der Pflicht zum sinnerfassenden Lesen nicht abgeschreckt fühlen.

Ob solche Personen unsere Zielgruppe sein werden, wurde mir bis dato nicht verraten. Zur Illustration der Artikelinhalte wurde ein erster Text aus einem Insider transkribiert. Die Titelgeschichte zur Ausgabe 32 zeigt umfassend die inhaltliche Schreibweise.

Zerbricht ein Imperium?

Ein dürrer Greis namens Gandhi zerschmetterte vor knapp 70 Jahren das britische Weltreich. Sein Gesicht ist Geschichte. Ebenso brisant könnten die Zehennägel eines 74-jährigen Verwahrlosten werden. Ein aktueller Schlachtbericht.

Seit in den Medien ein Sonnenstrahl auf die hübschen, verwesenden Krallen des Untergebrachten im Maßnahmenvollzug und das Steiner Nagelstudio lächelte, regt sich das Ensemble aus Vollzugsdirektion, Sachverständigen-Verband und Richter, wobei dem Bundesminister seine Rolle als Moderator des Wandels der öffentlichen Sicht auf den Strafvollzug gar nicht zu gefallen scheint. Nach der EU-Wahl hob die Disziplinarkommission vier der sechs medienwirksam ausgesprochenen Suspendierungen umgehend auf, die Justizwachegewerkschaft zeigte ihre geschärften Krallen.

BMJ Dr. Brandstetter klagte in der Pressestunde, ihn würden nur gefilterte Informationen erreichen, deswegen sei die verfassungskonforme Ablösung der Vollzugsdirektion geboten. Eigentlich stellt dies eine klare Interpretation der Verfassung dar, da sich niemand selbst kontrollieren könne, ohne in Gefahr zu geraten, mit der Macht Schindluder zu betreiben. Das verschlug den Gewerkschaftern mal kurz die Sprache.

Unterlassen hat Mister Schnellschuss dabei zu erklären, warum gerade die Richter, ebendiese verpönte ‚Selbstkontrolle‘ seit Jahrzehnten als größte Errungenschaft der Unabhängigkeit des Richterstands verteidigen, um ihre eigenen Leichen zu vertuschen. Etwas Konsistenz im Gedankengang würde wohl kaum schaden, wollte der Justizminister wirklich mit Gepflogenheiten aufräumen, die sich heimlich, still und leise als Gewohnheitsrecht eingebürgert haben. So gibt es oft allein deswegen, angeblich ‚rechtskonform‘, keine Wiederaufnahme, weil das Opfer der vermeintlichen Fehlurteils kein Recht auf Delegierung an einen anderen Gerichtshof besitzt, somit immer derselbe Richterstab seine eigenen Entscheidungen für unantastbar erklärt und die Senatskollegen auch falsche Entscheidungen als unberührbar ansehen.

Allerdings scheren den werten Herrn BMJ erledigte alte Suizide nicht gerade sehr. Tote klagen ja nicht lautstark an, selbst wenn sie zu heiß gebadet worden sein sollten. Da wird liebend gerne auf die juristisch ‚entschiedene Rechtssache‘ verwiesen, deren Fakten sorgsam untersucht worden seien, von gerade jener Staatsanwaltschaft Krems, die Dr. Brandstetter gerade jetzt im ‚Krallenfall‘ aufgrund von Befangenheits-Bedenken wegen ‚zu großer Nähe zur JA‘ ausgegrenzt hatte.

Hektik im Krähennest

Die Psycho-Experten erklärten sich als optimale Problemlöser für die Frage der Unterbringung, allen voran der Pillenfan Dr. Adelheid Kastner, deren Verbrauch in der JA Asten jenen der JA Karlau schlagen dürfte. Dafür besitzt sie auch keine Lehrberechtigung an einer österreichischen Universität.

Wer braucht weiterführende akademische Ausbildungs-Stätten zum Verabreichen von Psychopharmaka oder gar Forschung in forensischer Psychiatrie in Lipizzanien? Wer braucht solche Bildungsstätten für Profis, wenn stapelweises Verabreichen von Neuroleptika als Therapie billig willenlose Zombies erschaffen kann? Niemanden interessieren die Kontraindikationen von bis zu mehr als 15 Medizin-Dragées täglich? Großherzige Smarties-Dosierungen optimieren Magen-, Darm- und Hirn-Leistung. Die erschreckenden Kostendaten zum finanziellen Umfang der chemischen Keule in einer Justizanstalt wurden im Insider 30 dargestellt.

BMJ Dr. Brandstetter schwärmte in der Pressestunde für die Psycho-Verwahrungsanstalt Asten und sah auch das Steiner ‚Krallentier‘ nunmehr in der JA Mittersteig optimal betreut. Bekannt durch die dort großzügigen Gaben an Drogen-Cocktails wird der werte Sonnenanbeter nun seine Gefährlichkeit wohl weiter in süßen Träumen erleben, in denen er keine störenden Aromen des eigenen verwesenden Kadavers mehr riechen muss. Am Sonnenstrand in Gedankenreisen – ‚Somno! Bene, mio caro amico‘!

Schließlich gilt der Opa als weit zu agil und die rein aktenmäßige Gefährlichkeit ‚schockierte‘ die Senatsrichter des Vollzugsgerichts Krems, wie der Vizepräsident verlautbarte. Obwohl seine letzte ‚Sichtung‘ durch des Gericht über ein Jahr her war. Das Gesetz fordert nur ein jeweils zweijähriges ‚Sehen‘ des zu Beurteilenden durch das Richtervolk. Im Alter von 74 besteht also der Faktor Hoffnung, dass Gevatter Tod vor dem überarbeiteten Senat sein Werk verrichte, der Sensenmann vor dem Juristen die Ziellinie überquert.

Lunte gerochen

Bleibt jetzt für den BMJ die Frage, wie die Justiz mit den hochgeschreckten Anwälten umgehen soll, die ein neues, überaus lukratives Geschäftsfeld bei der Maßnahmenanhörung entdeckt haben, weil die reale Einhaltung der laut StVG maßgeblichen StPO dermaßen im Argen liegt, dass die Fledermäuse Morgenluft wittern, überaus erfolgversprechende Amtshaftungsklagen aus der Ferne lächeln. Bedingt durch jene Gutachten aus der Ferne, die in 10-Minuten-Anamnese von meist willigen Greisen erstellt werden, somit jedweder ausreichenden Befundgrundlage entbehren, die OGH und VwGH schon 1993 als unabdingbar für eine richtige Diagnose erklärt hatten.

Die Mittersteiger Zeitschrift ‚Blickpunkte‘ berichtete bereits ausführlich über das Entsetzen von Anwälten über die erlebte ‚Geheimjustiz‘, welche bis dato in den Vollzugsgerichten abgelaufen ist.
Renommierte Verfassungsrechtler wie Univ. Prof. Dr. Bernd-Christian Funk erklären ausdrücklich:

„Rechtsmittel stehen zwar zur Verfügung, es gibt aber immer noch Restelemente alten Denkens, das von der Vorstellung geprägt ist, der Straf- und Maßnahmenvollzug seien Bereiche mit minderer Rechtsschutzqualität. Derartige Vorstellungen eines besonderen Gewaltverhältnisses haben im Rechtsstaat nichts verloren. Die uneingeschränkte Geltung rechtsstaatlicher Garantien ist ernst zu nehmen" ….

Es gibt kaum einen Bereich der Rechtspflege, bei dem der Abstand zwischen dem rechtlichen Modell und dem, was in der Praxis geschieht, größer ist" …

Ein Verzicht auf § 21 Abs. 2 ist diskussionswürdig. Die Dauer müsste gesetzlich begrenzt werden. Sie darf nicht in einem Missverhältnis zur Strafdauer stehen" … "

Zur Chemischen Keule gegen Untergebrachte und die Zombie-Zucht meint Universitätsprofessor Dr. Funk, der früher gemeinsam mit dem BMJ Dr. Brandstetter eine gemeinsame Lehrveranstaltung an der Universität Wien gehalten hatte:

„In juristischen Kategorien gibt es auch den psychischen Zwang. Zwang im Rechtssinne besteht nicht nur darin, dass jemand körperlich überwältigt wird. Zwang wird auch dort geübt, wo jemand so unter Druck gesetzt wird, dass er keine Alternative mehr hat.

Die Grenze zur Nötigung und schweren Körperverletzung ist schmal. Die Verabreichung von Neuroleptika mag nicht unmittelbar und sichtbar eine schwere Körperverletzung sein. Sie kann aber auf eine schwere Körperverletzung hinauslaufen, wenn die Psyche des Betroffenen, zumal langfristig verändert wird"

Gefahr für 30 Silberlinge

Die Stars der Greisenszene der ‚Prognose-Sachverständigen' zur Frage der Fortführung der Maßnahme, welche bisher ein einträgliches Leben mit 10-Minuten-Auftrags-Gutachten führten, sind inzwischen aufgewacht und agieren alarmiert. Schließlich ist es erschreckend, wenn dem 70-jährigen willigen Diener einer fragwürdigen Maßnahmenjustiz derartig lohnende Nebeneinkünfte entgehen sollten. Der Zuschuss zur Alterspension steht in Frage, der kassierte Judaslohn scheint nun öffentlich diskutiert zu werden.

Damit noch nicht genug, denn das Oberlandesgericht Wien regelte inzwischen, sichtlich überhastet nach einer unangenehmen Forderung zur Prüfung der klaren Sachlage vor dem EuGH, sowohl strafvollzugs- als auch zivilrechtlich, dass die Psycho-Fachteams der Justizanstalten, der Anstaltsleiter, Staatsanwälte und ‚sonst wer', also alle außer Medizinern, zur Frage der Maßnahmenfortsetzung inkompetent sind, somit zur Bedeutungslosigkeit im Zusammenhang mit der Unterbringungsentscheidung verdammt wurden.

Gleichzeitig wurde rein juristisch die Einflussnahme auf die Anhörung zur Maßnahme damit eliminiert, denn bei Gültigkeit der StPO haben Zeugen vor ihrer Aussage nichts im Gerichtssaal zu suchen. Bis dato wurde die rechtskonforme Erörterung der Stellungnahmen durch die Fachteam-Mitglieder oder auch bestellte Sachverständige durch die Vollzugsgerichte flächendeckend vermieden. Warum denn bloß?

Es erscheint auch fragwürdig, dass Maturanten in Offiziersuniform des JWB plötzlich zum Prognostiker und sachverständigen Mediziner gereift sein sollten, oder Staatsanwälte psychiatrische Diagnosen beurteilen könnten. Die Aufgabe der JWB steht schließlich im StVG, jene der StA im RStDG, für beide gilt insbesondere die StPO, nicht das ÄrzteG.

Gewerkschaftssorgen

Jetzt war der Bär los, als die Vollzugsdirektion ihre Auflösung aus den Medien erfuhr. Hatte sich doch eine schwergewichtige Matrone der werten Behörde erstmals in der Geschichte in die Niederungen der JA Karlau begeben, um Herztönen und Lungengeräuschen aller über 60 und aller ‚21-er‘ zu lauschen und die Zehen-Krallen zu begutachten. Als anlassbezogene Aktion wurde dies in der Kleinen Zeitung gewürdigt. Somit war jedem die Wichtigkeit der Vollzugsdirektion klar geworden, insbesondere zu ihrem Zugang zur Sorgfaltspflicht gegenüber juristisch Wehrlosen iSd § 92 StGB, den untergebrachten ‚geistig Abnormen‘.

Dass der BMJ seine neue Generaldirektion selbst staffen wird wollen, verübeln ihm die Granden aus der JWB-Gewerkschaft, weil ihre Macht dadurch gebrochen wird, Mängel in den Strafanstalten zu vertuschen, und der ministerielle Wille bekundet wurde, die Uniformierten zu kontrollieren. Welch‘ eine Unverschämtheit des Ministers, der Juristen! Es bildeten sich Grüppchen, die in jeweils eigenem Interesse aufeinander eindreschen.

Der Künstler Andrea Mantegna hatte einst die Meeresgötter in ihrer Schlacht dargestellt. Das Bild passt so herrlich auf die aktuelle Situation zwischen den Mächten des Maßnahmenimperiums, dass Insider eine individuelle grafische Gestaltung durch einen 21-er-Insassen niemandem vorenthalten möchte.

Nationalrats-Sorgen

Alle warten jetzt gespannt auf das Resultat der Schlachten, selbstverständlich jenen zwischen Minister, Richtern, Sachverständigen, in den JA angestellten Psychos des BMJ und der Justizwache. Das Parlament hat vollmundig einen Untersuchungs-Ausschuss ‚Strafvollzug‘ in Aussicht genommen, ihn faktisch fast beschlossen, was weiteren Druck auf die Beteiligten ausübt. Es kann nur helfen, wenn diese sich gegenseitig verantwortlich machen, denn dieses Chaos zeugt vom erheblichen Missstand besser als alles andere. Zusätzlich ist die Finanzierung der bisherigen Maßnahmenunterbringung nicht mehr gesichert. Beinahe 1000 Insassen sollen geistig krank sein, weil die Auftrags-Gutachter der Staatsanwälte und Vollzugsgerichte dies behaupten.

Humane Aspekte darf der geneigte Leser der Diskussion zwar unterstellen. Es wird ihm wahrscheinlich nur ein mitleidiges Schmunzeln antworten. Nur die immensen Kosten veranlassen eine Änderung. Wären die Gerichte nicht so verschwenderisch mit der Maßnahme umgegangen, würden in den Vollzugsanstalten nicht komfortable Posten in ‚Fachteams' zu besetzen sein, würde kein Hahn nach den Verurteilten krähen.

So steht es bis dato ziemlich unentschieden zwischen den Machtblöcken und läuft derzeit noch alles wie gehabt auf den gewohnten Schienen. Fast alles, denn die Klagen und Beschwerden häufen sich. Dort, wo Untergebrachte mit oder ohne Drogencocktail noch verstehend lesen können, fordern diese Anwälte zur Anhörung und ihr Recht auf Gehör und rigider Anwendung der StPO.

Wo bisher die Willkür der Richter dominierte, sitzen nun erstmals öfter Verfahrenshelfer und externe Vertrauenspersonen mancher Untergebrachter mit Stift und Papier im Publikum und protokollieren die Anhörung mit. Nicht gerade zum Vergnügen der Richter, welche bis dato eine Protokollierung unterlassen haben. Insbesondere die Forderung, die StPO einzuhalten, hat immense Verwirrung bei manchem der Robenträger bewirkt. Nicht mehr gottähnlich zu gelten, nicht mehr willkürlich handeln zu können, das zehrt am Ego der Rechts-Verwahrer.

Status Maßnahme/Vollzug

Aktuell in 2014 lässt sich die Situation folgend beschreiben:

- Das Parlament will einen Untersuchungs-Ausschuss Strafvollzug, prognostiziert für 2015.
- Die Novelle 2015 zur StPO gewährt der Verteidigung das Mitspracherecht zur Auswahl eines Sachverständigen. Ob es ein Veto-Recht ist, scheint noch unklar.
- Mit der OLG-Wien-Entscheidung und der StPO-Novelle 2015 dürften die bisher munter sprudelnden Einkommensquellen der häufigst ‚gebuchten' Auftrags-Gutachter schwinden.
- Die aktuelle Rechtsprechung des Obersten Gerichtshofes fordert, wie es der deutsche BVfG Karlsruhe normierte, eine eindeutige, nachvollziehbare Diagnose nach einer wissenschaftlichen Methode, welche den Grundsätzen der juristischen Anforderungen entspricht. Dies statt bisher üblichen Worthülsen und Stehsätzen.

- Verfahrenshilfe zur Anhörung wird in Wien fast durchgehend gewährt, in Graz ziert sich noch das rechtswidrig argumentierende Vollzugsgericht.
- ,Unkooperative' Untergebrachte wenden sich zunehmend an nationale und internationale Oberstgerichte zur Prüfung der speziell österreichischen Vollzugsform. Anwälte beginnen, Amtshaftungsklagen gegen die rechtsverletzenden Entscheidungen zu erheben.
- ,Geheimjustiz' im ,Gesperre' wird zusehends Thema, nachdem das Vollzugsgericht Graz einem Medienverteter des ,Kurier' trotz Journalistenausweis und den Inhalten des Gesetzestextes zu Artikel 91 B-VG ebenso den Zutritt ins den nicht-öffentlichen Bereich der Justizanstalt verwehrt hatte, wie den Vertrauenspersonen des Verurteilten. Damit die Kontrolle der Rechtsprechung durch den Souverän, das Volk, verweigerte.

Es darf angenommen werden, dass die inzwischen alarmierte Öffentlichkeit Rechtfertigung fordert und weitere Fakten in den Medien der Justiz nicht gerade hilfreich sind. Paradefälle tauchen auf und werden diskutiert. Der BMJ Dr. Brandstetter, ein Sohn eines NS-Widerstandskämpfers laut Eggenburger Stadtgeschichte, dürfte seinen eigenen Widerstandskampf bald ernster nehmen, etwa 70 Jahre danach, weil die Methoden im Maßnahmenvollzug an die unsägliche Zeit der psychiatrischen Versuche erinnern, die Frage der kontrollierten Medikation oder von Versuchsanstaltszuständen bis dato einer Klärung bedarf.

Trümmerhaufen Maßnahme

Ein Beispiel aus der jüngeren Geschichte zeigt, wie schnell ein Monopol brechen, ein Imperium zerstört werden kann. Mahatma Gandhi hatte die sorgsam behütete Macht zerbrochen. Mit Aufzeigen der Ungerechtigkeiten und öffentlichem Erdulden der Übergriffe. Das verwesende Kadaver-Füßchen des besagten 74-Jährigen und die begleitenden ,Suizid- und Drogen-Unfälle', wie ein Chefpsychologe des BMJ im TV es dahinstotterte, erzeugten eine Eigendynamik, die für die geschockten Machthaber erschreckend wird. Anwälte und Medien kommen in die Häuser. Das Sommerloch mag internationalen Medien die Chance bieten, den Erinnerungen an vergleichbare Unterbringungen zu frönen.

Das herzige Idyll der österreichischen Maßnahme-Verwahranstalten dürfte endgültig gestört sein, das ,Krallentier' bietet sich als Maskottchen der Psycho-Experten der Häuser an. Man darf gespannt sein, wie die Schlachtordnungen der Kombattanten um die Macht im Imperium nach der ersten Welle neu aufgestellt werden. Der wahre Darth Vader wird noch gesucht, welche Rolle der Justizminister spielen will, oder darf, das steht ebenfalls noch in den Sternen. Oder würde wieder einmal die theoretische Vermutung Poincarés zum deterministischen Chaos bestätigt werden?

Am Horizont verschmelzen Hoffnung und subjektive Wahrnehmung zu eine einzigen Frage:

„Zerbricht das Imperium, das sich Staatsanwälte mit Gutachtern und Richter mit ‚Fachteams‘ in den Justizanstalten geschaffen haben, um gewisse Verurteilte lebendig zu begraben, und zerbricht damit die Willkür-Justiz an einem Satz Zehennägel?"

Rita legte den Ausdruck wieder auf den Tisch und setzte fort: „Weiter gehen meine Beobachtungen folgend: ‚Bücherverbrennung‘ zeigt den Unwillen bei den obrigkeitlichen Einschnitten in die Möglichkeiten der Insassen, wobei es dabei geht, dass das selbstherrliche Umgehen eines Gesandten des Justizministeriums ohne erwünschte Mitwirkung des gesamten Bibliothekspersonals inklusive des Leiters sauer aufstößt.

‚Par ordre de mufti‘ erfolgte dieser Eingriff, die Insassen fühlen sich ‚gefiqht‘, was dem Häf'njargon bestens entspricht. Der Mufti ist ein islamischer Rechtsgelehrter, der eine Fatwa, ein islamrechtliches Gutachten, über eine Rechtsfrage nach Maßstäben der Rechtswissenschaft ‚Fiqh' abgibt und dieses gemäß der von ihm befolgten Rechtsschule Schari'a rechtlich begründet.

Ein Leserbrief zeigt die makabre Situation im österreichischen Vollzug im Vergleich zu Deutschland auf.

Wie die Beamten und der Anstaltsleiter die Gefangenen und deren Arbeit zu sehen scheinen, erläutert treffend ein anderer Text. Es scheint beim Personal, von ganz oben beginnend - der Fisch stinkt ja zuerst vom Kopf - die Meinung zu herrschen, dass die arbeitswilligen und -fähigen Insassen als Privatsklaven der Wärter herangezogen werden dürfen, deren Anliegen an die handwerklichen Künste der Knastler vorrangig vor der Liefertreue zu den zahlenden Auftraggebern von ‚draußen‘. Warum denn Einkommen für die Justiz lukrieren, wenn die eigene Ehefrau dringend eine neue Sitzgruppe zu benötigen vermeint. Da kann der echte Kunde schon warten, oder?" Rita seufzte und sah in die Runde.

Bevor Harry sich einmischen konnte, erklärte Dr. Haber: „Ich habe Euch beide gegeneinander auf dieselbe Aufgabe gehetzt, weil ich Konkurrenz liebe. Harry ist aus seiner Erfahrung geeignet, diejenigen Feld- Recherchen zu betreiben, für die es einen Zugang zu versteckten Informationen zu finden gilt. Ihre Ausführungen haben mich erneut bestärkt, dieses Magazin weiter so zu beobachten, denn die Kreativität, mit der diese Redakteure ihre Messages gestalten, fasziniert mich irgendwie. Es erinnert mich an die Zeiten des kalten Krieges und unsere schwierige Kommunikation mit den ehemaligen Ostblockländern.

Nun sei Ihr Kollege dran, seine Findings vorzustellen. Harry, bitte!"

Der Angesprochene warf sich in Positur, hob an, mit einem Seitenblick auf die misstrauische Kollegin.

Parade

„Ich habe es wieder einmal geschafft, in eine versperrte Welt einzudringen. Besonders neugierig machten mich manche Anspielungen, die mich dazu animierten, weiter zu bohren, bis ich auf Öl, sprich auf Informationen stieß. Ich konnte ermitteln, dass die folgenden Inhalte zensuriert, also aus verschiedenen Gründen nicht veröffentlicht wurden. Dabei wurden mir einige Blätter zugespielt, die ich gerne zur Analyse meiner Kollegin beitrage, um sie zu vervollständigen. Außerdem besitze ich seit wenigen Stunden einen Auszug von Inhalten aus dem Heft 33, Texte, die ich gerne mit Rita teile.

Im Einzelnen: Nicht gerade sehr erfolgreich waren die Zensurbemühungen zum nachfolgenden Interview, das sich zwar im Insider nicht mehr wiederfindet, aber angeblich auf einer Website fröhliche Urständ feiert. Es beweist sich wieder einmal die uralte Weisheit, dass es keine Geheimnisse auf dieser Erde geben wird, solange noch ein freier Journalist arbeitet. Das Vorwort der Ausgabe 32 hätte folgend lauten sollen: ‚Dieser Verweis zeigt auf die geplanten Seiten, welche unangenehme Wahrheiten über den österreichischen Straf-Vollzug in die Öffentlichkeit berichten wollten. Auch das Weihnachtsmärchen 2013 stieß nicht auf Zustimmung, weil die Aussagen so allegorische auf die Wahrheit in der österreichischen Justiz abheben, dass die Problematik der Religionsverunglimpfung nicht sofort von der Hand zu weisen wäre. Dieses Argument hat zumindest Berechtigung im Zusammenhang mit den Gefühlen mancher Insassen zum Christfest'.

Beide originalen Texte sollten in diese Medien-Analyse hinein, allein schon, um zu bewerten, wo man auch in unserem Format Grenzen setzen sollte. Die bereits geplanten Aussagen im Outsider fokussieren das Szenario Weihnachten im Knast kritisch im Heft 33. Die anderen Texte habe ich in Dokumente übertragen. Mag sein, dass sie noch redigiert werden. Im Großen und Ganzen werden sie in dieser Form kommen, wenn sie gedruckt werden dürfen.

Sie stammen zu einem größeren Teil, wie auch die bisherigen der letzten 4, 5 Ausgaben, aus dem Im Internet verfügbaren Werk mit regem Verkehr auf der Site www.HumanesRecht.com/book/law-made/...

in der sich iZm mit dem Strafverfahren des Autors die Inhalte des Konvolutes mit einer Fallskizzen- und Verbrechensdarstellung, lautend auf:

‚Der Walraff-Blick auf die Maßnahme § 21 StGB'

nachlesen lassen – als Beweis für diese Willkürjustiz, die iSd VerbotsG 1947 und dessen Punkte 3g, 3h die Aushebelung des Rechtsstaates durch Richter und StA ungehindert durchführt. Ich habe auch eruiert, woher andere der Texte ursprünglich stammen und bin fündig geworden. Der Autor hat sich geoutet. In einem damals noch nicht veröffentlichten Buch namens ‚Tafani‘. Daraus erhielt ich die folgenden Informationen: Herwig nahm mit einigen, aber völlig anders gestalteten Inhalten dieses Romans, im Wesentlichen jenen des ‚Walraff-Blicks auf die Maßnahme‘, mit dem Manifest ‚Plädoyer für die Todesstrafe‘ teil beim

Ingeborg –Drewitz-Literaturpreis
c/o Gefangeneninitiative e.V.
Hermannstr. 78
D 44263 Düsseldorf
Deutschland
Literatur - Wettbewerb 2014

Herwig Baumgartner (seine Personalien sind im Netz zu finden) http://wikiMANNIA.org/Herwig_Baumgartner

Das alles machte mich neugierig und ich recherchierte zu dieser Person weiter. Dabei stieß ich auf seine Spuren, insbesondere im den nur mehr in Archiven vorhandenen Sites www.Genderwahn.com, die später sich darstellte als: www.Justiz-Debakel.com

Da wurde mir klar, dass ich auf eine journalistische Goldmine gestoßen bin. Dieser Autor hat bereits als ‚Justizrebell‘ die gesamte österreichische Richterschaft gegen sich aufgebracht, als er aufgezeigt hatte, dass diese sich inzwischen in einem wahren ‚Genderwahn‘ im Familienrecht bei Scheidungs- und Obsorge-Verfahren als mütterfreundliche ‚Väter-Entsorgungs-Maschine‘ entpuppt hatte und Männer laufend benachteiligte. Das führte vor allem bei ihm dazu, dass er sich nichts mehr gefallen lassen wollte. Seine Kinder, vier an der Zahl, von seinem ehelichen Weibsgespons, hatte er seit Jahren nicht mehr gesehen, nachdem sie die beiden Töchter zum Urlaubs-Liebhaber in die Schweiz entführt hatte.

Er schuf die Plattform des ‚Genderwahn-Forums‘ und einte damit in einem Aspekt die verstreuten Männerorganisationen. Sie hatten nun ein journalistisches Podium, auf das jährlich laut diversen Internet-Statistiken etwa sieben Millionen Zugriffe erfolgten. Entgegen allen anderen zu diesem Zweck aufkeimenden Vereinen der ‚Väterrechtler‘ stellte er keine Führungsansprüche oder Vereinigungswünsche, sondern schritt nach einer Hilfesuche eines verzweifelten entrechteten Vaters, wie er selbst einer ist, mit jeweils dem entrechteten Opfer, Mann oder Frau, zur Tat, in den Gerichten, in den Tagsatzungen und bei Verhandlungen. Dafür hassen ihn die Richter wie die Pest, denn er zeigte ihnen ihre Fehler schonungslos auf und dies im Forum, öffentlich und vor allem mit klaren Worten der Rüge. So, wie früher es die Presse mal tat.

In einer Verhandlungsserie, zu der ein Posting im Forum den Vergleich mit den russischen Schauprozessen fand, führte er zuerst den Richter in Linz wie einen Schuljungen vor und setzte das bei der Berufungsverhandlung vor dem Oberlandesgericht in der ehemaligen Hitlerweltstadt unbeirrt fort, zerlegte in etwa dreieinhalb Stunden die einzelne Urteilsbeschuldigungen mit Zitaten aus der Rechts-Literatur. Etwa 30 Personen waren Zeuge dieser Abrechnung mit der Justiz und den fragwürdigen Zeugenaussagen.

Dabei hatte der Erstrichter seine etwa 220 Beweisanträge samt und sonders abgelehnt, was dem Verständnis des und dem angebrochenen Vertrauen der Zuhörer zu einem noch aufrechten demokratiepolitischen Rechtsstaat nicht gerade hilfreich diente. Nichtsdestotrotz verurteilte ihn der Senat endgültig zu Haft und Maßnahme. Einen Unternehmensberater, der gerade noch in Deutschland eine Großbank beriet, erklärte die Psychiaterin Dr. Adelheid Kastner richterwunschgemäß als geisteskrank, ohne ihn jemals vor der Verhandlung gesehen oder gesprochen zu haben, bewiesenermaßen StA-auftragsgemäß ‚aus der Ferne'.

Die Linzer Staatsanwältin Mag. Michaela Breier versucht ihn seit 2010 zu besachwaltern, also faktisch entmündigen. Dabei waren schon zuvor sogar Richter der Oberste Gerichtshofes an diesem Vorhaben mehrfach gescheitert. Der hochbegabte Tiroler ist Mensa-Mitglied und laut Forumsbeitrag eines Posters mit einem IQ von 145 ein versierter Rhetoriker.

Nach mehreren Stationen in den Justizanstalten Linz, Wien Mittersteig und Stein endete seine Karriere als urteilsmäßiger Geisteskranker, als ‚staatlich anerkannter Narr', wie er sich nennt, nun in der Grazer Karlau, wo er im Team als Redakteur den Insider mitgestaltet. Deshalb wundert mich nichts mehr. Das Niveau dieses Insiders gefällt mir. Zwischen den Zeilen kann man so Vieles lesen, beispielsweise auch dieses Werk, das nicht in den Drucker fand der ‚Polizeibericht' des AK (Abdul Karim).

BUNDESPOLIZEIDIREKTION
BETHLEHEM; JUDÄA
KRIMINALABTEILUNG
Vorläufiges Ermittlungsergebnis

Bethlehem, Judäa:

Am 24.12. wurde gefertigte Abteilung über folgenden Vorfall informiert:
In den frühen Morgenstunden wurde die Polizeidienststelle des Distrikts Bethlehem Süd von einem besorgten Bürger, Mechmed Kalil, wohnhaft 3, Heustadl längs „Bethlehem Inn", alarmiert.

Mechmed Kalil gab an, dass er einen Mann, eine junge Frau und ein neugeborenes Kind entdeckt habe, welche in einem Stall des „Bethlehem Inn" aufhältig seien.

Bei Eintreffen der uniformierten Kollegen obiger Dienststelle erwies sich diese Anzeige als richtig und wurde in weiterer Folge die gefertigte Dienststelle zur weiteren Erhebung alarmiert.

Eintreffen vor Ort: 0:24 Uhr, „Bethlehem Inn."

Vorgefunden wurde ein Säugling, welcher von seiner erst 14-jährigen Mutter, einer gewissen Maria H. aus Nazareth, in Stoffstreifen gewickelt in eine Futterkrippe gelegt worden war.

Bei der Festnahme von Mutter und Kind versuchte ein Mann, in späterer Folge als Josef H., ebenfalls aus Nazareth, identifiziert, die Beamten an der Durchführung der Amtshandlung zu hindern. Er wurde hierbei von anwesenden Hirten, sowie 3 unidentifizierten Ausländern unterstützt; diese Personen wurden ebenso in vorläufigen Gewahrsam übernommen.

Die 3 Ausländer verfügen über keinerlei Legitimation, auch fehlen entsprechende Aufenthaltsbewilligungen.

Es kann daher davon ausgegangen werden, dass sich diese Personen illegal im Bundesgebiet aufhalten. Zur Identifizierung gaben sie lediglich an, sie seien „weise Männer des Ostens", die in einem „göttlichen Auftrag" unterwegs seien. Es habe sie ein Stern geleitet.

Bei der Festnahme wurde ihnen ein hoher Geldbetrag in ausländischer, noch nicht zugewiesener Währung abgenommen sowie einige, vermutlich illegale Substanzen. Letztere wurden sichergestellt und zur weiteren Überprüfung an die KTU übermittelt.

Festgenommen wurde weiters der Betreiber des Hotels „Bethlehem Inn", da er entgegen Sicherheits- und Gesundheitsauflagen der Hotel- und Gaststättenverordnung nicht registrierten Personen die Nächtigung in einem seiner Ställe erlaubte respektive duldete.

Ebenso ist zu prüfen, ob die Herbergserlaubnislizenz zu entziehen ist, hat er doch überdies in einem Gebiet, das ausschließlich für Mischgewerbe zulässig ist, auch Nutztiere gehalten. (Es wurde 1 Ochse sowie 1 Esel im Stall aufhältig angetroffen.)

Der Vater, Josef H., ist nach eingehender Schätzung mittleren Alters, die Mutter, Maria H. jedenfalls minderjährig.

Es ist daher von Amts wegen zu prüfen, in welcher Beziehung diese Personen zueinander stehen.

Ein sexueller Missbrauch kann mit Sicherheit bereits als gegeben angenommen werden.

Von weiteren, strafrechtlich relevanten Begehungen ist jedenfalls auszugehen, durchzuführende Vernehmungen wurden angeordnet.

In seiner ersten, vorerst noch durchaus moderaten Vernehmung hat Josef H. bereits gestanden, Maria aus ihrem gemeinsamen Zuhause in Nazareth wegen einer vorgeschriebenen Volkszählung entführt zu haben.

Welche weiteren strafbaren Handlungen der festgenommene Josef H. in Nazareth getätigt hat, ist noch zu erheben, auf Grund seines Verhaltens kommt der der Vernehmung beisitzende Kriminalpsychologe zu dem einwandfreien Schluss, dass es sich um schwerstwiegende Verbrechen handeln muss.

Bei weiteren, dann eindringlicheren Befragungen des Josef H. wird es dem leitenden Beamten der h.o. Kriminalabteilung sicherlich gelingen, alle von Josef H. begangenen Verbrechen zweifelsfrei aufzuklären, Josef H. wird auch die Gelegenheit geboten werden, durch ein umfassendes Geständnis seiner begangenen Verbrechen sein Gewissen zu erleichtern.

Vorläufiger (noch unvollständiger) Strafantrag gegen:

Josef H

Josef H. befindet sich bei Meldungslegung in Polizeigewahrsam.

Vorläufig werden ihm folgende Straftaten angelastet:
Entführung einer Minderjährigen
Sexueller Missbrauch einer Minderjährigen
Gefährdung und Unzucht im Zusammenhang mit einer Minderjährigen
Widerstand gegen die Staatsgewalt
Josef H. zeigte sich bei der ersten (zwanglosen) Vernehmung noch uneinsichtig und vorerst nicht geständig.

Bei weiteren, noch folgenden Befragungen durch Vernehmungsspezialisten wird Josef H. seine Uneinsichtigkeit ablegen und die Vernehmungsbeamten bitten, ein Geständnis machen zu dürfen.

Es ist somit davon auszugehen, dass es der gefertigten Kriminalabteilung gelingen wird, auch weitere, von Josef H. begangene Straftaten, zu klären.

Die Presse kann somit bereits vorab von einem umfassenden Teilgeständnis sowie von umfassenden weiteren Erhebungen und weiteren, noch folgenden Geständnissen des Beschuldigten informiert werden.

Maria H

Maria H. befindet sich bei Meldungslegung im öffentlichen Krankenhaus Bethlehem, geschlossene psychiatrische Abteilung. Sie behauptet, noch Jungfrau zu sein und der Säugling stamme von Gott.

Laut Auskunft des Leiters der Psychiatrie ist zweifellos ein starkes Trauma, sicherlich durch sexuellen Missbrauch, gegeben. Von einer schweren Geisteskrankheit ist auszugehen. Drogenmissbrauch kann nicht ausgeschlossen werden. Es wurde mit medikamentöser Behandlung der Patientin begonnen. Ihre psychischen Leiden und Defekte sind jedoch so massiv, dass erst nach jahrelanger medikamentöser Behandlung davon ausgegangen werden kann, eine gewisse Linderung der Krankheitssymptome bei der Patientin zu erzielen, eine Heilung ist nicht möglich. Sie wird somit ihr weiteres Leben unter der fürsorglichen Obhut ihrer Ärzte verbringen. Eine Verhandlungsfähigkeit der Patientin ist nicht gegeben.

3 bisher nicht identifizierte Personen:

Die festgenommenen 3 Ausländer, deren Identität bisher noch nicht geklärt werden konnte, erklärten in ihren jeweiligen Vernehmungen deckungsgleich:
Sie seien weise Männer aus dem Osten, ein großer Mann in einem weißen Nachthemd und Flügeln (!) auf dem Rücken sei ihnen erschienen und habe ihnen befohlen, den Stall aufzusuchen und das Kind als „Erlöser" hochleben zu lassen.

Schwere halluzinatorische Wahnvorstellungen durch groben Drogenmissbrauch wurden vom Amtsarzt diagnostiziert, alle drei Personen in die Psychiatrie überstellt. Laut Auskunft des Leiters der Psychiatrie wird versucht, mit einer medikamentösen Behandlung der drei Personen ihre Wahnvorstellungen zu lindern, eine Heilung sei aber nicht möglich. Eine Verhandlungsfähigkeit der 3 Personen sei jedenfalls nicht gegeben.

Die ebenfalls festgenommenen Hirten wurden in ein Gefängnis überstellt, es erwartet sie ein Strafverfahren wegen Widerstands gegen die Staatsgewalt.

Das neugeborene Kind, von Maria H. als Jesus bezeichnet, wurde bis zur Klärung des Sachverhaltes in die psychiatrische Abteilung des städtischen Waisenhauses überstellt. Es ist zu befürchten, dass es durch das Verhalten seiner Eltern schweren psychischen Schaden erlitten hat.

Leiter der Kriminalabteilung VI:
F. Herodes

Hingegen gibt es noch Weiteres an Botschaft. Wie früher die Chinesen die Mitteilungen in Bildern verbargen, enthält der Comic des Heftes 32 eine bestimmte Message:

Vielleicht nur summen …

Die Karikatur auf Seite 2 des ,Insider 32' war den Opfern aller Konzentrationslager gewidmet. Der Refrain aus dem Buchenwaldlied wurde für die Karlau adaptiert, die Nähe zum KZ ergibt sich aus der von Rechtspolitikern gerne verleugneten Genese des Maßnahmenvollzugs:

Die Schaffung der KZs im Dritten Reich erfolgte aufgrund der ,Verordnung zum Schutz von

Volk und Staat' vom 28.2.1933 durch den deutschen Reichspräsidenten und stellt die juristisch-historische Basis zum § 21 StGB dar.

1938 wurde Fritz Löhner-Beda verhaftet und im Zuge des Prominententransportes nach Dachau gebracht. Später wurde er ins KZ Buchenwald deportiert. Dort schrieb er, in Zusammenarbeit mit dem gleichfalls verschleppten Hermann Leopoldi, die berühmte Lager-Hymne, deren Refrain lautet:

> *O Buchenwald,*
> *ich kann dich nicht vergessen, weil du mein Schicksal bist.*
> *Wer dich verließ, der kann es erst ermessen, wie wundervoll die Freiheit ist!*
> *Doch Buchenwald, wir jammern nicht und klagen, und was auch unsre Zukunft sei,*
> *wir wollen trotzdem Ja zum Leben sagen, denn einmal kommt der Tag, dann sind*
> *wir frei!*

1942 wurde der Dichter Löhner-Beda nach Auschwitz transportiert und dort am 4. Dezember ermordet.

Der Komponist Hermann Leopoldi überlebte durch eine gerade noch rechtzeitig arrangierte Ausreise.

Das KZ Niederhagen war ein deutsches Konzentrationslager am Ortsrand von Büren-Wewelsburg. Die Häftlinge wurden ab Mai 1939 als Zwangsarbeiter für den Ausbau der Wewelsburg eingesetzt, die nach Plänen Heinrich Himmlers nach dem ‚Endsieg‘ zur Ordensburg der SS und zum Mittelpunkt der Welt mit ihrer Heldengruft als ‚Kaaba‘ der ‚artgemäßen‘ Religion für die Nazigrößen werden sollte. Hier verkündet wurde das ‚Unternehmens Barbarossa‘, ‚Die Dezimierung der Bevölkerung der slawischen Nachbarländer um 30 Millionen‘

Das Buchenwald-Lied wurde umgetextet, erhielt neue Bedeutung zur Animation der Insassen. Die neue Dichtung durften die Häftlinge zum Zwecke laut ausgedrückter Arbeitsbegeisterung singen, der Refrain lautet passenderweise dann: „O Wewelsburg ….“

So dürfen auch in der Karlau die Insassen des Maßnahmenvollzugs, also psychisch Kranke, voller Freude mit vollem Einsatz arbeiten und werden dafür fürstlich entlohnt, wie alle anderen Häftlinge: Mit einem ganzen Euro pro Stunde in Verhöhnung des Artikel 4 der EMRK.

Nur singen müssen sie nicht mehr auf Befehl. Es würde dem Gesetzestext im StVG widersprechen.

Einen Refrain zu summen, damit kann man doch schon mal beginnen. Deshalb wurde er angepasst: *O Karlau, ich kann* …

Riposte

„Ich bin begeistert! Das alles ist mir noch entgangen und ich dachte, ich wäre dem Geheimnis schon auf der Spur. Darüber müssen wir später im Detail noch reden. Ich möchte meine Analyse weiterführen und abschließen?“ lobte Rita ihren Kollegen. „Folgende Beiträge planen die Redakteure im Insider 34 aus heutiger Sicht. Ich habe sie kurz zusammengefasst. Der Workshop ‚Kreatives Schreiben‘ geht offensichtlich weiter. Der unerwartete Erfolg des letzten Jahres zeigt seine Spuren. Viel interessanter fand ich Folgendes:

Die Redaktion stellt die Konzeption für das Magazin und das schrittweise Werden einer Ausgabe dar. Ich finde, diese Abläufe passen generell auch zu allem, was wir vorhaben. Wir müssen nur verbindliche Termine zu den einzelnen Schritten festlegen, weil wir nicht abhängig von der situativen Kapazität Dritter unsere Verteilung planen können. Das wird die Aufgabe der Chefredaktion sein. Jedenfalls vermisse ich solch eine kurze Zusammenfassung in unserem Verlag, was mir zu denken gibt.

Hier die versprochenen Drafts, die ihren Weg in einen nächsten Insider finden sollen. Ich konnte das bis jetzt noch nicht scannen, deshalb der Projektor.“

Damit legte Rita die Folie auf den Projektor.

Generelles über den Insider

Blattlinie

Das Magazin informiert über Möglichkeiten und Chancen zur Resozialisierung, berichtet über Aktivitäten in der Anstalt und stellt die Rechtsnormen des Staates den aktuellen Gegebenheiten in der Rechtsprechung und im Strafvollzug gegenüber.

Einschränkungen

Die von den Redakteuren geschriebenen Artikel benötigen einen Bezug zum Strafvollzug und dürfen keinen Justizwachebeamten in der Justizanstalt Karlau erkennbar persönlich angreifen.

Redaktion

Wenngleich die Journalisten zwar ohne Maulkorb schreiben dürfen, behält sich der Herausgeber die Entscheidung vor, ob und welche der eingereichten Artikeln in einer Ausgabe veröffentlicht werden. Die Redaktion wahrt generell die Anonymität ihrer Quellen, wie und weil dies durch das Medienrecht garantiert wird.

Layout

Seit der ersten Ausgabe gelten die generellen Vorgaben für die spezifische Gesamterscheinung des Medienproduktes zu Format, Satzspiegel für Text- und Bildanordnung sowie die Schrift (Größe, Art) für Headlines und Fließtexte. Dieses Grundkonzept wurde zuletzt dem zeitgemäßen Stil angepasst.

Druck

Bedingt durch die Möglichkeiten des Printers sind maximal vier Ausgaben pro Jahr, davon eine im Farbdruck möglich

Feedback

Gibt es von „drinnen & draußen."
Die steigende Zahl an Leserbriefen zeugt vor der aktiven Mitarbeit von Betroffenen, wenn auch nicht alles veröffentlicht werden kann, weil manch ausgedrückte Meinung der Redaktion nicht druckbar erscheint. Da der Insider für die Besucher kostenlos zum Mitnehmen aufliegt, findet angeblich eine Verbreitung einiger Artikel über Medien wie Facebook statt, woraus sich auch externe Meinungsbilder ergeben, die den Insider gelegentlich postalisch erreichen.

Die Reaktionen erfolgen durchwegs „durchwachsen." Herbe Kritik und starkes Lob treffen oft denselben Artikel, was die Redaktion in ihrem Bewusstsein stärkt, dass das Magazin objektiv berichtet, denn einseitiges Lob würde Gegenteiliges aussagen.

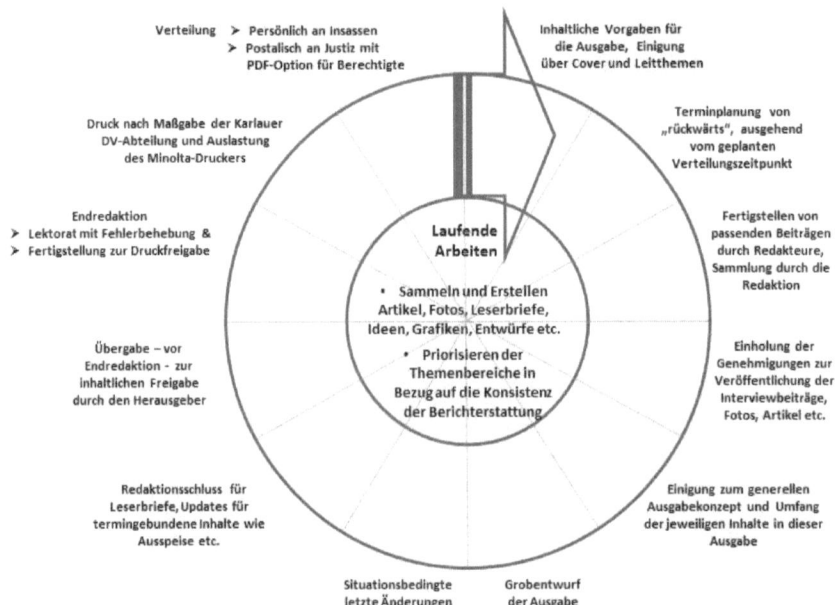

Gastbeitrag

„Warum, glaubt Ihr, erhalte ich diese Informationen?" Rita blickte in die Runde. „Weil ich der Redaktion einen Gastbeitrag unseres gelegentlichen Kolumnenautors Helmut vermittelt habe, der vermutlich in die Ausgabe 34 eingeht."

„Unter seinem wirklichen Namen?" staunt Dr. Haber?

„Selbstverständlich nicht, ich habe zwar keine Scheu davor, mich als Interessierte zu outen, er ebenfalls nicht, aber für alle ist es besser, mit einem Alias zu arbeiten, weil wir weiter die Interna mitkriegen wollen. Ich bin wirklich äußerst neugierig geworden, was in Wahrheit im österreichischen Strafvollzug vor Ort abgeht und warum manche Insassen den Vergleich mit Gegebenheiten vor mehr als 70 Jahren treffen und sich nicht mehr scheuen, dies offen auszusprechen.

„Darf ich den Artikel lesen" amüsierte sich Dr. Haber.

„Wenn sie glauben, dass er es wert sei, gerne" erwiderte Rita mit leicht belegter Stimme.

„Ich möchte auch - wenn ich darf" versuchte Harry sein Glück.

„Vielleicht später." Der Blick aus ihren Augen sprach ganze Enzyklopädien.

„Ich möchte dazu eigentlich noch ergänzen, dass ich gerne weiter recherchieren möchte, weil ich finde, diese Story hat Chancen auf Erfolg und wir sind allein dran. Kein anderer Verlag interessiert sich für dieses Thema. Auch Harry hat sich einen Zugang verschafft und somit stehen uns exklusive Informationen offen, bis wir das erste Mal damit rausrücken, in die Öffentlichkeit gehen."

„Sind Sie fertig oder haben Sie noch etwas?" unterbrach Dr. Haber die beiden. Rita setzte ihre Darlegungen fort:

„Weitere Texte und vor allem die beiden geplanten Titelstories und weitere Artikel konnte ich im Vorabausdruck erhalten. Ich habe das praktisch im Austausch erhalten, weil den Herren die von mir weitergereichte Persiflage durchaus gefiel. Ebenfalls einen Leserbrief, der als Antrag am Vollzugsgericht Graz aufschlagen soll.

Es ist faszinieren, wie den Häftlingen offensichtlich alle Menschenrechte abgesprochen werden und der Vollzug zur Brutstätte hochgekrochener uniformierter Möchtegerne geworden ist. Dabei wird mit dem Bild der politversklavten Justitia, einer Malerei aus dem Museum, wie bisher auf Mängel gezeigt und das Thema eines brisanten Leitartikels gewählt, mit dem das Magazin seine neue Linie unbeirrt weiterführt. Durch die Geschichte von „Je suis Charlie", der Toten des Magazins ‚Charlie Hebdo' angeregt, wurde durch den Karikaturisten Haderer im Stern eine Grafik bekannt, welche als Collage mit dem Justizminister im Säulensaal des Parlaments und jenen Buntstiften zum Cover werden soll und aussagt, dass der Stift, die Feder mächtiger als des Schwert oder politische Interessen seien

Ich würde gerne diesen Kolumnisten Helmut als Assistenten einsetzen dürfen, wenn es Ihnen Recht ist. Ich glaube, er hat das Zeug zu einem Reporter und wir sollten ihn uns sichern, bevor er woanders unterkommt." Rita blickte dabei fragend auf Dr. Haber

„Noch etwas?" Seine Stimme klang unbewegt.

„Ja, ich finde diese geplanten Artikel inhaltlich wegen ihrer analytischen Aussagen bemerkenswert."

Keine Rettung in Sicht - politversklavte Justitia

Ein Jahr Brandstetter, was hat die Vorstellung des Zauberlehrlings bisher gebracht?

Der Universitäts-Professor wurde mit Vorschuss-Lorbeeren überhäuft und wollte jahrzehntelang gescheiterte Reformen umsetzen. Verblieben ist bis dato ein größerer Trümmerhaufen als zuvor.

Der Regelkreis

Normalerweise beginnt eine Novellierung mit einer Gesetzesvorlage, welche die teleologischen Aspekte, die veränderten Ziele des Gesetzes dokumentiert, also den erklärten Willen der Regierung in der Sache darlegt. Danach wird in mehreren Lesungen daran gefeilt, bis sich eine parlamentarische Mehrheit für das Endprodukt der Debatten findet.

Danach wird mit Durchführungsverordnungen und Erlässen zwischengebessert, während einige Jahre lang die aufgedeckten Schwachstellen mit Referenz-Entscheidungen in ständiger Rechtsprechung der Oberstgerichte entschärft werden. Diese werden fortlaufend im öffentlich verfügbaren **R**echts-**I**nformations-**S**ystem des Bundeskanzleramtes (RIS-Justiz: www.RIS.Bka.gv.at) dokumentiert und hat sich die Richterschaft daran als gültige Rechtsnorm zu halten.

So wurde es jahrzehntelang gehandhabt, und nach einiger Zeit der Eingewöhnung durfte mit einiger Wahrscheinlichkeit darauf vertraut werden, dass sich alle Beteiligten in Richter- und Staatsanwaltschaft daran halten würden. Die Verteidiger im Straf- und die Anwälte im Zivilverfahren testeten mit ihren Anträgen die Grenzen der jeweiligen Gesetzesauslegung einer Bestimmung und so spielte sich mit der Zeit ein labiles Gleichgewicht ein, bis die aufgedeckten Lücken und erkannten Widersprüche überhandnahmen. Diese generierten eine weitere Reform oder Novellierung, womit der angefangene Regelkreis im System sich mit einer neuerlichen Umdrehung weiter fortsetzte.

Dies ganz im Sinne des japanischen Kaizen. Gemäß dieser Philosophie weist nicht die sprunghafte Verbesserung durch Innovation, sondern die schrittweise Perfektionierung und Optimierung des bewährten Produkts den Weg zum Erfolg. Die Justizgeschichte zeigt die Mängel in der Zykluszeit auf, da solche Änderungen zu lange benötigten, wenngleich der Prozess selbst nicht in Frage zu stellen ist. Das System verbesserte sich ständig und passte sich an die veränderten Gegebenheiten der gesellschaftlichen Entwicklung zeitverzögert an, Recht-Einheit, -Gleichheit und -Kontinuität wurden gewahrt.

Anlassgesetze

Seit Jahren hat sich eine angeblich publikums-wirksame Anfalls-Gesetzgebung etabliert, welche die Stabilität des sich selbst verbessernden Regekreises zerstört, seitdem politisch Gewichtslose mit meist dazu marginal ausgeprägten auch juristischen Fähigkeiten im Ministeramt ihr Überleben auf diese Weise zu sichern suchten. Die wählermeinungs-optimierten Aspekte im Sinne der Großkotzparteien zertrümmerten die labile Balance im Rechtsstaat, als diese mit zunehmender Häufigkeit Gesetzesänderungen im Nachhang zu gerade aktuellen, außergewöhnlichen Straftaten ankündigten.

Das Islamgesetz sei als typisches Beispiel dazu strapaziert, wo sich ein Außenminister mit der Forderung nach einem Einheits-Koran auszeichnete, wo doch schon eine Einheitsbibel seit Jahrhunderten fehlt. Hoch erregte Hinterbänkler im Freilichtmuseum Parlament mit ausgeprägtem Stammtisch-Niveau verleiten gerne charakterschwache Ministerfiguren zur Eintagsfliegen-Justiz, die sich im schlechtesten Fall als Gesetzestext im Hohen Haus wiederfanden.

Plötzlich wurde die durchgeführte Vergewaltigung eines Kindes strafrechtlich geringer geahndet, als ein Raub im Spielkasino, wenn das reine Vermögensdelikt nicht mit einer Körperverletzung verbunden war. Ebenfalls wurde, in der Ära der SPÖ-Ministerin Dr. Maria Berger beginnend, besonders die gefährliche Drohung in der Hitze von ehelichen Rosenkriegen zum Anlass für eine Maßnahmen-Einweisung, der eskalierende Scheidungs- und Obsorge-Fall zum Standard. Aufgehetzt durch die damalige Familienministerin Doris Bures, welche ihr männerfeindliches „Verliebt-Verlobt-Verprügelt"-Verhetzungsplakat überall verbreiten ließ, wurden Männer aus dem Scheidungs-Schlachtfeld in richterlichem ,Genderwahn' entsorgt.

Anstatt wirklich geistig kranke Straftäter auszusondern, wurden unliebsame Ehe-Gesellen rechtswidrig auf unbestimmte Zeit eingesperrt, während nahezu gleichzeitig Pädophile mit der Fußfessel am Haxerl weiter frei ihre Triebe auszuleben berechtigt wurden. Dabei orteten Höchstgerichte eine ,Diskriminierung' der Rattenfänger von Hameln und empörten sich die Kapazunder der Justiz zum Vorschlag eines Ausschlusses notorisch Paraphiler von der elektronisch überwachten Strafvollzugsart. Warum denn bloß?

Das zuvor vergewaltigte Kind hingegen darf sich freuen, mag doch sein liebevoller Penetrator erneut frisch und fröhlich auf Rattenfang gehen.

Die Sicherheitsverwahrung für unbelehrbare Wiederholungstäter wurde gleichzeitig zum ,Toten Recht'. Selbst nach dem hundertsten Einbruch oder Diebstahl oder nach 30-jähriger Knastkarriere darf ein erklärter Ganove in geneigten Medien ,Vorsorgeberatung gegen Einbrüche' geben, anstatt sich im weiterbildenden Therapie-Gewahrsam in Resozialisierungsübungen zu perfektionieren.

Ausgewogenheit

Als billige Sofort-Antwort für jede aufsehenerregende Tat wurde medial wirksam Strafsanktionen anzuheben gefordert, insbesondere die Höhe der Freiheitsstrafdrohung der Gewaltdelikte wurde jener der Vermögensdelikte anzupassen versprochen. Also analog zu mehreren Millionen einer Unterschlagung, am besten im Rahmen des Regierungsauftrags der Verfolgten, sitzt jetzt der Kinderschänder gleich lange, sodass - analog ex lege auch dazu - die Gewalttat gegen wehrlose Unmündige mit einem vergleichbaren Schaden von mehreren Millionen bewertet wird.

Dabei erhält das traumatisierte Kind - irgendwie eigenartig - üblicherweise nach gängiger Einschätzung der Richter Schadenersatz beziehungsweise Schmerzensgeld in der Höhe von meist 2.000 bis kaum über 10.000 Euro. Damit entlarvt sich die Justiz eindrucksvoll selbst.

Die größten Scharfmacher der Strafanhebungen krähen dazu aus der blauen Ecke, denen in ihren ewiggestrigen Gedanken nicht mehr geläufig zu sein scheint, dass zu den hochgelobten Zeiten ihrer Idole die Straf-Gewichtungen noch einigermaßen plausibel verteilt waren.

Vollzugsrechts-Mängel

Das Strafvollzugsgesetz war von Beginn an eine Steißgeburt, geschaffen aus Teilen des Allgemeinen Verwaltungsrechts, abgeleitet aus dem Wehrgesetz, mit Anteilen der Strafprozessordnung. Das Regelwerk sollte auch die Menschenrechte berücksichtigen, vor allem dessen Grundzüge im Tagesverlauf einer Straf-Vollzugs-Anstalt beachten und gröbste Übergriffe, gewohnt aus KZ-Zeiten, untersagen. Schließlich hatte sich am Personal der Gefängnisse kaum was geändert und nur dessen alleredelste ‚Perlen' waren im Zuge der Entnazifizierung zu den Säuen geworfen worden.

Dieses juristische Flickwerk wurde mehrmals angepasst und erweitert, sprich verschlimmbessert, jedoch nie gesamthaft novelliert, sodass sich gerade jetzt medienwirksam herausstellt, was Univ. Prof. Dr. Bernd-Christian Funk in seinem Zitat darlegte:

„Es gibt aber immer noch Restelemente alten Denkens, das von der Vorstellung geprägt ist, Straf- und Maßnahmenvollzug seien Bereiche mit minderer Rechtsschutzqualität. Derartige Vorstellungen eines besonderen Gewaltverhältnisses haben im Rechtsstaat nichts verloren. Es gibt kaum einen Bereich der Rechtspflege, bei dem der Abstand zwischen dem rechtlichen Modell und dem, was in der Praxis geschieht, größer ist …"

Die vom Gesetzgeben laut Gesetzeswortlaut des StVG beabsichtigte Resozialisierung der auch mehrfach in Folge Gestrauchelten, ist in zwei Aspekten der mittelalterlichen Rache-Mentalität gewichen.

- Vermögensdelikte werden wie einst mit dem Schuldenturm geahndet und
- Gewaltdelikte ohne Therapien für den Täter bestraft, dass damit gesichert werde, dass die Rückfallquote permanent steigt. Schließlich ist der Strafvollzug zu einer lebendigen Industrie mit Wachstums-Chancen mutiert.

Zivilrechts-Dilemma

Auch das Zivilrecht hat sich optimal angepasst. Bestandsrechte bleiben unantastbar, wie der werte Justizminister gerade hautnah bei den Novellierungswünschen zum Mietrecht erlebt. Nicht etwa moderne Gesetzeskonzepte stehen im Fokus des selbsternannten Reformators, sondern Augenauswischereien bei der Blockade jeder Änderung der gegebenen Grundlagen, welche während Jahrzehnten als Stein des Anstoßens unüberwindbar erschienen.

Anstatt einen ausgefeilten Vorschlag vorzulegen und nach gemeinsam erarbeiteten Änderungen in mehreren Lesungen eine parlamentarische Mehrheit dafür zu suchen, mauscheln die Großkotzparteien in angeblichen Namen ihrer Wählerschaften bereits am Vorschlag mit ihrem politischen Starrsinn ergebnislos weiter. Marginale ‚Schönheitsoperationen‘ an unsichtbaren Pofalten mancher Paragrafen werden dem Wahlvieh als Errungenschaft verkauft.

Dieses Spiel läuft gerade mal wieder und ein Universitäts-Professor, der aus seiner Vergangenheit eigentlich bestrebt sein müsste, die Expertise seiner Kollegen zu nutzen und einen selbstständigen Gesetzesvorschlag vorzulegen, um den Gordischen Knoten der Auswüchse bisher gewachsener Freunderlwirtschaft zu durchschlagen, unterlässt genau das.

Die Chance, eine Gesetzesmaterie den Gepflogenheiten des 21-ten Jahrhunderts anzupassen, staatliche Absonderlichkeiten wie den Friedenszins, Grundsteuerfreiheit von Kirchen und andere Altlasten zu eliminieren, wird erneut vertan, von einem angeblich parteilosen Minister, dem nach eigenem Wunsch das Volk keine Rücksicht auf politische Parteienwünsche unterstellen sollte.

Als weitere Baustellen mit derselben Problematik können, ohne Anspruch auf Vollständigkeit, genannt werden: Einkommenssteuer oder Pensionsrecht.

Niemand beneidet einen verdienten politischen Funktionär oder Beamten um die Höchstpension nach dem ASVG-Schema. Selbstverständlich stehen jedem dessen Rentenansprüche aus seiner eigenen, privatfinanzierten Ansparleistungen gesondert zu. Dies selbstverständlich auch, wenn der Gute in Haft sitzt, denn nach dem Grundsatz ‚ne bis in idem‘ darf keiner doppelt bestraft werden.

Raub

Ein Pensionist wird jedoch beraubt und selbst eine strafmildernde Schadens-
gutmachung in Raten aus den Pensionszahlungen vorsätzlich verhindert, was eine
eindeutige Diskriminierung der verurteilten Pensionisten gegenüber Ausländern
und anderen Häftlingen darstellt. Der Justizminister unterlässt aus gutem Grund,
diesen Raub abzustellen, erhalten doch die parteipolitisch bestellten Funktionäre
der Sozialversicherungen zumindest anteilig ihre Pensionsaufstockungen aus den
geraubten Renten.

Jeder Häftling muss dem Staat 75 % seines Arbeitseinkommens in Haft für
‚Kost und Logis' abdrücken. Der Gleichheitsgrundsatz wird dabei mit Füßen ge-
treten, denn es leuchtet jedermann ein, dass jeweils 75 % von der Höhe nach unterschiedlichen Beträgen unterschiedliche Abzüge beim einzelnen Gefangenen ergeben.

Solche und andere Diskriminierungen werden übergangen, wie auch die Pen-
sionen in Höhe von zig-tausend Euro an Nationalrats-Banker oder andere Politiker mit Nebenjobs vertuscht werden.

Politische Schädlinge der Vergangenheit, die Eurofighter, Riegler-Bank, Kom-
munalkredit, Hypo Alpe Adria oder andere Bankendesaster verantworten, werden
mit Höchstpensionen belohnt, was dem Verständnis der Bevölkerung immer
mehr widerspricht, weshalb sich Normal-Pensionisten betrogen fühlen.

Staatsdiener

Höhere Gagen für Abgeordnete als sie amerikanische Senatoren zustehen, lassen sich nur mehr rechtfertigen, wenn der jeweilige Empfänger selbst für jenen
Teil seiner Pension sorgt, der über die Höchstbemessungsgrundlage einer ASVG-
Pension hinausgeht. Die Masse der Sesselkleber im parlamentarischen Gremium
der Hinterbänkler mit Parteizwang bei Abstimmungen nach einigen Jahren im
‚Zirkus Hohes Haus' überdurchschnittlich zu versorgen, grenzt in der Volksmei-
nung an strafrechtliche Tatbestände und geht am berechtigten Leistungsanspruch
solcher Volksvertreter meilenweit vorbei.

Als Insasse einer Haftanstalt merkt jeder, warum es früher hieß, jede Justizanstalt sei eine Akademie für angewandte Kriminologie. Dort erleben zu Resoziali-
sierende, wie eine Gruppe, angehörig der Hoheitsverwaltung des Staates, fast täglich unbeirrt Rechte beugt und bricht, gedeckt von den Wächtern des Gesetzes,
den Richtern im Vollzugsgericht, ohne jemals zu einer juristischen Verantwortung
gezogen zu werden. Strafen bei schwersten Übergriffen, wie Gruppen-Prügeln in

der JA Suben, zu sehen auf YouTube, wird mit 100,-- Euro geahndet, selbstverständlich ohne Suspendierung der Täter, während ein Insasse für dasselbe Delikt, sogar als einer gegen mehrere, ohne Zeugen, allein aufgrund von Aussagen der Justizler, mit 15 Monaten Haft und Einweisung nach § 21 (2) StGB belohnt wird.

Dass dem Quartett diese Geldstrafe aus der Kaffeekasse aus gelebtem Korpsgeist ersetzt worden sei, sind sicherlich nur als ketzerische Kantine-Gerüchte abzustempeln.

Dass dabei das Prinzip der Rechts-Einheit und -Gleichheit nur mehr durch geistesschwache Sozialträumer zu lokalisieren ist, stört den werten Justizminister, zuvor Universitätsprofessor für Strafrecht, keineswegs.   Auch vermochte er bis dato nicht bewegt werden, entsprechende Anfragen zu erwidern.

Ruine Rechtsstaat

Die Kapazunder des Verfassungsgerichtshofes sollen die Rechtssicherheit bewahren helfen.

Die Generalprokuratur soll als Rechtswahrer des Staates am OGH handeln.

Beide scheinen ihre Aufgaben nach einer anderen Philosophie und einem anderen Rechtsverständnis als der Ansicht der Normalbürger nach zu spezifizieren. Die politisch besetzen Posten garantieren offensichtlich dafür, dass Grundsatzfragen zu derartigem rechtsstaatlichen Vorgehen unterbleiben.

Der neue Trümmerhaufen, den bis dato der Justizminister nach seinen Vorgängerinnen hinterlässt, scheint kaum noch als Rechtsstaat bezeichnet werden zu können, weil die Drei-Klassen-Justiz unbeirrt weiter ihre Spielräume nutzt und unverständliche Vorgehen geduldet werden, wie der Fall beweist, in dem einem frisch ertappten Einbrecher, einem ,hoch-verdienter‘ Gewerkschafter, von zwei willigen Psychiatern die situative Unzurechnungsfähigkeit zur Tatzeit attestiert wurde. Nur der direkte Vergleich macht sicher. Offen ist, welche psychiatrischen Kapazitäten diese Gutachten erstellt haben und ob diese auch zu Einweisungs- und Vollzugs-Gutachten berufen werden.

Was Rechtsphilosophen und -Praktiker über Jahrhunderte seit dem Code Napoleon aufgebaut haben, was zu dem in Gesetzestexten, Erläuterungen und Referenzentscheidungen der Oberstgerichte dokumentierten westlichen Rechtssystem führte, wird eifrig und unbeschwert von Richtern aller Instanzen geflissentlich ignoriert. Der Minister, dessen Berufsbezeichnung eigentlich Diener des Volkes bedeutet, gebietet dem Versagen keinen Einhalt und deckt das Desaster, anstatt seine Aufgabe zu erfüllen, als gewählter Vertreter einer Mehrheit die Justiz verantwortlich zu führen, dass sie ungeachtet einer Person und ihrer Stellung ermittle.

Besonders delikat sind die diversen politisch angehauchten Prozesse, in denen Richter, jeder StA, jeder Beteiligte des BMJ bestrebt scheint, alle jene Verfahrensgarantien peinlichst genau einzuhalten, welche im Normalfall vom Vorsitzenden des Gerichts nach Lust und Laune ignoriert werden.
Vergeblicher Notruf

Dass mit Brandstetter der ‚Bock zum Gärtner' bestellt worden ist, der arrivierte Professor und juristische Berater zu legal kreativen Geldverschiebungen nun täglich Zeugnis ablegt, wie sich sein Fokus verändert hat, mag als letzter Beweis für Korruption durch Macht bewertet werden.

Als Mag. Claudia Bandion-Ortner noch bei ihrer Angelobung im Parlament TV-affin ihre zitierbare Meinung darlegte: „Die Justiz ist die Visitenkarte des Staates", ahnte der geneigte Staatsbürger bereits den Hauch von Georg Büchners Aussagen zur Justiz im Hessischen Landboten. Die Frage nach Claudias Fürsten verkneift sich der Autor.

Das Waisenrad des Zauberlehrlings, des jener aus Verzweiflung kreißte, wurde systemoptimierend ‚Weisenrat' getauft, obwohl dieser mit jenen Typen besetzt wurde, die sich zuvor mit fragwürdigen Haltungen profiliert hatten, also eher ein geistiges ‚Waisenrad' darstellen, denn für einen Karrieresprung würden sie nicht nur ihre Eltern bestens verkaufen.

Das juristische Feigenblatt zur Vorspiegelung einer unabhängigen Staatsanwaltschaft, unbeeinflussbar durch Politik und Freunderl, sollte dazu dienen, die üble Nachrede bei politischen Fällen zu verhindern und dem Bürger eine saubere Justiz vorzutäuschen. Wenig hilfreich dabei waren und sind die immer wieder aufstoßenden Fälle, welche von fragwürdigen Handlungen gewisser Angehöriger der Justiz ausgehen.

Die Anfallsrechtsprechung wurde inzwischen zum Normalfall und wortheischende Scharlatane erläutern Themen und Fakten, noch während der Richter den Zeugen verhört. Dank Simsen und Twittern sind Verfahren wahrlich öffentlich geworden, was der Richterschaft sauer aufstößt, kann das verhärmte Entscheidungsorgan doch den Wortlaut seiner Kommentare und Entscheidungen nicht mehr im Protokoll ‚optimieren', wenn die Presse bereits von der wahren Aussage berichtet hat.

Gesetzesnovellen werden Fortschreibungsübungen für historisch gewachsene ‚Erker und Girlanden' und schreiben die Ausnahmen fest, anstatt altertümliche Formulierungen durch einen modernen Wortlaut zu ersetzen, den jeder versteht. Die Unfähigkeit des Justizministeriums fällt dabei auf jenen Hochschullehrer zurück, der seinen Studenten genau dies abverlangte, was er selbst mit seinen Mandern und Mandarinen nicht schafft.

Jedes Volk verdient, was es gewählt hat. Rettung ist meilenweit keine in Sicht, die politversklavte Justitia bleibt machtlos. Letztes Zeugnis liefern die Novellierungen zu StPO, 2015, und StGB, laut Planung in 2016.

Fazit:

Die kümmerliche Vorstellung des Zauberlehrlings setzt sich unbeirrt fort.

„Es geht noch weiter" informierte Rita die Zuhörer: „Er lässt keine Fettnäpfchen aus. Er will den Betonschädeln in Uniform unmissverständlich vor Augen führen, dass ein Gefangener das Recht auf Meinungsfreiheit und anderes hat, das ihm offenbar verweigert wird."

Alkoholfrei !

Es ist interessant, wie sich ein Vollzugsleiter als eine Figur entpuppt, die denkt, mit dem Tragen einer Uniform am Leib wären seine Entscheidungen sakrosankt. Die Bedingungen für den Zusatzeinkauf, vulgo Ausspeise, werden in § 34 StVG geregelt, wobei der Gesetzeswortlaut dem Anstaltsleiter die Zulassungshoheit für Nahrungs- und Genussmittel überträgt, insbesondere aus dem Blickpunkt, welche Waren verboten sind, wie beispielsweise berauschende Mittel. Doch Nikotin, das nach wissenschaftlichen Studien medizinisch vergleichbar auf dieselben Gehirnareale einwirkt wie Alkohol, ist erlaubt, Cannabis, das weit weniger suchtgefährdend ist, jedoch nicht. Dies ist zwar generell hinterfragungswürdig, doch aus dem Strafgesetz aktuell gerechtfertigt.

Andererseits sind trotz vielfachen Wunsches der Insassen alkoholfreies Bier oder Bull Cola verboten, wie zuletzt in der Betriebssprecher-Sitzung festgehalten wurde. Diese Limonade ist ein übliches Cola-Getränk, also ein Zucker-Kräuter-Wasser mit Extrakten der Cola-Nuss, sprich, mit Koffein versetzt, wie beispielsweise Schartner-, American- oder Afri-Cola. Das Ganze hat zwar keine Berechtigung, doch wurde das dokumentiert im Protokoll, veröffentlicht per Aushang in den Abteilungen im Dezember 2014.

§ 38 StVG regelt die Bedingungen für die Anstaltskost. Das obliegt dem Gesetzgeber und erspare ich mir die Hinweise auf die Dauerreklamationen letztes Jahr, die anscheinend endlich gefruchtet haben dürften, wenn man den Leserbriefen im Insider 33 Glauben schenkt.

Jedoch steht dem Insassen erarbeitetes Geld, der Restbetrag von 25% seines wirklich erwirtschafteten Hafteinkommens, laut Gesetz zu, den Unbeschäftigten die gesetzliche ‚Hausgeldspende' laut § 54 StVG. Dieses Gesetz regelt in keinem Wort, in keiner Silbe, dass die zuzulassenden Nahrungs- und Genussmittel, mit Ausnahme der verbotenen Alkoholika, nicht dem Lieferumfang eines üblichen Supermarktes wie Billa, Adeg, Spar, Hofer oder Lidl entsprechen sollen. Eine derartige Diskriminierung von Häftlingen verbietet der Artikel 7 des B-VG auch für diese Personen geltenden Bundesverfassungsgesetzes.

Eine Amtsanmaßung des Vollzugsleiters ist daher zu orten, wenn die Palette üblicher Waren willkürlich beschränkt wird und das nicht aus wirtschaftlichen Gründen durch den liefernden Kaufmann, sondern durch einen Justizwachebeamten, ohne dass eine rechtliche Rechtfertigung dazu vorliegt, die Beschränkung somit dem freien Ermessen einer Behörde obliegt.

Im Einzelnen ist beispielhaft aus der Betriebssprecher-Sitzung das Verbot des alkoholfreien Bieres herauszuheben. Das wird verweigert, weil den Anstaltsleiter der Biergeruch an seinen Beamten stört, der nicht sofort zu erkennen gibt, ob er von echtem oder kastriertem Gerstensaft stammt. Da jeder Freigänger oder rückkehrende Ausgangs-Berechtigte jedes Mal auf Restpromille getestet wird, stünde Stichproben an Justizwache- und sonstigem Personal nichts im Wege. Dies allein schon in eigener Sache, damit niemand behaupten kann, Beamte würden besoffen zur Arbeit erscheinen.

Außerdem hindert den Anstaltsleiter nichts daran, in der Beamtenkantine das alkoholfreie Gesöff zu verbieten. Ob das jemanden mit Suchtproblemen hindern könne, dem Genuss des geruchsfreien Wodka zu frönen, darf in Leiterkreisen gerne diskutiert werden, wenn derart fadenscheinig Geruchsprobleme vorgeschoben werden, die andere Anstalten wie Mittersteig oder Stein nicht kennen. Somit geht diese Pseudo-Argumentation ins Leere, da es jedem Beamten freisteht, in seiner dienstfreien Zeit echtes Bier zu genießen, mitsamt der Geruchsfahne. Warum soll dasselbe dem Häftling in seiner Freizeit verboten werden?

Besonders fragwürdig wird das Ganze, wenn der Anstaltsleiter Untergebrachten nach deren Strafzeit einen Einkauf verweigern will, also dem nur mehr aus rein medizinischen und nicht aus strafrechtlichen Gründen Angehaltenen Waren verbieten oder das Einkaufsvolumen pro Woche reglementieren will. Allein der Kontakt zur Außenwelt ist zu verhindern, sagt das Gesetz. Alles andere ist eine rechtlich äußerst fragwürdige Angelegenheit, welche vom Vollzugs- als Rechtschutzgericht zu klären sein wird. Rechtlich steht die vollzugsbehördliche Verweigerung solcher Einkäufe im Verdacht einer Vorsatz-Straftat, die sogar amtswegig zu verfolgen ist.

Dasselbe gilt gesamthaft, wenn der Vollzugsleiter, über die Regelung eines vom Kaufmann bereitzustellenden Lieferumfangs von Waren des täglichen Bedarfs hinaus, dem privaten Wirtschaftsbetrieb Vorgaben für Warenvorrat und Handelseinschränkungen auferlegt, wozu ihn keine Silbe des StVG ermächtigt. Nur die verbotenen Artikel oder ihre Ingredienzien sind zu spezifizieren, während alles andere der wirtschaftlichen Alleinverantwortung des Händlers obliegt, der ansonsten berechtigt etwaige dadurch entstandene Wettbewerbseinbußen gegenüber der Anstalt einzuklagen berechtigt wäre.

Der § 20 StVG verlangt die Wiedereingliederungsvorbereitung vom Strafvollzug. Davon keineswegs abgedeckt sind persönliche Missgunst- oder sogar Racheaktionen gegen Rechtsbrecher durch Behördenleiter, denen die Resozialisierungspflicht obliegt, nicht jedoch die Diskriminierung von Strafgefangenen und Untergebrachten gegenüber jeder Hausfrau des Landes.

Wem soll denn das nützen?

Andererseits unterschlug die Anstaltsleitung der Justizanstalt den Unbeschäftigten in den Monaten Januar, März und November die denen monatlich rechtlich zustehenden Toilette-Artikel, somit dreimal im Jahr 2014. Dabei hört man nichts vom ‚Chef‘, der diese Diskriminierung bis dato noch nicht - mit aromatischer Exkrementen-Tinte verewigt - auf 11-er-Zetteln erhalten haben mag, weil kein Klopapier bereitgestellt wurde. Ganz ohne Alkohol.

Nicht gerade berauscht fühlt sich der betroffene Häftling durch den Umstand, dass er mit vollen Händen wie in der Dritten Welt handeln solle, traut sich aber nicht, das zu rügen, weil er die Antworten der Behörde fürchtet, nebst der absehbaren Schadensfreude über die Beschwerde. „Sollen sch … gehen, die Verbrecher!“ soll man gehört haben. Leider war ich es nicht, sonst wär die Beschwerde postwendend erfolgt.

Wo dabei die Anweisung bleibt, derselbe Mangel solle - sich wie beim Alkfreibier - auf der Beamtentoilette wiederholen, darf höflich nachgefragt werden. Schließlich soll doch alles konsistent betrachtet werden, oder?

Es wird von der gewerkschaftlich organisierten Beamtenschaft mit Sicherheit die ein Monat lang wiederholte, kolportierte Meldung mit ‚standing ovations‘ begrüßt werden: „Die Lieferung ist nicht gekommen.“ Vermutlich würde dann auch das Personal die Lieferung der eigenen Abwesenheit genauso begründen, denn die Sorgfaltspflicht des Arbeitsgebers wird in den Arbeitsgesetzen hochgehalten.

Die Justizanstalt schuldet jedem Unbeschäftigten dreimal die Brutto-Summe, welche der Ersatzkauf verschlungen hat. Notfalls eben erst nach Rechtskraft des beantragten Urteils des angerufenen Zivilgerichts.

Dem Vollzugsleiter darf jedenfalls gratuliert werden.

Das Urteilsdokument wird sicher alk-frei sein.

„Es bleibt kein Auge trocken, wenn er die Richter ins Visier nimmt und Missstände aufzeigt.“ Rita flüstert das beinahe, so heiser klingt ihre Stimme.

‚Psychische Fitness‘ der österreichischen Richterschaft

Das ‚Burn-out-Risiko' der Richterschaft bildete das Thema für eine wissenschaftliche Studie an der Universitätsklinik Graz, die Univ. Prof. Dr. Peter Hofmann mit Kollegen durchführte.

Die Ergebnisse wurden in der österreichischen Richterzeitung, im Heft 5/11 ab Seite 106 dokumentiert. Sie lassen nicht nur keine Fragen offen, sondern lösen Erstaunen aus, da auch die Frage nach Anzeichen für depressive Erkrankungen bei den gefährdeten Personen miterfasst wurde. Dafür dienten Online-Fragebögen mit dem bekannten Hamburger Burn-out Inventar mit weiteren Erfassungsunterlagen zur Einschätzung einer etwaigen Depressionsgefahr. 763 Richter beteiligten sich daran. Die Rückmeldung von etwa 42 % der Richterschaft erstaunte ob der Höhe des Anteils an Feedback.

Ergebnisse

Bei 57,5% konnten keine Anzeichen erkannt werden.
Die Belastung der restlichen 42,5% wurde nach 3 Phasen skaliert.
Unter 21% der Gesamtheit waren leicht bis wenig belasteten Personen
Der Rest fühlte sich stark bis sehr stark gefordert, die Anzeichen waren manifest, bei etwa 160 Richtern.
Etwa 7,5% der 21% gehörten zur am stärksten belasteten Gruppe, die etwa 57 Richter beinhält.

Mit 10,2% waren mehr Männer als die 4,9% Frauen der Gesamtheit belastet. Die Älteren mit über 47 Jahren waren stark signifikant besonders belastet, was ein neues Bild vom Vollzugsgericht ermöglicht. Der Risikoanteil betroffener Richter lag unter 47 Jahren bei 4,5%, über 47 bei 10,4% der Gesamtheit, also stellt jeder 10-te Richter über 47 in mehrfacher Hinsicht ein Risiko für die Justiz und die Angeklagten dar. Dabei signifikant war auch, dass insbesondere die Anzahl der bis dato geleisteten Dienstjahre das Risiko verstärkte.

Stark signifikant waren Depressionen mit dem Altern ebenfalls stark ansteigend. Etwa 33% der stark bis sehr stark belasteten Gruppe zeigte deutliche Anzeichen von Depressionen, also 53 Richter, welche auch überwiegend in Strafreferaten tätig waren. Dabei besonders belastet und durch Depressionen gefährdet waren Richter, die im strafrechtlichen Bereich arbeiteten und über 56 Jahre alt waren.
Insbesondere belastet fühlten sich diese Personen durch schwierigen Parteien und Verhandlungen, wobei der persönliche Unzufriedenheitsgrad mit dem ‚System' eine zusätzliche Verstärkung auslöste.
Quintessenz

Durch den hohen Evidenzgrad der Rückmeldungen von 42% ist die Studie äußerst aussagestark. Vor allem Insassen mit schwieriger Persönlichkeit und komplizierten Verfahren, sprich Untergebrachte und ihre Anhörungen, unterliegen demjenigen Teil der Richterschaft, die aufgrund der Studie selbst ein Risiko darstellt und von Depressionen heimgesucht wird.

All das liegt dem BMJ seit 2011 vor, namentlich war es die werte Frau Bundesminister für Justiz, Dr. Beatrix Karl, welche keine Anstalten traf, etwas zu verändern. Heute sind wir 3 Jahre älter, ohne dass Änderungen erfolgten.

Eine Qualitätskontrolle findet nicht statt, die Ergebnisse der Studie zeigen jedoch: Depressive urteilen über Depressive, die aufgrund der ‚Behandlung‘ im Strafvollzug depressiv geworden sind. Das nennt sich in Österreich dann Rechtsstaat.

Erinnerungen an Salomon

Schweigend studierten die beiden Herren die neu vorgelegten Unterlagen.

Schließlich hob Dr. Haber an: „Ich bin nicht nur überrascht, sondern sogar dafür, dass Sie diese Recherchen weiterführen. Ich denke, damit könnten wir eine Serie erstellen, die sich gut verkaufen lässt. Schließlich steht die Justiz auch in Deutschland im aktuellen Verständnis der Bevölkerung seit dem Fall Gustl Mollath derzeit ziemlich am Abgrund und es ist doch viel netter, auf die Ösis draufzuschlagen, als vor der eigenen Türe zu kehren. Ich bin begeistert, was sich alles aus Ihrer beider detektivischen Ader entwickelt hat.

Außerdem scheint mir, dass diese Ihre Quellen mehr und aktuelleren Bezug zur realen Praxis der Rechtsprechung haben als wir von anderen oder offiziellen Stellen erwarten können. Der Justiz steht ein parlamentarischer Ausschuss als Rute im Fenster. Dessen Ergebnisse könnten auch Auswirkungen auf Deutschland haben, wie umgekehrt dieser Fall Nachwirkungen in Österreich hatte.“

Rita ergänzte: „Ich habe noch etwas zu der Bildersprache des Magazins anzumerken vergessen. Auch zum Bild mit der Taube existiert ein sachlicher Hintergrund. Zur gewaltsamen Unterschlagung von Briefen durch einen ‚Wächter mit der Flinte‘ und nicht als Kriegsverherrlichung, wurde die Grafik allegorisch verwendet. Die Gewaltausübung zu Verhinderung der Kommunikation durch einen Wärter liegt auf der Hand. Der versinnbildlichte Briefträger, die Brieftaube ‚Cher ami‘, wird durch den Wachbeamten abgeschossen.

Ein Insasse eines anderen Knasts schrieb an den Insider: „Keine Angst vor der Zensur haben und weiter machen mit der Wahrheit über die üblen Zustände in den Justizanstalten in Österreich.“ Deshalb nehmen die Redakteure wohl berechtigt an, dass diese Allegorie im Sinne der Sache der Gefangenen war. Das Back-

Cover des Heftes 32, das an eine Ansicht aus einem Straflager oder an den Eisernen Vorhang erinnert, lässt tief blicken, wenn sich der geneigte Leser an die Y-ouTube-Video-Clips zu Prügeleien an Häftlingen in der österreichischen Strafvollzugsanstalt Suben erinnert, oder an die täglichen Probleme ungehinderten Briefverkehrs der und mit Insassen.

„Interessant. Da scheint dieses Magazin fast mehr Inhalt zwischen den Zeilen als im geduckten Text zu tragen. Da scheinen nicht gerade die Dümmsten in der Redaktion zu arbeiten. Doch weiter in unserem Text. Es tut mir leid, dass ich Ihre Erwartungen hinsichtlich der Planung unseres neuen Produktes und der Vergabe der wesentlichen Geburtshelferrollen jetzt noch nicht erfüllen kann", setzte Dr. Haber fort. „Ein derartig brisantes Thema sehe ich vorrangig und habe gerade beschlossen, Sie beide gemeinsam als Team auf diese Story zu setzen.

Nehmen Sie sich einen Bildredakteur hinzu und bringen Sie mir Weiteres an Fakten. Inhalte, aufbereitet für eine mehrteilige Serie für ein Wochenmagazin. Ich bin sicher, das kann ich unterbringen. Ich bin mir jetzt auch nicht mehr sicher, ob die neue Blattlinie für unser geplantes Magazin nicht auch einen gesellschaftskritischen Touch erhalten soll und ein Thema wie Ihres dazu passen könnte. Diese Frage müssen wir in der Chefredaktion noch genauer durchdenken."

„Was bedeutet das für uns?" Rita schien ratlos.

„Ganz einfach, meine Liebe, wir dürfen weiter stöbern und das nennt man investigativen Journalismus, was auf uns zukommt."

„Harry kommt wieder mal absolut hinreißend rüber", lächelte Rita und erwiderte: „Harry, danke, dass Du so nett zu mir bist. Ich bin sicher, dass Du mich gerne unter Deine Fittiche nehmen wolltest, wenn es Dir gelingen sollte, mich davon zu überzeugen, dass ich noch was von Dir lernen könnte."

„Mit dem größten Vergnügen, Rita, schließlich weißt Du ja, wie ich meinen Kaffee gerne trinke. Ganz ohne Binnen-I und wie ein Macho es so liebt. Außerdem steh` ich auf devote Emanzen."

„Stopp!" Dr. Haber unterbrach: „Eure Paarprobleme sind nicht in dieser Sitzung zu lösen. Ich denke, Ihr werdet ein Superteam abgeben, wenn Ihr so liebevoll und passioniert gegeneinander arbeitet. Konkurrenz belebt das Geschäft. Also meine Lieben, an die Arbeit. Wir sehen uns Ende des Frühjahres zu einem Zwischenbericht wieder."

Die Recherche

Noch saßen beide im Konferenzzimmer des Verlags. Nachdenklich musterte Rita ihren Kollegen: „Wenn ich Dich richtig verstehe, willst Du mir etwas sagen. Du weißt, dass ich dieses Binnen-I nie verwende, weil ich Deutsch beherrsche und solche Potemkin'schen Fassaden ablehne. Ich habe auch anerkannt, dass Du etwas drauf hast, also raus damit, was hast Du vor?"

„Wir gehen in eine Subkulturwelt, in den Knast, liebe Kollegin. Da wirst du rüde Töne hören und kannst vergessen, zickig sein zu wollen. Ich sehe keine Chance, wenn Du Deine femininen Anwandlungen vorschiebst. Dann kriegen wir niemals das, was wir wollen."

„Im Gegenteil und Du wirst das noch wirklich zu schätzen lernen. Meine weiblichen Reize werden uns weiter helfen als Dein Bierbauch. Gerade dort werde ich sie einsetzen, dass Du Dich noch wundern wirst. Ich habe meine Quelle angezapft und wir werden ja sehen, wer mehr rauskriegt, mein lieber Herr der Schöpfung."

Geplänkel

Harry schnappte sich Block und Stift und begann begleitend zu seinen Worten auf dem Blatt seine Gedanken skizzenhaft zu illustrieren: „Weil Du gerade das Stichwort gibst. Weißt Du eigentlich wie sie ist, die Schöpfung – sie ist digital!

Die Göttin Isis war in der ägyptischen Mythologie die Schwester und Gemahlin des Osiris. Im Laufe der Zeit wurde ihre Gestalt in Ägypten mit der ägyptischen Gottheit Hathor vermischt, der Göttin der Liebe, des Friedens, der Schönheit, des Tanzes, der Kunst und der Musik.

Ihr gelang es, zusammen mit Anubis, ihren ermordeten Gatten wieder zusammenzusetzen und auferstehen zu lassen. Der Sage nach stahl sie dem gealterten Gott Re die Magie, um sich so zur Herrscherin über die Welt aufzuschwingen. Seitdem glauben die Frauen, sie müssten nach der Hochzeit Vergleichbares mit ihren Ehegatten wiederholen, der Göttin zu Ehren. Also den Herrn passend umkrempeln und den rauen Kerl zum Sitzpinkler degradieren. Was sich dann rächt, denn nach der Mutation gefällt den Damen meist ihr Produkt nicht mehr, sodass sie fremden Ersatz für die rausgezüchteten Eigenschaften begehren, woraus sich die berühmte ‚Ménage-à-trois' entwickeln kann."

„Womit Du wieder in dein Lieblingsthema eingestiegen bist" grinste Rita.

Unberührt setzte Harry fort: „Osiris war der ägyptische Gott der Fruchtbarkeit, der den alten Ägyptern die Kultur und Gesetze brachte. Er lehrte die Männer, die Furchen zu ziehen und ihr Feld zu bestellen. Die Vereinigung von I & O, von Isis und Osiris, in einer Ehe der beiden Götter, schuf eine Gesamtheit. Auch andere Kulturen kennen Solches.

Eine anzustrebende Einheit von Frau und Mann, vom Weiblichen und Männlichen, ist deren harmonische Vereinigung im Chinesischen. Sie ergänzen und bedingen einander, Yin und Yang, und lösen einander in rhythmischem Wechsel ab. Allerdings findet man in der taoistischen Philosophie eine deutliche Bevorzugung des weiblichen Yin, das dadurch überlegen wirkt; wie eine Frage aus dem Taiji beweist: Schau einen Stock an - sein eines Ende ist Yin, das andere Yang."

„Jetzt kommt sicher der Spruch von Nietzsche: La donna buona e mala, gli due amano il bastone?"

„Aus seinem Werk kann ich Dir erzählen: Beim Spaziergang trifft sein Held eine Alte, welche von ihm fordert, vom Weibe zu erzählen. Also sprach Zarathustra: ,Alles am Weibe ist ein Rätsel und alles am Weibe hat eine Lösung: Sie heißt Schwangerschaft. Der Mann ist für das Weib ein Mittel. Der Zweck ist immer das Kind', womit Nietzsche den Wunsch auf einen Übermenschen als Sohn anspricht. ,Ein Spielzeug sei das Weib' und so weiter. Zum Dank bekommt er vom alten Weiblein die oft missverstandene Wahrheit geschenkt: ,Du gehst zu Frauen? Vergiss die Peitsche nicht'. Wolltest Du das hören?"

„Du liest Philosophie? Ich dachte, Penthouse wäre Dein Nachtbrevier?" Rita musste das loswerden.

„Irren ist menschlich. So wird auch er gerne verkannt. Den Schlüssel zum Verständnis liefert Nietzsche in seinem anderen Werk namens ,Menschliches Allzumenschliches', wo er sagt: ,Nachdem man nun weiß was die Zukunft von Ehe und Gattin sein soll, versteht man auch, was die kleine Wahrheit des alten Weibleins bedeutet. Die Peitsche dient offensichtlich dazu, die eigenen sinnlichen Begierden bei der Wahl und im Umgang mit einer Gattin im Zaune zu halten, damit sie nicht als entscheidender Gesichtspunkt vorherrschen, sondern die Hervorbringung des Übermenschen dabei im Mittelpunkt steht'. Wirkt diese Idee der Selbstgeißelung gefällig?"

„Und wer war diese Alte?" Rita war neugierig geworden.

„Das alte Weib ist die Wahrheit" grinste Harry und Rita spürte, wie es in ihr heiß aufstieg. Während er sich weiter über seinen Block beugte, musterte sie ihren Kollegen von der Seite. Sollte sie sich getäuscht haben und der Typ war gar nicht so ein Ekel? Diese Frage verwirrte sie selbst. Hatte sie Interesse an einem solchen Mann? Er sah nicht schlecht aus: Blond, sportlich, sehnig, wenn auch eher klein, was ihn scheinbar nicht störte, da sein Selbstbewusstsein dermaßen ausgeprägt schien. Und er wirkte irgendwie. Warum, wusste sie noch nicht. Die Botschaft kam in ihrem Körper an, der ihr Hirn ausgetrickst hatte. Es war etwas an ihm, aber was, das konnte sie noch nicht verstehen, geschweige denn in Worten ausdrücken.

„Weiter geht's im Text." Harry hatte nichts von ihrer Privatanalyse gemerkt.

„Die Informatik hat die Welt binär beschrieben. Die Vereinigung der Geschlechter ist auch in Binär- und Hexadezimal-Code dokumentiert. Nicht von ungefähr wird der rote Wein aus Avignon verspottet mit: ‚Soixante-neuf-du-Pape'. Diese Kombination muss richtigerweise folgend geschrieben werden. Daraus entstand die 69-Literatur.

Im Westen, Deutsch ausgesprochen, zeigt die Vereinigung der Geschlechter, wie die Neun-und-Sechzig, also für die Frau die 9 und die 6 für den Mann beweisen, deren Gewichtung in den Chromosomen, XX zu XY. Gemeinsam ergeben sie als gemeinsame Summe der Zahlenwerte die 15, deren Bedeutung im Binärcode sichtbar wird.

Die Höhergewichtung der Frau von X=4,5 zu Y=1,5 ergibt sich aus 9 = 4,5 x 2, weshalb für das klägliche Y-Chromosom ein Wertansatz mit 1,5 verbleibt, wie es sich militante Emanzen immer schon gewünscht haben. Wenn man die binäre Mathematik, das Addieren und Subtrahieren der Werte O und I betrachtet, ergibt sich somit durch die rechnerische Kopulation der absolute Höchstwert.

		O I I O
Der Binärcode von 6 = O I I O		O I I O
von 9 = I O O I		I O O I
Die Summe ergibt – siehe die Addition rechts: 15 = I I I I		I I I I

Das entspricht der maximalen Ausprägung eines rechten Halbbytes.

Die maximal 256 Möglichkeiten eines Bytes bestimmen Grenzen in der Informatik in vielen Belangen.

Für alle weiteren Werte muss das linke Halb-Byte, das ebenfalls 8 Bit beinhält, verwendet werden.

16 entspricht O O O I O O O O.

Dasselbe Prinzip lässt sich auch bei gleichgeschlechtlichen Paaren und flotten Dreiern visualisieren. Da Frauen wesentlich gewichtiger sind, überschreiten sie die

6	O I I O	9	I O O I
+6	O I I O	+9	I O O I
12	I I O O	18	I O O I O

Grenze der 16 Werte und benötigen bereits das zweite Halb-Byte, wie sie analog dazu auch beide Gehirnhälften weit ausgiebiger nutzen als Männer.

Beim Dreier wird das Ganze noch deutlicher: Bei der Kombination zweimal Frau mit einem Mann ergibt die rein binäre Addition 24 = I O I I O. Bei der Interpretation der Summe erkennt man sofort, dass der Mann am Schluss – meist mangels Ausdauer - allein bleiben wird.

Bei einer umgekehrten Ausprägung ergibt sich der Wert 21 = IOIOI – also eine Symmetrie. Das I, für die ägyptische Isis in der Mitte, überzeugt den Ästheten. Woraus sich ableiten lässt, dass die Mathematik auch binär in der Lage ist, die Welt, die Schöpfung in allen Spielvarianten überzeugend darzustellen.

Das taoistische Magische Quadrat zeigt dazu die Versinnbildlichung einer Aussage. Dessen Zahlenwerte von 3 für Geburt, 5 für Leben und 7 für Tod stehen in einer Reihe.

$$\begin{array}{ccc} 4 & 9 & 2 \\ \mathbf{3} & \mathbf{5} & \mathbf{7} \\ 8 & 1 & 6 \end{array}$$

Dabei ist leicht erkennen, dass sich die zwei unterschiedlichen Aspekte wiederfinden, vorne die Geburt und hinten Fäulnis und Tod

Zuletzt: Wie sieht das im hexadezimalen Code aus?

IBM, der **I**nternationale **B**und der **M**änner, rationalisierte die digitale Darstellung und benötigte nur mehr zwei Stellen, die im Maschinencode dann auf O und I übersetzt werden. Im Hex-Code: 0 bis 9 bleiben und die Werte 10 bis 15 entsprechen A bis F.

Also sehen wir auch das einfach auf ‚Emanzisch‘:

6 - Sex-besessen, wie der Mann

9 - Nein, das Credo der Frau

15 - F*** steht für: Höre beispielsweise Crosby, Stills u.a. in Woodstock: „Give me a F“)

Doch was wäre die Mathematik ohne die Musik, ohne die Sprache? Lasst uns doch einmal die binären Codes melodisch im Takt singen?

Der   Ooo Jiii iiii ooo   kommt zur   Jjjj ooo ooo iiii,

was dann als Refrain ergeben kann: Jiiii iiiii iiiii iiiii

Nota bene:

Der Dreier mit Herrenüberschuss klingt logischerweise dann:

Jjj ooo iiiiiii ooooo iiiiiiiiiiiiiii

„Womit wir wieder bei Deinem Lieblingsthema wären“ seufzte Rita.

„Immer diese falschen Verdächtigungen“ grinste der Journalist

„Du hast etwas Wesentliches vergessen, denn auch das Morsealphabet wäre dabei zu berücksichtigen.“ Rita war sachlich, was Harry stutzig werden ließ

„Der wichtigste Punkt ist, dass Du bei Deinem verqueren Ansatz auch die Morsecodes umdrehen musst, also ‚I‘ lang und ‚O‘ kurz zu interpretieren sind. Daraus ergeben sich folgende Schlüsse:

6 = P, was Deinem Peniswahn entspricht.

9 = X, wie Xanthippe, die schon Sokrates das Fürchten lehrte.

15 = CH, da jede Hochzeit ein Chaos begründet, wie jeder weiß.

Für die Pärchenbildung von Mann mit Mann, ergibt Dein Code mit **Z**, dass das Ganze als biologische **Z**umutung verstanden werden kann, wenn ein **Z**umpferl-Duo agiert, während beim Frauenpaar, **TF**, sich Deine **T**raum-**F**rauen vergnügen.

Im Morsecode sieht man in der binären Darstellung ja die Funkpausen nicht. Selbstverständlich könnte die Interpretation Deines ermittelten Codes auch **DN** lauten, was ebenfalls auf eine **D**amen-**N**ummer hinweist. **TP**, gibt die **T**raum-**P**aarung bei der **T**ee-**P**arty der männlichen Sex-Fantasien wider, während umgekehrt **EC** erklärt, wie das interessierte Frauenduo mit **E**lfen-**C**harme zur **E**sel-**C**harade gelangt.

„All das bestätigt doch nur meine Ausführungen, liebe Enigma", schmunzelte Harry.

„Womit wir schon wieder bei Deinem Lieblingsthema wären" seufzte Rita.

„Erneut diese falschen Verdächtigungen" grinste der Journalist. „Nimm es doch einmal von der anderen Seite. Hast Du dir schon einmal Gedanken über solche Zusammenhänge gemacht? Oder die Thematik des ‚Girls Equal Pay Day' näher beleuchtet? Dir ist die Herkunft des Spruches aus dem Kongo unangenehm, stimmt's?

„Ich habe das schlichtweg nicht gewusst. Doch die Idee gefällt mir, dieses Wissen der nächsten militanten Emanze reinzuwürgen:"

„Nun, dann wird mir einiges klar. Ich glaube, ich sollte in Zukunft eher aufpassen, bevor ich zu reimen beginne." Harry grinste anerkennend.

„Das alles muss eine weitere Facette haben" Rita ließ nicht locker.

„Gut geraten, Es war Pylie, die eigentlich schlicht Paula geheißen hatte. Ich nannte sie so, weil sie, nicht nur für mich, wie die berühmten Thermopylen nicht zu erobern war. Ich fühlte mich zwar wie Leonidas, durfte sie jedoch nur mit den berühmten Pralinen aus Belgien versorgen.

Dabei war sie wie die berüchtigte Lady Godiva. Diesen Namen trägt die erste Konkurrenz der Confiserie-Marke in Bruxelles. Sie ritt angeblich nackt durch Coventry, um die Steuerlast der Einwohner durch ihren Gatten zu senken. Nur ihr langes Haar bekleidete sie. Der mythische Ritt der Lady hatte Folgen: Der Bürger Peeping Tom wagte es zuzuschauen und erblindete, wie ich in meiner Liebe zu meiner Pylie. Erst als ich es schaffte, ihr glühend-heiße Höschen zu verpassen, änderte sich alles. Danach nannte sie mich Leo, eben in Anspielung auf den historischen Spartanerkönig."

Rita entgegnete: „Nun, wie Deutschen haben dazu die Loreley, die engste Stelle des Rheins. Heinrich Heine dichtete darüber, wie vielen bekannt ist:

Ich weiß nicht was soll es bedeuten, dass ich so traurig bin;
Ein Märchen aus alten Zeiten,
das kommt mir nicht aus dem Sinn, und so weiter."

„Das klingt wie die Geschichte des Odysseus und seiner Sirenen, womit wir wieder in Griechenland wären", folgerte Harry und setzte fort: „Sie lockten der

Mythologie nach durch ihren betörenden Gesang die vorbeifahrenden Schiffer an, um sie zu töten, genauso, wie Loreley ihre Schiffer durch Ablenkung zum Kentern brachte."

„Wenn Du schon so auf historischen Quellen herumreitest, was sagst Du dann zum Gott Osiris, wenn ich Manco Cápac, den ersten, mythische Herrscher der Inkas dagegenhalte, den Sohn des Sonnengottes Inti, der ihn aus dem Schaum des Titicacasees geschaffen hat? Die Parallele zu I mit O gibt's dort auch mit Inti, dem Vater, und Ocllo, der Tochter.

Man bemerke: Schaum statt Erde, weil die Reden der Männer mit flüchtigem Schaum vergleichbar sind.

Mit einem goldenen Stab sollte er mit seiner Schwester Mama Ocllo, der fortpflanzungsfähigen Gottheit, eine Stadt gründen, Cusco, und damit das Inkareich. Er lehrte daraufhin die Bewohner den Ackerbau, was neben der Bestätigung durch Thor Heyerdahl, dass die beiden Völker Gemeinsames haben, auf die Analogie zwischen den beiden Göttergeschichten hinweist. Mit der Ra II erreichte der Forscher die Küste, als er das zweite Schiff diesmal von Anden-Indianern von Titicacasee bauen ließ."

„Ich lerne dazu. Also ich kannte nur Manco Cápac den Zweiten, der nach der Ermordung Atahualpas durch Francisco Pizarro González über die Reste der Inkas herrschte. Ich sehe schon, ich darf mir bei Dir keine Fehler erlauben." Harry konstatierte das mit einem schüchternen Lächeln.

„Ja, es ist schwer, einen Platz an der Sonne zu erobern. Da nutzen weder Macho-Gedichte noch Halbwissen. Als investigativ arbeitender Journalist weißt gerade Du das ja am besten." Rita war erbarmungslos: „Pass auf, dass Du nicht wirst, wie der Don Quijote de la Mancha des Miguel de Cervantes y Saavedra."

„Ich werde nicht wie Michael Kohlhaas, der eigentlich Hans Kohlhase hieß, mit einem Feldzug ein erlittenes Unrecht sühnen und den Konflikt mit der angeblichen staatlichen Obrigkeit für mich entscheiden wollen. Das ist zu gefährlich. Doch führt es uns wieder zurück zu unserem Thema und unseren Quellen in der Karlau und deren Suche nach Recht gegen den Wunsch der Richter auf Rechtsfrieden, auf Unantastbarkeit ihrer rechtskräftigen Entscheidungen, wenn die auch falsch sein sollten.

Er handelte nach der Devise: ‚Fiat iustitia et pereat mundus', frei übersetzt: ‚Recht muss werden, selbst wenn die Welt dadurch zugrunde geht'. Ich kann das durchaus nachvollziehen, weil ich inzwischen glaube, dass genügend viele Häftlinge aufgrund von unfähigen Richtern und ihren Gutachtern unschuldig sitzen."

Rita war wieder in ihrem Element. „Auch meine Quelle in der Karlau scheint so ein Michel zu sein, wenn auch nicht ein Deutscher. Ich habe auch die Quelle ‚Walraff' gefunden, sie bis dato nur überflogen, bis auf seinen Fall, der mir zu denken gegeben hat. Dar Mann kämpft mit dem Ziel, nicht wie Michel mit einer

Gewalttat das Problem zu beenden. Auch er will juristisch vorgehen, scheiterte jedoch bis dato an der Justiz. Der Versuch, die Wiederherstellung des verletzten Rechts durch einen offenkundigen Rechtsbruch durchzusetzen, hat ihm eine neue Anklage eingebracht, die ich besonders perfide finde, denn sie wollen ihn als Geisteskranken hinstellen, um die Wahrheiten zu verbergen, die er in seinem Werk aufgezeigt hat.

Sein letzter Schriftsatz wurde mir zugespielt, hier, lies!"

Überrascht nahm Harry das Papier entgegen und begann nach kurzem Studium: „Gib mir 'ne halbe Stunde Zeit. Ich trink meinen Kaffee mit Milch und Zucker."

„Guter Versuch, aber zum letzten Mal- Hol Dir Deine Schwarzbrühe selbst, Macho! Ich komme bald wieder" Sie verließ den Raum und begann mit der Chefsekretärin zu plaudern.

Harry legte den Schriftsatz vor sich hin und las mit Neugierde.

„Was sagst Du dazu?" Rita war zurück.

„Jetzt weiß ich auch, woher diese Gedichte und insbesondere die rüde Spottschrift stammen, die ich von dort ergattert habe." Harry reichte ihr einige Blätter.

Gelingen

Ein Kerker ging zu seinem Meister
Und fragte ihn: „Mein Herr, was weiß er?
Was bewegt den Sassen drin?"
Da klapperte am Bund der Schlüssel,
So wie am Elefant der Rüssel:
„Ganz allein sein Ziel bin ich!"

Es stammelte der Bruch vom Graus,
Dass jetzt ein Knastler käme aus.
Im Herzen würd' ihm warm.
Der Versuch lässt ab von Flucht,
Doch der Sass' das Weite sucht.
Der Wärter schreit: „Alarm!

Potzblitztausend! Welch' ein Tor,
Kommt denn niemand ihm zuvor?"
Lächelnd geht der Dieb.
Der Vollzug gibt Direktion,
Doch der Räuber weiß das schon,

Wie die Zeitung schrieb.
Der Minister der Justiz
Liegt seit damals im Hospiz.
War's der Burn-out schon?
Wissen wär' das halbe Leben,
Doch das fehlt im Häfen eben;
Nützt kein Judaslohn?

Hamsterrad

Es grüßte mich die Morgensonne,
Aufzustehen war 'ne Wonne.
Das Leben war so froh und frei,
Nichts mehr dachte ich dabei.
Da fällt mein Blick draußt auf die Gitter
Und im Herzen wird's mit bitter.
„Mein Sohn", so sagt' ich leis zu mir,
„Sag' mir doch, was tust Du hier?"

Nun dämmert die Erinnerung,
An die Tage, als ich war jung.
So frank und frei, so war mein Wort.
Soll das alles sein nun fort?
Dort draußen zieh'n vorbei die Wolken.
Gleich den Wochen vorwärts torkeln
Die Jahreszeiten warm und kalt.
Wer gebietet ihnen Halt?

Was soll ich denn die Tage zählen?
Gar nicht will ich's Dir verhehlen,
Dass ich seh', es ist verloren,
Dieses Ziel, das ich erkoren.
Ob Freundschaft, Liebe, meine Kinder,
Nichts davon verstört mich minder
Als die Botschaft: Du wirst frei,
All das Leid sei bald vorbei.

Soll bald vor Kerkertüren stehen,
Neu das Leben anzugehen,
Nach Jahren sinnlos dumpfer Qual,

Stellt mich das wohl vor die Wahl.
All der ganze Stress verdrießt mich,
Das Entlassungsschreiben liest sich
Wie ein Befehl als letzter Rat:
Ohne Ziel bleibt nur: 'ne Tat.

Alles Gute

Ein Mensch in Haft ihn gar nicht mag,
Ja, s'ist ganz klar - den Purzeltag.
Genauso schlimm, so will es sein,
Zum Hochzeitstag, stimmt er sich ein.
All das bringt die Erinnerung,
An die Zeit, in der er war jung
Oder fühlte sich wenigstens so.
Es gibt nur Contra, nicht ein Pro.

Wie sollte feiern sein im Knast
Wenn keineswegs das Umfeld passt,
Da weder Bier noch Wein und Sekt
Die raue Stimmung überdeckt?
Jedes Jahr er älter werde,
Näher kommt die Chance, er sterbe,
Krepiere hier im Grazer Knast,
Wo aufhältig er ist als Gast.

Soll statt Sekt er Pillen schlucken,
Sich so wie ein Hamster ducken,
Wenn irgendwie, er weiß nicht was,
Ganz plötzlich füllt sein Wasserglas?
Ist das die Chance, die ihm bleibt,
Obwohl dort draußen, best' beweibt,
Ein Lotterbett sein Fest verziert,
Nach Nektar seine Biene giert?

Wer jetzt noch auf Feiertage
Schwört und das in dieser Lage,
Besitzt entweder besten Schnaps
Oder hat 'nen gewalt'gen Klaps!

Laurins Abgesang

Ein Dummian sitzt in Graz am G'richt,
Jeder kennt sein Arschgesicht.
Dort spricht er, wie er will, zum Recht,
Meist so, wie's der Willi mecht.
Beide z'samm, des is a Team.
Privat, da sind's wohl a intim,
Beide geil bis unters Hemd,
Doch von vorn bis hint' verklemmt.

Knapp anssechz'g, auf Sohl-Plateau,
Fühlt sich der Zwerg des Lebens froh,
Wenn der Willi gern si gibt,
Als hätt' auf ihn Fortuna tippt.
Auf beide hin die Schwuchteln schau'n,
Deshalb ist den' nit zum trau'n.
Der Psycho wird dazu bestellt,
Der macht alles für das Geld.

Meist bestellt hat den der Kicker,
Der korrupte Aktenficker,
Dazu kommen Eva Tschuschnik,
Und – als Zuckerguss: Morphinik.
Der hält sich eine Lassie
Namens Pilli Messi.
Sie sind der Schwarm so vieler
Grazer Drogendealer.

Alkolix spielt Zugabe,
Als der beiden Lustknabe,
Als Maturant mit Streifen,
Holt er sich einen Steifen.
Als Oberstleutnant Arschgesicht
Kapiert er seine Rolle nicht,
Weiß er nicht, das Maul zu halten,
Glaubt, er kann das Recht gestalten.

Im Gesperre alle denken,
Das Geschick der Welt sie lenken,

Obwohl nicht anders als ein Floh,
Brillensitzen sie am Klo.
Zeit wird's, dass der Wind sich regte,
Das Gesindel weg dort fegte.
Die Spieler haben drauf gesetzt,
Dass der Wiili wird gewetzt.

Ausgedient hat der Dummian,
Beim Willi ist sein Trieb schon dran,
Vermutlich ist er deshalb fort,
Der Staatsanwalt ist da am Wort.
Schließlich doch der Krug zersprang
Unter Willis Sexnotdrang
Und der Gnom im Hoppelschritt
Hüpft auf seinen Fersen mit.

So das Fachteam sich vertschüsste,
Bleibt nicht einer auf der Liste.
Somit bleibt allein gefährlich,
Sich anzulegen mit mir. Ehrlich!

„Na, damit wird er sich wohl kaum Freunde schaffen?" Rita reichte das Bündel zurück.

„Möglich, aber er geht seinen Weg unbeirrt weiter und das wird denen wirklich Sorgen bereiten. Lies die Eingabe, die mir noch dazu zugespielt wurde."

Jetzt war Rita am Staunen. „Ich glaube, da haben wir einen dicken publizistischen Fisch an der Angel, egal, wie das Ganze ausgehen mag. Hoppla, da schwant mir was." Rita blätterte kurz im Dokument ‚Walraff', das Harry ausgedruckt hatte, schlug in den letzten Insider-Heften nach und grinste plötzlich: „Weißt Du was? Der Autor hat das gesamte Walraff-Dokument Schritt für Schritt in die Insider-Artikel und Leserbriefe übertragen. Geradezu als Anleitung zum Erstellen von Schriftsätzen für jene, die es gerafft haben. Wie gesagt, das wird spannend. Glaubst Du, Dr. Haber wird sich begeistern lassen?" Mit skeptischem Blick musterte sie die Unterlagen. „Ich sehe hier einen Fall, der nicht alltäglich ist."

„Gib zu, Du bist beeindruckt!" Harry war wieder einmal dermaßen rüde.

„Mag sein. Was treibt einen Mann dazu, solche Schriftsätze zu verfassen und dermaßen grob zu formulieren? Das kann doch nicht gutgehen, denn alle Richter werden ihn hassen wie die Pest. Ich kann mir nicht vorstellen, dass seine Verfahren jemals fair sein werden, wenn ich mir die Charaktere unserer Richter ansehe."

„Genau das dürfte es sein. Er hat die Schnauze voll von den Robenträgern, welche auf das Recht nur mehr kotzen, wie es sich aus seinem Schriftsatz ans Landesgericht Krems leicht ablesen lässt. Hast Du schon mal auf der Website www.Justiz-Debakel.com gestöbert? Das ist das frühere ‚Forum Genderwahn‘.

Was glaubst Du, wer das ins Leben gerufen hat? Mit etwa 7 Millionen Zugriffen im Jahr auf die Threads mit Themen über die Richterschaft, damals noch weitestgehend zum Familienrecht? Deswegen hassen sie ihn alle, die Richter, weil er ihre Machenschaften schonungslos aufgedeckt hatte. Nur dafür sitzt er in Wahrheit, wenngleich es bei den Gerichten heißt, er habe Richter und Jugendamtsmitarbeiter bedroht. Julian Assange und Wikileaks wären vorgewarnt gewesen, wenn sie diesen Fall gekannt hätten.

Er sieht seit mehr als zwölf Jahren seine vier ehelichen Kinder nicht, von denen nur mehr zwei minderjährig sind. Was glaubst Du, würdest Du alles veranstalten, wenn sie Dir Deine Kinder jahrzehntelang vorenthalten, diese entfremden und all das wegen einer Ehegattin, die zuvor die zwei Mädchen zu ihrem Urlaubsficker ins Ausland entführt hat? In den Gerichten Wiens hängt sein Bild offen aus, mit dem Zusatz, dass ihm der Zutritt verboten sei. Die Machthaber in ihren schäbigen Roben wollen Ruhe haben und keinen Zuhörer im Gerichtssaal, der sie als Richter vorführt und ihnen ihre Verfahrens-Fehler sofort und wortgewandt aufzeigt.“

„Hey, was ist in Dich gefahren? Du kannst leidenschaftlich sein?“ Rita blickte verwundert auf Harry, der sich in seine Tirade hineingesteigert hatte. „Willst Du mir damit eigentlich nichts anderes sagen, als dass Du unseren ehrenwerten Rechtswahrern nicht zutraust, unparteiisch und gerecht zu urteilen, völlig unbeeindruckt davon, ob vor ihnen ein Promi Grasser oder ein Pleti Huber steht? Keine politischen Einflüsse zu dulden und überhaupt nicht der Justizgewerkschaft sehnliche Wünsche beachten?

Achtest Du nicht die Errungenschaften unserer Demokratie, welche schon mit Waldheim bis Strasser nebst Genossen bis nach Brüssel ihr Echo an Sauberkeit der Justiz verbreitete? Völlig unbeeindruckt von irgendeiner Lobby, komplett unsensibel gegenüber dem Meinl-Mohren?“

„Mit Galgenhumor lebt es sich besser.“ Harry stutzte und ergänzte: „Er sitzt schon fünf Jahre dafür, dass er anderen Vätern zu helfen versucht hat. Seine Kinder sind entfremdet und all das wegen einer Richterschaft, welche man nur mehr korrupt nennen kann.“

„Und? Hast Du Kontakt zu ihm?“

„Nein, nicht direkt. Er weiß nicht, dass und wie ich zu den Unterlagen komme. Ist auch besser, wie es im Knast heißt. Du kannst nichts verraten, was Du nicht weißt. Ich bin sicher, er ahnt einiges von dem, was im Internet über seine Aktivitäten abläuft. Schließlich wird er nicht ohne Grund als hochbegabt bezeichnet. Lies seine Artikel und Du weißt, was ich meine.“

„Was machen wir nun aus alledem?" Die Redakteurin brach bei Rita durch. Das lag ihr im Blut.

„Recherchieren, weitermachen wie bisher und sammeln, was wir kriegen können. Ich glaube, ich kann an die weiteren Artikel als Entwürfe herankommen, denn er versteckt ja nichts. In der Offenheit liegt der Code. Wer sieht schon nach, wenn nichts versteckt wird.

Die Artikel für den Insider werden erarbeitet und stehen den Berechtigten in jeder Stufe der Erarbeitung zur Verfügung. Somit braucht er nicht einmal einen ‚Filz' zu befürchten, denn seine Texte liegen im Schulungszentrum der Justizanstalt auf einem der dortigen Arbeitsplatz-PCs. Jeder kann sie abrufen und lesen, dem es Spaß macht. Warum auch nicht? Der ‚Walraff' liegt beim Justizminister, der übrigens sein Trauzeuge, während dessen Gattin die Trauzeugin seiner Gattin war. Nachtigall, hörst Du sie brummen? Es wird spannend, denn die beiden haben früher jahrelang gemeinsam Prozesse gegen beispielsweise SPÖ-Organisationen wie die ‚Sozialbau' wegen ihrer beider Eigentumswohnungen in Simmering geführt."

„Woher weißt Du das alles? Heißt das, er hat Beziehungen bis ins Ministerium?"

„Selbst wenn er sie hätte, sagen seine Freunde, würde er sie nicht für sich nutzen. Er sei ein Gerechtigkeitsfanatiker, behaupten sie, der dem jetzigen BMJ, seinem Trauzeugen Dr. Wolfgang Brandstetter, ausrichten ließ, seine Aufgabe als Minister, als Diener des Staates, sei es, mehr als 8 Millionen Österreichern zu dienen und nicht, als Komplize der Justizler zu agieren. Das habe ich bereits mehrmals gehört.

Es muss frustrierend sein, wenn Dir ein ehemaliger Freund forsch ins Gesicht schreit, auf den Kopf zusagt, dass Du lügst, weil Du einer Parteilinie folgen musst uns Deinen Charakter verkauft hast. Dass Du als früherer Strafrechtsprofessor täglich alle Rechtsgrundsätze brichst, weil es der Regierung nötig erscheint. Das öffentlich, laut und vor allen Leuten.

Angeblich soll der Justizminister mit dem ‚Justizrebellen', wie der schon früher genannt wurde, in der Karlau ein längeres Gespräch geführt haben. Dort begrüßte er seinen Exfreund mit: ‚Fett bist Du geworden' und klopfte ihm auf die feiste Wampe. Kannst Du Dir vorstellen, wie das bei den Beamten angekommen sein mag?"

„Ich bin neugierig auf dieses Wesen. Soll ich versuchen, ihn zu besuchen?" Rita spielte unentschlossen mit ihrem Haar. Sie war in den letzten Minuten hin- und weggerissen. Harry das Ekel, er setzte sich verbal für einen Rechtsbrecher ein, schwärmte von ihm. Da war mehr im Busch. Sie musste nun einfach fragen:

„Hast Du noch weitere Unterlagen?"

„Natürlich, aber wir können nur Teile verwenden, wie beispielsweise den Fragebogens, den er für die Pseudowissenschaftler und Scharlatane, die Psycho-Experten, entworfen hat, mit 77 Fragen, die an die Nieren gehen:"

„Kannst Du Dir vorstellen, wie das ankommt bei den Göttern in Weiß?

„Optimal! Ich sehe gerade einen ehemaligen Schulkollegen vor mir, der Psychiater geworden ist. Ich kann mir lebhaft vorstellen, welche geistigen Krankheiten solch einem Gegner attestiert werden. Welche Diagnose wird denn behauptet?"

Harry wedelte schon wieder mit einigen Seiten in der Luft: „Welche nicht, ist wohl die bessere Frage. Bis dato hat man ihm von Seiten seiner Spezialfreunde etwa sechs unterschiedliche geboten. Davon schließen sich die meisten gegenseitig aus. Die Anklageschrift spricht von allein zwei aktuellen, die sich ein gewisser Dr. Karl Dantendorfer aus Wien aus den Akten und den Fingern gesaugt haben dürfte. Das bei einem Unternehmensberater, der über psychodiagnostische Tests seine Diplomarbeit geschrieben hat.

Ich freue mich auf die Verhandlung, denn er wird den Kasperl in Weiß vorführen wie einen Affen im Zoo. Dafür ist er bereits bei der Richterschaft öffentlich bekannt und berüchtigt. Und er setzt Zeichen, wie zu den Themen Fußfessel oder anderen verweigerten Rechten der Untergebrachten bei Einhaltung des Gleichheitsgrundsatzes, welche dem Minister vermutlich schwerst im Magen liegen, weil der auch gegen seine Gewerkschaft keine reelle Chance hat. Sieh her, ich habe noch folgende Entwürfe oder Texte:"

Vorwort 34

Ist der demokratiepolitische Rechtsstaat noch zu retten? Immer lauter, eindringlicher stellen schon alle Medien (sich) die Frage inzwischen zwischen den Zeilen ihrer Berichte. Die letzten vier Ausgaben des Der Insider zeichnen ein erschütterndes Bild der Szenerie, die sich langsam und unaufhörlich weiter entblößt. Die Potemkin'sche Fassade angeblicher Rechtsstaatlichkeit ist der Erkenntnis gewichen, dass nur mehr hohle Phrasen das System aufrechterhalten.

Das Scheitern weiterer Verfahren an der behaupteten Komplexität der Fälle hat Ungeahntes hervorgebracht. Eingestellte Verfahren nach Jahren angeblicher Ermittlungen oder ein Großaufgebot an Justiz-Kapazundern, um einen Justizrebellen als geisteskrank zu erklären, verstören das einfache Wahl-Volk. Die Extreme häufen sich und die Journaille dankt für das willkommene Medienfutter. Jeder Boulevard-Schreiber schöpft aus dem Vollen, dankt einer Regierung, die kabarett-reif agiert.

Unfreiwillig?

Das behaupten nur mehr wahre Optimisten.

Kinderrecht ?

Hallo Papa, kennst Du mich noch?
Ich bin's, Dein Kind, Du weißt das doch!
Leider geh' ich in die Schule
Von September bis zum Jule.
Für Mama gilt's: Du maloche,
Jeden Tag unter der Woche!

Wenn wir wollen Dich besuchen,
Müssen wir zuerst ansuchen:
Urlaubstag für die Mama,
Was allein schon ist ein Drama.
Zum Teufel ist der Stundenlohn,
Doch wen interessiert das schon?

Und wo steht in den Gesetzen,
Meine Rechte kann verletzen
Dieser Herr Justizminister?
Wie lang' noch dauert es, bis er
Einsieht, der werte Herr Jurist
Wie menschverachtend all dies ist?

Sollen doch wir Kinder darben,
Wenn er malt in schönsten Farben,
Wie gut es ein Beamter hat:
Für dessen Freizeit sorgt der Staat.
Er pfeift ganz einfach auf uns Kinder,
Denn für ihn sind wir nur minder!

So wünschen wir dem werten Herrn,
Dass unter seinem Schicksalsstern,
Es sich einfach doch ergäbe,
Anstatt wir es er erlebe,
Wie's Leben ohne Vater ist.
Besten Gruß noch, mein Herr Jurist!

Dem BMJ liegt außerdem bereits folgender Brief vor:

Lieber Herr Justizminister,

Ich bin glücklich, dass ich nicht in einer menschenverachtenden Diktatur leben muss. Allerdings genießt mein Papa derzeit unfreiwillig Ihre Gastfreundschaft.

Ich habe den Artikel 8 der Europäischen Konvention zum Schutz der Menschenrechte und Grundfreiheiten gelesen und daraus ergibt sich für mich die Frage, warum ich meinen Papa nicht am freien Sonntag besuchen darf, wenn meine Mama nicht arbeiten muss. Ich würde gerne von Ihnen erklärt erhalten, was im Sinne des Absatzes 2 für uns beide zutrifft. Gefährden wir die nationale oder öffentliche Sicherheit, leidet das wirtschaftliche Wohl des Landes, werden dadurch Straftaten verhindert, schützt es Gesundheit und Moral oder die Rechte und Freiheiten Anderer?

Weiter, wenn Ihre Antwort zu allen Punkten ‚NEIN‘ lauten sollte, dann erniedrigt uns dieses unmenschliche Verbot, wie es der Artikel 3 darstellt, dann sind wir im sozialen Status als ‚Häftlings-Kinder und –Gatten‘ als nationale Minderheit und als diskriminiert zu betrachten.

Kriege ich eigentlich Verfahrenshilfe, so meine Mama nicht genügend verdient, um eine wirksame Beschwerde einzureichen, dies nach Artikel 13?

Darf ich zu einem Anwalt gehen, da ein Missbrauch meiner/unserer subjektiv-öffentlichen, verfassungsmäßig garantierten Rechte erfolgt, wie es der Artikel 17 darlegt? Mich von meinem Papa am Wochenende zu trennen, darf das ein Justizminister, eine Familie, Kind und Gattin als Opfer in Sippenhaftung für die Straftat des Vaters büßen lassen?

Werter Herr Professor Brandstetter,
ich danke im Voraus für Ihre Antwort.

„Ich merke, Du warst besonders fleißig. Und ich wette außerdem, der werte Herr Politiker hat alles in seine Rundablage versenkt." Rita freute sich über den Schatz an Unterlagen. Bis dato war sie der Meinung gewesen, sie hätte Vieles erreicht, aber sie musste zugeben, dass Harry seinem Ruf gerecht worden war. Er hatte peinlichst genau recherchiert und jene Ergebnisse geliefert, die von einem investigativen Journalisten erwartet werden.

„Wir werden alles zusammenfassen und ein Exposé verfassen, wie wir uns die Serie und die einzelnen Themen der Fortsetzungen vorstellen. Wir haben bereits genug für etwa sechs Ausgaben und es sieht so aus, als wären wir bisher das einzige Medium, das all diese Informationen besitzt. Wir wären in der Lage, exklusiv zu berichten. Dr. Haber wird das sehr schnell erkennen und bewerten. Wir dürfen nur nicht zu früh alle unsere Ergebnisse darlegen, sondern darauf pochen, dass wir dran sind. Was hältst Du davon?"

„Ich bin bei Dir, das ist meine erste Chance, als Reporterin zu agieren." Rita grinste ihn an.

„Okay, jedoch werde Dir ich keine Kopien dieser Sachen lassen, bis wir alles im Kasten haben. Nichts gegen Dich, aber ich bin ein gebranntes Kind und möchte dran bleiben dürfen.

„Nun gut, was bleibt mir übrig. Ich werde mich an den angeblichen Narren heranmachen, der scheint mir ein gewitztes Bürschlein zu sein."

„Achtung, reifer Mann", warnte Harry. „Der ist über Dein Beuteschema an Jahren weit hinaus."

„Bestens" lächelte sie ihn an, „dann wird er ja meinen Reizen keinen heftigen Widerstand entgegensetzen. Ich versteh' mich auf Kerle und der wird nicht wissen, wie ihm geschieht, wenn ich ihn zum Plaudern bringe."

„Dass Du dich nur nicht irrst. Ich hab' etwas für Dich. Er ist wieder dabei in der Schreibwerkstätte zu ‚Kreatives Schreiben' und Teile seine Werke werden in der neuen Anthologie dieses Jahr herauskommen. Willst Du etwas mehr über ihn wissen, lies seine Gedichte, kauf im Internet das erste Büchlein ‚Gut bei Gegenwind', oder noch besser: Schwatz ihm eine Kopie des Buches ‚Tafani' ab, das er angeblich zu Ende geschrieben hat. Das wäre eine Leistung. Ein paar Seiten davon überlass' ich Dir.

„Danke, Du machst mich wirklich neugierig." Rita nahm die Blätter in Empfang, nippte am Kaffee und begann zu lesen:

„Themen quer durch den Gemüsegarten. Es zeigt eine vielschichtige Persönlichkeit. Wie alt, sagst Du, ist er?

„Er sieht jünger aus. Ich weiß es nicht genau. Mach Dir selbst ein Bild. Du bist die Expertin. Je reifer, desto besser, heißt es doch? Auch Du darfst Dich auslassen, wie ein anderer, AK, Abdul Karim, im Heft 31 schrieb:"

Wärter

Ich war als stummer Wärter im Gefängnis,
Tat selbst als Kleinstbetriebsrad funktionier´n,
Kam als Verdränger manchmal in Bedrängnis,
War bei Maria Himmelfahrt und Satans Staatsempfängnis;
In Logik Letzter, Erster beim Logier´n.

Ich war der Frömmste unter Feigen,
Der Mutigste beim Schweigen
Und jederzeit im Trend.
Ja, ich war einerseits dabei und andrerseits absent.
Und deshalb bin ich hier und jetzt präsent

Lesung ‚Kreatives Schreiben‘

Die Redaktion ORF Radio Steiermark sendete zeitnah im Zuge ihrer Sendung ‚Literatur-Feature‘ eine Zusammenfassung der Lesung. Der Initiator des Workshops, Major Fürbaß, erläuterte dem ORF-Redakteur den Aspekt, neben der sportlichen auch die intellektuelle Freizeitgestaltung in der Justizanstalt zu fördern. Die Anthologie soll die Anstalt zur Fortsetzung der ‚Schreibstube‘ motivieren. Der Chefredakteur des Magazins Insider bedankte sich im Namen der Teilnehmer bei der Anstalt und begrüßte die Chance einer Fortsetzung im Herbst. Neue Teilnehmer sollten ebenfalls dazu angeregt werden, mitzumachen, sich unbeschwert im dichterischen Handwerk betätigen, ihre Fantasie sprühen lassen.

Sie stellten sich der Meute, einem Fachpublikum von zwölf interessierten Experten aus dem literarischen Umfeld von Graz, darunter Medienvertretern und einer Buchhändlerin. Auf dem Podium in der Evangelischen Kirche steht ein Tisch mit Leselampe, jeden Autor den Kritikern gnadenlos ausliefernd. Mutig präsentieren die Poeten ihre Werke. Die Zuhörer wissen um die Anspannung und danken mit Applaus, machen Mut und freuen sich ehrlich mit jedem einzelnen.

Die ‚Glorreichen Sieben‘ schlagen sich blendend. Bei manchem Werk bleibt die Spannung im Raum hängen. Das Wechselbad der Gefühle, bedingt durch die kluge Auswahl der Werke, ist zudem bestens orchestriert. Für einige ist es das erste Mal, sowohl selbst Verfasstes vorzutragen als auch vor Fremden, Fachleuten von ‚draußen‘.

Das Auditorium staunte, was es an ‚Karlauer Essenzen‘ hörte. Lyrik zum Nachdenken wechselt sich ab mit Kurzgeschichten. Jeder Autor hat das Publikum etwa sieben Minuten für sich allein, Zeit, die er selbst frei gestalten kann, ein echter Nervenkitzel. Das Schlusswort hält Anton Glatz, selbst Schriftsteller. Man merkt ihm seine Freude über das Gelingen an. Danach warten etwas Kuchen und Getränke auf alle. Vorsichtig beginnen Unterhaltungen. Die absehbare Berührungsscheu wird nur langsam überwunden. Da ist die reale Welt zu Gast. Fast die Hälfte sind Frauen, die staunend aus dem Fenster blicken, das Spazierhof betrachten. Ihr Weg durch die Anlage bis zur Evangelischen Kirche hat sie befangen gemacht, Illusionen verflüchtigen lassen.

„Schrecklich“ der Kommentar kommt tief vom Herzen. Ein Dialog entwickelt sich: „Wie können Menschen in einem derartigen Umfeld so kreativ werden?“ Das Lob ist ehrlich, kommt aus dem Innersten.

Es folgt darauf: „Zu Zeiten wie Ostern, wenn vier Tage lang hintereinander die (Einzel-)Zellen zwanzig Stunden geschlossen sind, stellt das eine echte Herausforderung dar.“

„Wie verkraftet ein Mensch das, ohne verrückt zu werden?“

Schnörkellos zitiert wird der Wortlaut des § 20 Abs. 2 StVG: „Die Strafgefangenen sind … von der Außenwelt abzuschließen, sonstigen Beschränkungen ihrer Lebensführung zu unterwerfen und erzieherisch zu beeinflussen."

Das beredte Schweigen benötigt keinen weiteren Kommentar.

Im „Kästchen" dazu

„Was hat Dir der Workshop schon gebracht?" fragte ein Insasse einen der Teilnehmer.

„Weißt Du", erwiderte dieser, „am Anfang dichtete ich noch mühsam nach japanischem Vorbild, jetzt aber werde ich auf eine nächste Frage, bei wem ich denn gerade gewesen sei, poetisch elegant antworten:

> ‚Auch ohne Zunge tönt ein Ding, das finde!
> Bei Weib und Mann es gleichen Namen hat.
> Herrscher ist es über eig'ne Winde,
> Oft ist's behaart und manchmal ist es glatt."
>
> (Geklaut vom Freiherrn von Goethe)

Der Amerikanische Bestseller-Autor Jeffrey Weaver gibt in einem Vorwort (zu ‚Gezinkt' – in jeder guten Bibliothek erhältlich) inhaltliche Tipps zum Verfassen von Short Stories:

Gute Kurzgeschichten wirken wie die Kugel eines Heckenschützen, schnell und vernichtend.

Es kommt auf das „Oh mein Gott!" des Lesers an.

Alle Themen sind erlaubt.

Das Überzeichnen ist geradezu eine Pflicht.

Ob das gelungen sein mag? Bewerten Sie selbst die Story: ‚Die Sieben Sch(w)aben' im Insider 31.

Lyrik, Prosa, das liegt auch Dir im Blut?
Fiebert schon Deine Feder?
Dann mache Dich ans Werk!

Glatt, jungfräulich unberührt, liegt das Pergament vor Dir, Schreiber. Es wartet darauf, von Dir gezeichnet zu werden, verewigte Erfahrungen oder Fantasien der Nachwelt zu hinterlassen.

Ein Mensch,

Der erstmals Reime schrieb,
Der merkte schnell, dass nicht verblieb
Ihm Zeit für And'res, wie TV,
Doch wurde er schön langsam schlau.
Sonst er hatte totgeschossen
Enten, Hasen, Volksgenossen.
Jetzt reimt er Verse für 'ne Frau,
Aus der Justizanstalt Karlau.

Verbrämt die Briefe mit Gefühl
Und wirkt nicht mehr so ernst und kühl,
Verkauft charmant sich als ein Tor,
Denn echte Frau'n steh'n auf Humor.
Für danach, das neue Leben,
Dichten mag manch' Anstoß geben.
Es denkt der Schreiber, und sei's nur
Als Eintrittskarte zur Lust pur.
Sollten die Versuche scheitern,
Lässt sich das Revier erweitern,
Schließlich stehen keine Gitter
Zwischen Damen und dem Ritter.

Zeigt sich der Dichter wortgewandt,
Bald gibt sie auf, den Widerstand
Und folgt errötend seiner Spur –
Gehorcht den Trieben der Natur.
Wer es wagt, hat halb gewonnen,
Sieht die Welt ihm wohlgesonnen.
Und funktioniert's trotz allem nicht,
Dann liegt's vermutlich am Gedicht.

„Wie bist Du an all das gekommen, ich kann nur mehr staunen." Rita zeigte sich verwundert.

„Genauso wie Du." Harry lächelte sie an. „Das sind nur jene Entwürfe, die Du uns noch nicht gezeigt hast, oder? Ich würde mich wundern, wenn Du nicht denselben Kassiber-Lieferanten hättest. Ich bin mir sicher, Du hast noch was in petto."

„Nur ein paar Kleinigkeiten. Die waren schon in den Medien und ich weiß auch nicht, ob das gedruckt werden wird. Meines Wissens ist der Zensor gerade am Werk und beißt sich die Zähne am Plädoyer zum Todesurteil aus, das er noch drastischer als im ‚Walraff' formuliert hat."

„Sicher? Ich glaube Du solltest das trotzdem miteinbringen."

„Gut, wenn Du meinst."

Schachmatt

Es hat gedauert, aber nun ist es soweit. Seit Juli 2014 treffen sich wöchentlich zwölf Denksportler beim Spiel der Könige. Wobei dieser Ehrenname dem Dauer-Turniersieger gebührt, den kaum jemals einer besiegt. Obwohl vier weitere etwa gleichwertige Spieler kaum Konkurrenz erhalten, verlieren sie dennoch ab und zu oder müssen sich gegen die restlichen mit einem Remis zufrieden geben. Knapp drei Stunden rauchen die Köpfe und herrscht eine fast peinliche Stille im Raum. Denken geht eben meist leise vor sich.

Besonders schön sind die neu gefertigten Schachtische gestaltet worden. Der hauseigenen Tischlerei gehört ein Sonderapplaus für die exzellente Arbeit! Auch besondere Spielvarianten bringen manchmal Abwechslung in die klassische Szene, wie beispielsweise: ‚Dame gegen alle anderen Figuren'. Dabei darf die Damenfigur auch den Rösselsprung ausführen. Sie matt zu setzen erfordert Einiges an strategischen Überlegungen.

Vom ‚Ersten Kreis der Hölle' à la Alexander Issajewitsch Solschenizyn könnte man sogar schon sprechen, denn es sind fast die Hälfte der Denker per Urteil ‚Seelisch Abnorme', was ein beredtes Zeugnis für deren geistige Abartigkeit darstellen mag. Auch schon früher landeten die Viferen, die intellektuell Regeren in den Sonderanstalten; es müssen ja nicht alles herausragende Persönlichkeiten wie Andrei Dmitrijewitsch Sacharow oder Lew Sinowjewitsch Kopelew sein. Ein besonderer Dank gilt den diese Freizeit-Gruppe betreuenden Justizwachebeamten, welche diese in perfekter Organisation leiten.

Der Professor
John Katzenbach

Lewy-Körper-Demenz attestiert man ihm, dem emeritierten Psychologie-Professor, nach dem er eigenartige Erlebnisse mit seiner verstorbenen Frau diskutiert hatte. Eine eher seltene Krankheit, mit einem Verlauf wie Alzheimer. Bekannt geworden, weil Neuroleptika dieselben Symptome als Nebenwirkung auslösen können. Halluzination oder Realität, die Frage stellt sich, als er eine Entführung - am Tag, mitten auf der Straße - mit einem weißen Lieferwagen zu beobachten glaubt.

Natascha stand wohl Patin. Eine Baseball-Kappe am Gehsteig plädiert für die Wahrheit.

Die Krankheit ist unerbittlich und unheilbar, führt in etwa fünf bis sieben Jahren, meist weit schneller, zum Tode. Einhergehend mit dem Verlust des kritischen Denkvermögens, danach des Kurz- und Langzeit-Gedächtnisses. Dies ist den Auswirkungen der medikamentösen Behandlungen im Maßnahmen-Vollzug durchaus vergleichbar.

Vom Professor über den Medikamenten-Zombie zum lebensunwerten Kadaverzustand führt der Weg ins Grab. Der Kontrollverlust der Körperfunktionen ist dabei mit eingeschlossen. Einzige hilfreiche Pille dagegen ist eine 9 mm Patrone aus der Ruger Halbautomatik im Nachttisch. All das bietet beste Ausgangsvoraussetzungen zu einer Geiselsuche. Nach Jennifer, deren Name auf der Krempe der Baseball-Haube zu sehen war. Einer Gewohnheits-Ausreißerin, deren Motive nicht zu ergründen waren. Allerdings hatte sie etwas mitgenommen, das für eine 16-Jährige unüblich ist. Ihren Teddybären, ein letztes Geschenk ihres verstorbenen Vaters.

„Du hast die Bücherkritiken nicht vergessen? Er spielt immer wieder in allen Facetten auf die Fragen der fehlenden Humanität und der gravierenden Probleme im Strafvollzug an. In allen Artikeln versteckt, dennoch offen und scheinbar unantastbar für den Zensor, der kaum eine Rezension kritisieren vermag.

„Davon habe ich noch mehr. Unser Freund scheint ein eifriger Leser zu sein und schreibt offenbar nur über jene Werke, die er selbst gelesen hat. Dass er solche auswählt, die sich in der Thematik nutzbringend verwenden lassen, ist noch eine Unterstellung von mir.

„Beweis' es. Wenn es stimmt, hast Du einen weiteren Schlüssel zu seinem Hirn gefunden und das kann Dir beim Besuch nur helfen. Wie ich höre, ist er sehr kritisch und lässt sich nicht gerne verarschen."

„Okay, Du hast Recht. Ich hab' da noch was. Dieser Entwurf wurde anscheinend gescannt."

„Na, da geht ja jemand ganz heftig auf seinen Anwalt los. Ist es wahr, dass man sich nur mehr verschaukelt fühlt, wenn man sich auf einen Vampir verlässt?" Harry staunte.

„Wenn Du dich damit beschäftigst, wirst Du Bauklötze staunen. Da ist jeder Schandtat Tür und Tor geöffnet. Dieses Thema wäre eine eigene Serie wert, glaube mir. Ich habe Sachen erzählt bekommen, da glaubst Du, Du bist im Märchenland schlechter Witze." Rita schüttelte sich, als ob sie gerade aus dem kalten Wasser gestiegen wäre. „Der Rest wird dich auch interessieren. Im Heft 34 sind eigenartigerweise keine direkten Anspielungen in den Büchern zu finden. Vielleicht will er den Zensor nicht reizen. Trotzdem lohnt sich, es zu beobachten, wie er versteckt trotzdem seine Meinungen ausformuliert und die Analogie zum Nationalsozialismus und den KZs herstellt."

Lob der Stiefmutter
Mario Vargas Llosa

Er macht sich Sorgen um die Schönheit seines Körpers nach dem Tode und sieht das Krematorium als Lösung, denn „die Flammen werden ihn im Zustand der Vollkommenheit verzehren und den Würmern ein Schnippchen schlagen."

Wer braucht schon banal geschriebene ‚Shades of Grey', wenn er des peruanischen Autors Kunstwerk lesen kann, das fulminante literarische Erfolge verzeichnet hatte. Allerdings ist das Werk nicht für den einfachen Onanisten gedacht. Das zarte Netz der Perversionen in des Erzählers Worten aus 1989 fasst er zusammen mit: „Hier ruht Don Rigoberto, der das Epigastrium *(Oberbauch)* seiner Frau ebenso liebte, wie ihre Vulva oder ihre Zunge." Das wäre ein echtes Epitaph *(Grabinschrift)* für den Marmor seines Grabes."

Eine entrückende Philosophie eines Erotomanen, der von der ersten Liebesnacht sich vorstellt, was er am Leib seiner Frau hören werde, „wie er sich in wenigen Augenblicken an den gedämpften, flüssigen Verlagerungen begeistern würde, die seine Ohren erhaschten, wenn sie sich begierig auf ihrem weichen Magen drückten und er hörte schon jetzt das eindeutige Kollern dieser Blähungen, den fröhlich krachenden Furz, das Gurgeln und Gähnen der Vagina oder das matte Räkeln ihrer Eingeweideschlange." Somit wären auch die ‚Feuchtgebiete' als Plagiat entlarvt.

Er schwärmt von seiner Frau, betet sie an: „Die Augen halb geschlossen, die Hände hinter dem Kopf, die Brüste nach vorne geneigt, ritt sie auf der Folterbank der Liebe…."

Doch da war noch sein Sohn, ihr Stiefkind.

„Ich merke, Du willst mir damit was sagen." Harry grinste verlegen

„Ach ja? Dann hast Du mich missverstanden. Ich habe nur auf den Text hingewiesen. Seit wann bist Du so eine Mimose? Du teilst doch immer aus ohne Gnade, also nimm es, wie ein richtiger Mann!"

„Ich bin sicher, Du wirst mit unserem Häf'nredakteur Freude haben, was glaubst Du, warum er sich als ‚staatlich anerkannter Narr' bezeichnet? Er ja schon Einiges mit bewegt:

Im ‚Standard' titelt Christa Minkin am 10. Dezember 2014: ‚Menschenrechtswidrige Praxis im Maßnahmenvollzug'. Sie berichtet, dass jetzt selbst Dr. Barbara Helige, die langjährige ehemalige Präsidentin der Richtervereinigung, nun als Präsidentin der österreichischen ‚Liga der Menschenrechte' die gravierenden Verletzungen des Artikel 6 der Menschenrechts-Konvention (EMRK) rügt und die Anwältin Dr. Katharina Rueprecht aufzeigt, dass sogar das OLG Wien einem Anwalt der Verteidigung komplett rechtswidrig ein Frageverbot bei der Entlassungsvernehmung erteilt und ein Schlusswort verweigert.

Willst Du noch mehr hören? Minkin schreibt, dass sich die Verfahrenshelfer, also gestandene Anwälte, kaum auskennen würden, ebenso, dass es der StPO und dem Artikel 5 der EMRK widerspricht, dass laut einer rechtswidrigen Bestimmung nur einmal im Jahr entschieden werde. Da kocht jetzt die gequirlte Scheiße und ist am Überlaufen. Das vorsätzliche, organisierte Verweigern von Verfahrensgarantien durch ein OLG, auf die im Gesetz, in § 17 Absatz 3 des StVG, dezidiert verwiesen wird und die der OGH in seinem Beschluss 13 Os 46/03 bestätigt hat, erfordert jetzt eine Normenprüfung. Weil sich eklatante Widersprüche in der Rechtsprechung ergeben, die im Sinne der Rechts-Einheit, -Sicherheit und -Kontinuität umgehend zu beheben sind."

„So kämpfen denn mehrere Häftlinge zum selben Thema. Sind die vernetzt?"

„Das Insassenmagazin ‚Blickpunkte' der Justizanstalt Wien Mittersteig, welches ein jetzt gerade freigekommener Maßnahmenhäftling als Redakteur mitgestaltete, bringt seine letzten kritischen Artikel nicht und soll mit der letzten Nummer eingestellt werden.

‚Strafvollzug: Der Machtapparat, der seine Ruhe haben will' hatte Minkin zuletzt dazu getitelt. In dessen letzten Ausgaben, wie unter anderem im Heft 1/2014, kritisierten jede Menge von juristischen Kapazundern den Maßnahmenvollzug, wie der UN-Sonderberichterstatter Univ. Prof. Dr. Manfred Nowak oder Moritz Birk. LL.M. Der Letztere kommt vom Boltzmann-Institut für Menschenrechte, war dessen Assistent und ist Experte für Prävention von Folter und unmenschlicher Behandlung."

Rita grübelte laut. „Das heißt, wir haben in ein Wespennest gestochen. Ich vermute, dass unser alter Fuchs Dr. Haber uns absichtlich in diese Thematik geworfen hat. Das sähe ihm ähnlich. Hast Du ein Foto von unserem Zielobjekt?"

„Nicht aus dem Insider und aus dazugehörigen Entwurfs-Ausschnitten. Aus dem Web. Hier, sieh!"

„Den habe ich mit ganz anders vorgestellt. Er wirkt irgendwie ruhig. Er sieht irgendwie selbstsicher aus. Hast Du eine Idee, womit ich ihn sicher aus Reserve locken könnte?"

„‚Versuch' es einfach. Seine Kinder bieten ein Thema. Er dürfte auf das vorbereitet sein und Du hast einen ersten Einstieg. Danach könntest Du es mit Sport versuchen, er spielt trotz seines Alters Fußball in der Karlau. Außerdem kannst Du ihn fragen, warum er noch so sportlich ist."

„Wie alt ist er denn?"

„62, glaube ich. Jedenfalls kannst Du das im Internet nachlesen. Dort gibt's auch ein Foto aus seiner Jugend als Leichtathlet."

„Interessanter Typ?"

„Halali Mädchen, der wird schwer zu erlegen sein. Wollen wir wetten, dass Du Dich noch wundern wirst? Ich übernehme gerne wenn Du es nicht schaffen solltest, ihn zum Reden zu bringen."

„Jeder Mann plaudert gerne mit mir und schwafelt mich zu, schau zum Beispiel nur Dich an!" Rita grinste sardonisch.

„Nun, wir werden sehen. Wann startest Du Deine wilde, verwegene Jagd, um lyrisch zu enden?"

„Erst wenn ich mich genügend vorbereitet habe. Kann ich diese Unterlagen alle haben?"

„Nur zu, es sind nur Kopien, schließlich hätte Dr. Haber dasselbe fragen können. Als Erstes habe ich gelernt. Gib niemals einem Chef ein Original in die Hand."

„Noch weitere Tipps vom Experten?"

„Such im Internet. Du wirst länger brauchen, da es dort mehrere Herwig Baumgartner gibt. Sogar mindestens einen im ähnlichen Alter. Verbinde es mit Sport, seiner Firma Amazing oder dem Forum Genderwahn. Dann kriegst Du vieles. Ich hatte nicht genügend Zeit für alles. Es kann sein, dass Du noch auf Öl stößt."

„Irgendwelche Artikel oder Entwürfe, die ihn noch weiter charakterisieren?" Rita war penetrant.

„Hier ein Foto und ein letztes Papier." Harry reichte ihr die Blätter. Er klang erstmals richtig zufrieden. „Okay, lass uns weiter recherchieren, denn jetzt wird die Sache spannend. Da sehe ich noch einiges an Staub, den aufzuwirbeln Bewegung in die Sache bringen kann. Treffen wir uns in einer Woche wieder und vergleichen wir unsere neuen Erkenntnisse. Viel Spaß mit dem Justizrebellen beim Interview!"

„Einverstanden" Rita war zufrieden und verabschiedete sich.

Assistenz

„Wir sollten einen Helfer akquirieren. Die ganze Arbeit schaffen wir nicht allein und außerdem sind unser beider Visagen spätestens nach Deinem Interview verbrannt. Du kommst danach nie wieder in die Anstalt." Harry stellte wieder einmal lapidare Wahrheiten in den Raum.

„Ich habe einen Einfall."

„Wir haben kein Budget."

„Eine Idee ist viel mehr wert!"

„Welche?"

„Wenn sie nicht klappt, erfährst Du es nie, also lass mich mal."

„Ihr Spielfeld, Frau Kollegin."

Rita greift zum Telefon und wählt. Das Freizeichen ertönt.

„Helmut."

„Rita, vom Verlag. Ich habe unartigerweise Ihren Nacktmull gelesen und finde, wie sollten uns mal treffen, da ich mich dafür entschuldigen muss. Ich bin nicht für Personal zuständig, aber ich hätte für Sie einen Vorschlag, der die Aufmerksamkeit des Verlages erzielen könnte. Haben Sie Interesse?"

„Was kann ich verlieren?"

„Ihre journalistische Unschuld."

„Sie haben mich überzeugt. Wann und wo."

„Morgen im Café Eiles, wenn Sie wollen.

„18 Uhr, geht das?

„Ich werde Sie woran erkennen?

„Ich kenne Sie, Rita. Sie sind nicht zu übersehen."

„Na gut, dann bis morgen."

Die Kellnerin sah mit Interesse dem Athleten zu, der sich einen der Vierertische am Fenster wählte, Platz nahm, nachdem er eine Illustrierte ausgesucht hatte. Tänzelnd näherte sich die Mittdreißigerin dem Tisch und lächelte: „Was darf ich bringen."

„Gute Laune haben Sie schon dabei, fehlt nur mehr ein Espresso."

„Kommt sofort. Darf es etwas dazu sein?"

„Wird sicher nicht auf der Karte stehen." Sein Blick war offen und trotzdem keck.

„Ich habe Dienst bis Mitternacht."

„Schade, da versäumen Sie den Nachtfilm.

„Auch den, ja." Sie lächelte und bediente einen zweiten, gerade angekommenen Gast.

„Hallo. Haben Sie lange gewartet?"

„War es wert, Sie sehen großartig aus."

„Am Abend nach acht Stunden Hamsterrad? Wollen Sie etwas von mir?

„Nur Ihre Gunst, Rita."

„Oh! Ich habe Konkurrenz, junger Mann. Hallo Rita, gehört der zu Dir?" Die Kellnerin war unbemerkt herangekommen

„Hallo Anna, nein, das ist ein neuer Kollege."

„Okay, dann ist Polen noch nicht verloren."

„Marsch, marsch, Dabrowski." Sie lachten beide von Herzen. Helmut verstand jedoch nicht, warum

„Es sind die ersten Worte ihrer Nationalhymne, der Mazurek Dąbrowskiego. Anna kommt aus Warschau."

„Und was wähle ich jetzt? Skylla oder Charybdis?"

„Nur ein echter Mann kann darüber weinen."

„He, Anna, der schlägt schon jetzt Triebe, kaum dass er sitzt." Rita suchte Beistand beim Service.

„Na, da würde ich doch mal genauer untersuchen, ob das krankhaft wird." Anna grinste anzüglich

„Eine Schale Gold für mich. Ich brauch' jetzt was Edles."

„Kommt sofort; warum bist Du eigentlich nie zufrieden."

Das leichte Zwinkern störte die Journalistin. Sie fragte unwillkürlich: „Bin ich das?"

„Seneca lesen hülfe Dir vielleicht: ‚Die Vernunft kann nichts mehr ausrichten, sobald die Leidenschaft einmal eingezogen und ihr durch unseren Willen ein gewisses Recht gewährt worden ist. Sie wird von nun an alles tun, was sie will, nicht nur das, was man ihr gestattet'. Kommen Dir diese Worte bekannt vor?"
Überrascht blicken beide auf die Polin, die ihr Tablett und die Hüften beim Abgang schwenkt.

„Zickenkrieg?" Helmut lächelte entwaffnend.

„Nein, wir sind fast Freundinnen. Sie muss einen schlechten Tag gehabt haben."

„Okay, ich bin hier und - ehrlich gesagt - ziemlich neugierig."

„Entschuldige. Ich fange von ganz vorne an." Rita erklärt ihm ihre Lage, die Situation mit dem geplanten neuen Quartalsmagazin und der vermuteten Brisanz des Justiz-Skandals und dessen Opfer.

„Ich glaube, ich hab' schon mal was davon gehört. Zumindest vom Missstand im Knast."

„Interesse?"

„Was soll ich tun?"

„Schreib, aus Deiner Sicht, was Du über das Thema neu erfahren kannst und ich stelle Dich Harry vor."

„Das Ekel? Er arbeitet mit einer Frau?"

„Mit mir, ja. Man hat ihm mit mir eine Aufgabe gestellt, der er erst gewachsen sein muss."

„Ich bin dabei. Da lerne ich an einem Tag mehr vom Krieg der Geschlechter als in hundert Jahren aus all den Erzählungen der Kollegen."

„Melde Dich, wenn Du etwas für mich hast. Dass es keine Maut gibt, ist Dir klar?"

„Ich werde einfach etwas Zeit investieren, die mir Ideen bringen kann. Ist schon Okay.“

„Wenn es irgendwie geht, werde ich Assistenzarbeiten vergeben, dass unsere Rollenverteilung offiziell wird, mit Dr. Haber vereinbart werden kann. Ich hol' Dich ins Boot, wenn aus dem Projekt etwas werden sollte, versprochen.“

„Sonst gehst Du mit mir auf einen Ball, als Revanche für die vergeudete Zeit. Deal?“

„Kaffeesieder?“

„Oder Zuckerbäcker, welcher terminlich besser fällt“?

„Der ist ja schon bald.“

„Kismet, dann musst Du eben früher ran.“

„Wenn ich nicht will, was dann?“

„Da wird auch Polka getanzt. Ich frage Anna. Sie beherrscht sicher die Mazurka.“

„Mach' nur, sie wird sich freuen.“

„Also doch Charybdis mein Schicksal?“

„Der Taucher, der Beherzte, sucht nach dem gold'nen Kelch.“

„Deswegen die Schale Gold?“

„Du denkst mit!“

„Was ist besser für einen jungen Abenteurer? Skylla frisst wahllos alles, Charybdis stößt das Verschlungene zumindest wieder aus. Dreimal täglich. Sie hat doch öfter was davon, oder irre ich mich?“

Mit großen Augen starrt Rita auf den Jungen, der sie entwaffnend anlächelt. Sie schluckt. Mit solchem Paroli hat sie nie und nimmer gerechnet.

„Willst Du nicht weiterstichen, ma belle?“ Anna kam mit der Bestellung.

„Tanzen Sie die Varsovienne?“

„Za twoim przewodem złączym się.“ Schalkhaft lächelt Anna beide an.

„In charybdischer Frequenz?“ Helmut konterte. Anna errötete und Rita wurde zornig?

„Was bedeutet das?“

„Das wirst Du bald erkennen, Du bist in guten Händen. Der Herr ist jeden Cent wert.“ Anna grinste amüsiert.

„Ich bin in keines Mannes Hand und werde es nie sein!“

„Er wird Takt beweisen, er hat es in sich. Viel Spaß und denk an mich, wenn es soweit ist.“ Anna entschwand.

„Was hast Du Ihr eigentlich worauf geantwortet? Ich spreche kein Polnisch.“

„Ich auch nicht, aber ein paar Worte sind in allen slawischen Sprachen ziemlich ähnlich.“

„Welche sprichst Du?“

„Nur ein paar Brocken Russisch.“

„Das soll gereicht haben?"

„Gemeinsam mit den Blicken, ja. Hab' ich jetzt eine Ballpartnerin oder muss ich noch besser Polnisch lernen?"

„Deal, doch ich warne Dich. Ich tanze nicht zum Disco-Sound und erwarte einen Begleiter mit bestechenden Manieren, der sich nicht am Tisch ausruht. Ich will tanzen und das die ganze Nacht."

„Den Tango Marina – aus der Melodie der Nacht?"

„Ich fass' es nicht! Woher kennst Du das schon wieder?"

„Schellacks and Schellacks and …"

„Okay, ich geb's auf. Vermutlich tanzt Du auch noch wie ein junger Gott und meine Ausdauer ist Deiner nicht gewachsen."

„Sonst wäre ich tief bestürzt. Wofür sonst wäre mein Training gut?"

„Welches Training, Body-Building"?

„Leichtathletik, aber davon ein anderes Mal. Ja oder ja."

„Okay. Deal."

„Also gut, wann wirst Du erste Ideen zusammengefasst haben?"

„Ich setz' mir gerne enge Termine. Ist Freitag OK."

„Diese Woche?"

„Selbstverfreilich! Junge Männer sind agil, unverbraucht und daher meist schnell fertig."

„Das allerdings kann ich aus eigener Erfahrung voll bestätigen."

„Gut, lass' Dich überraschen. Noch etwas, was ich wissen sollte?"

„Nein. Noch nicht., Viel Spaß."

„Werde ich haben. Baba!"

„Ciao Bello!" Rita kann es sich nicht verkneifen, dem jungen Herrn auf die Rückseite zu starren. Sie merkt bald, dass sei bei weitem nicht die einzige Voyeuse dabei ist und kann sich das Grinsen nicht verkneifen. „Wo bist Du gelandet, dass Du einem Herrn auf den Hintern starrst, der nicht gerade im ‚Nussknacker-Suite' oder dem ‚Matthew Bourne's Swan Lake' tanzt?"

Probetext

„Hallo Rita, ich bin wieder hier." Helmut meldete sich kaum drei Tagen nach ihrem letzten Gespräch.

„Wie bitte?"

„Ich steh' an der Rezeption mit dem Artikel, den Du haben wolltest, und etwas mehr."

„Wart' bitte kurz." Als sie die Eingangshalle betritt, sieht sie zwei Dinge: Einerseits den jungen Athleten, der an der Wand die Schaukästen betrachtet, andererseits die Augen beider jungen Damen an der Rezeption, welche grübelnd seine

Gestalt mustern und miteinander diskutieren, ohne einen Blick vom feschen Jüngling zu lassen.

„Hallo. Du wolltest, dass ich mich etwas einlese und eine Short-Story für meine Kolumne erstelle. Ich liefere hiermit das Thema mit einem Aufreißer-Titel." Er wedelt mit eine Mappe vor ihrer Nase.

„Geh'n wir in mein Büro."

Angekommen fragt sie: „Kaffee?"

„Verdau' zuerst das." Er reicht Ihr ein Blatt.

Artgerechte Haltung

Das OLG Linz hat für Maßnahmenpatienten ihr Recht auf artgerechte Haltung bereits 2010 eindeutig spezifiziert. Das verantwortliche Rechtschutzgericht am LG Graz, mit Präsident Mag. Obetzhofer und Vizepräsident Dr. Helmut Krischan unterlässt den gebotenen Grundrechtsschutz für die geistig abnormen Untergebrachten, die im Sinne des Gesetzes als Wehrlose gelten und unterstützt somit rechtswidrig den Anstaltsleiter der Karlau, und den Vollzugsdirektor General Prechtl.

Dies unter den Augen des Justizministers Dr. Wolfgang Brandstetter, seines medienbekannten Leiters des Maßnahmenausschusses, Mag. Michael Schwanda und Dr. Scaria, des verantwortlichen Präsidenten des OLG Graz.

Die Justiz deckt und vertuscht somit seit mehr als vier Jahren die rechtswidrige Käfighaltung der Untergebrachten im Zellenhaus der Karlau, gemeinsam mit Strafgefangenen, obwohl Gesetz und Linzer Entscheidung beides ausdrücklich untersagen. Den Insassen werden aktuelle medizinische Standards bei Behandlungen verweigert. Die generellen Besuchs- und Einschlusszeiten unterliegen der Willkür eines nicht psychologisch oder medizinisch ausgebildeten Laien: Anstaltsleiter, Jurist, Dr. Josef Mock. Nach geltendem Gesetz hätten alle bei Untergebrachte eigesetzten Justizwache-Beamten eine psychologische Sonderausbildung nachzuweisen. Vor allem an Wochenenden ist dies deswegen nicht der Fall, weil die weit besser Ausgebildeten auf anderen Etagen des Käfigs zum Dienst eingeteilt werden.

Das Justizministerium deckt unbeirrt alles im Wissen um die Eskalation in den Sonderanstalten weiter. Die Maßnahmenstudie 2015 spricht aktuell von etwa 80% Opfern medienbekannter Falschgutachter und gravierender Verfahrensmängel mancher Richter. Da seitens der Justiz, nichts passiert, scheint absehbar, dass eine Art Rebellion in der Karlau ansteht. Dafür verantwortlich sind die beiden Landesgerichtspräsidenten, welche die Grundrechte der Wehrlosen sichern sollten, jedoch entgegen ihrer Pflichten die Rechtsbrüche ihrer Kollegen decken, bis deshalb wieder Selbstmorde oder Straftaten erfolgen.

Jetzt sammeln die Politiker zusätzlich zu den rechtswidrig untergebrachten Opfern der Justiz auch die schätzungsweise bis zu 20% wirklich gefährlicher und abartiger Täter mitten im Wohngebiet Graz und beschlossen das offenbar unter Ausschluss der Oppositionspolitiker, als besonderes ‚Wahlzuckerl‘ für die Gemeinderats- und Landtagswahlen in der Steiermark. Dass vor allem Kinderschänder und Junkies den Richtern wie Dr. Helmut Krischan am Herz liegen, diese vorrangig vor Sträflingen mit Ehrenkodex Freigang erhalten, soll für die umliegenden Gemeindemitglieder vermutlich als wahre Bereicherung der Lebensqualität durch die SPÖVP-Politik verstanden werden.

Sie liest neugierig und stutzt. Unter dem Kolumnentext liegen weiter Papiere. Daraus zieht er ein Dokument hervor, das ihm aus einer politischen Partei ‚zugeflogen‘ war. ‚Entwurf‘ steht drauf.

1. Der Strafvollzug beherrschte zuletzt die Medien mit Diebstahlsvorwürfen an Gefangenen und anderen Skandalen. Der Justizausschuss Strafvollzug mit dem Sonderthema ‚Maßnahme‘ wurde im Dezember von SPÖVP abgesagt. Sehen Sie einen Zusammenhang mit der Pensionierung des verantwortlichen Vollzugsdirektionsleiters und den anstehenden Wahlen?

2. Wie steht Ihre Partei zu den dokumentierten Rechtsverletzungen gegenüber Gefangenen, insbesondere zu fragwürdigen Psycho-Gutachten auf Auftrag der Justizanstalten oder Vollzugsgerichts-Richtern an die wenigen Haus- und Hof-Sachverständigen?

3. Über Vergünstigungen in Haft entscheidet der Vollzugsleiter meist in Willkür bei Ausschluss des Vollzugsgerichts. Reicht Ihrer Meinung nach eine erfolgreiche Karriere als Justizwachbeamter aus, um der Resozialisierung angemessene Entscheidungen über alle Strafvollzugslockerungen zu treffen, welche laut StVG dem Ermessen des Vollzugsgerichts komplett entzogen sind?

4. Meist werden angekündigte Kontrollen durchgeführt. Man merkt das in der JA am überraschend besseren Essen. Meist wird das Wochenende-Menü auf diesen Überraschungsbesuchstag vorgezogen. Jeder Abgeordnete zum Nationalrat darf unangekündigt Gefängnisse betreten, Gefangene befragen. Haben Sie vor, dies selbst zu versuchen, um mit mehreren Momentaufnahmen die Realität kennen zu lernen?

5. Die Volksanwaltschaft Justiz unterliegt - wie das BMJ - faktisch den ÖVP-Gremien und deren Politik. Sehen Sie eine Hemmschwelle für Dr. Gertrude Brinek, dem eigenen Justizminister Versagen vorzuhalten und sehen Sie generelle Bedenken, Staatsanwaltschaft und Strafvollzug von derselben Partei statt von unabhängigen Gremien ‚überwachen‘ zu lassen?

6. Was halten Sie vom aktuellen Maßnahmenvollzug, der ohne jede Begrenzung des Strafmaßes jahrzehntelange bis lebenslange psychische Folter für beispielsweise Delikte wie eine gefährliche Drohung für rechtens hält?
7. Wie stellen Sie sich bei einer Fortführung der weltweit einzigartigen Anhaltung von ‚zurechnungsfähigen Geisteskranken‘ eine menschenrechtskonforme Zukunft des Maßnahmenvollzugs vor?

„Darüber hirnen die gerade." Sein Grinsen war ansteckend.
Das Papier wirkte brisant, das nächste noch interessanter.

Entwurf einer Parlamentarischen Anfrage
zum Thema Strafvollzug / Strafverfahren

Der Leiter der Vollzugsdirektion, Generalleutnant Prechtl, geht Mitte des Jahres in Pension. Offenbar soll sein Abgang im Super-Wahljahr trotz fast wöchentlicher Skandale bei der Justiz und in den Justizanstalten ohne ein ‚Aufsehen‘ erfolgen und allein deswegen scheint der Strafvollzugsausschuss von der SPÖVP-Regierungsmehrheit im Parlament vorerst abgesagt worden zu sein. Schließlich sind nahezu alle medienträchtigen Eklats dem Umfeld der beiden Großparteien zuzuordnen.

Wie aus den beigefügten Anlagen hervorgeht, herrscht im Strafvollzug und bei der Straf- und Vollzugsgerichts-Richterschaft das absolute Willkürprinzip. Nahezu täglich werden Rechte von Gefangenen ungeahndet gebrochen bzw. ihnen diese verweigert. Dabei handelt das Vollzugsgericht als verantwortlicher Grundrechtsschutzrichter des Häftlings meist in Komplizenschaft mit der JA-Leitung und verweigert die korrekte, stringente Einhaltung der EMRK in der Karlau und anderen Anstalten.

Des Weiteren werden bei Vergünstigungen wie Lockerungen oder der Empfehlung zur bedingten Entlassung rechtswidrig die persönlichen Freunderl von Strafvollzugsleitern bevorzugt und resozialisierungsberechtigte, rechtschaffen arbeitende Häftlinge diskriminiert und benachteiligt.

Das StVG unterliegt dem AVG und dies erlaubt dem Anstaltsleiter als erste Instanz eine Bearbeitungsfrist für Beschwerden von 6 Monaten entgegen jener des Insassen von 14 Tagen in Verletzung des Grundsatzes der Waffengleichheit nach Artikel 6 MRK. Somit werden unangenehme Anfragen einfach verschleppt und die Häftlinge mangels zeitnaher Beschwerde-Abhilfe schwer benachteiligt.

Obwohl bereits OGH und OLG Wien den sogenannten ‚Fachteams‘ jede Kompetenz abgesprochen haben, basieren Vollzugsgerichtsrichter weiterhin ihre Entscheidungen auf obsolete Meinungen aus der JA und bearbeiten Anträge nach

Belieben entgegen dem Wortlaut des vom OGH spezifizierten Beschleunigungs-
gebotes in Haftsachen.

„Ist es so etwas, auf das ich achten sollte?“ Er beherrscht es königlich, sich
dumm zu stellen, dachte sie.

„Vielleicht?“ Was sollte Sie sonst auch sagen.

„Bin ich damit in Eurem Team?“

„Ich hab‘ das nicht zu entscheiden.“

„Gut, dann darf es erst verwendet werden, wenn Dein Chef ja zu mir sagt. Ist
doch fair, oder.“

Rita ist verwirrt, denn ein Gedanke schießt ihr in den Sinn: ‚Hat Dich eigentlich
heute schon eine Braut geküsst‘? Sie schüttelte der Kopf. Lauerte Eros irgendwo
mit seinen Pfeilchen?

„Einverstanden. Ich vermerke es hier. Du hast eine Kopie!“ Diese Frage ärgerte sie schon, bevor der letzte Ton die Kehle verließ.

„Brauche ich die? Ihr seid doch ein seriöser Laden, oder!“ Penetrant grinste
der Kobold aus seinen Pupillen.

‚Blau, himmelblau.‘ Ihre Gefühle spielten schon wieder Csárdás. „Weißt Du,
es ist schon spät, wir können hier nicht bleiben. Du bist ein Besucher und wir
schließen gleich. Die Geschäftszeiten sind zu Ende. Gehen wir ins Café gegenüber, da stört uns um diese Zeit keiner.“

„Okay.“ Er erhob sich und schlenderte Richtung Tür. Sie fixierte seine knacki-
gen Rückseine, rief sich rügend zur Ordnung und folgte im gebotenen Abstand.

Kaperfahrt

„Gefällt Dir das Ambiente?“ Ein benachbartes Café benutzten sie als Alternative, denn im Büro darf sie nach Dienstschluss nicht allein mit einem Besucher
bleiben.

„Ein Wiener Café mit dem Namen Zuckergoscherl? Ich glaube, Du brauchst
eine Cremeschnitte und einen Espresso macchiato?“

„Woher weißt Du das? Sehe ich so aus?“

„Vol-au-vents würden besser zu mir passen. Du scheinst mir eher eine Süße
als Pikante. Deshalb sind Desserts wie Mille feuilles oder Meringues für Dich wie
geschaffen.“

„Warum für mich nicht beides, zuerst die Einen mit Ragout, dann die Andren
mit Puddingcreme, getoppt mit Spanischem Wind? Wenn Du schon etwas richtig
einwickeln willst, dann spar nicht an den Füllvarianten und den Beilagen!“

„Also schlage ich vor: Ich bereite ein Poulet farci aus einem Chapon de Bresse zu und hol' mir vom besten Bäcker der Stadt die Blätterteig-Pastetchen. Dazu einen Roten der Appellation Nuits-Saint-Georges aus der Côte d'or, der mit etwas Kümmel zum abschließenden Rouy aus dem Département Somme passt."

„Bist Du ein Kümmeltürke? Deinem Akzent nach in keinem Fall! Also ein Sonderling?"

„Ich bin schon fertig mit meinem Studium und warte nur mehr auf eine Chance im Lehramt."

„Woher das Wissen vom Wein?"

„Falsche Verwandtschaft mit richtigem Geld."

„Ein Erbe? Aus der Drachensaat?"

„Nein, ein schwarzes Schaf. Wollte nicht blöken im Familienclan. Bin ein Drache nur im Tierkreiszeichen, chinesisch und feurig."

„Was dann?"

„Panem et circenses. Ich bin Zehnkämpfer und möchte an die Spitze, will schauen, ob mir jemals 8000 Punkte gelingen."

„Wieviel fehlen Dir noch"

„Etwa Tausend. Genauso viel wie beim Monatsgehalt."

„Chancen?"

„Auf das Gehalt - bei Euch."

„Und beim Dekathlon?"

„Wenn ich heuer plus 500 schaffe, muss ich es wissen, dann lohnt sich ein Versuch, bis sich die Grenze abzeichnet oder eine Verletzung das Ende bedeutet."

Sie sieht ihn lange an und spürt die Schmetterlinge in ihrem Bauch. Sie testet ihre innere Erregung und fällt ihr Urteil: ‚Ich kriege Herzbauchweh, Ich will ihn haben. Sofort schanghaien'.

„Das bedeutet doch, auf ziemlich viel zu verzichten, Chancen aufzugeben?"

„Ist es das nicht wert? Ich bin nur einmal jung. Schaffe ich das nicht bis 25, ist alles schon vorbei. Lehrer kann ich immer noch spielen."

„Sportlehrer?"

„Nein, das habe ich vermieden. Du kannst nicht jedes mögliche Brimborium von Schwimmen bis Skateboard trainieren, wenn Du in einer Sportart die Spitze anstrebst. Höchstens in einer Disziplin, der zum Fünf- oder Zehnkampf gehört. Bei mir könnte es noch der 800-er sein, wenn meine Stoß- und Wurfleistungen nicht weit besser werden. Ich bin ziemlich schnell und ausdauernd, aber für beides nicht gut genug. Die Halbmeile könnte eine Chance darstellen. Doch dagegen spricht das Krafttraining für die Kugel und den Diskus."

‚Seltsam', dachte Helmut. ‚Ich fühle mich verstanden und fresse ihr sozusagen aus der Hand. Wie macht sie das bloß. Solche Fragen sind doch normal. Was ist es dann? Natürlich, sie hat diese Figur, die kurzen Haare, den nonchalanten Ton und sie ist etwas älter als ich. Sie weiß, dass sie wirkt, spielt es aber nicht aus. Sie will mich nicht nur als Mitarbeiter, das ist mir jetzt klar'.

„Über 800, wo siehst Du Deine Grenze?"

„Unter eins achtundvierzig wird alles eine Frage des Talents. Ich habe schon an eins vierundfünfzig gekratzt. Als Jugendlicher. Dann bin ich stärker geworden und jetzt stecke ich vor dem nächsten Problem. Ab 7500 Punkten musst Du Dich entscheiden. Was ist realistisch? Ich kann in Österreich ganz vorne mitrennen. Mehr wird es wohl kaum. Bei 800 Meter gilt dasselbe, mit beiden Disziplinen schaffe ich vielleicht einmal eine Teilnahme an einer Europameisterschaft, kaum mehr. Dort ohne Chance auf eine Spitzenleistung, sprich, der Olympische Gedanke wird ausgelebt. Mehr? Kaum möglich, wenn ich es recht bedenke. Also gilt es, Spaß zu haben und nichts Falsches anhimmeln."

„Wow. Du scheinst ein absoluter Realist zu sein?"

„Das verhindert große Enttäuschungen, oder nicht?"

„Aber auch, große Chancen falsch einzuschätzen."

„Anderes Thema. Was denkst Du von unseren Projekt?"

„Das Blättchen oder Herwig?"

„ Zu beidem eine Meinung?"

„Werde Reporterin, Du hast die Nerven und Bissigkeit dazu. Das geplante Magazin ist nicht Dein Metier, Du würdest dabei versauern. Dasselbe gilt für Harry. Ihr beide seid Euch sehr ähnlich. Stur, penetrant, charmant, nur wenn es euch in den Kram passt. Zusammengefasst: Gefährlich! Leute plaudern, wenn Ihr sie animiert. Bleib' dabei!"

„Es hängt nicht von mir ab."

„Allein von Dir! Vergiss all den Quatsch. Du bist stur genug, um es zu schaffen, und hübsch genug, um es allen schwer zu machen, es Dich nicht versuchen zu lassen."

„Danke."

„Ich würde Dich zu einem Film einladen, wenn Du Lust hast. Aber ich trau' mich nicht so wirklich."

„Ein Date? Mit Dir. Ich bin älter als Du!"

„Reifer, wenn man es richtig formuliert. Ist nicht lebenslanges Lernen für einen jungen Mann wichtig?"

„Du flirtest mit mir?"

„Tu ich nicht, ich frag nach einem gelegentlichen Film und Du kannst mich anrufen, wenn Du neben Job-Aufträgen wie diesen andere Gesprächsthemen brauchst, wie beispielsweise Sport."

„Wenn ich Dich jemals deswegen anrufe, dann unter einer Bedingung."

„Die wäre?"

„Niemals, wenn Du in einer Beziehung bist oder noch bist. Verstanden!"

„Also am nächsten Wochenende."

„Warum?"

„Sieh Dich um. Bin ich dann noch frei? Wenn Du jetzt ja sagst, sicher. Bei einem Nein könnte ich
morgen bereits in festen Händen sein. Wären wir in Hamburg, nach einem Fünf-uhrtee im Café Keese im Griff einer reichen oder grünen Witwe. Willst Du das riskieren?"

Sie sieht ihm in die Augen und merkt, dass er es ernst meint. ‚Der ist hin und weg! Kapern, sofort!' Die Gene schreien aus Leibeskräften und sie hat Mühe, Gleichmut zu bewahren. „Wir können es ja mal mit einem Film versuchen. Wann?"

„Du hast die Qual der Wahl. Mir geht es nur um die Zeit mit Dir."

„Okay. Dein Risiko. Ich ruf Dich an."

„SMS bitte, wenn ich trainiere, ist kein Telefon weit und breit. Am besten am Vortag ab dem späten Abend bis Mitternacht oder bis neun Uhr früh, da sind die Quälgeister in der Schule noch selber faul."

„Na gut. Ich werde die Sache mit dem Artikel in Deinem Sinn zu klären versuchen. Harry wird er gefallen, da Du ein Mann bist."

„Vom anderen Ufer?"

„Unbekannt, doch Frauen traut er generell nicht über den Weg."

„Egal. Danke jedenfalls. Ich muss gehen, der Rasen wartet auf seine Coiffure, ich auf meine Hürdensprints danach."

„Viel Spaß, Drache."

„Was bist du?"

„Rate mal."

„Ratte, holzig."

„Woher … ?"

„Mathematik. Bis bald, Dewotschka."

„Was heißt das?"

„Wirst Du sicher herausfinden, Baba."

Schürzenjäger

„Die ist ja sowas von Zucker!" Harry spricht leise mit sich selbst. Er schlendert gerade die Mariahilfer Straße entlang und nahe dem Generali-Center fixieren seine Blicke ein kurviges Chassis, das jedem Ferrari, Lamborghini oder Porsche den Rang ablaufen würde. Das passende Fahrgestell wirkt hydropneumatisch gefedert, wie bei der legendären Citroën DS. Erinnerungen an La Déesse – die Göttin - drängen in seine Hirnzellen. Hydraulik und Pneumatik übernehmen das Dämpfen, federn lastabhängig und verhärten proportional zur Beladung. Ruht sie länger, senkt sie sich tief, doch bei jedem Anlass hebt sie sich mehrere Zentimeter hoch. Deren interne Typen-Bezeichnung wissen nur Kenner: VGD, für ‚voiture à grande diffusion'. Diese Idee hat er übernommen, nur steht seine Abkürzung für: ‚Verdammt geile Dose'.

Ihr pantherhaft anmutender Gang fesselt weiter seinen Blick. Sie verweilt nicht etwa bei Auslagen mit Schuhen oder Kleidern, sondern interessiert sich offensichtlich für Elektronik, Technik und Literatur ebenso wie für Kultur, denn sie studiert aktuell intensiv das Kartenangebot für Oper, Theater oder Musical. Dabei wird sie von nahezu jedem Kerl zwischen zehn und hundert begafft und einige versuchen ziemlich ergebnislos ihr Glück. Jetzt beginnt sie ihm noch mehr zu gefallen. Er nähert sich, ernst.

„Warum blitzen all die hübschen Jungs ab? Sind Sie im Augenblick so glücklich oder frisch verliebt?"

„Chancenlos ohne reizvolle Anmache, heißt die lapidare Erklärung. Das ergibt ‚Cora' als Abkürzung im Sims-Stil dieser Lolly-Generation, bei denen das Twitter-Lol für ‚Lots of laughter', die Restbuchstaben für ‚leaving you' stehen.

„Kombiniere, Doctor Watson, dass somit Ihr Alias Cora Lolly sein müsste."

Jetzt sieht sie ihm erstmals richtig in die Augen."Lolly wäre zu überlegen, je nach Lust und Fall."

„Ich wäre für Jolly Cora, nach dem frisch-fruchtigen Eskimo-Eis am Stiel mit der Schokoglasur."

„Warum das?"

„Wie klingt eine Analogie zu ‚Jouir obéissante le lendemain y' für Sie?"

„Très inutile, denk an: Was du heute kannst besorgen, Demian."

„Harry, klingt besser als Herrmann, aber gut geraten. ‚Mancher wird niemals Mensch, bleibt Frosch, bleibt Eidechse, bleibt Ameise. Wir alle sind nur Würfe der Natur' Bin ich am richtigen Gleis?"

„Wo würdest Du Beatrice suchen lassen?"

„Ist doch klar. Sie steht immer noch in Barcelona, geschaffen von Joan Miró. Seine ‚Donna i ocell' kennt doch fast jeder."

„Eventuell auch ein Abraxas-Fan?"

„Sie erinnert mich an Nietzsche, oder findest Du nicht? Leitet sich Demian nicht von der Dynamis ab, die einer zum Weibe mitnehmen solle, Symbol und Zeichen für Sieg und Glück?"

„Schau mal an, ein Mann mit Bildung, spielt mit der Semantik und benutzt Rabulistik."

„Bringt das Vorteile?"

„Siehst Du ja, ich plaudere immer noch mit Dir."

„Sollten wir die heiße Phase kühlen - dort im Eiscafé?"

Gib mir noch fünf Minuten und reserviere uns einen großen Tisch. Ich mag keine Ellenbogenkämpfe mit Touristen."

„Sehr wohl, Prinzessin, ich eile mit der Erbse."

Harry sitzt am Fenster, da die frühjährliche Temperatur noch etwas Vorsicht gebietet. Ein leichtes Streifen an seiner Schulter mahnt ihn zum Aufstehen, sodass sich beide danach gleichzeitig wieder setzen.

‚Sie hat ihr Haar gerafft', denkt er sich und sein Blick verliert sich in den Augen, die ihn kritisch mustern.

„Du baggerst also Frauen auf der Straße an und lockst sie mit Ideen für ‚Les Plaisirs fous' und provozierst Ihre unschuldigen Gedanken auf ‚Jouir jusqu'au délire'? Das könnte ja ein wahrer ‚Cauchemar' werden, sich mit Dir einzulassen?"

„Chaqu'un à son goût. Niemand ist gezwungen sich auf eine ‚Nuit de traquée' mit einem Rabatteur einzulassen."

„Nur die bösen Jungs reizen wahre Frauen. Irgendwie liegt uns die Dressur wilder Tiere am Herzen."

„Wohl mehr mediterran, oder irren meine alten Erinnerungen?"

„Dafür vergessen Sie, wen Sie gerade zuvor angesprochen haben und führen mit anderen Weibern Ihre Anmache ungeniert weiter."

„Wohl kaum, Sie haben mich doch nicht schon vergessen, den süßen Jungen vom Generali-Center?"

„Auch eine Methode, sich herauszuwinden."

„Aber, Jolly Cora, das widerspricht doch unseren Diskussionen über Nietzsche und Abraxas!"

„Wer?"

„Vera, der Herr ixt verwirrt. Er kann sich nicht einmal mehr merken, wie seine Angebetete ausgesehen hat und das schon nach fünf Minuten. Ein reiner Mec eben." Hinter ihm erklingt diese kehlige Stimme und er dreht sich fassungslos um.

„Zwilling, eineiige Zwillinge. Die Hölle auf Erden! Bitte setz Dich, Cora." Harry staunt nur mehr.

„Für diese Négligence wird er uns als Strafe einen Eisbecher spendieren."

„Selbstverständlich bezahle ich für meine Untat, doch heische ich um Gnade vor Recht, denn keiner kann Euch auseinanderhalten und deswegen mag es bei einer derartigen Sühne mit Sahne belassen werden."

„Erlassen, Ich nehm' die Poire belle Hélène, wenn wir schon einen ‚Pappa ante portas' verkraften müssen." Schalkhaft grinst Vera den Journalisten an, der nicht mehr weiß, wie er das kontern soll.

„Jetzt weiß ich, weshalb ich reingefallen bin. Ihr habt das ausgeklüngelt und jetzt erinnere ich mich auch. Ihr kennt Suzette, seid sogar verwandt, stimmt's?"

„Woher kennst Du sie?"

„Ich nicht, meine Kollegin Rita hat sie mal interviewt."

„Ach, Rita, wir kennen sie auch flüchtig, von Erzählungen. Was macht sie."

„Betriebsgeheimnis. War nicht der Gatte von Rita mit Themen aus dem Knast beschäftigt?"

„Martin, ach ja, der hatte für einen Bekannten geschrieben und seine demokratische Unschuld verloren. Warum?"

„Könnt Ihr mir einen Link zu beiden geben? Ich hätte da ein Anliegen."

„Gerne, aber ich ruf besser Suzette einfach jetzt an und frag' sie, ob es ihr Recht ist."

„Super, danke."

„Okay, hier, sprich selbst mit ihr, sie hat Fragen an Dich." Cora reicht ihm ihr Smartphone.

„Hallo Harry, zwei Fragen."

„Schieß los."

"Suzette braucht Hilfe?"

„Ja."

„Martin sitzt neben mir und fragt, wen es betrifft."

„Den Redakteur des Insider, H.B. Herwig mit Vornamen."

„Wann wollt Ihr ihn treffen: Martin?"

„Gestern wäre uns am liebsten."

„Gib mir Ritas Nummer, denn danach will ich sie mit den Zwillingen treffen. Okay?"

„Ich schick' Dir ein SMS, dann hast Du auch meine Nummer. Leite sie einfach weiter. Wenn Martin zurück simst, haben wir alle Daten untereinander ausgetauscht. Auch Deine e-Mail-Adresse wäre hilfreich. Da machen wir dasselbe, okay?"

„Gut, bis dann. Terminvorschläge anbei."

Das Telefon schweigt. Die Mädels mustern ihren neuen Daddy Langbein, der sich immer noch Chancen ausrechnet.

„Jetzt, meine Damen, würde ich gerne mit Ihnen ein Date vereinbaren. Da ich nun fast sicher bin, dass Du Cora bist, weil Deine schwarzen Locken hinter dem Hut auftauchen, frage ich Dich, ob wir unsere Abraxas-Diskussion irgendwann weiterführen wollen."

„Harry, Du bist über 45, oder?"

„In etwa, reif und erfahren."

„Leider nicht genug für eine von uns beiden und in unser Jagdschema passen nur potentielle Raubtiere bis etwa 35. Du hast Dich für weitere Debatten empfohlen, allerdings nicht für mehr. Nimm es hin, wie ein Mann, denn Du hast was an Dir, das die Frauen reizt, sogar jenseits ihres Beuteschemas. Ich glaube aber, eine

Bekannte von uns wäre interessiert, weiter solche Themen zu diskutieren. Sie ist ungebunden und will es bleiben. Das sagt Dir doch am ehesten zu?"

Cora wird unterbrochen von Vera; „Du meinst doch nicht …?"

„Natürlich, die beiden passen doch zueinander, beide nicht auf den Mund gefallen und erwachsen."

Vera musterte ihr Gegenüber: „Scheint ganz gut in Form."

„Blind Date gefällig - vielleicht sogar heute?" Cora fragt es unverblümt, Harry staunt mit offenem Mund.

„Jjjjaaa, okay."

Cora erhebt sich: „Wart mal kurz." Sie geht vor das Lokal.

Vera musterte das Opfer ihrer Partnervermittlung.

„Nervös?"

„Wie bitte?"

„Sicher, nervös und unsicher. Das schmink' Dir schnell ab, sonst frisst sie Dich mit Haut und Haaren. Brigitte kann sehr besitzergreifen werden, wenn man sie lässt. Ein Tipp, weil ich sie mag. Rasier' Dich noch vorher. Sie mag keine Dreitagestummel an einem älteren Herrn."

„Warum sollte ich?"

„Du wirst es erst danach wissen, wenn das Date deswegen platzt. Könnte sein, dass das Dir dann ewig leidtun würde. Gigi kennt keine Gnade, wenn man sie nicht respektiert. Doch Du bist der Mann, der Eroberer fast wehrloser Jungfrauen, mach' was Du glaubst."

„Heute Abend um acht triffst Du sie im Salmbräu, das kennst Du sicher. Ach ja, noch einen Tipp unter Klosterschwestern: Frag' sie, ob es sie stört, wenn Du Knoblauch isst und ob sie dasselbe wählt und lass sie das Bier bestellen. Versuch, Dich wie ein Kavalier aufzuführen und Du wirst so behandelt. Viel Spaß. Wir müssen gehen. Danke für die Einladung."

„Ihre Nummer?"

„Sie wird da sein. Wenn sie will, dass Du die kriegst, dann geht mich das nichts mehr an. Halt die Ohren steif!"

Die Zwillinge verlassen das Café und Harry bemerkt, dass jeder ihnen nachsieht, die Frauen mit etwas unfreundlicherem Blick.

„Ihre Rechnung. hier bitte." Die junge Kellnerin sieht ihn an: „Verwandt mit den beiden Beautys?"

„Nein, doch wäre das sowieso die schlechtere Lösung."

„Sie sind zu jung für Sie. Die schafft nicht einmal ein junger Herakles, trau' ich mich zu wetten?"

„Erfahrung darin?" Harry kann's einfach nicht lassen.

„Immer lernbereit als Studentin. Ich hab' mitgehört. Sie sind Journalist? Su-chen Sie für den Sommer Ferialarbeiter? Wenn ja, würde ich gerne in Ihrem Personalbüro nachfragen."

„Wann haben Sie Dienstschluss?"

„Um fünf, doch heute keine Zeit. Versuchen Sie es morgen wieder. Ich würde es schätzen, wenn Sie mir schon vorher sagen können, dass es zwecklos belieben würde. Keine leeren Kilometer erwünscht, das Leben ist schwer genug."

"Wir suchen jedes Jahr für die Poststelle. Keine Journalisten, Laufkräfte."

„Was glauben Sie, was ich hier mache: Ich renn' den ganzen Tag bei weniger Lohn und ich kann sicher besser Kaffee servieren als die meisten anderen."

„Keine journalistischen Ziele?"

„Als Ferialpraktikantin? Clinton ist schon zu alt und Deine Chefs nicht mächtig genug, oder?" Das Grinsen kam tief vom Bauch heraus und es schüttelte sie sicht-lich. Jetzt hatte sie ihn in der Tasche.

„Gut, morgen, ich warte um 17:10 gegenüber. Ciao bella."

Blind Date

„Kaffee im Braulokal?"

„Ich habe auf Sie gewartet und wollte nicht vorher wählen." Harry betrachtet sein Gegenüber. Kurze Haare, ins Rötliche schimmernd, sportliche Figur, knappes Top unter einem Blazer, lockere Caprihosen über Sandalen.

„Ist es nicht zu kalt für den Sommerlook?" Er will besorgt klingen.

„Wenn Ihre Konversation mich nicht genug wärmt, das Taxi hat sicher eine Heizung."

„Welcher Bezirk beheimatet Sie?"

„Sie fragen aus einem bestimmten Grund?"

„Ihr Akzent ist nicht allein Französisch, ich glaub, ich höre eine Prise Chopin durch."

„Gratulation. Sie sind besser gekleidet, als Cora mir verraten hat Haben Sie sich für mich umgezogen?"

„Vera riet es mir. Auch eine Rasur legte sie mir ans Herz."

„Überall?" Schelmisch grinste die attraktive Sportlerin, deren stramme Waden Ausdauer verrieten.

„Setzen wir uns doch, wollen nicht Sie bestellen? Man kann daraus viel über einen Menschen erfahren. Ich esse ganz gerne Knoblauch, Sie auch?"

„Ich mag Männer und esse alles. Bestellen Sie!"

„Sie essen normal oder Salat, wie ein Vögelchen, solange ein Mann am Tisch sitzt?"

„Ihr Risiko."

„Okay. Wir nehmen zweimal das Steirische Backhuhn auf Salat, dazu zweimal das Hausbräu dunkel. Das Dressing bitte italienisch, aber mit Kernöl. Dazu zwei Laugenbrezen mit Butter. Als Aperitif bitte zweimal frisch gepressten Orangensaft.“

„Danke.“ Die Kellnerin geht. Augenblicke später naht eine Servierkraft mit dem O-Saft.

„Frisch?“

„Natürlich! Wie Sie bestellt haben.“

Schmunzelnd hat Brigitte ihn beobachtet. „Warum diese Wahl?“

„Nun, Sie haben es so gewollt! Eine Poulet de Bresse, gefolgt von einem Bresse Bleu, wenn er noch da sein sollte. Dies den blauen Beinen des Huhns zu Ehren, das mit seinem Weiß-Rot durch Gefieder und Kamm die Flagge Frankreichs vertritt. Besser noch wäre ein Chapon, ist hier jedoch nicht zu kriegen, vielleicht auf Bestellung am Naschmarkt.“

„Sie lassen mich Bier trinken?“

„Leider kein Maisbier, das würde zu seiner Ernährung passen. Das dunkle Gerstenmalz bietet dafür einen guten Ersatz.“

„Gourmet?“

„Genießer.“

„Bescheiden?“

„Wenn's schmeckt, ja.“

„Raucher?“

„Nein!“

„Sportler?“

„Etwas schwimmen. Selten genug.“

„Tänzer?“

„Wenn sie mich führt?“

„Warum ein Date mit mir?“

„Coras Entscheidung. Ich vertrau' auf ihren Geschmack.“

„Prost!“ Inzwischen waren Bier und Huhn aufgetischt worden, die Brezen lachten knusprig vom Teller, die Butter glänzte auf einem Dessertteller daneben.

„Mahlzeit.“ Schweigend begann Harry zu säbeln und schob das delikate Stück langsam in seinen Mund, da es heiß erschien. Herzhaft am Kauen blickte er in ihre Augen, die alles mitverfolgt hatten.

„Konzentriert beim Vergnügen?“

„Wenn ich am Kosten bin, immer und ausdauernd. Ich schmeck' sogar die Haarfarbe durch.“

„Beim Huhn?“

„Da weiß ich es vorher.“ Er lässt sie nicht aus den Augen und erfreut sich an ihrem Gesichtsausdruck.

„Lange Übung?"

„Kurzes Leben. Muss man alles intensiver betreiben, wurde ich gelehrt."

„Nicht auf den Mund gefallen, wie es scheint." Brigitte lächelt zufrieden.

„Jetzt bin ich mal dran beim Speed-Dating-Quiz."

„Nur zu, Django."

„Spitzname Gigi?"

„Nur für Freunde."

„Nicht zufällig eine Mutter namens Inez?"

„Nein, warum?"

„Ist das vielleicht der Spitzname von Cora oder Vera?"

„Nicht dass ich wüsste."

„Fan von Leslie Caron?"

„Eher Fred Astaire und Gene Kelly."

„Was könnte Inez mit Dir vorhaben?"

„Nichts, das ich nicht erfahren würde."

„Thank heaven for little girls!"

„Was meinst Du damit?"

„Ich denke an Colette."

„Colette, wer ist das?"

„Sie schrieb den Roman zum Drehbuch, das Cora im Auge hat."

„Ich versteh' nur mehr Bahnhof."

„Aber bitte mit Sahne, Kurti."

„Kannst Du wieder zum Thema kommen?"

„Ich bin mitten drin."

„Wo drin?"

„Denk' an Colette und ihren Roman: Mitsou, ou comment l'esprit vient aux filles."

„Was hat das mit mir zu tun?"

„Sag Du es mir?"

„Mit Gigi – mit der Zeitschrift für sexuelle Emanzipation."

„Überrasch' mich mehr."

„Womit?"

„Denk vielleicht an: The night they invented champagne"

„Du sprichst in Rätseln. "

„Wie geht's Alicia, Alice, Inez' Schwester."

„Soll das Vera oder Cora sein, wer ist jetzt wer?"

„Are you living next door to Alice? "

„Who the fuck is Alice"?

„Schön sprechen! Welch' rüde Worte aus dem Mund einer zierlichen Dame, nach Bier duftend und in einer Kneipe."

„Okay, errette mich und klär mich auf!"

„Bist Du nicht schon etwas zu alt und eheerfahren dafür?"

„Schandmaul!"

„Schon wieder. Ich hol gleich die Seife."

„Ich mag sie nur flüssig. Nix mit Lux."

„Kein Lux dabei? Nur nach Gefühl?"

„Die Seife?"

„Oder die Einheit der Beleuchtungsstärke, gemessen mit dem Luxmeter aus der Lichtstärke einer Candela, einer Haushaltskerze. Diese erzeugt aus Walrat, früher als Spermöl, irrtümlich als die Samenflüssigkeit des Pottwals bekannt Ein Schmiermittel bester Qualität für Präzisionsgeräte."

„Womit Du wieder zu Deinem Lieblingsthema kommst?"

„Wer sagt das?"

„Deine Augen – sie lügen dabei nicht!"

„Hobby: Kinesik?"

„Kommunikationserfolg garantiert, wie Du siehst." Ihre Augen blitzen.

„Wie Du selbst es geschafft hast, in meine intime Distanz zu gelangen. Es fehlen nur noch dreiunddreißig Zentimeter zur Gustatorik?"

„Wozu?"

„Ich zeig es Dir." Harry hebt ihr Kinn und küsst sie leicht auf die Lippen, wobei er seine Zunge sacht zwischen die Lippen schiebt."

„Geschmacksinn?"

„Bingo. Die Kandidatin hat auf Anhieb hundert Punkte erzielt."

„Psychodrama. Extempore. Erfordert Fähigkeit und Mut, wird gefürchtet."

„Kabarett. Das Brettl - live. Nicht bei Dir vorm Schädel."

„Nur simpel, wie ich."

Seine Augen sind fröhlich hinterleuchtet, findet Gigi. Der Mann hat was an sich und gerade war sie geküsst worden. Protestlos. Improvisationstheater eines Schauspielers oder Inspiration eines Giacomo Girolamo Casanova. Spontaner Gebrauch einer Kreativität im Umgang mit Mitmenschen, die Kunst der Verführung. Dazu der andere Girolamo, ‚Hieronymus' Savonarola als Konterpart. Mit seinem Fegefeuer der Eitelkeiten über die Verkommenheit. Ist der Mann klassisch gebildet oder spielt er nur den Philosophen? Sie will es herausfinden. Jetzt. Nach dem Prinzip: ‚Hic Rhodos, hic salta!' Äsop soll fabeln, wenn er es vermag. „Schon manche sind wegen weniger Gotteslästerung ermordet worden!" Sie provoziert.

„Du schuldest mir einen Kuss. Götter nehmen nichts ohne Gegenleistung."

„Der Fuchs giert um die Trauben?"

„Eine Schwalbe macht keinen Frühling. Tugenden erwirbt man, indem man sie ausübt."

„Aristoteles schwört auf die Züchtigung als ethische Tugend, auf eine Art Heilung, naturgemäß durch das Entgegengesetzte. Also gebührt Dir eine Ohrfeige."

„Das verletzt die Mannesehre, gilt als schwere Beleidigung. Wer auf eine bare Backe schlägt, wird doppelt die Rache des Entehrten erleben. Denk an den Fehdehandschuh der Ritter zur Einleitung eines Ehren-Duells. In Frankreich auszutragen mit dem Canne."

„Du schlägst Frauen?"

„Ein Duell unterliegt traditionell festgelegten Regeln, Ritualen. ‚Nemesis, Dein ist der Menschen Gericht'! tönt es in einer uralten griechischen Hymne. Das Ringen um Satisfaktion wird von mir in archaische Form durchgeführt. Hast Du nie das Kamasutra studiert, die historisch verbrieften vier Varianten getestet und befolgt:

Vergeltung

Die bare Backe schlägt die Hand,
Sie weiß nicht was draus wird:
Den Globen außer Rand und Band
Revanche dafür gebührt.
Doppelt Maß sollst jetzt Du nehmen!

Was fragst Du mich: Warum?
Es gilt nun, das Weib zu zähmen -
Das ist das Wahre: Drum!

Gehorche Nietzsche, junger Fant,
Dass Deinen Mann Du stehst!
So leg sie nie aus Deiner Hand,
Wenn Du zum Weibe gehst!"

„Was haben wir da? Einen Pandit?"

„Es lebe die Scheinheiligkeit des Standes. Meine Instrumente schätzen sowohl die erlesene als auch die bilinguale Fertigkeit."

„Aus Büchern?" Schalkhaft sitzen die Teufelchen in ihren Augenwinkeln.

„Da Kam a hea, da sinnliche Genuss. Aus dem Kama Sutra. Dem Leitfaden, den Versen des Verlangens." Harry erwidert es ohne Wimpernzucken.

„Passion. Ich spür' Leidenschaft in Deinem Atem."

„Kampfkunst, La Canne de Combat oder Scherma di Bastone - Sizilien kennt ihn bestens."

„Ich glaube, ich hab für heute genug zum Behirnen gekriegt. Ich geh' morgen in eine halb-private Flamenco-Session. Willst Du mitkommen?"

„Wenn ich dabei keine Kastagnetten tragen muss."

„Klappern nicht Deine morschen Knochen schon genug?"

„Für diese paarweise zu spielenden Klappern würden aber mehrere Finger gehören, der Daumen allein reicht nicht für das Spiel."

„Sie zu tragen gilt auch als amor brujo."

„Etwa angesichts la bruja pelirroja a tomar el poder?"

„Isalud!"

„Dann sehen wir uns morgen oder ist noch Lust auf einen Stadtbummel zu spüren?"

„Mit Sandalen noch vor Ostern? Mein Taxi ist da." Ein junger Mann kam gerade durch die Tür.

„Hab ich glatt vergessen. Wo treffen wir uns?"

„18 Uhr, U-Bahnstation Meidling. Beim oder im kleinen Café in der Station. Von dort aus haben wir nur ein paar Minuten zu Fuß. Parkplätze dort sind inexistent. Nimm Schuhe mit, mit denen Du Flamenco tanzen kannst. Adiós mio Cid."

„Hasta mañana!"

„Hasta luego! Schau' auf die Uhr!"

Flamenco

Sie sieht ihn schon warten. Im Café nippt er an einem Espresso. Wie es scheint, hat er über seine Kleidung nachgedacht. Etwas klobig anmutende, geschnürte schwarze Schuhe runden das von einer legeren hellgrauen Hose dominierte Bild ab. Darüber trägt er ein Poloshirt unter einem engen Pullunder, weshalb sie bemerkte, dass nur ein zartes Bäuchlein die ranke Figur zierte. Er erscheint ihr eher drahtig als athletisch, jünger als den Tag zuvor. Das mag am Sonnenlicht liegen, das noch schwach hereinstrahlt. Darüber wärmt ihn ein langer Mantel, offenbar ein Crombie Coat aus dickem englischem Wollstoff, einreihig mit einer verdeckten Knopfleiste. Auf dem Kopf trägt er ein dunkelgrünes Barett, das ihn etwas martialisch aussehen lässt. Hat der Mann früher bei einer paramilitärischen Truppe gedient?

„Bin ich zu spät?" In ihren Augenwinkeln sitzen kleine Teufelchen.

Er mustert sie. Über strammen Waden schwingt ein lockerer, feurigbunter Sommerrock um kurvige Hüften, gehalten von einer Schärpe, aus der eine dunkle, hochgeschlossene Spitzenbluse unter einem noch offenen, schweren, bordeauxrotem Cape aufstrebt. Ihren Treter faszinieren ihn. Halbstiefeletten mit klobigen Absätzen, nicht allzu hoch. ‚Wem sie damit auf die Zehen steigt, der freut sich

128

über blaue Zehen', denkt er insgeheim, sieht auf ihre Frisur. Sie hat die kurzen Haare hinten zusammengefasst in eine Art Dutt. Dadurch wirkt das Gesicht streng und ihre eher südlichen Züge treten hervor. Eine attraktive reife Frau mit der Figur einer Balletttänzerin und Bewegungen, die Kraft verraten.

„Los, gehen wir zur Session, heute lernt Harry mehr über Flamenco." Sie provoziert gekonnt.

„Hola Chica, gerne, ein Élève freut sich immer, seiner Maîtresse folgen zu dürfen."

Sie bummeln ein paar Dutzend Meter über die Straße, folgen der Häuserflucht, bis ihn Brigitte zum Eingang einer Tanzschule führt. Sie treten ein, geben Ihre Garderobe ab. Gigi weist ihm den Saal und ihn in einige Hausregeln ein. Mehrere Stühle stehen im Halbkreis um die zweite Gruppe an Sesseln, an denen zwei spanische Gitarren mit Kapodaster lehnen. Ein Cajón vervollständigt die Ausrüstung der Musiker. Vermutlich sind dies die drei älteren Herren, die nahe der Tür stehen und intensiv miteinander auf Spanisch in einem rauen Dialekt debattieren.

„Darf ich Euch Cristina vorstellen?" Helga, die Tanzschulleiterin, ist unbemerkt herangekommen und richtet ihre Worte an die inzwischen sich versammelt habende Gruppe. Ein Erinnerungsblitz taucht in Harrys Gedächtnis auf. Er kann dem noch nichts zuordnen. Die etwa 60-Jährige scheint eigentlich alterslos, könnte auch siebzig auf dem Buckel haben. Ihre Haltung ist aufrecht. Straffe Züge, eine strenge Frisur und eine weibliche Figur in schwarzem Rock und Bluse verraten eine ausgeglichene Persönlichkeit. ,Schön gealtert' denkt er sich. Irgendwie strahlt sie Charisma aus, dominiert die Bühne, ohne Worte. Ist einfach präsent.

Helga klatscht in die Hände und die soignierten Herren nähern sich. Einer setzt sich, greift sich die erste Gitarre, der zweite lässt sich auf dem Stuhl hinter dem eigenartigen aussehenden Holzblock nieder. Ein Junge mit kaum 12 Jahren schnappt sich die zweite Flamenco-Klampfe.

Eine rassige Melodie erklingt und die beiden, offenbar Opa und Enkel, wetteifern auf ihren Saiten, dass es eine Freude ist. Einer der anderen Südländer beginnt rhythmisch zu klatschen, der dritte fällt ein, Das Ensemble ist aufeinander eingespielt, es reißt die Zuhörer mit. Nach einigen Minuten erhebt sich Cristina und beginnt, einen Flamenco zu tanzen. Den Zusehern bleibt der Mund vor Staunen offen. Aus der Figur der älteren Frau schält sich eine Königin, alterslos, schreitet im Takt, alles vibriert an ihr. Ihre Aura umfließt eine Gestalt, die in ihren Bewegungen zuerst perfekt die Musik interpretiert, dann die Führung übernimmt und das Ensemble zwingt, ihren ausgedrückten Gefühlen einen musikalischen Hintergrund zu bieten. Ihre Füße trommeln ihre Emotion in den Boden, Sie lässt die anderen teilhaben an ihrer Wut, an ihrer Freude, wie sie gestisch eine Erzählung darbietet. Die kleine Geschichte einer betrogenen Frau, die ihren Ehemann und die Nebenbuhlerin rügt, sich abwendet und ihn schließlich frei gibt. Atemlose

Spannung beherrscht den kleinen Saal. Das Furioso, geklatscht von den Palmeros zu einem Solo des Gitarristen, endet mit frenetischem Beifall aller. Da fällt bei Harry endlich der Groschen. Jetzt hat er sie wiedererkannt.

Die folgende Pause haben sich alle verdient. Er nähert sich der Künstlerin, kann es noch gar nicht fassen und wagt es doch: „Buenas tardes, Señora Hoyos?"

„Si, soy yo."

Überrascht blicken die anderen.

Helga: „Sie kennen sich. Sie sprechen Spanisch."

„Weder noch, aber ich vergesse nicht so leicht etwas derart Phänomenales. Habla el inglés o el alemán?"

„Sorry, I don't speak German. Shall I know you personally"? Die Spanierin mustert ihn kritisch.

„Definitely not. You excelled on stage, some years ago, dancing with Don Antonio Gades in Vienna. I adored you out of the audience, as well live as in the cinema. I love the films of Carlos Saura and the guitar of Paco de Lucía, especially when performing the flamenco. It's really a pleasuring surprise. I am looking forward to the proceeding of this session"!

„Thank you. Are you charming me"?

„Honestly. No. I am speechless after this performance. This was astonishing."

„Your humble understatement will win you hearts of a couple of women." Cristina blickt belustigt auf Brigitte, die sich ihm angeschlossen hat. „You want to dance el flamenco?"

„I would not even try to use the verb ,dance' to my crippled movements." Gigi klingt amüsiert.

Jetzt lacht die Spanierin aus ganzem Herzen und sagt schnell etwas zu Helga.

„Ertappt! Sie glaubt Dir kein Wort, Gigi. Sie sieht Dir an, dass Du mal getanzt hast."

„Doch in anderen Welten. Sie kommt von einem anderen Stern, wenn sie sich bewegt. Jeder Mann um sie herum will sie erobern, ins nächste Gebüsch ziehen. Sie ist dermaßen erotisch, dass ich um meine Unschuld fürchten müsste, wenn sie mich wollte. Das macht mich an."

Helga übersetzt leise und Cristina erwidert flüsternd in schnellen Worten. Die Tanzschulleiterin grinst übers ganze Gesicht, nimmt Brigitte auf die Seite, lässt die Diva mit ihrem Fan allein und raunt Gigi zu: „Das amüsiert sie. Aber sie findet, Du bist besser dran als sie, denn es sieht so aus, als ob Du seine Sprache gar nicht sprechen müsstest, um diese Signale zu verstehen. Der hängt an der Angel, weil Du ihn ignorierst und ihr widerstandslos überlässt."

„Wie bitte?"

„Du kannst heute Nacht eingekuschelt schlafen, wenn Du willst. Dein Prinz bebt vor Lust und Verlangen. Der projiziert nur seine Gefühle für Dich auf Cristina und das hat sie belustigt. Spanierinnen lieben einen heißen Flirt und kalte Duschen für hitzige Jungs."

Die Session geht weiter. Nach der zweiten Vorstellung lädt Cristina alle ein, mitzumachen. Helga übersetzt ihre Anleitungen: „Lasst Eure Gefühle sprechen, tanzt sie in den Boden, drückt aus, was Ihr vielleicht nicht sagen könnt. Das ist Flamenco. Er kann einen befreien, wie jeder Ausdruckstanz."

Sie zeigt ein paar Schritte und freut sich über gelungene Kopien. Die Jungs an der Gitarre haben Spaß. Nach einer guten Stunde serviert Helga eine Jause mit Brötchen, gefolgt von einer Torte. Danach verabschiedet sie die Gäste. Cristina wird jedem in Erinnerung, in aller Herzen bleiben.

Harry und Gigi bummeln zur U-Bahn-Station zurück. Sein Abend wäre fast perfekt, wenn …

„Du hast mich überrascht."

„Warum?"

„Cristina! Du hast sie erkannt. Sie hat sich wirklich sehr gefreut. Es war so unerwartet. Irgendein Unbekannter erkennt in ihr den früheren Star. Das hier, im künstlerischen Nirgendwo, nicht in ihrer Heimat. Sie hat Dich danach beobachtet. Die kurze Story war eine getanzte Message an Dich. Sie hat sich heute königlich amüsiert. Das hat Dir mit ihrem Tanz gezeigt."

„Es war mir lange nicht klar, wer sie ist. Das ist so weit her. Etwa 1986 muss es gewesen sein."

„Umso schmeichelhafter. Das liegt Jahrzehnte zurück. Die Saura-Filme werden schon ewig nicht mehr gespielt. Das weiß sie. Du warst charmant und sie hat es genossen. Auch Helga ist von Dir angenehm überrascht. Ich musste sie vorher überzeugen, dass Du Dich vernünftig verhalten würdest und überhaupt, woher nimmst Du diese Nonchalance, sie einfach anzusprechen."

„Journalist. Ertappt. Wird chronisch, gilt als Berufskrankheit."

„Wie geht es weiter?"

„Kaffee, Tee, Eis oder ein Glas Wein?"

„Ich meine, mit uns?"

„Entweder wir kämpfen es unter den Laken aus oder wir werden nie wissen, ob wir im generellen Verständnis zusammenpassen."

„Ist das nicht etwas einfach für ‚Deine Wohnung oder meine'? Sollte ich mir dafür nicht einen jungen Bullen suchen, der weit mehr Kondition und Ausdauer hat?"

„Nichts geht über Erfahrung mit und Toleranz bei Frauen."

„Offene Beziehung? Nichts für mich, ich mag gleichzeitig nur einen Mann. Teilung wird keine akzeptiert. Niemals. Denk darüber nach, bevor Du mich anrufst. Ich wäre interessiert, aber nur zu diesen Bedingungen, lern- und lehrbereit, falls notwendig. Gute Nacht!"

„Was …?"

"Ich wohne hier." Sie nimmt den Schlüssel und öffnet die Tür zu einem mehrstöckigen Haus, tritt ein und wendet sich noch einmal um. „Ich warte bis zum Wochenende."

Harry steht wie ein begossener Pudel vor der sich schließenden Tür. Was jetzt? Ein Ultimatum?

Ihm?

Das Team

Rita und Harry hatten sich nun bereits darauf verständigt, dass ein Team besser wäre als Einzelkämpfer. Allein schon wegen der unterschiedlichen Standpunkte und Perspektiven, die jeder Einzelne einzubringen vermag. Auch Helmut war deswegen von ihr zur Mithilfe angesprochen worden. Die Reporterin begann zu spüren, dass sie ein Team zu schaffen imstande war. Genau diese Aufgabe sollte ihr für das geplante Magazin noch bevorstehen. So bringt das Schicksal manchmal per Zufall den Test vor dem Ernst.

Musketiere

Suzette traf sich wie üblich in jeder Woche mit den Zwillingen, die ihr die Wünsche an Martin im Zusammenhang mit ihrer Reportage über die Justiz und der Recherche zum Justizrebellen weiterleiteten. Sie waren die begehrtesten Babysitterinnen der Stadt, weil sie mit allen Kindern ihren Spaß hatten, wenngleich manche Mütter sie nie wieder buchten, da ihr Nachwuchs danach leicht verdorben schien und das Pärchen Cora und Vera allen weiteren Helferinnen als Benchmark entgegenhielten.

„Wer gehört zu diesem Team?"

„Rita kennst Du ja schon länger, Harry erhielt gute Kritiken von Gigi und Helmut wäre jede Sünde wert, hätte nicht schon die Reporterin ihre Hand auf ihn gelegt. Außerdem wissen wir, dass Martin für Herwig schon früher ein Faible bewiesen hat. Jetzt soll er nur allen helfen, den Justizrebellen zu unterstützen. Das sollte ihm gelegen kommen."

„Nun, ich bin sicher, das wird Martin sogar Spaß machen. Er selbst darf ja in seiner exponierten Stellung in der Bank nicht mehr offiziell aufscheinen. Sein Herz ist beim Rebellen, da bin ich mir fast sicher. Sie hatten selbst schon früher Pläne geschmiedet, dann kam die Justiz mit den Richterlügen dazwischen, verschleppte Herwig zuerst nach Stein und dann in die Karlau nach Graz."

„Okay. Wir bringen das Trio zusammen. Willst Du Rita wiedersehen?"

„Gerne. Wir Mädel sollten uns ebenfalls als Quartett vereinen, damit wie ein Gegengewicht zu den Jungs bilden können. Schließlich sind die Vier ja nicht gerade hässlich!"

Auf diese Weise wurde gleichzeitig auch das Mädels-Treffen des Quartetts initiiert. Die bisherigen Kontaktpartner Herwigs - direkt und indirekt - tauschten ihre Erkenntnisse aus und stellten Gemeinsamkeiten fest. Martin war bereit, Helmut und Rita zu helfen und Harry in die Informationskette einzubauen, die er früher zu schaffen geholfen hatte. Er kopierte alle seine Unterlagen und ließ den Justizrebellen informieren, dass man versuchen wolle, ihn zu kontaktieren.

Interview mit dem Justizrebellen

Der letzte Tag dämmerte dahin. Friedlich schien das alte Jahr zu entschlafen, wenn auch die Böller zeitweise die Stille durchbrachen. Einige verfrühte Raketen streuten ihr Glitzern durch die Winternacht. Im Radio interpretierte eine Jazzband ihr Lieblingslied. Etwas melancholisch spürte sie fast körperlich, wie ihre kupferne Kanne Nachschub anbot. Der türkische Kaffee, den sie zubereitet hatte, lächelte verführerisch aus der Mokkatasse. Das Earl-Grey-Aroma füllte den Raum mit dem beruhigenden Duft der Bergamotte-Birne, mit einem Hauch von Kardamom.

Der Türkentrank kochte fast, schien noch untrinkbar, obgleich die Regel lautet: ‚Schwarz wie die Seele, heiß wie die Hölle und süß wie die Frauen des Harems.‘ Perfekte Welt für eine Odaliske, eine Geisha, eine der Schönen aus dem Serail. Was nützt das einer schlanken, ranken und sportlichen jungen Frau, die normalerweise selbstbewusst durchs Leben schreitet? Warum stimmte diese Umgebung sie heute so nachdenklich?

Weil sie allein war und fast alle anderen sich auf diverse Partys vertschüsst hatten? Nein, sie hasste diese nichtssagenden Bussi-Bussi-Treffen wie die Pest. Zuviel Alkohol, seichte Gespräche ohne Hirnbeteiligung. Angeschickerte, wohin das Auge reicht, die sich stundenlang über Fragen den Kopf zerbrechen, ob dieser oder jene zu jemand anderem passen würde oder eine Beziehung gerade eine Trennung durchmachte.

Die Musik schien lauter geworden zu sein. Eine Interpretin versuchte sich an der Version der Animals der Folk-Ballade: ‚The House of the Rising Sun‘, dem gebräuchlichen Euphemismus für Bordell. Das passte zu ihren Gedankenspielen. Die Stimme war gut, ein fast schwarzes Timbre schlug durch. Eines hatte diese letzte Nacht des Jahres, die Musik war beschwingt und sie verlor sich in den alten Weisen, träumte vor sich hin.

Es wäre doch nett, sich einmal wieder zu verlieben. In einen netten jungen Mann, der sie vergöttern würde. Jedenfalls eine Zeitlang, bis er oder sie sich gegenseitig anöden würden, wie es immer so geschah, wenn der Herr der Welt erkannte, dass sie derzeit weder Familie noch Kinder wollte. Nicht vorher, bevor sie etwas gelebt haben würde. So sehr sie die Kinder ihrer Freundin liebte, selbst wollte sie erst prüfen, wie der Seegang im Beruf sich weiter entwickeln würde. Sturm oder doch kabbelige Se, denn überraschende leichte Brisen im Kalmengürtel oder den Rossbreiten des Lebens waren ihr zuwider. Alles planbar, alles öde, nichts Aufregendes, das sie aus dem tumben Trott reißen könnte. Oder doch? Es war dieses Thema, das sie fesselte. Standen nicht viele Frauen unerklärlicherweise auf die bösen Jungs? Mit denen eine Frau ein Wechselbad der Gefühle, heftige Emotionen erwarten dürfe. War es das?

Tief im Herzen spürte sie, dass nichts davon zutraf. Da kämpfte ein Mann, ein entrechteter Vater um Gerechtigkeit gegen eine verlogene Justiz und absehbar hoffnungslos vergeblich. Wie konnte er sich gegen ein System richten, glauben, dass er was erreichen könnte? Irgendwie hatte sie so das unbestimmte Gefühl, dass mehr hinter all dem steckte, was sie so leichtfertig abtat. Etwas war an diesem Fall, das sich eigenartig anfühlte. Direkt spüren konnte man, dass das System ein Problem damit und mit dieses Herren Wunsch hatte, ein Papa sein zu dürfen, das nicht logisch schien. Eigentlich hätte der Justizrebell schon längst entsorgt sein müssen. Normalerweise gelingt den Richtern das ohne weiteres Aufsehen.

Noch einmal betrachtete sie ihre Notizen vom Interview. Er hatte zuerst nicht viel gesagt, denn als er merkte, dass sie seine Schriftsätze gelesen hatte, war er in die Offensive gegangen und hatte lapidar gefragt:

„Was haben Sie mit diesem Wissen vor zu tun?"

Sprachlos hatte sie ihn angestarrt. „Warum fragen Sie das", kam mühsam über ihre Lippen.

„Weil Sie mir den Eindruck vermitteln, Sie würden gerne und dürfen nicht."

Wieder war die Erwiderung absolut treffend und klar auf den Punkt gebracht. Sie wusste wirklich nicht, wie sie das Interview weiter führen sollte. So beendete sie diesen Termin, nicht ohne um die Chance zu bitten, ein weiteres Gespräch führen zu können, später.

„Ich bin noch etwas länger hier." Ein Lächeln zog über seine Wangen. „Jedoch bitte nicht nachmittags, denn da hab' ich meine Genusstermine."

„Welche?"

„Schach, den Workshop zu ‚Kreativ Schreiben', Fußball."

Überrascht sah sie ihm in die hellblauen Augen. „Fußball?"

„Natürlich, ein Laster seit meiner Kindheit."

„Sie sind doch schon ..."

„Über sechzig, ja. Was heißt das schon? Sie wissen doch, auch die alten Geigen spielen am schönsten, denken sie nur an Amati oder Stradivari."

„Doch die werden bespielt und Fußball ist ein Aktivsport."

„Ach, die jungen Insassen haben doch meist weder Kondition noch Spielverständnis, meistens jedenfalls. Da helfen Routine und Technik gegen jugendlichen Ungestüm und puren Willen."

„Was spielen Sie?"

„Meist die Rolle des Libero, obwohl diese Spielvariante bei den Dreier- und Viererketten heute kaum noch bekannt ist. Das wissen die Gegner nicht. Außerdem sind die meisten Gegner taktische Laien und ich spiele öfter den speziellen Manndecker ihres Spielmachers. Das verwirrt die meisten, denn mit aktivem, dynamischem Pressing können sie normalerweise nicht umgehen. Ohne ihren wichtigsten Ballverteiler spielen die Gegner dann sehr chaotisch und damit oft ungefährlich."

„Scheint, Sie haben viel Spaß, aber riskieren Sie da nicht viel, besteht nicht eine hohe Verletzungsgefahr?"

„Wofür soll ich mich schonen? Bald wird alles nur mehr eine positive Erinnerung sein, wenn das Alter fortschreitet. Ich nehme diese Freude in meine Pensionszeit mit. Andere sind schon mit vierzig jenseits von allem. Wer möchte das schon?"

„Schießen Sie auch Tore?" Keck lachte sie ihn an.

„Zweimal an den Pfosten. Als Verteidiger gelang mir auch ein peinliches Eigentor. Das kratzte an meinem Stolz, zugegeben", schmunzelte er zurück.

Damit hatte er sie vollends verwirrt. Wer war diese Person, was trieb ihn an, welche Überraschungen hatte er noch in seinem Köcher?

„Viel Spaß und viele Tore" wünschte sie beim Abschied, als er ihr die Hand reichte. Ein fester Händedruck signalisierte ihr, dass es gut gewesen war, ihre eigene Sportlervergangenheit nicht zu erwähnen. Sie wollte zuvor eine eventuelle seine recherchieren. Der Mann gab ihr immer mehr an Rätseln auf. Ein eigenartiger Verbrecher, oder war es gar keiner? Diese Frage ließ sich nicht so schnell entscheiden.

Zuhause fieberte sie fast dem Ergebnis entgegen. Lange fand sie nichts. Im Google fand sie sehr viele Links, bis sie ernsthaft begann, detaillierte Stichwörter zu benutzen, nach Sportaspekten zu forschen. Da fand sie im Web Schwaz und in den Sportvereinen einen Hinweis, stöberte weiter und kaum fünf Minuten später hatte sie ihren Treffer. Sogar mit einem Foto aus längst vergangenen Zeiten, aus 1976. Da war ihre eigene Mutter noch nicht einmal schwanger gewesen, hatte ihren Vater noch nicht gekannt, war nicht einmal volljährig gewesen.

Er war der Kleinste der Staffel, der eindeutig auch sein Bruder angehört hatte. Ihre Ähnlichkeit überzeugte. Weiter stöberte sie und klickte sich durch die Website des Vereins zu den Bestenlisten. Jetzt war sie echt neugierig. Sie fand eine Lücke zwischen den Jahren ab etwa 1972 bis 76. Da war er vermutlich für einen anderen Verein gestartet. Jetzt erwachte der journalistische Ehrgeiz und sie durchforschte ihr Gedächtnis, bis sie auf den Namen eines Kollegen der Sportredaktion stieß, der alt genug gewesen sein konnte, um gegebenenfalls Auskunft geben zu können.

Volltreffer!

„Selbstverständlich kenn' ich den", grinste dieser bei einem Kaffee aus ihrer privaten Nespresso-Maschine, mit der sie ihre Besucher verwöhnte, wenn sie etwas von ihnen brauchte. „Allerdings nur zufällig, weil er dieselbe Disziplin liebte und weit besser war. Sonst hätte er mich nie interessiert, denn man schaut nur auf jene in den Rängen vor sich selbst, niemals auf andere als potentielle Gegner hinter sich. Eine alte Gewohnheit, die Dir jeder bestätigen wird. Er war zu weit vorn mit seinen Leistungen, das hatte mir imponiert. Nur im Vergleich mit sich selbst lässt sich das für einen Sportler bewerten. Er war zu Zeiten aktiv, als diese Sportart noch ziemlich stiefmütterlich behandelt worden war, ein unscheinbares Dasein führte. Jetzt kommt die Überraschung: Mit seinen damaligen Bestleistungen würde er heute noch jedes Jahr in allen Altersgruppen, von der Jugend bis zur allgemeinen Klasse unter den ersten zehn rangieren. Dies ohne jede Förderung, ohne die Möglichkeiten, die heute den Athleten zur Verfügung stehen. Autodidakt trainierte er nach eigenen Vorstellungen, das weiß ich noch. Ein Amateur reinsten Wassers, wie es heute nirgends mehr welche gibt."

„Was weißt Du noch?"

„Er war bekannt, weil er niemals unterschätzt werden durfte. Er wurde meines Wissens nie von etwa gleichstarken Gegnern geschlagen, seine Taktik war immer großartig auf den aktuellen Bewerb und seine Widersacher ausgerichtet. Damit war er gefährlich für alle, die zwar auf dem Papier besser, doch nicht gerade in bester Tagesform schienen. Ein Kämpfer bis aufs Blut, der seinen ‚toten Punkt' fast mühelos überwand. Ich selbst habe ihn ein paar Mal beobachtet, einmal dabei, wie er sich gegen einen späteren Europameister und Olympioniken als direkten Gegner im Staffelbewerb hielt. Warum interessiert Dich das eigentlich?"

„Vorbereitende Recherche. Bitte frag' nicht weiter, ich möchte nichts verlauten lassen, bevor ich ihn interviewt habe." Rita dankte dem Kollegen und versprach, ihm vom Bäcker etwas mitzubringen, da er selbst nicht weg konnte, während sie nicht ans Büro gebunden war. Ein derartiges Schleckermäulchen war leicht zu befriedigen.

„Sie interessieren sich für meine Vergangenheit?" Er wirkte erstaunt. „Wen wollen sie wovon überzeugen?" Punktgenau traf diese Frage ihren wunden Punkt.

„Meinen Chef, wen sonst? Ich habe eine Story. Er weiß noch nichts davon und ich fürchte, er will sie nicht kaufen, da sie nicht genau passt. Jedenfalls nicht in sein bisheriges Weltbild. Aber er ist ein Vollblut-Reporter, viel mehr, er war es. Deshalb sehe ich eine Chance, wenn er Blut riecht. Sonst wäre meine Arbeit umsonst geblieben."

„Vergeblich vielleicht, umsonst ist nicht einmal der Tod." Schmunzelnd betrachtete er sein Gegenüber, die junge Dame in ihrem streng geschnittenen grauen Business-Kostüm. Perfekter Nadelstreif', dachte er, ‚also auf dem Weg nach oben'.

‚Warum fasziniert mich diese Geschichte', dachte sie und wusste in ihrem Innersten bereits die verblüffende Antwort. Es wirkte alles so mysteriös, obwohl alles so real schien, eigentlich so unwirklich wirklich. Unfassbar, in einem Rechtsstaat, in 2014.

„Vielleicht wäre ich ein weit besserer Fußballer geworden", lächelte er sie an, „denn selbst in meinen besten Wettkampfzeiten spielte ich heimlich in einer anderen Liga, mit einem geliehenen Pass, im Reserveteam in einer Landesliga. Wenn man mal meinen Schädel öffnet, wird der Pathologe nur einen Schaltkreis dort finden, auf dem lapidar ein Wort, Fußball, steht. Verdrahtet wie ein EPROM in einem vorsintflutlichen Computer."

„Was bieten Sie sonst noch an Überraschungen? Raus damit, Geständnisse!" Rita war wieder einmal in ihrem Element; keck und rotzfrech lachte sie ihn an.

„Oh, ich mag junge Frauen, wenn sie schlank, sportlich, klug sind und eine sanguinische Ader besitzen."

„Das ist nichts Besonderes!" Sie ärgerte sich, denn die Antwort passte zur ungeschickten Frage. „Ihre Geschichte im Web spricht von anderen Qualitäten", provozierte sie ihn.

„Mag sein. Wer hat das alles hineingestellt?"

„Sie selbst, sagt das Forum Genderwahn, auch noch auf dem Nachfolger, www.Justiz-Debakel.com findet man solche Informationen. Also sollte Vieles davon stimmen? Wie lautet die Wahrheit."

„Das herauszufinden überlasse ich jedem Leser selbst. Ich geh' meinen Weg ohne Rücksicht auf andere. Damit hab' ich schon lange aufgehört. Am Ende beider Arme findest du alles, was die jemals helfen wird. Zusätzliches wird gerne genommen, aber besser, man rechnet nie damit, sonst hat man sich meist verrechnet."

‚Die Augen sprechen den Rest. Jeder könnte es lesen', schoss ihr in den Kopf. ‚Was reizte Sie an diesem Menschen, der sie offenbar nie kalt ließ'? Sie konnte es nicht einordnen. „Ich besitze Unterlagen, die von Ihnen verfasst wurden", begann sie.

Er winkte ab: „Davon will ich gar nichts wissen. Zuviel Wissen ist gefährlich. Manchmal verplappert man sich, ohne es zu ahnen. Nichtwissen schützt davor total und das finde ich gut so. Haben Sie noch weitere Fragen?"

„Heute nicht. Ich darf doch wiederkommen, wenn meine Recherchen das erfordern?"

„Selbstverständlich, viel Spaß mit Ihrem Projekt!"

Nun fühlte sie sich wieder einmal unsicher. Was wusste dieser Mann? Achselzuckend verabschiedete sie sich und schlenderte durch das Besucherzentrum, vorbei an Uniformierten, auf den Parkplatz und resümierte das Gespräch, im Wissen, dass ihr etwas entgangen sein musste. Nur: Was?

Erkenntnisse

Rita traf sich mit Harry, Martin und Helmut im Büro und sie tauschten ihre neuesten Ergebnisse aus. Das Ekel amüsiere sich über das Interview und die Entwürfe, die sich angeblich in ihrer Post befunden hatten, mit einem ihr unbekannten Absender aus einem anderen Land. Beide begannen, das Ganze zu sortieren. Es fanden sich literarische Ergüsse, eigentlich ausformulierte Skizzen von Short Stories, gemischt mit offenkundigen Akteninhalten, die Schriftsätze darstellten. Besonders jene hatten es ihnen angetan, da sie ihr Bild von diesem Typen vervollständigten. Auch die anderen Texte klangen interessant und vermittelten weitere Erkenntnisse über die Persönlichkeit ihres Opfers.

ORF Wien – Rechtsabteilung
c/o: Dres. Fischer-See & Feichtenschlager
Würzburgg. 30, 1136 Wien

Vorangestellt wird:

Es mag ja schon Fasching sein, der 11.11. um 11:11 Uhr ist doch schon vorbei, wenn auch der Karneval noch vor uns steht. Doch sehe ich es als eher schlechten Scherz an, mir auf meine Schreiben (zuletzt vom 29.11.14) mit der Zumutung vom 6.10. zu antworten und die juristische Unkenntnis der beiden anderen Opfer bei verständigen Lesern der Gesetze, so auch mir gegenüber ausnutzen zu wollen.

Ihre Handlung ist vergleichbar mit der eines Räubers im Juwelierladen, der statt sich des Raubes zu verantworten, die zertrümmerte Scheibe um 1.000,-- Euro dem Richter bezahlen wollte, statt etwa 6-8 Jahre in den Kerker zu gehen. Es war ein netter Versuch, doch zwecklos und entlarvend.

Höchst vorsorglich erwarte ich Ihre Antwort bis zum 31.1.15. Als mündiger und verantwortungsvoller Staatsbürger fühle ich mich bemüßigt zu helfen, dass Ihre Bilanz den drohenden Schaden durch eine Rückstellung iSd GoB auch korrekt aufzeige, wie ein sorgsamer Kaufmann sich nach ständiger Rechtsprechung ja immer nach dem strengen Höchstwertprinzip bei (auch Eventual-)Verbindlichkeiten darzustellen hat. Hat doch auch Vorteile, oder? Schließlich wären nach gängiger Bilanzierungs-Praxis zusätzlich auch die vollen Erstellungskosten der Rechtfertigungssendung mit den Anwaltskosten anzusetzen.

Zu meiner Forderung an Schadenersatz

Da Sie meine Briefe einfach nicht zu lesen scheinen, fordere ich hiermit, wie bereits handschriftlich an Sie dargelegt, zur Bereinigung im Vergleich:

- Euro 50.000,-- netto (in Worten: fünfzigtausend), als Wiedergutmachung des entstandenen Imageschadens, sowie
- eine Live-Darstellung meiner Sicht auf die Maßnahme, die Sie ja filmen mussten,
- um dieselbe Sendezeit, (gegebenenfalls auch als vorgedrehte, genehmigte ‚Konserve') oder
- alternativ eine Live-Diskussion mit BMJ Dr. Wolfgang Brandstetter über die Maßnahme,
  - o was beides auch einer objektiven Berichterstattung über den real gehandhabten Strafvollzug in ‚good old Fritzl-Austria' und dessen ‚Feinheiten' zugutekommen würde.

Da Sie ja als ORF im Gegensatz zu beispielsweise ‚Der Standard' bis dato weiter ihre gewohnte Haus- und Hofberichterstattung im Sinne der Regierung und der Justiz favorisieren, reicht mir und dem interessierten Wahlvolk 2015 eine bloße Entgegnung nicht aus.

Unbestreitbare Fakten

Inzwischen wogen die Wellen in der Öffentlichkeit zu den realen Methoden im Strafvollzug und der ORF feiert weiter den Justizminister in lobhudelnder Verherrlichung seines praktischen Versagens.
Der ORF filmte mich (nebst drei anderen Insassen) am 11.7.2014, dies iZm dem Filmen zu Unterbringung und Strafhaft in der Karlau für rechtfertigende Wortspenden des Anstaltsleiters zu dort angeblich nicht vorhandenen gravierenden Missständen und stellte unsere Bilder unverpixelt und ungeschützt in den Tagesschau-Bericht.

Der ORF bestreitet diesen Fehler bis dato NICHT, bezahlte den Herren Martin N*** und Klaus S*** bereits in einer „erfolgreichen" außergerichtlichen Einigung je 1.000,-- (in Worten: eintausend) Euro für allfällige Forderungen iSd UrhG.
Dies auch wegen der Tatsache, dass neben mehreren Insassen der Anstaltsleiter Dr. Josef Mock als Zeuge des Vergehens genannt wurde, dieser nebst CI Rothschedl das Filmen von Insassen ausdrücklich verboten haben will, wie beide Anstalts-Verantwortlichen ausdrücklich bereit sind, ihr Zeugnis vor Handels- und Strafgericht zu legen.
Die vorsätzliche Verletzung auch des MedienG (§ 6 etc.) ist von Mag. Herwig Baumgartner als Antragsdelikt strafrechtlich anhängig gemacht worden und steht 2015 vor einer ersten Tagsatzung. Laut der Österreichischen Richterzeitung, Heft

10/11, Entscheidung des OGH (vgl. EÜ171 zu § 77 UrhG iVm § 7 Abs. 1 Medien-G, siehe. RS0126874) darf mein höchstpersönlicher Lebensbereich wie mein Foto nicht verletzt werden, mein Bild nur ausnahmsweise und mit meiner ausdrücklichen Zustimmung der Öffentlichkeit zugänglich gemacht werden.

Ein höhergradiges Veröffentlichungs-Interesse wurde vom ORF nicht einmal behauptet und die freiwillige Schadensersatz-Zahlung an beide Mitgefangenen würde ein derartiges Vorbringen konterkarieren. Meine Rechte iSd §§ 78 bzw. 81 ff UrhG in 57 Nc 1/14h wurden somit vorsätzlich verletzt.

Meine Rechte iSd UrhG (§§ 77 ff) sind iSd einer etwaigen freiwilligen wirtschaftlichen Veräußerung zu bewerten und liegt dieser Bewertung keine gesetzliche Norm zugrunde, unterliegt also allein der freien Vereinbarung. Dass ich bis dato von Ihnen nur Belangloses mit Spaßfaktor las, verwundert mich iZm den oberstgerichtlichen und zitierten straf- und medienrechtlichen Aspekten und dem anhängigen Antragsverfahren. Daher habe ich mit für Ihr etwaiges und sinnhaftes Angebot eine Rückantwort Ihrerseits bis zum 31.1.15 vorgemerkt.

Mit den besten Grüßen für 2015!

P.S.: Ich besitze keinen Fernseher und PC oder Printer in meiner Zelle, um etwas aufzunehmen.

Federschmuck

Wieder war eine systemkritische Zeitschrift von den Machthabern eingestellt worden. In Zeiten der wählerverachtenden Kleptokratie des Establishments im Staate Lipizzanien wurden wahre Worte nicht als schön doch schöne Worte als wahr behauptet. Die Angst vor dem veritablen Bihänder, der Feder, wuchs sich in den letzten Monaten bis zu einer Angststörung der Regierenden aus, was seit den Tagen eines Georg Büchner lange nicht mehr vorgekommen war.

„Warum", klagten diverse sich betroffen fühlende Nebenfiguren „lässt unserer Führung zu, dass über unsere Interessen gesprochen, über unserer Taten geschrieben wird?"

Die Redaktion des kritisierten Magazins entgegnete, dass nur Wahrheiten und von anderen Medien übernommene Inhalte weiter gegeben und kommentiert würden.

„Genau das hassen die Entlarvten. Ist es der Sinn eines Mediums, sich lobhudelnd als devoter Beobachter zu gerieren, hündisch wie völkisch? Welches Jahrhundert haben wir heute?"

„Wenn der Staat es nicht mehr verträgt, dass seine Kleptokratie aufgedeckt, seine korrupten Organe entlarvt werden, was unterscheidet uns dann von einer Diktatur? Gilt nicht die alte Weisheit: Wenn die Diktatur eine Tatsache ist, wird Revolution eine Pflicht!" Der empörte Leser Otto Normalverbraucher setzt fort:

„Die Täter und ihre Kumpane stehlen unser Steuergeld und missbrauchen es, um ihre eigenen Verbrechen zu vertuschen. Was glaubt diese Regierung eigentlich? Wird sie, wie einst jene Koalition in Austria durch den Kanal ins Parlament kriechen, weil das Volk auf der Straße stand, das Gesindel anzufangen?"

„Wir müssen für unsere Leser das Richtige verbreiten. An einer derartigen Berichterstattung sind wir nicht interessiert" meldete ein hochrangiger Vertreter Lipizzaniens in Staats-Rundfunk und -Fernsehen, die inzwischen graduell ansteigend die Qualität des nordkoreanischen Vorbildes angenommen hatten.

Dagegen protestierte ein jüngerer Mann mit einem Buch in der Hand, das seine ‚Blickpunkte' darlegte, vor der Kamera. Wie einst ein Häuptling der Indianer im Federschmuck stand er vor einer ihrer Zentralen, einem der Ableger der Lubjanka in Absurdistan. Das konnten die Regierenden nicht vertragen. Der fette Justizminister ließ sich zitieren, er werde einen Ausschuss einsetzen.

Natürlich: Nur ein Ausschuss wie diese Täter sollte sich über ihre eigene Dummheit ausleben dürfen, erkennen, was sie falsch gemacht hatten, da die Wahrheit ans Licht gekommen war, um in Zukunft zu verhindern, dass unbequeme, nicht weiter zügelbare Medien nahezu wöchentlich - am Thema klebend - weitere Schweinereine aufzeigen. Dies in Großaufmachung!

„Federn haben sie, die Täter, denn es gibt weiterhin - nach den Nürnberger Verfahren eindeutig - keinen Rechtfertigungstatbestand des Befehlsnotstandes beim Foltern von Wehrlosen." So urteilte ein internationales Gremium, das sich selbstverständlich in der Regel aus Spenden von Bürgern befreundeter Staaten finanziert, somit nur äußerst verhalten Kritik übt und nur im Zwiegespräch mit den Ministern eines Landes manchmal Tacheles spricht.

Was passiert also mit den Federhaltern, die sich verarscht fühlen, weil deren sorgsame Arbeit von Monaten durch Privatinteressen einer fragwürdigen Gruppe eigentlich System-Außenstehender, nämlich Psychos mit Artverwandten, zerstört und die Interessen von Steuergeld-Verantwortlichen bevorzugt behandelt werden? Wem solle das zugutekommen? Kann es mit gewerkschaftlichen Fragestellungen zusammenhängen, dass Politik vor Recht im Justizministerium gelten solle, in einer Justiz, welche die frühere Sesselkleberin im Ministerrang als die ‚Visitenkarte des Staates' bezeichnet hatte? Bei ihrem Debutauftritt im Hohen Haus der realen Kleingeister.

Glauben die Subalternen in Behörden und Institutionen, die ihren Job der Darmwandakrobatik verdanken, dass ihre jederzeit ersetzbare Anwesenheit wichtig sei? Während das Geld langsam ausgeht und die pragmatisierten Beamten nur mehr Kurzarbeit leisten dürfen, um die Pleite des Staates zu vertuschen?

Lipizzanien ist anders!

Das Bundesland Absurdistan hat ein Schwesterlein bekommen.

Beide Teilgebiete wurden juristische Feuchtgebiete. Sümpfe, die trocken zu legen sein werden.

Aufgrund der Werke mit der Feder, dem wahren Schwert der Demokratie!

All das sammelte sich zwischen ihnen auf dem Schreibtisch. Sie grinsten sich an.

Rita seufzte: „Das sieht mir so aus, als wären abgesandte Schriftsätze an Behörden mit Vorarbeiten zu neuen Artikeln gemischt, die teilweise aus ziemlich fertigen Kurzgeschichtentwürfen stammen.

„Du wirst Dich daran gewöhnen müssen, dass Du keine fertigen Dokumente über diesen Weg erhalten wirst." Harry war überhaupt nicht beunruhigt. „Hauptsache, es kommt auf irgendeinen Weg zu Dir, egal in welchem Status. Die Kassiber sind auch heutzutage nicht so einfach zu versenden."

„Also sortieren wir aus, was uns interessiert?" Sie zweifelte noch immer etwas.

„Natürlich. Die Texte haben Pfiff und die Fußnoten zeigen, dass jedes einzelne Statement auf juristisch profunder Basis erfolgt. In unserem Text können wir darauf verzichten, denn unser Leser nimmt uns ab, dass wir das vor dem Druck sorgfältig recherchiert und geprüft haben. Das Bild rundet sich doch?"

„Ich bin immer mehr begeistert, dass wir exklusiv an einer Sache dran sind, die sich gewaschen hat. es sieht so aus, als stünde bald eine Anklage gegen ihn bevor und dieses Schauspiel am Gericht möchte ich mir nicht entgehen lassen. Staatsbürgerschaftskunde, live vorgetragen und coram publico gemanagt durch einen Robenträger, einen Vertreter der lebendigen Demokratie in einem Rechtsstaat. Das wird ein Fiasko für die Behörde, würde ich behaupten." Rita grinste.

„Woraus schließt Du das?"

„Weil ich ihn inzwischen gesprochen habe und seine Persönlichkeit etwas einzuschätzen versuchte. Er lässt sich von nichts und niemanden beeinflussen und argumentiert scharf und knapp, etwas, das den Zeugen und Schöffen sicher Probleme bereiten wird. Kein Pardon für etwaiges Geschwafel, immer hart am Wind, das mag kein Richter, der sich vor dem Volk produzieren will, wenn er schon mal Zuhörer hat. Ich habe gehört, dass sich im Zeugenstand eine Anzahl delikater Typen die Hand geben werden, nahezu die gesamten Kapazunder der Justiz bis zum Minister. Er machte mir nicht den Eindruck, dass ihn das besonderes berühren würde, vielmehr freut er sich darauf, diese fachlich zu zerlegen. Da beweisen auch seine Schriftsätze."

„Na prost, wird ja lustig!" Harry war begeistert. „Wir müssen jetzt Dr. Haber das Ganze verkaufen. Ich glaube, wir haben genug, um eine positive Entscheidung zu forcieren. Hast Du schon einen Termin?

„Anfang Januar, sieh auf Deinen elektronischen Kalender und bestätige ehebaldigst, wenn Du wieder online bist. Wir sollten uns nur vorher über unsere Vorgehensweise einigen und die Rollen und Themen aufteilen. Schließlich sind wir meilenweit vom ursprünglichen Auftrag entfernt, haben dafür eine mögliche Zeit-bombe im Portefeuille. Das kann ihn als Reporter nicht kalt lassen."

„Dein Wort in Habers Ohr! Fürchtest Du keine Interventionen aus der Justiz oder Politik?"

„Nein, denn wer sollte wissen, welches Material wir wirklich haben? Und im Zweifelsfall schlägt eine gute Headline jedes bedrückte Gewissen. So schilderte er mir einst sein Motto. Mach ein paar Folien mit den Stichwörtern, dass wir organi-siert vortragen und nicht länger als maximal 20 Minuten brauchen. Besser wären zehn ohne seinen Zwischenruf. Dann haben wir ihn abgeholt und können ihn auf unseren Pfad führen. Ein geborener Schweißhund wie er lässt solche Beute nicht wieder entkommen."

„Was wollen wir als Ergebnis der Sitzung erreichen?" Harry dachte laut nach und formulierte: „Den Auftrag zur Exklusivreportage. Hintergrundrecherche und eine Serie mit mindestens drei Folgen, bevor die Klage vor Gericht verhandelt wird. Die Situation in der Vollzugsanstalt. Die Problematik der Sachverständigen-Kontrolle und die Ist-Situation des kämpfenden Opfers. Damit sind wir offen für alle Entwicklungen, denn es bleibt uns überlassen, in welchen Häppchen wir die Leser füttern, um sie neugierig zu halten. Alle drei Themen eignen sich zum Wei-terverkauf, sogar ins Ausland, wenn wir an diese Mollath-Geschichte in Bayern denken, ebenso bietet sie eine Themenstellung für eine Bild-Reportage."

„Du hast mich jetzt rechts überholt. Daran habe ich noch keinen Gedanken verschwendet. Glaubst Du das wirklich?"

„Wer nicht wagt, nicht gewinnt. Immer in die Vollen treten, Schätzchen, sonst wirst Du nie wirklich ein erfolgreicher Reporter."

„Also auch voll in die Kuhfladen, wenn's schiefgeht?" Rita blickte skeptisch.

„Natürlich, jeder erwartet das von Dir in diesem Beruf. Wer sich mit dem Ver-meiden von Niederlagen beschäftigt, ist im Feld verloren. Dafür, zum Bedenken-tragen, da gibt es genügend Fachleute, der sich im Haus damit verlustrieren. Der Chefredakteur hat den Schwarzen Peter, aber gleichzeitig auch allein den Erfolgs-joker, wenn er mit seiner Einschätzung richtig liegt und einen Treffer landet. Lass' ihn seine Arbeit machen und schau, dass unser Beitrag durchgeht."

„Gut. Dann bis zum Tag vor dem Termin als Generalprobe. Bestätige mir auch den, bitte."

„Kommt umgehend, denn ich habe mir alle Zeit reserviert, dass niemand mei-nen Kalender vollmüllt.

Außerdem habe ich noch eine Kopie erhalten, die noch sehr frisch scheint. Der Justizrebell hat offenbar mit seinen Versen einige deutsche Literaturprofessoren überzeugt und einen der Preise gewonnen, wenn auch nicht gerade den Ingeborg-Bachmann-Preis. Sieh her!"

„Wie wär's mit einem Kaffee dabei?"

Martin erhielt sofort Zustimmung zu seinem Vorschlag.

„Gehen wir", tönte es durch das Büro. Dort angekommen, schnappte sich Martin den Text und las vor:

„Herwig Baumgartner: Der 1952 geborene Tiroler ist Unternehmer, Akademiker und Mensa-Mitglied. Er gilt in Österreich unter den entrechteten Scheidungs-Vätern als Bürgerrechtler, als ‚Justizrebell', der sich für die Rechte von Scheidungskindern einsetzt. Er selbst sieht aufgrund richterlicher Willkür seine eigenen vier Kinder seit mehr als 13 Jahren nicht. Basierend auf einer ‚Diagnose aus der Ferne' durch eine österreichische ‚Stargutachterin', wurde er zum Maßnahmenvollzug verurteilt, ohne diese ‚sachverständige' Psychiaterin jemals zuvor gesehen zu haben. Richter und Behörden lieben seine Schriftsätze insbesondere auch ob deren ‚literarischen Qualität'.

Häf'npeter

Sieh mal an da steht er,
Ei, der Häf'npeter.
An den Oberarmen,
Sah er zum Erbarmen
Mager aus, wie immerdar,
Weil ein Junkie er doch war.

Nichts von all den netten Pillen
Seinen Appetit konnt' stillen,
Und der Anstaltspsychiater
Spielte mit bei dem Theater.

Heut ist Peter nur noch dürr,
Sein Gedankengang ist wirr,
denn die schöne Unterbringung
nach ‚21' bringt die Stimmung,
Sorgt für beste Todessehnsucht
Und die Hosengürtelflucht.

Am besten geht es dort im Keller,
Denn da hängt der Tropf noch schneller,
Weil kein Licht den Raum erhellt,
Denn das kostet zu viel Geld.
Auch die Stille hebt's Verlangen,
Bestens ist man aufgehangen.

Das Geschrei am nächsten Morgen
Macht dem Peter keine Sorgen,
Hat er doch mit diesem Dreh,
optimiert das Hausbudget.

Kostet doch so ein Abnormer
Doppelt viel, weshalb auch formt der
Anstaltsleiter mit Bedacht
Die Kellerzellen für die Nacht.

Sollte mal ein Menschenrechtler
Dies dort prüfen – welche Gelächter!
Alles wird zum Optimum,
Die Justiz meint: Sei es drum!

Wünscht in Austria doch jeder
Allen Knastlern ging's wie Peter.
Darum wird jetzt Schluss gemacht:
Nur der Knoten noch! Gut' Nacht!"

„Herrlich. Ein Literatur-Preis für das Gedicht, das nie den Weg in den Insider schaffen würde. Wie nett von den deutschen Professoren. Komm mit zum Automaten, das kann ich auch bei einem Kaffee lesen." Rita lachte aus voller Kehle, Harry und die anderen stimmten mit ein.

„Da gibt's noch was Reizendes zur Scheidungsrate" warf Helmut ein und deklamierte: „Der österreichische Justizminister Dr. Wolfgang Brandstetter ließ verlautbaren, dass wegen einer Lücke im Gesetz geplant sei, nun auch die Nötigung zum ehelichen Beischlaf wie die Vergewaltigung in der Ehe strafrechtlich zu ahnden, mit einem Strafrahmen von ein bis drei Jahren. Die Verletzung des Rechts auf die eigene sexuelle Integrität auch im Ehebett wäre bis dato straflos geblieben, von etwa 700 Anzeigen wegen Vergewaltigung durch den Gatten hätten nur knapp 100 vor dem Strafrichter mit Urteil geendet, was keine Abschreckungswirkung zeige."

Inzwischen hatte der Kaffeeduft auch einige andere koffeinsüchtige Mitarbeiter angelockt. Jene, die für einen Türkentrank ihre Großmutter verkaufen würden. Sie blickten interessiert auf die Gruppe. Harry entrüstete sich und argumentierte lautstark in der Teeküche: „Das ist der politische Start in die wahre, in eine ehrliche Eheprostitution. Wer mit seiner Frau schlafen will, sollte sich gefälligst eine Vollmacht geben lassen, eine Einverständniserklärung, zu unterschreiben vor dem Sexualakt. Am besten als Vordruck auf jedem Kondom für die Nachwuchsabstinenten sowie im gediegenen Scheckbuchformat auf dem Nachttisch, gleich neben den Kreditkarten. Schließlich läuft es ja meist darauf hinaus, wenn ein Paar von neuen Manolos, eine neue Handtasche oder Ähnliches volkswirtschafts-optimierend in ehelicher Konsonanz erschlafen werden sollen."

„Wie immer, ein Ekel in jeder Lebenslage. Gut, dass du nicht verheiratet bist." Die melangehäutige amerikanische Kollegin funkelte den bekennenden Junggesellen wütend an.

„Aber Chas, Du weißt doch wie es in den meisten Fällen schon nach ein paar Monaten nach der Hochzeit bei den Paaren zugeht. Da halten es die enttäuschten Damen wieder so, wie Dein voller Vorname aussagt, liebe Chastity, verehrte Keuschheit. Da wünsche ich mir doch ein Serail, das unsere arabische Haremsdame führt, unsere Djamila, übersetzt: Die Schöne. Da wird in den Frauengemächern noch darauf geachtet, dass der Mann geachtet und verwöhnt wird, zuhause die Hosen anhat."

Die rassige Libanesin flötete sanft: „Die devote Natur der Ehegattin wird in unserer Erziehung unterstützt, jedoch ist der Mann, wenn zuhause und ohne Hosen gefordert, viel besser lenkbar, was unsere Bedürfnisse betrifft. Einen feurigen Stier führt der kluge Bauer sicherheitshalber am Nasenring, beim Gatten setzt man den Ring eben etwas weiter unterhalb seiner Nase."

Schallendes Gelächter der Frauen verärgerte den berüchtigten Single.

Harry erregte sich weiter: „Genau deshalb gibt es bei den Moslems kaum Scheidungen, Die Frau verliert zu viel, wenn sie auf und davon geht. Sogar die Kinder, wobei es da schon je nach Staat gewisse Änderungen geben soll. Ich persönlich sehe diesen verrückten Scheidungszirkus in den westlichen Ländern als größte Gefahr für die Weiterentwicklung unserer Gesellschaft. Die Muslime machen es weit klüger, gebären mehr Kinder und daher werden sie uns kurz über lang einfach durch ihre Geburten-Übermacht erledigen. Und wir trachten danach, dass Flaute in unseren Betten herrscht und kein Nachwuchs entsteht, außer vielleicht durch Zufall nach entsprechend hohem Risikobonus in Cash für jeden ungeschützten Ehebeischlaf. Schließlich kommt das Wort Gatte von begatten, seiner einzig wesentliche Tätigkeit aus mentaler Sicht im Leben einer Frau. So wird die Ehe auch juristisch das, was sie praktisch schon längst geworden ist, eine Prostitutionsveranstaltung für Emanzen."

Chas erwiderte gereizt „Ihr seid doch immer noch nichts anderes als zurückgebliebene Neandertaler mit unkontrolliertem Testosteron-Überschuss. Auf Augenhöhe begegnet Ihr keiner Frau, weil ihr das gar nicht schafft, ihr auch in die Augen zu blicken. Nicht ohne Grund ist die entsprechende Missionarsstellung in den unzivilisierten Gegenden unbekannt gewesen, beiderseitig beliebt, weil den Machos in die Visage blicken zu müssen die letzte Chance verhindert, dabei an den englischen König zu denken und für das Vaterland neue Soldaten zu empfangen."

Das Brüllen der Kolleginnen in der Teeküche lockte auch Rita an. Sie beobachtete Harry, wie er sich weiter aufplusterte: „Seien wir doch mal ehrlich. Nicht allein die Männer wollen Nachwuchs, Ihr seid selbst am meisten dafür, sonst würdet Ihr ja nicht zu heiraten brauchen, weil die Gesellschaft immer noch ein Paar vorzieht. Vor allem auf der Karriereleiter hilft ein Singledasein nicht nach oben. Wer in finanzielle Nöten geraten würde, falls er sich sträubt, Firmenwünsche zu erfüllen, der unterlässt solche Widerstände im Handumdrehen. Dasselbe gilt für das Thema Scheidungskinder und Unterhalt. Bis heute gilt es als angebracht, zu heiraten, ein, zwei G'schrappen zu werfen und sich dann auf Kosten des Ehemannes faul auf die Haut zu legen. Danach den Rest des Lebens auf seine Kosten, finanziert durch den Unterhalt, zu verbringen."

„Es scheidet sich doch keine, die in und mit der Ehe zufrieden ist." Chas klang unversöhnlich.

„Selbstverständlich nicht, wenn sie nicht ihre Schuldlosigkeit zuvor feststellen ließ. Aber wir sprachen gerade eben über Kinder und die laufende Verringerung der Geburtenrate in den westlichen Industriestaaten. Das Ganze ist verfahren, obwohl es eine einfache Lösung gäbe."

„Lass hören!" Unisono riefen das nun die Frauen.

„Die Kinder gehören zur Frau, doch für jedes Kind wird ein altersgerechter und für alle gleich hoher Regelunterhalt vom Staat bezahlt. Der holt sich das Geld vom biologischen Vater in Prozent, berechnet aus dessen Einkommen, zurück. In der Höhe, in welcher der Unterhaltsverpflichtete es sich prozentuell leisten kann, hat er dazu beizutragen. Solchermaßen wird eine Umverteilung von oben nach unten in der Einkommenshierarchie schon ganz früh gestartet. Wer seinem Kind zusätzlich was zukommen lassen will, dem stehe es frei, Manolos zu finanzieren oder andere Wege zu den ersehnten Feuchtgebieten, zur Quelle der Freude zu finden."

„Klingt jedoch danach, als würden dann alle Proleten noch mehr werfen", warf Peter ein. „Nur der Mittelstand würde sich dem verweigern und die Reichen sowieso. Damit würden Kinder, zumindest die allermeisten, ganz früh schon lernen, dass es kaum einen gesellschaftlichen Unterschied in der Schule gäbe, außer bei der Grundintelligenz und im Lerneifer."

„Absolut richtig!" lobte Harry: „Der wahre Nutznießer eines Kindes ins auf lange Sicht allein der Staat und so könnte er noch früher die Kontrolle über die nächsten Generationen erlangen und zu mehr Kinder animieren, weil alle gleichgestellt sein würden. Wer zahlt, schafft an. Das ist dann der Staat, der sich von den Samenspendern nur teilweise refinanzieren, aber die Geldmittel konsequent verteilen kann."

„Somit wäre bei gleichem Unterhalt für alle jede Scheidung in Österreich nur mehr eine von derzeit etwa dreizehntausend pro Jahr und ohne Auswirkung auf das stetig tröpfelnde staatliche Kindereinkommen von Alleinverdienerinnen? Dazu fielen die etwa zehn Prozent an Eskalationsfällen bei der Scheidung und in Obsorge-Verfahren weg, in denen das frühere Paar um den gemeinsamen Nachwuchs Krieg führt." Djamila klang skeptisch.

„Wohl eher stattlich als staatlich" Peter warf unwirsch seinen Kommentar ein.

Harry beruhigte: „Längerfristig dennoch die beste Lösung. Jedes Kind erhält generell dieselben Chancen und dasselbe Einkommen, unabhängig von Geburtsland, Klasse oder anderen Elternaspekten. Es bedarf dann nur mehr der DNA-Analyse zur gesicherten Feststellung des biologischen Vaters und es ist dann nicht mehr egal, wer das ist, da dieser einkommenskonform zur Kasse gebeten wird. Die Frauen werden wieder das, was sie immer waren, Nachwuchsgaranten, mit oder ohne Beschützer."

„Zurück an den Herd, wie früher?" Chas klang verbittert.

„Wieso denn? Sie können mit ihrer Lebensplanung unbehindert weiterfahren, denn der Unterhalt ihrer Kinder ist gesichert. Ob eine arbeiten oder zuhause bleiben will, entscheidet sie selbst. Wer Manolos will, liegt halt öfter im Bett!" Harry führte seine Ideengang unbeirrt weiter. „Damit wird die Kurve der Scheidungsrate schon einmal anders gekrümmt. Ergänzend sollte man die Ehe ausnahmslos verbieten, dann kann sich jeder liieren, mit wem er gerade seine Lebensabschnittsplanung besetzt hat."

„Genial, ein Eheverbot als Initialzünder zur Auflösung der Scheidungsrate." Peter klang beeindruckt.

„Und die Rückkehr zur uralten Tradition, dass jede Frau nach ihrer freien Wahl jener befruchten darf, der ihr mehr zu bieten hat, egal, ob Liebe, Geld, Größe oder sonst etwas, auf das sie steht. Ehrlicher und vor allem sorgenfreier, denn heutzutage ist die Ehe ja nur mehr ein Geschäft für Vampire wie Anwälte und Psycho-Experten." Harry blickte siegesgewiss in die Runde.

„Fast hat sich dieses Modell schon etabliert." Rita kam ihm zu Hilfe. „In den letzten Jahren haben insbesondere die Ehescheidungsfolgen dasselbe gesellschaftliche Stadium erreicht, das Harry hier aufzeigte. Die Patchwork-Familie ist in, jeder schläft mit jedem, doch die Kinder bleiben übrig. Ohne Bezug zu einem Mann als Vorbild. Echte Kerle gibt es kaum noch und die Klagen darüber häufen sich immens." Herausfordernd blickte sie Chas an, die sich innerlich zu winden schien.

„Ich will nicht so leben, wofür haben wir die jahrhundertelange Zivilisation dann gebraucht?" Nina begehrte auf, die ihre resolutes Näschen reckte und fortsetzte: „Meiner würde nie im Traum zulassen, dass mich ein anderer kriegt. Und

Sitten wie bei Euch, Djamila, mit mehreren Frauen, das würde ich meinem werten Herrn sehr schnell abgewöhnen. Es reicht, wenn er manchmal über die Stränge schlägt. Dann gibt's auch Manolos - aus schlechtem Gewissen."

„Bis er dann plötzlich eine Junge findet und sich scheiden lassen will, weil der Johannistrieb ihn überkommt." Chas war in ihrem Element. „Spätestens dann bist Du die Erste, die ihn kastrieren oder finanziell bis aufs Blut schröpfen will."

„Wenn er es verdient, dann; Warum nicht?" Nina grinste überlegen.

„Wenn wir mit einer Zeitung etwas verdienen wollen, sollten Sie wieder an die Arbeit gehen!" Niemand hatte bemerkt, dass Dr. Haber schon eine geraume Zeit im Hintergrund mitgehört hatte. Schnell eilten die selbst ernannten Gesellschaftspolitiker an ihre Schreibtische zurück und etwas Friede kehrte wieder ein.

Intrige

Sie hatten sich schon früher manchmal getroffen, Rita und das Trio. Suzette war damals von der Journalistin interviewt worden, für die Reportage über die neu designte, leicht bizarre Boudoir- & Schlafzimmer-Einrichtung einer russischen Oligarchin in der Innenstadt. Rita fürchtet, dass sie allein scheitern werde, bei so einem Typen, den einfach jede will. Sie holt die Hilfe der Drei, um sich Helmut als Mann für die Zukunft zu kapern. Vera und Cora, die Expertinnen, sollen als unabhängige Tester fungieren, um Ritas Chancen vorab zu klären. Suzette hatte sich bereit erklärt, Rita zu helfen, herauszufinden, ob Helmut ihr Mann fürs Leben sein könnte. Dazu holte sie auch noch die Zwillinge Vera und Cora zu Hilfe.

„Er ist göttlich und warum soll sich ihn eine andere krallen? Er ist 7 Jahre jünger als ich, also wird er wohl hoffentlich noch einige Zeit mit seinem Schniedelwutz ackern statt die grauen Zellen zu viel zu strapazieren."

„Ach so. Eine, zwei Gehirnzellen weniger und er scheißt in der Hühnerhof?" Vera war wieder einmal absolut bei ihrem Spezialthema.

„Bist Du verrückt. Ich hab' mir einen klugen Sportler geangelt, der studiert hat, Akademiker ist und aussieht, dass Adonis neidisch wäre. Nur weiß er nichts von meinem Fang und ich will, dass er im Netz zappelt, ohne Chance, mir wieder zu entfleuchen."

„Du, sag's noch einmal, Du bist wieder auf Zumpferljagd?" Cora übte sich als Ebenbild ihrer Schwester.

„Hast Du ihn schon mal gesehen?" Suzette schritt schlichtend ein.

„Warum?" Die Zwillinge staunten.

„Weil sie Recht hat. Der Typ ist noch frei und gehört schleunigst in erfahrene Hände, sonst verdirbt er den Markt. Er ist noch nicht selbstsicher genug, um seinen Wert zu erkennen und zu schüchtern, dass er die Lockangebote versteht. Allein die paar Stunden im Café mit ihm hätte ich als seine Puffmutter Lawinen bei den geilen Ehefrauen verdient, die ihn am liebsten am Teetisch vergewaltigt hätten. Der Mann muss erzogen werden, bevor er wieder auf die Weide geschickt wird."

„Wir sollen Dir helfen, wie?"

„Ihr seid Zwillinge, er wird sich nicht trauen, beide anzumachen und ranzunehmen, außerdem seid Ihr meine Freundinnen. Wenn er Euch widersteht, hat er Charakter und dann will ich ihn mit Haut und Haaren." Lapidar statuierte Rita ihr Begehren.

„Nehmen wir an, Du schaffst es, ihn ins Bett zu kriegen, was dann?" Suzette war neugierig.

„Er soll die ersten Tage nicht mehr rauswollen, ganz einfach. Dazu werde ich wohl noch schaffen mit meinen dreißig Jahren auf dem Buckel."

„Schätzchen, leider hast Du mehr Jahre als Erfahrungen auf Deinem Kilometerzähler" grinsten die beiden Zwillinge. „Na klar, ein Jungspund ist schnell mal begeistert. Das Halten wird schwierig. Davon sprichst Du ja gerade."

„Wollt Ihr mir nun helfen oder vergeude ich unsere Zeit?"

„Okay, wir testen ihn in Deiner Anwesenheit. Sei auf der Hut, wie er reagiert. Zeigt er Interesse an siamesischen Spielchen, wird er flachgelegt und Du kriegst unsere Brosamen! Deal?"

„Deal! Wenn ich ihn nicht halten kann, schon in dieser Phase, kann ich ihn komplett vergessen."

„Time-out! Okay Rita, bitte hol' uns ein paar Stückchen vom Bäcker. Es darf auch ein Schnittchen sein, das wir dann gemeinsam betrachten, aber diese Chance gibt es fast nie mehr", seufzte Vera.

Die Angesprochene macht sich auf den Weg und das Trio berät. Suzette trägt ihre Analyse vor und sie hirnen zu dritt. Da Rita ihnen ziemlich rüde und dominant bis übersteigert herrschsüchtig erscheint, beschließen die Drei, dass die Prinzessin erst lernen muss, sich zu unterwerfen, um später siegen zu können. Außerdem soll sie femininer auftreten, das dressierbare Weibchen markieren, das man(n) zuerst bezwingen muss, um es zu erobern, frei nach: ‚Siegfried und der Drache - oder besser: Brunhilde'.

„Herrentorte. Ich weiß, zwei Sekunden auf den Lippen, drei Monate auf den Hüften, doch all das wert. Aus der Konditorei Oberlaa, meiner persönlichen Favoritin unter den Confiserien. Jungs, wer auf Jungfernjagd, gehen will, braucht Fleisch, rotes Fleisch, viel und blutig." Die Schokoprinzessin war zurück.

„Schon gut, wir wissen, dass Du auf Schokolade gierig bist wie ein Zulu auf gegrillten Elefantenrüssel. Haut rein, die Analyse steht. Sie wird Nerven brauchen und Zucker ist reine Nervennahrung."

„Was habt Ihr ausgebrütet?"

„Mit vollem Mund spricht man nicht. Es wird höchste Zeit, dass Du ihn und nicht nur den öfter vollkriegst"!

„Cora-Gnadenlos hat wieder mal die Sache auf den Punkt gebracht." Suzette sah Rita streng an.

Vera hob an: „Welchen Mann würdest Du respektieren, was muss er dafür tun?"

Ratlos blickte die Verhörte an. „Keine Scham. Hier geht es um Deinen zukünftigen Bereiter."

„Er muss mich schätzen und verwöhnen?" Fragend blinzelte sie.

„Das soll er tun? Ein echt wilder Kerl. Vergiss das sofort wieder!"

„Aber ..."

„Du willst einen Kerl, einen zukünftigen Ehemann, der Dich allen Muschis vorzieht, die überall auf ihn lauern? Oder nicht?"

„Ja, aber ..."

„Nichts aber. Willst Du so einen Typen, ja oder nein."

„Ich will Helmut und ich kriege ihn."

„Bis die Nächste weiß, wie sie ihn hält, oder nicht?"

„Aber ich ...."

„Träum weiter von Prinz Eisenherz. Du willst Graf Eisenschwert mit seiner Lanze. Nicht im Angebot ist beides. Entweder – oder."

Suzette hatte dem Dialog zugehört und schritt wieder besänftigend ein. „Rita, das Pärchen da hat mir Martin ausgewählt und die Wolfsfalle gespickt. Es war nicht unbedingt das, was ich jemanden raten wollte, doch die beiden hatten in jedem Punkt Recht. Heute ist er mein Herr und Meister und glaubt das auch noch mit voller Überzeugung. Das kostet selbstverständlich eine Menge an romantischen Vorstellungen. Es macht einen riesigen Spaß, wenn Du Dich drauf einlässt. Ihm gehört sein Weibchen im Bett. Er gehört mir dafür ganz. Ein fairer Tausch."

„Was schlagt Ihr vor."

„Du bist viel zu robust und wirkst so weitaus zu wenig feminin, trotz Deiner Figur oder den Manolos mit Mini. Am schärfsten siehst Du nämlich im Business Suite, im Nadelstreif aus. Dir die Bügelfaltenhose vom Leib zu reißen, Dich übers nächste Sofa zu beugen und so das vorlaute Maul zu stopfen, das garantiere ich Dir von jedem Kerl von zwölf bis achtzig, wenn er die Chance kriegt."

„Was ist mit den Anderen?" Rita konnte es einfach nicht lassen.

„Siehst Du, genau das meine ich."

„Wäre ich ein jetzt ein Kerl, würdest Du heftig erröten und das nicht aus Scham." Knapp fasst Vera die einheitlichen Gedanken des Trios zusammen.

Rita blickte verstört. „Was meint Ihr."

„Für eine derartige Antwort gibt's tüchtig auf den Hosenboden. Gut, dass der Mini keinen hat. Und die Manolos garantieren, dass die Beine nicht zu heftig strampeln." Cora grinste süffisant.

„Ihr meint...?"

„Wenn Dich ein Mann mit Überzeugung beugt, Dir ins Ohr flüstert: ,Keiner, egal welches Alter, kapiert', dann akzeptier' seine Argumente und respektier', dass er Dir gerade Schmetterling in den Bauch jagt – vorerst. Wenn nicht, dann vergiss ihn, für immer."

„Ich soll zulassen, dass ...?"

„Du wirst Dich so sinnvoll ungeschickt wehren, dass der Spaßfaktor ins Unendliche steigt, heftig strampeln, dabei Deine weiblichen Reize optimal einsetzen und die Rechnung mit feuchten Fingern quittieren, wenn endlich der Stempel unter Deine Eroberung gesetzt wird."

„Ich soll ...?"

„Suzette, hat Deine Freundin Probleme, einfachste Anordnungen auszuführen, sich so zu verhalten, wie jede moderne geraubte Sabinerin?" Schnaubte Cora geringschätzig.

„Zuviel Feminismus im Hirn" konstatierte Vera.

„Okay, Mädels, ich hab's geschnallt. Ich soll wie die prüde Amelia in ,Die Hafenkneipe von Tahiti' meinen John Wayne provozieren, bis ihm die Hutschnur reißt und er mir seine Herrscherlaune offenbart."

„Aber ja nicht, dass Dir Amelia Earhart dazwischen durchbricht!"

„Ich soll ihn doch fliegen, oder?" Frech wie immer, meldet sich die alte Rita zurück.

„Auch an Amelia Bloomer soll maximal ihre Namensgebung erinnern, Dich länger mahnen, was Deine Rolle vorschreibt." Vera grinste breit.

„Und dann?"

„Wirst Du gestehen, dass Du jetzt verstanden hast, wer die Hosen bei Euch anhat. Passt ja auch, solange er sie bei Dir und nur für Dich auszieht, oder? Erklär' ihm, dass Du sowas bis dato noch nie erlebt hast."

„Stimmt dann ja auch."

„Mädel, Du bist wie alt?"

„Über dreißig und ich bereue nichts!"

„Abwarten Schätzchen. Wenn Du erstmals danach eine Schlussrechnung aufmachst, wirst Du um betrogenen Jahre heulen. Der einfache Dreisatz wird Dich quälen. Denn es bleibt nicht bei der einen Erfahrung allein, da hat die Natur den Kerlen ein ziemlich interessantes genetisches Programm mitgeliefert."

„Was meint Du damit?"

„Schätzchen, Suzette wird Dich ein wenig aufklären, wir müssen jetzt gehen. Pass auf, dass Du Deinen Helmut im Griff hast, wenn wir Euch treffen, sonst gibt's nur mehr Brosamen und Secondhand-Ware."

„Verstör sie nicht allzu sehr!" Die Warnung des zweiten Zwillings war sichtlich ernst gemeint.

Divide et impera

Wieder allein mit Rita, die Zwillinge hatten sich verabschiedet, nahm Suzette ihre neue Freundin ins Gebet. „Vergiss alles, was Du bis jetzt gedacht hast. Ehe ist Krieg. Nur wer am besten taktiert, aufgrund der besseren Strategie, der wird die Hosen an und damit den Partner im Griff haben. Da gibt es keinen Platz für Gnade. Du musst an Deiner Ehe tagtäglich arbeiten, sonst schleicht sich die Lust davon. Die stärkste Gefahr ist die Langweile, selbst dasselbe jeden Tag, keine Abwechslung durch den Partner zu erleben. Dann locken die anderen Weiber, egal, was sie im Bett taugen. Du wachst eines Tages auf und erlebst, dass Dein Schatzi mit einer älteren, schlechter aussehenden, dümmeren Fotze gesehen wird, ohne dass Du Dir vorstellen kannst, was er an der finden könnte. Dann brauchst Du ein unwiderstehliches Mittel, einen Waffenbruder."

„Einen Lover?"

„Nur das nicht, niemals. Einen Freund, der in Deinem Interesse, doch gleichzeitig in seinem ureigenen handelt. Einer, der eine Rechnung mit Deinem Gatten offen hat. Ich vertrau' auf die sich bewahrheitet habende Theorie, dass nur Männer in der Lage sind, untereinander die Herrschaftsfrage dauerhaft zu klären, mit allen Folgen für den Verlierer, der diese in der Regel akzeptiert."

„Das heißt im Klartext, es muss vor dieser Regentschaftsklärung einen Kampf geben, in der mein Schatzi verliert?"

„Genau und von Dir choreografiert. Eine Wette muss Dein Lover verlieren. Eine brisante, die ihn zwingt, bei einer Niederlage aufzugeben, zu kuschen. Spielschulden gelten als Ehrenschulden in der Männerwelt und das muss man konsequent ausnützen. Da gibt es keine Schranken mehr unter den Typen. Etwaige Kollateralschäden musst Du dabei in Kauf nehmen, die Augen schließen, Dich blind stellen."

„Ich könnte ihn doch auch an die kurze Leine nehmen?"

„Vor Dir wird er nie kuschen, sonst hast Du keinen Kerl mehr im Bett, sondern einen Metrotrottel vor Deinem Schminktisch. Der langweilt Dich nach spätestens einem halben Jahr, wird jedoch nie mehr zum erwünschten Macho mit Wildgeruch, der Deine Lust erregt. "

„Was ist, wenn Helmut dabei verletzt wird?"

„Lachhaft. Das wird sich in Maßen halten und maximal eine Zeitlang marginale Spuren hinterlassen. Die musst Du verstärken, dass er merkt, Du benutzt seinen Sieger für Deine Zwecke, Verlierer müssen merken, wo ihre Grenzen sind. Außerdem denk dran: Frauen stehen auf Narben. Wenn Du das nicht tust, wird eine andere diese lieben. Männer bleiben eigentlich immer pubertierende Jungs. Sie handeln nach ihrem genetischen Code, gesteuert von uralten Instinkten."

„Sag nicht, dass Du glaubst, Du kannst sie so aufeinander hetzen, dass sie um etwas wetten, das einem Spiel zwischen Heranwachsenden gleicht?"

„Selbstverständlich. Nimm einfach Martin als Beispiel. Er würde nie um Geld spielen, denn das bedeutet ihm nichts, gibt ihm kein Gefühl eines echten Sieges. Geld verdient er jeden Tag in der Bank, Summen, die fast schon unanständig sind. Selbstverständlich für die Bank. Er schöpft mit seinem Gehalt schon einen fetten Happen davon ab."

„Was kann ihn genug reizen?"

„Er ist kleiner als der Durchschnitt, beneidet Helmut ob seines Aussehens, seiner Größe, seiner Figur, seinem Erfolg bei Frauen jeder Altersklasse. Ihn auf irgendeine Weise dominieren, demütigen zu können, würde für ihn einem mentalen Orgasmus gleich kommen."

„Du meinst, er sollte Helmut besiegen, um mir zu helfen?"

„Er darf nie erfahren, dass er dazu missbraucht wurde, denn es ist allein sein eigener, innerer und geheimer Wunsch, der ihm erfüllt wird, wenn er es richtig macht. Und ich ernte alle Nebenerscheinungen. Er wird im Bett agil und ich habe in dieser Zeit einen Kerl, der sich lohnt, das Glück des süßen Todes spendet, öfter, als Du es Dir vorstellen kannst. Männer in Alphastellung kriegen alle Weibchen, deshalb sorge in solchen Phasen, dass er zu erschöpft für andere ist und seine eigene Frau begattet, wann immer er danach Lust hat, weil sie das herausfordert."

„Was heißt das im Klartext zwischen den beiden?"

„Die beiden werden sich aufführen, wie zwei Rivalen in der Pubertät. Jeder wird träumen, den anderen auf den Boden zu zwingen, um ihm mit seinem Ego zu beweisen, wer dessen absoluter Herr ist. Überlässt das Schicksal einem siegenden Soldaten seinen wehrlosen Gefangenen, wird er sein Revier markieren, ihn zum seinem Sklaven degradieren, das in jeder Hinsicht."

„Wenn ich Dich richtig verstehe, dann ...?" Fassungslos blickt Rita Suzette in die Augen.

„Genau! Merke, mein Mädchen: Nur wer teilt, kann herrschen. ‚Divide et impera' nannten die Römer dieses Motto; eine alte erotische Fabel, ich glaube von Catull oder Ovid, beschreibt das bezaubernd. Ein Liebhaber sucht die erfahrene Geliebte seines begehrten Jünglings auf und rügt sie ob ihrer Ideen, die Grenzen überschreiten, in etwa mit den Worten: Zwei Seiten besitzt ein heranwachsender

Krieger, eine ist zu seiner perfekten Erziehung für die Frau bestimmt, die andere für den Mann. Sei Dir Deine genug!"

„Willst Du damit im Ernst andeuten …?"

„Natürlich. Was verlierst Du dabei? Du kannst nur gewinnen, denn Dein Helmut wird nie, absolut niemals zugeben, was er in Wahrheit verloren hat. Selbst sichtbare Zeichen seiner Niederlage wird er ertragen, wenn Du ihm den Rest glaubst. Damit Du führen kannst, musst Du das ausnutzen. Der Verlierer wird von seiner Herrin in Zucht und Brot übernommen, damit kann er leben, wenn Du das geschickt steuerst."

„Martin ist ihm physisch doch weit unterlegen?"

„Dafür psychisch sehr stark und darum geht es. Die Niederlage herbeizuführen und sofort handeln, das ist seine Stärke, das ist sein Beruf. Gib' ihm nur die geringste Chance und er zwingt ihn zu Boden. Wie ein Pubertierender, mit derselben Macht, die er dann ausübt. Verlass' Dich auf die Gene der Männer, die sind dermaßen instinktsicher vercodet, dass beide keine Chance haben, die logischen Folgen zu vermeiden. Außerdem ist es immer das Zusammenspiel von Lust und Leid von Gute und Böse, das sich gegenseitig befruchtet. In der geschichtlichen Literatur könntest Du es nachlesen, bei Galileo Galilei fündig werden. Du verstehst doch Italienisch?"

„Ein wenig. Scusi! Me manca le parole."

"Versuch' es mal damit:

> Cerca del male, e l'hai bell'e trovato;
> Però che 'l somno bene e 'l somno male
> S'appaion com'i polli di mercato."

"Okay. Ich geb's auf. Das ist zu hoch für mich."

> „Such etwas Böses, und schon hast du das Gute gefunden,
> Doch höchstes Gut und höchstes Übel,
> Paaren sich wie das Federvieh auf dem Markt."

„Wie treffend Deine Vergleiche wieder mal sind. Welche Wette könnte beide reizen?"

„ Sport, was sonst, vielleicht die erreichten Punkte im Zehnkampf?"

„Ich meine den Einsatz?"

„Denk ganz primitiv. Martin will Macht über Helmut und dieser braucht Geld. Der Athlet kann seinen Sieg allein durch seine Leistung erringen. Für Martin ist das nur ein Spiel, dessen Ergebnis er nicht beeinflussen kann. Deshalb muss ein anreizender Gegenwert zum finanziellen Einsatz her, der Helmut diese Summe wert sein muss. Was kann Helmut denn bieten, außer sich selbst und seine Leistung?"

„Was stellst Du Dir dazu vor?"

„Ganz einfach. Wir zwei bringen die Wette auf das Tablett, setzen beide auf unsere Männer, motivieren sie zur Wette. Helmut soll 300 Punkte mehr schaffen, also über 7200. Martin wird einen Einsatz von tausend Euro bieten, weil die beiden ihre Natur nicht verleugnen können. Er weiß, dass Helmut diese Summe nie aufbringen wird können oder wollen, damit sein Gesicht verliert. Doch kein Mann will in dieser Situation, dass seine Freundin ihm hilft. Niemals. Also werde ich einwerfen, ‚Martin, darauf kannst Du auch Deinen Arsch verwetten', dass Helmut es schafft. Es kommt auf die Betonung an, auf das Deinen. Dann sind sie beide im Krieg und wir haben es geschafft. Du musst sofort einschlagen und einwerfen: ‚Die Wette gilt'! Dann fragen wir Helmut nach den Termin."

„Nein, der steht schon, denn es gibt einen Trainingswettkampf in ein paar Wochen in Götzis, wie jedes Jahr im Frühling."

„Damit haben wir Einsatz, Wette und Ergebnis. Schafft es Dein Athlet?"

Rita lächelt schelmisch: „Weiß ich nicht. Ich bin für Experimente immer zu haben und Du sagtest, ich krieg' den Verlierer leicht in den Griff."

„Wow, Du denkst mit! Spitze, wir haben einen Deal! Wie immer es auch ausgeht, wir informieren uns gegenseitig über die Resultate, orientieren uns gegebenenfalls neu, falls etwas schief geht. Noch Eines!"

„Ja bitte?"

„Ich schätze, Helmut ist etwas narzisstisch angehaucht, da er eine fantastische Figur hat. Stimmt das?"

„Schaut so aus, kommt jedoch nicht so sehr zutage. Das habe ich auch erst kürzlich gemerkt, als er über ein Tattoo sprach? Zwar nichts Genaues, eher abstrakt. Er denkt darüber wohl nach."

„Bestens, ich hab' schon eine Idee, die werden wir verwirklicht. Du wirst ihn mit einem Tattoo an Dich fesseln, dauerhaft binden, verehrt, geschenkt von seiner Freundin Rita, die es anhimmelt. Es wird ihn noch mehr herausheben, was Dich in die noch größere Bredouille bringen kann, wenn Du ihn nicht rechtzeitig kaperst und danach am Nasenring führst. Auch dazu habe ich eine Idee. Ich kenne einen wahren Künstler, der diese umzusetzen der Lage ist, ein echtes Genie."

„Woran denkst Du?"

„An einen körpergroßen Drachen, sich vom Knöchel aus über Schenkel und Rücken windend, dessen Haupt auf der Schulter ruht, bis zum Oberarm reicht, dass er nur ohne Kleidung zu sehen ist. Doch hab' Acht! Wenn er sich auskleidet, wird jede Muschi feucht, das garantiere ich Dir, denn er wird einen Augenblick lang aussehen wie ein wildes Tier, eine Bestie, die jede Frau erobert und wahrlich,

ich sage Dir, ich garantiere für meine Artgenossen, dass sie ihn auf der Stelle vergewaltigen wollen, wenn er nicht selbst auf diese Idee kommt. Dann wirst Du heulend zu mir kommen und ich werde Dir den Zauberstab schenken, der ihn an die Kette legt, ein für alle Mal. Wie Prometheus am Felsen, ohne einen Retter."

„Meinst Du das im Ernst?"

„Mädchen, wer mit dem Feuer spielt, muss mit allen Wassern gewaschen sein. Sein Sieg wird gleichzeitig seine Niederlage bedeuten, ohne dass er es rechtzeitig merkt. Nur musst Du Dir im Klaren sein, dass ein wildes Tier immer auszubrechen versucht. Dann brauchst Du seinen Dompteur, der zuvor schon die Macht über ihn errungen hat. Hast Du das kapiert?"

„Jetzt schon, aber wie willst Du das schaffen?"

„Vertrau mir, ich fordere dafür Deine Loyalität und Deine Ehre."

„Wie meinst Du das?"

„Auch wir spielen das zu Ende. Was hast Du einzusetzen, außer Dich selbst?"

„Du meinst …?"

„Deine Ehe steht bevor, Deinen Siegfried gilt es zu erobern, Kriemhilde. Es geht um alles oder nichts, bist Du dabei?"

„Okay, einverstanden." Die beiden umarmen sich und gehen ihre Wege, jede in anderen Gedanken und mit unterschiedlichen Plänen im Kopf.

Lehre

Helmut klingelt bei Suzette, Martins Ehefrau. Tief im Herzen fürchtet er, Suzette würde von Martins Saunaspielen etwas ahnen. Deshalb zögert er ein wenig.

„Komm rein." Sie winkt ihm.

„Was willst Du eigentlich von mir?" Er lächelt scheu.

„Ich sehe, wie Du um Rita herumschwirrst und nicht weißt was Du tun sollst. Umgekehrt spüre ich, dass da was brutzelt."

„Heißt das, Du glaubst, sie interessiert sich für mich?"

„Junge, Dein Körper kann Frauen zum Wahnsinn treiben. Und drauf sitzt ein heller Kopf. Allein die Frage bleibt, ob der auch treu sein kann und will, und wie die Chancen stehen, dass er ein echter Kerl ist und - bei Deinem Aussehen - kein metrosexuelles Bubi."

„Sie zeigt doch sonst so viel Energie, warum nutzt sie die nicht ein wenig, um mich zu interessieren?"

„Ich erklär' Dir jetzt etwas im Vertrauen, weil Du noch nicht verblendet scheinst." Suzette lehrt ihn etwas über scheue Frauen, erklärt ihm, dass er Rita nachdrücklich zeigen muss, wer in einer Beziehung mit ihm die Hosen anhat, wenn er sie erobern möchte. Außerdem erklärt sie ihm, dass eine moderne Frau heute keinen Softie mehr wolle, denn es mache nur Spaß, ein wahres Raubtier zu zähmen, wie auch sie die Dressur bei Martin hin und wieder auffrischen müsse, wenn er glaube, er wäre frei. Insbesondere in der Sauna und auf Reisen.

„Sagst Du mir damit im Ernst, ich soll ihre heruntergelassenen Hosen nutzen, um meine Signatur anzubringen?"

„Was glaubst Du, was eine Frau aus einer derartigen Situation erkennt. Alles andere als das, was sie erwartet, wird sie neugierig machen und sie ist wirklich scheu. Eine feste Hand bei einem glaubhaften Grund dafür wird ihr die Erkenntnis bringen, dass sie sich beschützt fühlt, geleitet und das sehnen die Weiber herbei. Einen Kerl, der sie Weibchen spielen lässt, der ihr zeigt, wo es lang geht. Eine echte Frau will eine Bestie im Bett. Einen Gatten kriegt sie mit der Zeit geschenkt, das dauert nur wenige Monate bis bestenfalls Jahre, wenn nicht zuvor eine Scheidung zugunsten eines Neuen mit Wildgeruch die eheliche Langeweile ablöst."

„Weil Du gerade Biest sagst, wie gefallen Dir Tattoos?" Helmut schwärmt von einem großflächigen Tattoo und Suzette erklärt ihm wie extrem unterschiedlich Frauen auf das reagieren könnten.

„Außerdem brauchst Du für so was einen echten Künstler, der sich anbietet, keine 08/15-Kasperl-Figur zu entwerfen. Deswegen ein Werk mit Signatur. Der Kunstkenner würde es erkennen - die Handschrift -und ehren, allerdings sind viele der wirklichen Art-Freaks von seltsamen Lastern befallen. Sie machen etwas nur, wenn sie überzeugt sind, davon etwas zu haben und sei es Deine Jungfernschaft."

„Und Martin, trägt er ein Tattoo?" Helmut stellt sich doof.

„Nein. Er möchte gerne und Deines, Helmut, wäre für Martin eine Option, mich zu überzeugen, dass er eins haben darf. Er ist Stier nach dem chinesischen Tierkreiskalender und ich hab' schon meine Vorstellungen dazu. Verrat ihm ja nichts, das muss er sich zuerst verdienen - nach Deinem … Was willst Du eigentlich?"

„Einen chinesischen Drachen, der - schemenhaft skizziert - sich nur grafisch von der Haut abhebt, aber den ganzen Körper umspielt, ohne Bürohemden und Kragen zu verschandeln."

„Der Schöne und das Biest, Jekyll und Mr. Hyde, in einer einzigen Gestalt, mit garantiertem Persönlichkeitswechsel. Der brave Student im Eissalon, die Echse im Bett, das feuerspeiende Reptil im Schoß, der zahme Drache an der Leine. Wer sollte dem widerstehen? Doch das bringt immense Probleme mit der geforderten Treue, da Du ein Lustknabe für die Weiber werden wirst. Welche Frau will lebenslang kämpfen? Andererseits ist keine bereit, so ein Goldstück bei sonst geringen Mängeln jemals aufzugeben und sie hält sich im Rennen, was beim Aussehen und im Bett riesige Vorteile bringt. Tu es, ich kennen einen exzellenten Grafiker, einen wirklich guten Künstler, und ich werde ihn bitten, Dir einen Entwurf zu zeigen, wenn Du es mir erlaubst."

159

„Nur zu, wenn es nichts kosten"

„Gut, Du hörst bald von mir."

„Muss das Tattoo von Martin dann von derselben Art sein? Sein Geschmack müsste doch auch berücksichtigt werden."

„Ich weiß, wovon er träumt und er wird fast das Ganze erfüllt erhalten, versprochen."

„Das heißt, Du hast das Motiv schon?"

„Natürlich, nur noch nicht den passenden Grund, ihm es zu schenken. Nur wenn eine Frau es schenkt, kann der Mann ziemlich sicher sein, dass sie es auch schätzt und ihm nicht etwas Übles will, das seinen Körper ewig verschandelt. Einen Mann ändern zu wollen, schafft Probleme ohne Ende, ihn sich passend zu gestalten, dass er auch anderen gefällt, ist zwar risikoreich, doch zeigt es ihm, dass sie keine Konkurrenz scheut."

„Ich hab gehört, unter Tausend ist da gar nicht zu machen."

„Die Summe kann Rita verkraften. Du hast auch etwas für Rabattverhandlungen zu bieten, wenn Du dem Künstler und dem Tätowierer das persönliche Signieren erlaubst. Dann kannst Du mit etwa achthundert durchkommen. Du wirst leiden unter den Nadeln, mehrfach dabei und tagelang danach. Da muss Dir eindeutig klar sein."

„Ich betreibe intensiv Zehnkampf und kenne kaum einen Tag ohne Schmerzen beim Training, was soll's? No risk, no fun, ich bin bereit, wenn ich das Geld auftreiben kann."

„Ich weiß, dass Rita nur einen Grund sucht, Dich zu kapern, warum also nicht damit. Geh' hin. Lad' sie ein, zeig' ihr, wer der zukünftige Herr in der Beziehung sein wird und sie finanziert ihrem Biest dieses Entlarvungs-Tattoo, damit jede potentiale Rivalin sieht was ihr entgangen ist."

„Ich bin neugierig, was hast Du für Martin geplant?"

Kurz zeigt ihm Suzette den minoischen Stierschädel für den Rücken, der Martin zieren wird. Die Symbole, die sich auch kopfüber gut ausmachen, denn das ‚α' entspricht einem um 90° nach rechts gekippten Symbol für den Stern Alpha Tauri, weshalb dieses Zeichen als Blesse und abgewandelt als Nüstern in einen Minotaurus integriert werden.

$$\sigma \overset{\alpha}{=} \rho$$

„Er wird mein Aldebaran sein, mein roter Stern, das Herz, der Cor Tauri, eigentlich das Auge des Sternbildes. Die Symbolik des Alpha hab ich deswegen in der besagten Triangelform gruppiert. Der Bullenschädel am Rücken soll andere abhalten, sich mir zu nähern."

Eigentlich, fühlte Suzette, war Helmut schon lange nur mehr der Höflichkeit halber beim Thema, er sann bereits intensiv über sein mögliches neues Aussehen nach und sie wollte Rita den Startschuss geben, dass nun soweit alles vorbereitet wäre.

Er verabschiedete sich sehr nett, verwies auf das anstehende Training und entschuldigte sich.

Suzette grübelte vor sich hin. ‚Ich habe dabei auch erotische Aspekte berücksichtigt, ich reite als Europa auf dem Stier nach Kreta, wenn man die Sage kennt. Das sage ich meinem Schatz erst, wenn er die erste Fotomontage davon sieht. Er wird es nicht leugnen können, dass sein Wunsch erfüllt worden ist und doch meiner auch. Und er kennt keine kyrillischen Buchstaben. Das wird er noch mal bereuen. Was haben wir Schwestern uns geschworen? Wir machen uns die Erde untertan. Sie erhält ihren Drachen, ich meinen Miura-Stier und wir lassen sie kämpfen, wenn es in unserem Sinn ist‘.

Künstlerehre

„Du bist‘s? Was führt Dich zu mir, Suzette?“ Der drahtige Künstler steht an seiner Leinwand und studiert die Ecke, in der er eine Szene zu entwerfen begonnen hat. Er scheint unzufrieden und schüttelt immer wieder den Kopf. Missmutig wendet er sich um.

„Auftrag lockt, Draco.“ Weniger der melodische Ton als die Message lassen den hageren Mann aufhorchen. „Geld in Sicht“ flötet die Circe weiter.

„Hab ich doch nicht nötig! Wieviel?“

„Treff ich Dich in Deiner Künstlerehre? Ich möchte bestellen: Ein Vexierbild mit einem Deiner speziellen Trompe-l’œil-Effekte, wie jenen, den Du mir auf einer Skizze auf einer Skulptur gezeigt hast, als Dein Buberl abgehauen war.“

„Manfred, Peter oder, weiß Gott, wer und wann das war?“

„Verdrängt? Du die große Liebe deines Lebens, der Athlet mit den Muckies?“

„Ach der? Du meinst doch nicht wirklich?“

„Doch, genau das!“

„Seit wann bist Du so grausam?“

„Seit ich weiß, wie man in der Ehe Krieg führen muss. Dank Dir!“

„Willst Du das ernstlich?“

„Mein voller Ernst!“

„Da brauch ich zumindest den Typen auf Fotos in bestimmten Positionen, um einen Entwurf zu gestalten, bei Vorauskasse. Mindestens 300,-- Euro kostet Dich das!“

„Ich schlag' etwas weit Besseres vor. Ich such mir einen Clone auf der Akademie und bestell ihn als Modell zu Dir, Draco, der ihn zur Probe bemalen darf, damit nichts schief gehen kann, wenn Du die Tattoo-Zeichnungen zeigst."

„Fantastisch, aber er muss sich fixieren lassen, damit ich sorgfältig malen kann. Sonst wird nichts mit ,vexy for sexy hexy'. Schaffst Du das?"

„Modelle sind gewohnt, auf der Akademie die gebotene Stellung zu halten. Alles andere kann Geld bewirken. Lass ihn nicht mit irgendeinem Entwurf oder Foto raus. Das Ganze muss strictly confidential ablaufen! Ich steuere auch etwas bei zum Auftrag, denn er ist für eine Freundin. Ihr Schatzi ist eine Wucht und Du wirst Deine Freude haben."

„Du weißt, wann ich Rabatt gebe? Wie sieht er aus, auf einer Skala bis 10?"

„12 und ich bin sicher, dass Du signieren dürfen wirst. Mit all den Girlanden, die Du so liebst, gewunden aus den speziellen Calla-Blüten von ,Dominique' und 'Neon Amour', den Aronstabgewächsen."

„Das würde mir eine Chance geben, meine verborgenen Talente zu zeigen? Alle?"

„Draco, Du weißt, was Deine Arbeit wert ist und in der Begeisterung darüber ist alles erlaubt."

„Der Zweck heiligt die Mittel. Wer wird es wissen?"

„Keiner, nur Du weißt, welche Perspektive man dazu einnehmen muss. Ist doch logisch, dass ich Recht behalte!"

„Gebongt Schätzchen. Wann darf ich mit dem Modell rechnen?"

„Asap: Adonis steigt auf's Podest."

„Was heißt das?"

„In 15 Minuten kommt Dein Modell angeflogen. Er ist vorausbezahlt. Hier, etwas Taschengeld, denn er wird durstig sein, danach. Er heißt Mischa und ist aus dem Osten, versteht jedoch genug Deutsch." Suzettes Handy gibt Laut. „Da, er steht schon vor der Tür." Sie öffnet.

Ein Modellathlet grinst Sie an: „Richtig hier?"

„Oui"

Sie führt ihn zum Künstler, der ihn kritisch mustert. „Schöne Figur, feste Muskeln. Ist Deine Kopie besser? Ich muss das berücksichtigen."

„Er ist Zehnkämpfer."

„Halleluja, die Welt meint es gut mit mir. Okay, Suzette, ich hab zu tun. Ruf mich frühestens übermorgen an."

„Sicher. Treib es nicht zu weit, bevor Du fertig gemalt und fotografiert hast. Ich glaube, er hat mal Ballett getanzt, aber sprich ihn ja nicht drauf an. Es erwischte ihn eine Knieverletzung und aus war es. Seine Achillesferse liegt also etwas höher, Patroklos würde wissen, wo. Viel Spaß!"

Sie küsst Draco auf die Wange und geht. Sie hat die Büchse geöffnet, Pandora lauert. Grinsend denkt sie zurück an die Auswahl. Akademie der bildenden Künste. Aktzeichnung. Der junge Athlet war zwar etwas verlegen, als die Mädels ihn lächelnd, flirtend fixierten, doch bewegte sich nichts. Kein Zerren am T-Shirt half, nichts rührte sich. Erst, als ein jüngerer Maler reinkam, der sich in der Tür geirrt hatte, spürte Suzette fast die Regung in der Luft. Die Strahlen hatten getroffen. Der war's und sonst keiner. Der bot alle Chancen. Nach der Zeichenstunde sprach sie ihn an. Ja, gerade jetzt hätte er Zeit und je nach Wochentag bis zu 5 Stunden am frühen Abend. 25 Euro nehme er pro Stunde, bei langen, schwierigen Posen mehr. Sie einigten sich auf eine Pauschale für den Abend, denn Künstler hassen es, wenn man sie nicht fertig werden lässt. Es war 14 Uhr. Sie buchte von drei bis elf und erklärte ihm das Problem. Um die Pose zu halten, würde er Hilfe brauchen, in manch einer Stellung fixiert werden müssen, damit die Perspektive passe. Mit Taxigeld erhielt er zwei Hunderter und staunte. Sie versicherte ihm, dass es sauer verdient sein würde, denn sein ganzer Körper werde mit einem einzigartigen Tattoo-Entwurf bemalt, den er nicht sehen dürfe. Als Modell für zahlungskräftige Interessenten. Er müsse deshalb für manche Stellungen eine Augenbinde tragen. Er sagte zu, das Honorar schien ihn zu locken.

Draco bat das Modell, sich auszukleiden und erklärte ihm die erste Stellung. Er lag bequem auf einer Massageliege, der Rücken wurde bemalt. Weiter spürte er den Pinsel bis zu den Knöcheln arbeiten. Zwei Stunden waren vergangen, er inzwischen eingeschlafen.

„Geld im Schlaf verdient", lachte er den Künstler an. Dieser stak in seinem farbbefleckten Umhang und musterte sein Werk.

„Jetzt wird es etwas unangenehm, ich muss zwischen die Beine, an die inneren Oberschenkel. Nur kurz, denn dort schmerzt das Tätowieren ungemein", erklärte er. Bald war er fertig und sah mit Vergnügen, dass die Reaktionen des jungen Mannes absolut intakt waren. Es reizte ihn die Versuchung und er begann mit dem Pinsel einige Teststriche, die zu seiner Zufriedenheit beitrugen. Der Umriss des lebenden Gemäldes passte in seine Ideen. Beim Umdrehen schuf er dem Athleten, nach oben zu blicken oder wieder zu schlafen, dann brauche er noch keine Augenbinde. Mischa gehorchte und schlummerte den Schlaf des Gerechten bis etwas nach sieben.

„So, jetzt ist es soweit, auf die Seite bitte."

Die Schulter wurde gestreckt und der Arm auf einer Auflage fixiert. Die Binde kam über seine Augen, eigentlich eine Schlafbrille, wie sie im Flugzeug verteilt wird. Um acht wurde es ungemütlich. Er kniete nun unbequem auf einem Bett, danach lag er jeweils auf einer Seite und der Pinsel fuhrwerkte mit sicheren Strichen über die Hüften.

163

„Sorry, jetzt kommt das Finale, jetzt entspann Dich vorher etwas, es dauert etwa 20 Minuten ohne Chance, Dich zu bewegen." Draco warnte leise: „Sonst ist Vieles bis jetzt umsonst gewesen, bitte still halten."

Mischa gehorchte. Sein Körper lag auf dem Rücken, die Beine wie ein umgedrehter Frosch in die Luft gestreckt, dort fixiert, mit einem Polster unter den Hüften. Die sanften Borsten streiften über seine Waden und Schenkel, reizten ihn als Mann.

„Aaaaaahhhhhh!" Ein Aufstöhnen belohnte das Eis im Schritt.

Das ungewollte, heisere Einatmen wurde gefolgt von einem Kichern: „Ich kann das jetzt nicht brauchen, sorry, denk an was Anderes."

Verlegen schwieg das Modell. Dann hörte alles auf. Er vernahm ein Klicken einer Kamera, das Bewegen um sich herum. Dann wurde er gebeten, verschiedene Stellungen einzunehmen, um eine ganzheitliche Perspektive zu erhalten. Endlich schien der Maler zufrieden und warnte: „Nicht die Augenbinde abnehmen, ich muss zuerst alles wegwaschen. Dauert nicht lange, versprochen."

Mischa spürte ein samtweiches, ziemlich heißes Tuch an seinem Körper entlanggleiten. Auf Schulter und Rücken musste viel Farbe sein, so lang, wie der Maler rieb. Zuletzt kam wieder die Froschstellung, in der er die Waden, Kniekehlen und Unterseiten der Oberschenkel gesäubert erhielt. Wieder kicherte der erfahrene Putzgeist und forderte ihn auf: „Noch etwas still halten, die letzten Spritzer sind gleich weg. Ich nehm' nur ein neues Tuch."

Der Junge spürte, dass er kurz allein gelassen war, hörte Wasser rauschen. Als ihn etwas dampfend heiß berührte, regte sich sein Interesse. Das schien gegenseitig der Fall zu sein, wie er fühlte. Sanft rieb das Tuch über die letzten Umrisse und streifte seine Schenkel.

Er verließ das Atelier um Mitternacht, rundum zufrieden, im Herzen lächelnd. Die Melodie ‚Dominique', jene des alten Chançons der Ordensschwester ‚Sœur Sourire' wehte ihm nach.

Machtfrage

„Hallo Helmut, Martin spricht. Wir sollten uns treffen, wie zuletzt besprochen. Wie wäre es mit heute nachmittags ab 17 Uhr?"

„Ich kann erst eine Stunde später, weil die letzte Sportklasse abends bis halb sechs herumkrebst und ich mit dem Schließen der Garderoben warten muss, bis alle geduscht haben. Wo soll es sein, ich brauch' dann noch etwa 15 Minuten bis zum Schultor."

„Okay, ich hol' Dich ab, komm wie Du bist, ich muss auch dringend duschen und fahr' dafür normalerweise in den Sportclub zum Trainieren, danach dort in die Mitglieder-Sauna oder heute eben in eine andere, weil Du ja kein Mitglied bei uns bist. Alles was wir benötigen, ist dort im Preis inbegriffen, Du brauchst nichts mitnehmen außer frische Wäsche."

„Gut, ich seh' zu, dass es schnell geht und kein Rabauke seine Schönheitssession ungebührlich in die Länge zieht. Pubertierende Jungs sind da grauenhaft, schlimmer noch als Mädchen. Manches Pickelgesicht reizt meine Nerven bis zu einer Stunde. Dafür werde ich bezahlt, denn die Arbeit selbst macht großen Spaß, weil ich ungestört stundenlang trainieren kann. Gerade jetzt im Frühling vor den Wettkämpfen ist das ein Geschenk Gottes."

„Sorry, ich krieg' einen Anruf, ich muss auflegen. Plaudern wir am Abend weiter, Okay?"

Helmut atmete tief ein und überlegte. Was sollte das bedeuten. Beim Treffen mit Rita und dem Anderen, Harry, hatte er Martin zwar wiedererkannt. Dieser jedoch hatte die ganze Zeit lang mit keiner Miene etwas darüber verraten, ob er ebenfalls an diese Begegnung zurückdenken würde. Jetzt, mit der Einladung in die Sauna, kam alles wieder in Erinnerung. Natürlich, der wollte vielleicht dort anschließen, wo er zuletzt aufgehört hatte. Es hatte ja keine Visitenkarte gegeben, nichts, was an Kontaktinformation nötig gewesen wäre. Ein wirklicher Zufall, dass sie sich wieder getroffen hatten, jetzt, sicher mehr als zwei Jahre danach. War er Helmut, bereit, sich auf etwas Ähnliches einzulassen? Irgendwie reizte ihn der Termin jetzt außerordentlich. Schließlich waren zwei erlebnisreiche Jahre vergangen, er selbst hatte durch seine Zehnkampferfolge Selbstbewusstsein getankt und würde sich bestens zu wehren wissen, sollte es wieder zu einem handgreiflichen Geplänkel kommen, in der einer die Oberhand behalten sollte. Zusätzlich stand die Frage im Raum, ob der nun verheiratete Mann noch dieselben oder weitergehende Ideen im Kopf haben würde, nachdem er jetzt in festen Händen war.

Die Zeit verrann wie im Flug. Fast kriegte er gar nicht mit, wie der allerschlimmste Teen seine offenbar stark juckenden Aknepusteln malträtierte und das Sekret gelegentlich auf den Spiegel spritzte. Erst als sich beim Putzen die Spuren zeigten, fluchte er still in sich hinein und erinnerte sich an seine eigene Phase, in denen er darunter ziemlich gelitten hatte. Rechtzeitig stand er am Ausgang, die Adidas-Sporttasche neben sich am Gehsteig.

Ein schnittiger kleiner Mercedes hielt plötzlich neben ihm, die Scheibe surrte fast lautlos hinunter und Martin rief: „Hereinspaziert, die Fuhre wurde vorbestellt."

Helmut rutschte hinein und räkelt sich genüsslich im dunklen Ledersitz. „Hallo, wie geht's Dir, alles in deutscher Hand?"

„ Natürlich, und Dir, wie geht es Deiner neuen Freundin?

„Noch ist sie das bei weitem nicht. Außerdem ist derzeit Vorsicht angesagt. Sie hat vermutlich Besuch von ihrer Tropen-Tante."

„Wie bitte, wer, von wem?"

„Kleiner Astronomen-Scherz. Aufgrund der komplizierten Mondbewegung dauern die Zeiträume zwischen zwei Passagen vom bis wieder zurück zum Frühlingspunkt 25 bis 29 Tage. Der Mittelwert heißt ‚Tropischer Monat‘ und beträgt etwa 27,3 Tage. Damit dauert eine Periode der Deklination des Mondes fast genausolang wie die Phasen zwischen den regelmäßig absehbaren Spinneritis-Erlebnissen mit Deiner Holden, wie Du es in Deiner Beziehung bestens kennengelernt haben wirst.“

„Das muss ich mir merken, das kennt sie sicher nicht und ich kann damit wunderschön kryptisch plaudernd den wahren Grund ihrer Missstimmung festhalten. Wie heißt das gleich? Ja, ich hab's: Steganografieren. Hast Du heute schon trainiert?“

„Natürlich, ich habe ja Zeit genug und die beste Gelegenheit. Mir wurde der Schlüssel für alle meine und die meisten anderen Räume aller Gebäude anvertraut. Ich erledige meine Arbeiten teilweise am Wochenende, weil ich gleichzeitig mein Übungs-Programm ungestört durchführen kann und das Rasenmähen vor dem Aufwärmen macht fast Spaß. Wohin fahren wir?“

„Du wirst es nicht kennen, vertrau einfach, dass ich Dich heil in die Innenstadt bringe. Erzähl mir etwas von Deinem Job und wie Du ihn ergattert hast. Das letzte Mal warst Du ja noch Student. Es wird nicht leicht gewesen sein, was zu finden.“

„Beschissen, um es klar ausdrücken. Dann kam dieser Anruf.“ Helmut schilderte während der nächsten Minuten seine Erlebnisse.

„Also ein Faktotum, ein Dekathlet des Facility Managements. Du hast wohl das Beste draus gemacht, zumindest für Deinen Sport ist es ein Segen, oder?“

„Natürlich, das schon und ich will mich dieses Jahr um 500 Punkte steigern. Das war es vielleicht wert, aber in meinem Alter sollte man besser verdienen.“

„Da hast Du Recht. Hier sind wir richtig und sogar mit Parkplatz!“ Grinsend parkte Martin seinen Wagen. Sie stiegen aus, sammelten ihre Sporttaschen im Auto auf und schlenderten durch einen baufälligen alten Hausgang zu einer Tür, auf der ein kleines Schild die Sauna kennzeichnete. Einer klingelte und nach kurzer Zeit öffnete eine schwergewichtige Matrone im Bademantel, musterte beide und überreichte ihnen je einen Schlüssel.

„Vorne rechts, desinfizierte Holzpantinen in jeder Größe und Badetücher liegen dort, den Rest findet Ihr ohne Probleme. Kommt nach dem Saunagang zur Bar.“

Martin führte und sie gelangten in einen kleinen Garderoberaum mit Schränken und Regalen, fanden ihre Kästchen und schnell waren sie zum Duschen bereit. Neben der nicht allzu großen Saunakanine waren zwei Duschen. Ein Gartenschlauch mit Gardena-Pistole hing am Kaltwasserhahn und Helmut freute sich schon auf den Kneipp-Guss nach dem Schwitzen. Sie betraten die Kabine und einer nahm den Aufguss-Kübel mit einem darauf liegenden Handtuch mit. Das Wasser drin roch leicht nach Menthol und Tannennadeln.

„Aufguss gefällig?" Martin grinste Helmut an.

„Scharf, wie immer." Dieser erwiderte den Blick mit einem frechen Lächeln.

„Na gut, aber zuerst lassen wir uns mal aufheizen."

Beide legten sich auf ihrer Seite auf die jeweils am gegenüberliegenden Kabinenende angebrachten Bänke, der Ofen an der Wand in der Mitte strahlte seine Hitze aus. Die Minuten verstrichen ohne Worte. Als beiden der Schweiß über die Augenbrauen tropfte, begann Martin sein Werk. Er verstand es, doch diesmal wich Helmut nicht vom Fleck und zuletzt stürzten sie sich beide unter die eiskalte Dusche. Sie schlenderten in die Bar, meldeten ihre Nummern und Vornamen für die Rechnungsschreibung an der Kasse und weiter ging es in den Ruheraum. Dabei gingen sie an einem andern Kabinett vorbei, das mit einem Vorhang geschlossen war. Dezente klassische Musik aus einem versteckten Lautsprecher belebte die Atmosphäre. Die Kunstleder-Liegen im etwas größeren Raum hinter der nächsten Tür standen dicht aneinander und die damit geschaffene Liegefläche reichte von Wand zu Wand. Die drei Ruhebetten in der Mitte waren von vielleicht um dreißig Zentimeter erhöhten zwei anderen am Rande gesäumt. Sie legten sich noch tropfend auf ihre Badetücher. Helmut betrachtete seinen Begleiter und stellte fest, dass der in ausgezeichneter Kondition zu sein schien, straffe Bauchmuskeln besaß. Nach einigen Minuten gegenseitigen Musterns begann Martin:

„Du hast Dich nie gemeldet, obwohl ich Dir eine Visitenkarte übermitteln ließ, die Du nachweislich erhalten hast, wie der Portier mir versicherte."

„Die Karte war ohne Nummer oder Adresse!"

„Nein, Du hast nicht genau nachgesehen. Sie war Dir nicht wichtig genug und Deine Schulden wolltest Du nicht bezahlen. Deshalb habe ich bei unserem Meeting gedacht, das ist kein Thema für den Termin mit den Anderen. Das ist nur zwischen uns privat, geht niemanden etwas an. Jetzt werden wir das klären und abrechnen."

„Ich habe keine Schulden, bei niemanden. Und die Karte war leer! Was willst Du eigentlich?"

„Du wirst es merken, weil Du zweimal falsch liegst. Schau genau auf diese Karte, ich habe hier noch eine dieser Serie. Halte sie schräg ins Licht und was siehst Du jetzt?"

„Deinen Namen, die e-Mailadresse und Telefonnummer, Scheiße! Ich hab' nicht auf so etwas geachtet, an Derartiges gedacht! Das musst Du mir glauben."

„Einmal überführt und nun zum Geld. Du hast weder die Sauna noch Deine Getränke an der Bar bezahlt. Ich habe alles in allem mit Trinkgeld fünfzig Euro ausgelegt. Bar, so wie Du es mir bezahlen wirst!"

„Oh Gott, ich hab' das einfach vergessen, entschuldige bitte! Ich geb' Dir das Geld sofort zurück."

„Oh nein, mein Freund, Du wirst bezahlen, anders und auf Raten, damit es unauslöschlich in Deiner Erinnerung bleibt. Ich werde für jede Rate spürbar mit meiner eigenen Hand unterschreiben. Du wirst lernen, was das heißt, die Zeche zu prellen. Erinnere Dich, Herr Lehrer, vielleicht am besten an unsere gemeinsame Geschichte über die Münzen von Odessa! Ich habe lang darüber nachgedacht, gestern, und ich sagte mir: ‚Er hat sich jahrelang nie gemeldet, obwohl es ausgemacht war. Das muss Folgen haben. Fahr' ihn zu der kleinen Sauna. Er wird zuerst nicht wahrhaben wollen, dass Du das Sagen haben wirst, jedoch bald lernen, dass es zwecklos bleibt zu argumentieren. Spielschulden sind Ehrenschulden. Du überzeugst ihn, dass Du der Ältere und somit berechtigt bist, sein Mentor zu sein, bestimmt zum Erzieher Deines Zöglings, Deines Novizen. Er wird seine Pflichten schrittweise lernen, seine Schulden bar zahlen, passend zur amüsanten Anleitung aus seinem eigenem Geschichtlein um Benedikt, das er kürzlich zum Besten gegeben hat. Außerdem bedenke: Helmut plant, sich mit Suzette zu treffen. Da muss alles geregelt sein, dass es keinen Fauxpas geben kann. Er wird den Mund nur dann halten, wenn Du ihm vorher das Maul gestopft hast. Man weiß ja nie, was einer ausplaudert, wenn er dabei keine Hemmschwelle überwinden muss. Das musst Du auf alle Fälle im ureigenen Interesse verhindern'!

Ich wollte Dir damals persönlich die Schnappschüsse zukommen lassen, mehrere Fotos, die ich bis heute niemanden anvertraut habe. Nette kleine Andenken an die Zuvor-Danach-Ansicht, fast wie ein pralles Dekolleté anzusehen. Mit dem sichtbaren Nadir, als Du den Zenit angestrebt hast. Auch die MMC, diese Multimedia Card, habe ich für Dich aufbewahrt, mit dem gesammelten Orchesterton. Schließlich hast Du Deine Wünsche und Erwartungen darauf eindringlich dokumentiert. Das wird Dich sicher entzücken, weil es aus Deinem Munde kommt, ohne jede Anregung meinerseits. Sie werden wahr werden, mein Freund. Ich gehorche nur Deinem Sehnen, handle wie der Kröver Kellermeister. Da dies auch schon länger nicht erfolgt ist, wirst Du es umso mehr genießen."

Schweigen folgte den Worten. Helmut war zutiefst schockiert. Was hatte er damals alles von sich gegeben? Dumpf ahnte er, dass seine eigenen Sätze ihn überraschen würden, aber hatte Martin nicht Recht? Er erinnerte sich wieder an das Geplänkel und den kurzen Ringkampf, der mit einem geschickten Hebelgriff aus einem Kampfsport gegen ihn schnell beendet worden war. Er hatte damals noch weitaus weniger Kraft in den Armen. Das hätte sowieso nichts genützt. Mit seinem eigenen Bademantelgürtel wurde zuerst sein linker Oberarm am Tischbein fixiert, danach der rechte mit jenem Martins. Ein wirksames Rezept, ohne Chance einer realen Gegenwehr. Es wollte ihn ja niemand verletzen. Langsam kam ihm der Rest in den Sinn. War es das, was er vergessen hatte, verdrängen wollte? Dafür war es nun zu spät, erkannte er in den Augen des Gegenüber, die ihn musterten.

„Du darfst als Sportler nicht zu viel trinken, deswegen beschränken wir beide uns auf einen Cocktail pro Rate. Meine bevorzugte Mischung besteht aus zwei Komponenten, ein Shooter aus Sambuco und Bailey scheint mir angebracht. Eine fabelhafte Kombination. Zuerst 3 cl Sambuca in ein Glas füllen, dann langsam 1 cl Baileys so vorsichtig hinzufügen, dass sich die beiden Zutaten nicht vermischen. Sinnbildhaft für das Duo, das wir bei diesen Cocktail-Parties bilden werden. Das Ganze leeren wir bis zur Neige, selbstverständlich auf Deine Kosten, auf die Du mit der Zeit kommen wirst. Der Preis von 5 Euro ist moderat und einen pro Woche kannst Du Dir trotz Deines Trainings gönnen, wenn nicht gerade an den folgenden drei Tagen ein Wettkampf stattfindet. Vereinbaren wir einen fixen Termin, dass es niemanden auffällt. Diese Sauna hat ihre Meriten, wie Du merken wirst."

„Aber - die anderen Gäste" stotterte Helmut.

„Werden nicht stören, maximal genießend zusehen, wenn Du sie anlockst. Ein Grund für Dich, mehr zu schweigen. Ich merke, Du hast zugestimmt, oder nicht? Beginnen wir mit Deiner ersten Rate der Barzahlung, es bietet sich ja an, so wie diese Liegen gestaltet sind, oder nicht?"

Marin bemerkte den verständnislosen Blick seines Schuldners und bedeutete ihm mit festem Griff, was er erwarte. Es begann ein Marsch im Hintergrund zu spielen, passend, als wäre ein Live-DJ bei ihnen.

Die Barfrau stellte den beiden nur mit ihrem Handtuch Betuchten den bestellten Drink auf die Theke und fragte lächelnd, was der kurze Schrei in der Sauna bedeutet hätte.

„Ich habe ihn mit dem Gartenschlauch kalt abgespritzt, da ihm zu heiß geworden ist. In solcher Jugend erblüht die erhitzte Haut, als wäre der Junge auf glühenden Kohlen gegrillt worden. Das wird sich mit der Zeit etwas legen, hofft er. Neues zu lernen ist immer mit etwas Schmerzen verbunden." Schmunzelnd prostete er dem muskulös-schlanken Athleten zu.

„Ich krieg' keinen?" Helmut staunte.

„Du bist Sportler im Training, ich werde Dir einen alkoholfrei servieren, wart's nur ab."

Sie plauderten mit der Barfrau. Inzwischen waren einige andere Gäste gekommen, ein Pärchen und ältere Herren, die den Körper des Jungen anerkennend mit neidischen Blocken streiften. Insbesondere die Beleibteren, während die Damen mit ihm zu flirten begannen. Geraume Zeit später forderte Martin zum Aufguss auf und einige folgten ihm, setzten sich auf ihre Handtücher. Wieder quälte er die Sauna-Gäste mit seinem Paradeaufguss, doch alle schienen echte Kenner zu sein und keiner verließ die Kabine vor dem letzten Aufguss, der sogenannten Damenspende. Dann schlenderten alle der Reihe nach zur Dusche unter dem damen-freundlich gedämpften Licht und ließen sich kalt abspritzen. Der Gartenschlauch-Guss schien eine beliebte Version zu sein. Im größeren Ruheraum sammelten sich dennoch nur Männer, denn das kleine Kabinett hatte davor seine Geheimnisse enthüllt, einen Schminktisch mit Spiegel, den die Damen sofort mit Beschlag belegten.

Zwei etwa vierzigjährige Herren hatten es sich mit ihnen gemütlich gemacht, als Martin ihnen erklärte, er habe einen Novizen einzuschulen, ob sie beide ihm etwas zu Hand gehen wollten. Der Junge wäre etwas schüchtern und noch zu widerspenstig. Helmut wurde verlegen, merkte, dass sein Körper ihn verrate wolle und drehte sich auf den Bauch, ohne vorauszusehen, was er damit preisgab.

„Dem gebührt donnernder Applaus! Ein überaus schöner Tonus der gestreiften Muskulatur. Ich wette, die Mädels reißen sich darum", grinste der Eine.

„Musculus ist Lateinisch und heißt Mäuschen", wusste der Andere.

„Ein kontraktiles Organ" setzte der andere fort. „Dieser Mechanismus ist nur beim Menschen so schön ausgeprägt und trainierbar. Eine lohnenswerte Aufgabe, wert allen Mühens."

Helmut spürte, dass nun endgültig ein Zahltag gekommen war.

„Ich muss ihm noch seinen Cocktail servieren, alkoholfrei" hörte er Martin im Hintergrund, der sich ihm jetzt näherte, sich vor ihn setzte.

„Wir beide sorgen dafür, dass er lernt, das Glas bis zur Neige zu leeren, wie es sich bei einem Shooter gehört", versprachen die beiden.

„Hört, ein Walzer, ‚Tanzen möchte ich, jauchzen möchte ich', wie passend singt die Diva zum Dreivierteltakt. Gleich danach kommt mein Lieblingsstück, die Sonate für Klarinette und Klavier von Francis Poulenc, der Satz mit der Klarinette" freute sich der links von Helmut und begann den Takt zu klatschen, in den sein Kollege rhythmisch einfiel und mitträllerte. Das Klavier begann mit dem zweiten Stück. „Ich liebe dieses feurig-muntere Finale, das Allegro con fuoco, das in allen möglichen Tonarten spielt, meist im Vierviertel-, doch unterbrochen von Zwei- und Dreivierteltakten. Das macht Laune und bringt Abwechslung, oder nicht, Helmut?"

Keine Antwort belohnte den Frager, der Junge konzentrierte sich zu sehr auf das Solo. Martin bemerkte mit Freude die wachsende Begeisterung und Leidenschaft des Jungmusikers. Beim Tremolo der Klarinette applaudierte das Trio heftig und gemeinsam. Genre und Takt wechselten, Joan Baez erfreute sie mit ‚We Shall Overcome', was Martin zum Anlass nahm, mit rauchiger Stimme leise mitzusingen: "Deep in my heart, I do believe, I'll overcome" und seinen Worten Taten folgen ließ.

Die Barfrau war neugierig und wollte aus den beiden Vierzigern die Info herauskitzeln. „Was macht unser Beau. War der Aufguss zu anstrengend für das jugendliche Herzchen?"

„Nun, der hielt sich tapfer bis zum Schluss. Ihm gefällt die Musik sehr. Ich glaube, er ist ein begeisterter Musikant. Er kann sich nur noch nicht für das richtige Instrument entscheiden und die Wahl dauert eben."

„Da kann ich nur Galileo Galileis Rat empfehlen", ließ sich der zweite Herr vernehmen:

>„Questo par che c'insegna la natura,
>Che quand'un non può ire a dirittura,
>Va dret'a una strada più sicura."

"Klingt nett, aber auf Deutsch wäre alles besser!" Die Cocktailmixerin lächelte keck den vermeintlichen Poeten an. Der Erste versuchte es:

>„Dies dünkt mich, lehrt uns die Natur:
>Wenn Einer nicht auf dem gewohnten Weg vorankommt,
>Such er sich hintenrum eine bess're Straße."

In diesem Moment betrat Helmut die Bar und bat um einen großen Fruchtsaft.
„Gespritzt oder nur gemischt?" Die Bardame war keck.

„Ich bin nicht wählerisch, was schneller geht." Warum die Gäste in Gelächter ausbrachen, konnte Helmut nicht einordnen, doch er war bemüht, seinen Platz auf dem Handtuch sitzend auf einem der Fauteuil einzunehmen und mied dabei klugerweise die Barstühle. Lächelnd prosteten ihm die beiden Helfer Martins zu und dann diesem, der gerade eintrat.

„Mir gefällt Euer Ruheraum", eröffnete Martin das Geplänkel. „Insbesondere die Musik ist traumhaft anregend. Man könnte stundenlang dahindösen."

„Oh, unser Daniel Düsentrieb möchte beim Saunieren über sein Helferlein sinnieren. Ich wiederum würde Deinen Freund gerne zeichnen, meine flinke Ölkreide würde sich gerne den Erwartungen der Aufgabe stellen."

Der Hobby-Percussionist lächelte Helmut an: „Wie wäre es, es dauert nicht ewig, wie etwa malen. Außerdem tätowiere ich und so eine schöne Leinwand findet man selten. Ein großflächiger, schattierter Drachenleib würde traumhaft an Dir aussehen, bei Deinem fantastischen Körper. Sieh mal, hast Du Interesse?"

Er zeigte ein Foto eines meisterhaften Tattoos an einem vergleichbaren Athletentorso, das sich, am Rücken beginnend, über die Schulter bis zum Oberarm erstreckte und trotzdem die Unterarme frei ließ. Man würde es nur am unbekleideten Rumpf richtig sehen können.

Helmut war überrascht. „So etwas habe ich noch nie gesehen. Was kostet so etwas und wie lange dauern wie viele Tätowier-Sessions."

„Der Künstler muss das Motiv auf die Haut zeichnen, denn sonst wird das nichts. Ich kann nur tätowieren, nicht so ein Werk entwerfen. Er wird etwas mehr als eine Stunde brauchen. Dann muss man sehen; ich denke, mit zwei, drei Sitzungen wird es hinzubringen sein, jede über drei Stunden mindestens. Die können auch am gleichen Tag erfolgen, wenn Du Geduld hast und nicht allzu wehleidig bist. Das für die schwarzen Linien und Schattierungen. Wenn Du noch Farbe dazu willst, hängt das von einigen Kriterien ab und wird richtig teuer. Bei Deinem Körperbau würde ich davon abraten, denn sonst wirkst nicht mehr Du mit der Grafik, sondern die Zeichnung für sich allein. Die Frage des Preises müsste man diskutieren, denn der Grafiker will auf seine Kosten kommen und signieren, wie ich ihn kenne und ich habe auch meine Vorstellungen. Alles zusammen wirst Du kaum unter Tausend bleiben und das selbst bei einem Freundschaftspreis."

„Bedenke, dass Du das nie wieder runter kriegst und wenn es schief geht, ist Dein Body versaut." Der Zweite klang skeptisch. „Allerdings muss ich zugeben, dass mein Freund Recht hat. Du hast die Figur dafür. Denk darüber ausgiebig nach, denn ein Zurück gibt es nicht mehr, wenn Du einmal angefangen hast. Probier' es zuerst mit dem Kopf, dann kannst Du mit dem Ergebnis zumindest leben, noch besser, um Deine Haut zu testen, lass' Dir nur diese Kralle auf der Brust ausführen, die das Foto zeigt. Bei einem Problem kannst Du damit leben, das sieht im schlechtesten Fall wie eine Narbe aus und die verunstaltet Dich nicht. Außerdem mach einen Vertrag mit dem Künstler und lass die originäre Zeichnung sofort umsetzen, so schnell Du kannst. Jedes Nachziehen wird nie mehr so, wie das Original. In den Pausen kannst Du Dir ja die Art Erholung gönnen, die japanische Meister anbieten."

„Ernsthaft, ich denke darüber nach." Helmut war sichtlich begeistert. „Gib mir Deine Nummer?"

„Mein Vorschlag, wir treffen uns in vierzehn Tagen wieder." Martin war am Gehen-

„Nein, geht nicht. Ich bin im Trainingslager in Götzis zu dieser Zeit, bis zum drauffolgenden Mittwoch."

„Wie fährst Du hin und wo wohnst Du dort?" Fiel der zweite Vierziger ein.

„Mit der Bahn, der Zug hält direkt dort, ich wohne mit dem Team, das organisiert der Verband, warum?"

„Wenn Du ein preiswertes Appartement suchst, meine Verwandte vermietet eines in Dornbirn, nur etwa zwölf Kilometer entfernt, für bis zu drei Personen. Sie verlangt 40 Euro am Tag. Dort hält auch jeder Zug."

„Bestens, ich muss fast zur selben Zeit dort in die Nähe und reise mit dem Auto. Die Firma zahlt meine Unterkunft ab Mittwoch und damit wohnst du gratis.

Ich bring Dich dann nach Hause, wenn Du bis zum Freitag bleiben kannst. Ich übernehm' jetzt auch Deine Rechnung, ich muss jetzt heim. Was ist, passt Dir das alles?" Martin blickte Helmut in die Augen und gewahrte die Zustimmung in ihnen, bevor er die Antwort hörte:

„Gerne, danke, ich habe bei m einem Chef schon lang genug frei genommen?"

„Einen Drink, schöner Mann?" Die Vierzigerin hatte sich angepirscht und lächelte den Athleten erwartungsfroh an. Der Jüngling wurde verlegen. Die beiden Vierziger musterten die reife Juno, der die Lust ins Gesicht geschrieben stand. Ihre Figur wirkte straff, die volle Brust schien nicht zu hängen, die Hüften rundeten sich zart und die Schenkel schienen stramm ohne Anzeichen vor Cellulitis. So einer Lehrerin sollte jeder Sportler gehorchen, fand er und sein zweites Ich übernahm die brisante Entscheidung: „Gerne, ich nehme Buttermilch aufgespritzt mit Mineralwasser."

Glücklich orderte die Blondine das erfrischende Getränk und die Bardame mischte bereits mit dem Satz: „Einmal nachtanken für Sportler", woraus helles Gelächter ausbrach. Die Dame verstrickte ihn ins Gespräch und sie unterhielten sich. Helmut vergaß auf sein optisches Handicap und folgte ihr in die Sauna, wo sie den dritten Aufguss nur zu zweit genossen. Nach der Dusche im Ruheraum führte sie ihre Hand an seinen Brustmuskel und forderte ihn auf: „Was Du willst, das man Dir tu, das füg` auch einer andren zu", drehte sich auf den Bauch und wartete.

Als sie eine Stunde später an die Bar trat, spürte sie die Eifersucht der anderen weiblichen Gäste und sonnte sich darin.

„Ich habe die Musik lauter drehen müssen, Euer Gespräch ist zu laut geworden" rügte die Saunachefin mit einem süffisanten Grinsen, Der junge Herr hat seine Meinung ziemlich konsequent geäußert."

„Ja, nicht wahr. Ich bin immer überrascht, wie stur solche Jungs immer auf derselben bestehen und nicht wanken. Da nützt alles nichts, sie sind einfach nicht zu biegen. Schade nur, dass sie das nicht mehr schaffen, wenn sie älter werden. Deshalb macht es immer wieder Spaß, es zu versuchen. Bitte die Rechnung und noch eine schöne Nacht für alle."

Frechdachs

„Das Café scheint schon zu schließen, es ist doch erst sieben." Helmut klang sichtlich verwirrt.

„Macht nichts, ich wohn' nur zwei Minuten vor hier und wir sind bald fertig." Rita kurvte schon um die Ecke, bog in Seitengassen ein und fand schnell einen Parkplatz.

„Hereinspaziert und Schuhe ausziehen, hier liegen überall Teppiche, Ich komm in zwei Minuten.." Sie huschte bereits voraus in das Bad, während er sich langsam ins Wohnzimmer vorarbeitete. Es sah eine feminine Umgebung mit Möbeln, die ziemlich stabil aussahen, die Couch einladend aus hellem Leder und alles sehr gemütlich.

Sie warf den Kaffeeautomaten an, leerte die Abraumlade und wartete, bis die Saeco-Maschine ihre Betriebstemperatur erreicht hatte. Dann drückte sie einen der Knöpfe und der Automat ließ zwei Espresso herunter. Sie setzten sich an den Küchentisch. Die Anzugjacke hatte sie abgelegt, ihre elegante Bluse präsentierte sich weiter komplett hochgeschlossen. Helmut war beruhigt, denn er fürchtete sich vor einer Abweisung erfolgloser Annäherungsversuche beim de facto ersten Date, dem Rendezvous, das nunmehr als spontane Show-down-Veranstaltung in ihrem Appartement stattfand.

„Okay, was hast Du geschaffen."

„Beziehungen im Knast, das stellt ein sehr heißes Thema dar, da die anderen Insassen ziemlich negativ dazu eingestellt sind. Vor allem, weil diese Pärchen ja ein geregeltes Eheleben in trauter Zweisamkeit führen. Stundenlang, gemeinsam eingesperrt, Sex haben, während dagegen selbst die verheirateten Heteros jahrzehntelang darben müssen. Da gibt es mehr Notzucht als man sich vorstellen kann. Diese ist meist nicht mehr mit physischer Gewalt verbunden, sondern ein alternatives Zahlungsmittel für Schuldner, die nichts anderes mehr anbieten können und sich vor Prügel fürchten. Aber auch dominant besetzte Ehen sind dort nicht unüblich. Wie heißt es doch so euphemistisch: Häf'nschwul ist nicht schwul."

„Das ist bei jüngeren Männern ab ihrer Pubertät doch so üblich oder? Ist doch genetisches Programm? Jeder möchte gerne dem andern Burschen die Hosen runterziehen und ihm den Hintern versohlen, bis er sich fügt und eine Jungfrau ersetzt? Am ehesten passiert das, wenn sie beide sich auf eine ferne Schöne kaprizieren und deswegen grundlos eifersüchtig aufeinander sind, oder, wenn sich die Gelegenheit ergibt, beispielsweise bei langen Wochenenden oder bei ausartenden Initiation-Ritualen in gewissen Studentenverbindungen."

„Wer behauptet das?"

„Sag bloß, Du wüsstest das nicht?"

„Ich hab als Junge nie solche Kämpfe oder Gedanken geführt!"

„Bist Du kein normaler Junge gewesen? Wie würde es Dir jetzt in einer Strafanstalt ergehen, wenn Du kein Geld hast und einige Jahre vor Dir, mit all Deinen Wünschen und hinter Dir das Begehren notgeiler Männer? Glaubst Du, Du könntest Dich beschützen gegen mehrere? Was bliebe Dir andres übrig, als Schutz zu suchen. Bei einem, den Du trotz Widerwillens akzeptieren musst?"

„Nie im Leben. Ich würde um mein Leben kämpfen?"

„Leben, nein. Um Deine Jungfernschaft allein und das ist kein so lohnendes Objekt, oder?" Rita wird jetzt richtig frech gegen Helmut - in ihrer eigenen Wohnung. Der Athlet soll jetzt so lange provoziert werden, bis er die gewünschte Rolle spielt und die Fassung verliert, wie es das Trio geplant hatte.

„Das glaubst Du?"

„Ich weiß, wie schnell Jungs sich unterwerfen können, wenn sie einen echten Herrn hinter sich spüren."

„Was heißt das?"

„Das muss jeder schon selbst wissen. Ich ahne das sofort, wenn mich eine derartig veranlagte Frau ansieht. Bei Euch muss das ebenfalls ähnlich laufen, oder?"

Helmut denkt angestrengt nach. Kann Rita etwas von seiner verlorenen Martinsschlacht wissen? Nein, entscheidet er, möchte sich keine Blöße geben. „Man kann nie wissen, wie man in einer derartigen Situation reagieren würde. Da könntest Du Recht haben."

„Richtig, man kann das nicht, frau schon."

„Weil Ihr alles unter Kontrolle habt."

„Natürlich, wir sind nicht so spontan wie Ihr und dermaßen abhängig von irgendwelchen Stimmungen."

„Das ist völlig falsch."

„Ist es nicht. Wenn Du plötzlich einen Kampf ausfichst und Deinen Gegner überwindest, ist Dir egal, ob es Mann oder Weib ist, Du wirst Dich danach gleich verhalten. Das ist eine genetische Sache."

„Und wenn ich verliere?"

„Dann wirst Du ebenso genommen, wie Du selbst geben würdest, zweifelst Du daran? Ihr seid einfach so codiert."

„Niemand schafft es, mich zu beugen, niemand?"

„Ha, sogar ich schaffe das, mein Kleiner was bist Du eigentlich, ein Mann? Ich bin sicher, im Knast würdest Du eine gute Stellung einnehmen - auf den Befehl Deines Herrn sogar auf den Knien?"

„Was bildest Du Dir eigentlich ein, wer bist Du, dass Du so redest?"

„Bist Du jetzt ein Mann oder nicht?"

„Ich warne Dich!" Helmut ist erregt aufgesprungen.

„Wovor, vor dem bösen großen schwarzen Mann?"

„Ich glaube, Du brauchst jemanden, der Dir die Flötentöne beinbringt."

„Auf Deiner Flöte? Schau mal, ob sie sich bereit macht!"

„Rita." Ja, sie erhebt sich und dreht sich seitlich weg.

„Ja, so heiße ich, willst Du mir was sagen?"

„Ich gehe, sonst werde ich handgreiflich."

„Du, niemals, Dir fehlst das Gen dazu."

„Tschüs, ich finde allein raus."

„Du findest nicht einmal Deinen Hintern in Deiner Hose, wenn Dir keiner hilft." Sie wird langsam warm und wirklich keck: „Jeder andere Kerl hätte mir schon längst was gezeigt, Tschüs, Kleiner."

„Ich hau ab."

„Natürlich, geh' schon, Bubi."

Helmut fasst sie am Arm und zischt: „Noch ein Wort und ich vergess' mich!"

„Du? Dass ich nicht lache."

„Letzte Warnung!"

Sie grinst ihn an und lacht: „Du bist nicht Manns genug!"

Helmut dreht sie Richtung Couch und nutzt die optimal gelegene gepolsterte Lehne, um sich Rita zu beugen.

„Und jetzt, Zehnkämpfer, gehst Du jetzt hochspringen?"

Eine schwere Hand versucht ihr Glück.

„War's das, bist Du jetzt befriedigt? Gehst Du jetzt wieder brav spielen, in den Sandkasten, Bubi? Die Szene wird lustig, Amelia Dedham hätte sich bei den Dreharbeiten prustend mokiert. Was soll schon in dieser Epoche der Metrosexuellen noch machohaft ablaufen?"

Die Verzweiflung über den offenen Hohn und laufenden Spott treibt das Mannswesen an, die in den Athleten gesteckten Erwartungen zu erfüllen, aber nur kurz. Rita erkennt, dass sie endlich auf dem erwünschten Pfad der Verheißung wandelt und höhnt weiter: „Muss ich Dir auch dabei helfen oder schaffst Du das alleine?"

Endlich löst sich die Scheu und mit einem Mal spürt sie, dass der Spaß zu Ende ist und Ernst in den Ring steigt. Wie hieß es doch gleich in ihrer gemeinsamen Planung? Wenn Du erst den Auslöser zum 'no-way-out' gedrückt hast, sieh' zu, dass er dem Pfad folgt und es zu Ende führt. Nur keine halben Sachen akzeptieren, wenn die andere Seite der Medaille geprägt wird. Nur mit dem Stempel der Münze ist sie gültig geprägt, kannst Du Dein Ziel erreichen, wenn der Revers sauber punziert wurde.

„Was war das? Zeigst Du mir gerade das Vorspiel unter Männern oder was?"

Sie hört ihn vor Wut schnauben. Rita wird von sich selbst überrascht, wie sie auf solche Machomanieren reagiert, die sie vorsätzlich herausgefordert hat. Sie erkennt, wie leicht es ist, einen Ochsen zu lenken, der sich als feuriger Islero fühlt.

„Was soll das jetzt, willst Du, dass ich auch etwas von all dem merke?" Sie fühlt die beginnenden Regungen im Unterbauch, als der wütende Jüngling nach ihrem Hosenknopf fingert. Er schafft es, diesen zu öffnen und findet den Zipp-Verschluss. Der Stoff lockert sich und endlich spürt sie die kühlende Frischluft.

„Ich werde Dir zeigen, wer der Herr im Haus ist!" Helmut keucht seine Drohung und macht sie wahr. Es fällt ihr schwer, lange genug still zu halten und lauthals zu lachen.

„War das jetzt das Vorspiel? Kommt noch etwas Männliches oder bist Du fertig, Jungchen?"

Sie kann sich gerade noch beherrschen, nicht laut zu jammern. Erleichtert hört sie einen Reißverschluss zirpen und merkt, dass der Herr hinter ihr seine Waffe zückt. Sie erinnert sich an Coras eindringliche Mahnung: „Egal, wie schamhaft Du schon errötest bist: Wenn Du das endlich hörst, dann gib Gas, sonst wird nichts mit dem Kavaliersstart, dann sucht ein werdender Pensionist mit Wackeldackel auf der Hutablage einen Parkplatz für seinen Käfer."

„Geht Dir schon die Luft aus? Reicht das für einen Zehnkampf?" hetzt sie weiter. Erfolgreich. Schon nach kurzer Zeit merkt sie, dass sie den Löwen geweckt hat, dass hier keine Spielchen mehr fruchten, sondern das Ziel erreicht, bald überschritten wird.

Helmut spürt, dass er der frechen Zicke Herr wird. Er erlebt das Gefühl, das Martin bei ihm selbst in der Sauna überkommen haben muss, als dieser seinen Durchsetzungswillen ausdrücklich bekundet hatte. Seinen Pfad ohne Punkt und Beistrich abzuändern gegangen war. Er setzt seinen Eckpfeiler und fertigt den Vertrag, den er gerade eingeht, ohne das Kleingedruckte gelesen zu haben. Er siegelt und befühlt die vom Punzieren noch heiße Medaille.

„Das wirst Du mir büßen!" Er hört die Drohung und erkennt augenblicklich ihren Wert. Beflügelt durch den Rausch der Macht hat er seine Niederlage besiegelt, einen wahren Pyrrhus-Sieg errungen.

„Was glaubt Du, was jetzt passiert?" Die Frage lässt alle Chancen offen. Rita hat sie auswendig lernen müssen. Jetzt dankt sie Cora insgeheim dafür.

„Ich hab' meiner Freundin gezeigt, wer ab jetzt Ihr Mann ist."

„Das glaubst Du wohl! Damit?"

„Nein, damit! Ich applaudiere Deiner Schönheit, die Du mir widmest." Der Claqueur bringt sich lautstark in Erinnerung.

„Was soll ich mit einem Bubi wie Dir?"

„Du wirst lernen, was Dein Freund alles toleriert und was nicht. Sag das nie wieder zu mir, sonst wiederholen wir das Ganze!"

„Das Ganze, das schaffst Du nie, Bubi!"

Die Kapitulation zeichnet sich ab, trotz der Niederlage kämpft der Verlierer weiter und begibt sich damit widerspruchslos in die Hand des Siegers, diesem gnadenlos ausgeliefert. Rita beglückwünscht sich. Sie hat das zweite Spiel provoziert, Satz und Sieg errungen und wird nichts davon jemals hergeben. Niemals wieder. Die signierte Urkunde trägt sie mit Stolz.

„Jetzt noch einmal, wenn Du ein echter Mann bis, aller guten Dinge sind drei!" Überrascht vor der Wirkung ihrer Worte bereut sie zuerst, was sie getan, doch mit der Zeit spürt sie die Macht ihres Sieges und kostet sie aus.

„Jetzt schone ich Dich mal ein wenig. Drei Runden dauern Amateurkämpfe, Profis müssen zuerst ein paar Jahre trainieren. Du hast beste Anlagen dazu, wie werden sehen." Damit kuschelt sie sich in die verlockende Armkuhle und schlummert ein. Helmut betrachtet die erblühte Rose und erkennt sein Dilemma. Jetzt hat er sich in den wahren Doppelnelson begeben.

Auch er war eingeschlafen. Als er erwacht, spürt er, dass etwas oberfaul riecht. Neben ihm räkelt sich die Schöne und zeigt ihm ein Selfie am Smart-Phone.

„Ein Mädchen wird mit einem Kuss getröstet, wenn es sich angeschlagen hat. Weißt Du das nicht mehr?"

Gehorsam macht er sich an die geheißene Pflicht und diese führt nach vollendeter Ausführung zu einem weiteren Kampf um den süßen Tod. Gelöst lächelt sie ihn an und erklärt: „So, das war also Dein Wille. Du hast erobert, wonach Du Dich gesehnt hast. Dafür krieg' ich Dich, ratzeputz, mit Haut und Haaren und unter meinen Bedingungen. Du gehörst jetzt mir."

„Wenn Du willst, das ich mich beugen soll, als Revanche …"

„Du wirst weit mehr als dass, aber nicht ich zarte Maid werde das tun, das wäre nicht fair. Ich lege Deine Erziehung ab jetzt in erfahrenen Hände und schick Dich dorthin. Zur Auffrischung, jedes Mal, wenn mir das nötig erscheint. Glaub' ja nicht, dass ich wegen dem gerade eben, ich deswegen Dir gehöre! Vergiss diese Idee sofort. Du ja, ich nein. Du hast spontan Dein Mütchen gekühlt, doch ich werde Dir mein Brandzeichen aufbrennen, das Tattoo. Ich werde Dir den Drachen widmen und ihn bezahlen. Du wirst alle vereinbarten Vertragsbedingungen erfüllen, damit er leistbar bleibt. Die geplanten Werbefotos zeigen kein Gesicht, deswegen habe ich zugestimmt."

„Woher weißt Du davon?"

„Mädels plaudern eben, Oder glaubst Du, meine Freundin würde für Dich etwas tun, ohne sich zuvor mit mir darüber abzustimmen. Ich muss den Künstler vorher allein treffen, damit der Preis auch stimmt. Mit mir wird er anders, besser verhandeln müssen, als mit Dir. Denn ich will ja nichts von ihm. Ich geb' Dir über Deinen Termin Bescheid. Da es am Wochenende geplant ist, hast Du keine anderen Verpflichtungen, sonst sag sie umgehend ab. Schon nächste Woche wirst Du als gebranntmarktes Kind herumlaufen. Freu' Dich drauf."

„Danke." Ganz weiß er nicht, wie ihm geschieht, die Vorfreude auf die Tätowierung verblendet ihm das Hirn.

Wie Vera es prophezeit hatte. „Lass' ihm ja keine Gelegenheit zum Nachdenken. Du musst das Eisen schmieden, solange es glüht. Wenn es einmal gebogen ist, findet es nie mehr zur alten Form zurück. Sei das Heft der Klinge und führe sie, wie einen echten Damaszener-Stahl. Der trägt das unverkennbare Muster, bleibt über alle Vorstellungen biegsam, spontan formbar, und kehrt doch immer wieder in die alte Form zurück. Die weiblichen Samurai nennen einen derartigen Dolch Kwaiken, der wurde zur Selbstverteidigung, für den rituellen Selbstmord, als Schutz vor Schande, auch von Mönchen, verborgen unter der Kleidung getragen. Nimm ihm das Eigentumsrecht über seinen Dolch. Wahre die Klinge in der Scheide Deiner alleinigen Entscheidung."

Rita leitet den letzte Akt der Domestizierung ein: „Du forderst mich als Deine Freundin? Weißt Du denn nicht, dass ein erfolgreicher Bauer sein Feld regelmäßig bestellen muss? Dass kein Unkraut darauf gedeiht?" Der Dressurakt scheint erfolgreich beendet, Rita suhlt sich in ihrem Verlangen.

Tattoo

Rita war zufrieden. Ihr Telefongespräch hatte sie motiviert, animiert, die Erfolgsbotschaft wirkte nach. So war es also eingetroffen. Helmut hatte sich für das Tattoo entschieden, wenn sie es ihm nach ihrem Treffen mit dem Künstler schenken würde. Noch war sie nicht seiner Beziehung zu ihr sicher. Sie erkannte die latente doch meisterhaft verborgene Symbolik, die ihr Suzette zum Drachen-Motiv gezeigt hatte, neben jener für Martins Bullen. Sie ist begeistert. Das wird ihren Mann an der Leine halten, solange kein anderer es weiß oder erkennt und sich lautstark darüber auslässt. Wer zum Weibe geht, vergesse die Peitsche nicht, heißt es bei Friedrich Nietzsche. Also musste sie sich diese zuerst verdienen, sodass sie glaubhaft reagierte, wie die Mädels ihr ans Herz gelegt hatten. Wenn Helmut nun plangemäß ihre Unterwerfung inszenierte, wären sie quitt. Das Weibchen in ihr frohlockte, Schmetterlinge spürte sie plötzlich im Bauch.

Dann sah sie erneut auf die Bilder des Modells. Fantastisch. Der bestaussehende Mann, den sie je getroffen hatte, als Drache und Biest in Rage. Dazu ihren Eigentumsstempel. Des Künstlers Pseudonym-Signatur nahezu unsichtbar und nur für Kenner sichtbar in die Schuppen am Rücken des Drachen eingearbeitet, im Stil des Fonts ‚Mesquite Std'.

Dafür würde der Art-Profi lange brauchen. In den Pausen die Nadel wechseln. Japanische Entspannungsübungen einlegen, bis zuletzt beide befriedigt sind, weil der Preis dadurch vereinbarungsgemäß um 50% sinkt und Stillschweigen vereinbart ist. Insbesondere gegenüber dem Tätowierer der Massenarbeit nach der fertigen Kontur des Tattoo, die der Maler selbst in die Haut eingravieren wird.

Auch der Andere würde sich großzügig zeigen, die Schattierungen und minimalen Kolorierungen ausführen und ebenso Rabatt wegen der zugesagten Werbefotos durch das Zehnkämpfer-Modell geben, wie sie vereinbart haben. Sie würde die raffinierten Ratschläge Suzettes wirklich voll ausführen. Umgekehrt würde die Ernennungsurkunde eines Würdigen zum Titularbischof des römischen Fesseë auch Suzette begeistern. Dieser Titel für ein nicht mehr existierendes Bistum, war eine passende Idee, völlig unerwartet für alle. Schließlich hatte auch Kurt Krenn einst als Weihbischof diesen Rang für die nicht mehr existente Diözese Aulonia erhalten. Die andere Perspektive, der versetzte Akzent, je nach Sichtwinkel, wäre ihr alleiniges Eigentum, der verborgene Schlüssel zum ‚Sesam öffne Dich‘, der bei Bedarf die Büchse der Pandora zugänglich macht.

Auch sie würde sich das begehrte Tattoo gönnen, den eigenen Lippenabdruck hoch auf ihrer linken Hinterbacke. Ihr Name bestand aus acht Segmenten, Strich-Punkt-Strich für das ‚R‘, zwei Punkte für das ‚I‘, der Strich für das ‚T‘, ‘ und Punkt-Strich für das ‚A‘. Acht, das chinesische Symbol für die Unendlichkeit. In einigen Wochen würden sie hintereinander im Löffelchen liegen, die Lippe liebkost vom schuppigen Drachenleib. Sie fühlte sich bereit für das, was sie und Suzette inszeniert hatten, die choreografierte Show konnte ab jetzt ablaufen.

Der Report

Der Justizminister hatte eine angeblich hochqualifizierte Arbeitsgruppe installiert, welche die Erkenntnisse des Ministeriums zusammenfassen und Vorschläge erarbeiten würde. Diese sollten geeignet erscheinen, Änderungen vor allem bei der wahlerfolgs-bestimmenden Außensicht des Volkes auf die Regierung und die Justiz zu erzielen. Anschließend diesen Erfolg umfrageoptimiert vermarkten. Aber da war noch die nächste Ausgabe des „Der Insider" als Datei im Web unterwegs.

Listiger Kampf

Harry berichtete seine Kollegen beim nächsten Treffen: „Herwig hat sie alle überlistet. Auf Basis seiner Schriftsätze konnten sie eine Lösung gegen ihr Dilemma finden, denn die Anhäufung der juristischen Probleme durch ihn und seine Plagiaten war nicht mehr mit konventionellen Mitteln zu bekämpfen. Die Medien begannen, darüber zu berichten und Justizsprecher der Oppositionsparteien nervten den Justizminister mit gehäuften parlamentarischen Anfragen, die er nicht sinnvoll beantworten konnte. Der Rebell basierte seine Anliegen strikt auf veröffentlichte Artikel in der Richterzeitung und öffentlich zugänglichen Berichten wie jenen des Rechnungshofes, der Volksanwaltschaft oder der Folterkommission des Europarates in Strasbourg.

Beispiele für die unnachahmliche Art und Weise der Satzgestaltung des Rebellen habt Ihr hier."

Sie nahmen ihre Insider-Magazine und lasen entzückt.

Fußfessel-Diskriminierung

Der Ausschluss von Maßnahmen-Häftlingen von der Vollzugsart der Fußfessel im letzten Jahr der Freiheitsstrafe bzw. nach Strafende stellt eine eindeutige Diskriminierung dar!

Zur fortgesetzten Anhaltung NACH Strafende, zur Frage von rechtzeitig erhaltenen Therapien bzw. zur termingerechten Entlassung bei Strafende rügte der Rechnungshof im Bericht über den Maßnahmen-Vollzug bereits 2010/11, dass das Prinzip „Therapie-Ende VOR Straf-Ende" keineswegs beachtet werde und dies trotz der OGH-Entscheidung 1991, dass „durch die vorbeugende Maßnahme nach § 21 (2) StGB die THERAPIE von psychisch angeschlagenen Rechtsbrechern sichergestellt werden soll", passend zum Text des § 24 (1) StGB, wonach „die Unterbringung in einer Anstalt für geistig abnorme Rechtsbrecher VOR der

Freiheitsstrafe zu vollziehen und die Zeit der Anhaltung auf die Strafe anzurechnen sind", und, „dass der mit der Therapie anzustrebende Erfolg gemäß § 25 (3) StGB von Amts wegen mindestens alljährlich zu prüfen ist."

Dazu passt die Entscheidung des Oberlandesgerichts, des OLG Graz, dass „für den Fall einer schlüssigen Darlegung des zu verfolgenden Amtshaftungs-Anspruches unter exakter Anführung der zu überprüfenden Entscheidungen einem neuen Antrag nichts entgegensteht."

Eine Rechtfertigung der Sicherheitsverwahrung für Maßnahmen-Untergebrachte setzt laut dem Europäischen Gerichtshof für Menschenrechte, dem EGMR, voraus, dass der potentielle Gewalttäter „in einem Krankenhaus, einer Klinik oder einer anderen geeigneten Einrichtung" untergebracht ist, was bei den Justizanstalten in Österreich zweifelsfrei nicht der Fall ist. In Graz werden sie innerhalb eines Zellenhauses nur durch eine Etage getrennt.

Dies auch wegen fehlender Personalressourcen, die auch der deutsche Bundesverfassungsgerichtshof, der BVfG in Karlsruhe, als zwingend nötig bereit zu stellen determiniert, der auch „unabhängige Gremien" für die Lockerungsschritte fordert, insbesondere für Freigang, Ausgang, Urlaub etc.

Zu Therapie-Ende vor Straf-Ende gilt ebenfalls: „Insbesondere muss gewährleistet sein, dass erforderliche, psychiatrische, psycho- oder sozial-therapeutische Behandlungen, die oftmals auch bei günstigem Verlauf mehrere Jahre in Anspruch nehmen, zeitig beginnen, mit der gebotenen hohen Intensität durchgeführt und möglichst vor dem Strafende abgeschlossen werden (ultima-ratio-Prinzip)."

Die Maxime „Therapie-Ende vor Straf-Ende" fordert in letzter Konsequenz, dass nach ständiger Rechtsprechung des OGH die Anstalt sich zu rechtfertigen hat, sollte der „geistig Abnorme" nicht jährlich planmäßige Therapie-Fortschritte aufweisen. Jede Abweichung vom - in letzter Konsequenz vom Vollzugsgericht zu genehmigenden - Therapie-Plan, dem gesetzlich vorgeschriebenen Vollzugs-Plan für Untergebrachte, ist zu begründen

Es besteht für den Untergebrachten das subjektiv-öffentliche Recht auf sofortige Therapie nach einer erstmaligen, validen Diagnose. Dessen Durchsetzung sollte das Vollzugs-Gericht als gleichzeitig auch Rechtsschutz-Gericht garantieren, der Untergebrachte bei Unterlassung dieser Amtspflicht mit einer Amtshaftungsklage gegen diese Organe des Staates nicht zaudern.

Laut Gesetz gilt die Fortsetzung der Maßnahme nur für jeweils 12 Monate. Daher wären die Voraussetzungen zur Genehmigung der Fußfessel im letzten Jahr der Strafhaft laut Urteil, jedenfalls nach der Strafzeit schon ex lege gegeben. Dies verweigert jedoch die Vollzugs-Direktion mit Hinweis auf den aktuellen Gesetzeswortlaut. Diese aktuellen Unterschiede bei der Fußfessel-Vergünstigung zwischen den Strafgefangenen gegenüber den Maßnahmenvollzugs-Opfern widersprechen somit dem Grundsatz der Rechts-Einheit, -Sicherheit und -Kontinuität. Die Vereinbarkeit der Anhaltung in der „Wobis" oder „Puchmühle" bei gleichzeitigem Ausschluss der Fußfessel ist nicht erkennbar und auch nicht juristisch aus einem Gesetzestext oder den Erläuterungen zur Regierungsvorlage ableitbar.

Dort handelt die Vollzugsdirektion mit vom Gesetz nicht umfassten „Ketten-Unterbrechungen." Somit widerspricht - wieder einmal - der Gesetzgeber sich selbst im Vollzug, insbesondere bei Maßnahmen-Opfern der Justiz - RES IPSA LOQUITUR!

Den Spiegel vor das Gesicht halten

Herwig schrieb genüsslich im Insider-Magazin: „Zum Seifenhandel und dem Stehlen von Toilettenpapier berichteten nahezu alle österreichischen Medien im Februar 2014, erinnert Ihr Euch? Dazu zeige man zu den wahren Vorgängen im Vollzugsgericht mit einer Grafik mehr, als alle Worte vermögen. Auch daraus lässt sich immer wieder nur Eines mit Sicherheit gesagt werden:

Alles muss erst einmal erkämpft werden

Der Verfassungsrechtler Univ. Prof. Dr. Bernd-Christian Funk hat die Maxime vorgegeben: Nahezu alles, was ein Häftling erreichen will, muss er durch die Instanzen gegen den Staat erkämpfen, der dabei selbst durch seine Richter die ureigenen Interessen wahrt. Ein Grund mehr, dass viele aufgeben, weil sie nicht die Nerven besitzen, diesen Weg und all den begleitenden Spott ihrer Mithäftlinge durchzustehen, wenn immer wieder Entscheidungen des Vollzugsgerichts jenseits einer Rechtsstaatlichkeit fallen und man ohne weiteres von einer rechtswidrigen kurfürstlichen Privatrechtsprechung sprechen kann.

Jedes einzelne Rechtsmittel verlängert den Rechtsweg üblicherweise von der Einbringung nach einer Entscheidung des Erstgerichtes bis zu vier Monate bis zum Beschluss der Instanz. Dabei ist keineswegs gewährleistet, dass sich das zuständige Oberlandesgericht überhaupt an die Spruchpraxis der Obersten Gerichtshofs hält und somit wird die fragwürdige Vorgehensweise gegebenenfalls zum Albtraum eines Rechtsuchenden, der sich fälschlicherweise darauf verlässt, dass der Staat seine Robenträger und ihre Beschlüsse auch kontrollieren würde.

Auch auf diese Weise kann eine Justiz sich vor dem Aufdecken von Mängeln und Fehlentscheidungen schützen. Besonders im Falle kürzerer Strafen vergeht somit die restliche Haftzeit mit Rechtsstreitigkeiten und den dabei möglicherweise gewollten Verschleppungen durch die Vollzugs-Richter einher, während die Justizanstalt gleichzeitig dem Insassen etwaig anstehende Lockerungen verwehrt, wobei sie auf die fehlenden Entscheidungen des Vollzugsgerichts verweist. Ob mit oder ohne Einwirkung durch einen verärgerten Richter, sei mal dahingestellt.

183

Aus diesem Henne-Ei-Problem resultiert fast nahtlos deren Verweigerung für den aufmüpfigen Rechtssuchenden, der sich dagegen nicht mehr zu wehren weiß. Eine organisierte Form eines zufälligen Aufeinandertreffens von einer Verschleppung durch Richter auf die Verweigerung von Vollzugs-Lockerungen wird jedenfalls immer jenseits des Denkmöglichen behauptet, da ja das Vollzugsgericht für diese formal gar nicht zuständig ist.

Das ist der wahre Grund, warum in den Vollzugsgerichten noch immer in Willkür geurteilt wird und weiter die Anhörungen in Geheimjustiz rechtswidrig im Gesperre ohne eine rechtskonforme Erörterung der Gutachten mit den üblichen Verdächtigen erfolgen. Zumindest so lange, bis einer den Rechtsweg erfolgreich durchlaufen hat und sich daraus ein Standard entwickeln konnte, der als juristischer Benchmark dienen und der lokalen richterlichen Willkür ein Ende bereiten kann.

Selbstverständlich kann sich jeder anhand der Grafik ausrechnen, dass bei fünf Zyklen die Gesamt-Laufzeit für eine dem geltenden Recht konforme Anhörung bis zu zwei Jahre dauern mag. Es darf dabei die Idee ausgeklammert werden, dass sich die Richter bemühen würden, schnell zu arbeiten. Warum sollten sie gegen ihre eigenen Interessen handeln?

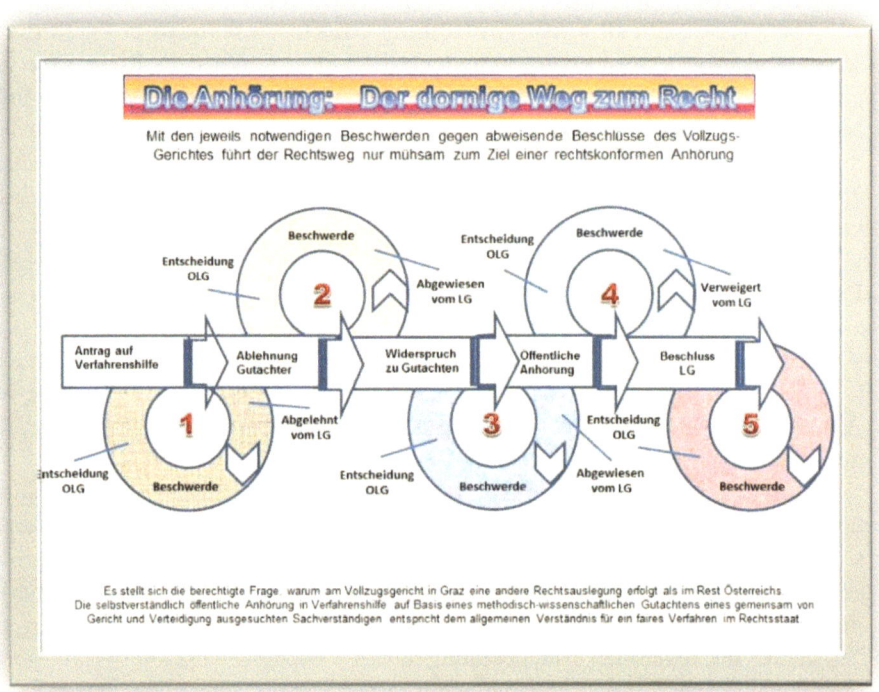

Das Strafvollzugsgesetz diskriminiert Inländer

Das OLG Wien stellte fest, die generalpräventiven Voraussetzungen seien ausreichend zur Ablehnung des Antrags nach § 133a StVG. Wobei der Senat selbst als (Zitat) „nur einigermaßen realistisch die Möglichkeit, potentielle Straftäter davor abzuhalten …" einschätzte, Raub mit steigenden Raten pro Jahr, vorrangig in Wien, einzudämmen.

Zusätzlich hat das OLG Wien klar dargelegt, dass die spezialpräventive Komponente durch die Ausreiseprognose abgedeckt ist, und nur die Generalprävention Berücksichtigung zu finden hat. Dies nach der Novellierung des StVG § 133a durch das Budget-Begleitgesetz 2009, wobei ein anderer OLG-Senat Wiens die Diskriminierung der Inländer, der Österreicher, feststellte.

Das OLG Wien steht auf dem Standpunkt, die nummerische Einordnung als § 133a anstatt von § 4a StVG sei ein „Redaktionsfehler", der jedoch bis heute nicht behoben wurde. Deswegen ist § 133a noch immer vom § 167 StVG umfasst.

In faktischer Schutzbehauptung meint wieder ein anderer OLG-Senat Wiens, in Anwendung der deutschen Rechtsprechung seien die Bestimmungen zur bedingten Entlassung ausreichend. Gleichzeitig verweigert derselbe Senat die Anwendung der ebenfalls vom Bundes-Verfassungs-Gerichtshof Karlsruhe ergangenen Entscheidung zum Maßregelvollzug, der diesem Gesetz eine völlige Neugestaltung verordnete.

Zum § 21 Abs. 2 StGB verweigert das OLG bis heute eine Normenprüfung am VfGH anzuregen, obwohl drei OLG-Senate in unterschiedlicher Rechtsprechung zur selben Rechtssache „erkannten." Die Diskriminierung der Österreicher gegenüber jedem Ausländer bleibt somit weiter bestehen, obwohl sie sowohl dem in der EU durchgängig gültigen „Vertrag von Lissabon" als auch der „Grundrechts-Charta" widerspricht.

Aus den dargelegten Aspekten der Regierungsvorlage zum § 133a StVG geht eindeutig hervor, dass bei jedem Ausländer das „Drittel" durch den Gesetzestext automatisch anzunehmen ist und nur in einer marginalen Anzahl der Fälle aufgrund von „generalpräventiven Bedenken" bzw. „in Hinblick auf die Schwere der Tat … gegebenenfalls ausgeschlossen werden könnte."

Somit stellt § 133a StVG NUR für Ausländer und somit entgegen Art. 7 Bundesverfassungs-Gesetz einen faktischen Freibrief sogar - im Normalfall - für die „Halbstrafe" bzw. jedenfalls für das „Drittel" dar.

Dies wird gleichzeitig den Österreichern und - NUR nach § 21 (2) StGB – Untergebrachten in laufender Diskriminierung verweigert. Das ist verfassungs- und EMRK-widrig!

Die Aspekte „generalpräventiver Natur" müssen „aus der Schwere der Tat ableitbar sein." Bei „21-ern" ist dies nicht generell der Fall. Woraus iSd teleologischen

Aspekte das Vollzugs-Gericht nach der Verurteilung (z.B. wegen gefährlicher Drohung gegen einzelne Personen) annehme, dass das „Sicherheitsgefühl der Bevölkerung" schädige, ist von diesem Gericht nachvollziehbar darzulegen. Dasselbe gilt für jeden anderen österreichischen Häftling.

Die je Fall generalpräventiven Überlegungen sind nachvollziehbar zu begründen, spezialpräventive Überlegungen sind NICHT anzustellen. Dies und nichts anderes besagt die ständige Rechtsprechung des Oberstgerichts.

Es gilt nach ständiger Rechtsprechung ebenfalls, dass offenkundige Tatsachen nicht einmal mehr behauptet werden müsse, das Gericht diese von Amts wegen berücksichtigen muss. Somit die Diskriminierung der Inländer berücksichtigen, woraus eine zwingende Normenprüfung am VfGH abzuleiten ist, einzuleiten durch das Vollzug-Gericht resp. dem Instanz-Gericht OLG.

Jedenfalls ergibt sich auch daraus, dass jeder Österreicher berechtigt ist, iSd Gleichheitsgrundsatzes und des Diskriminierungsverbotes - analog - einen Antrag gemäß der Rechtsprechung zu § 133a StVG aufgrund der oben dargelegten Sachlage an das zuständige Vollzugs-Gericht zu stellen und zur Wahrung seiner Rechte Beschwerde einzureichen, damit ein folgendes Amtshaftungsverfahren nicht an einem fehlenden Rettungsversuch verfahrensrechtlich scheitert.

Die dritte Novellierung in kurzem Abstand wird unabdingbar. Das zeigt, mit welchem Pfusch der österreichische Gesetzgeber die von der Europäischen Union vorgegebenen Pflichten gegenüber Ausländern einhält und auf die eigenen Staatsbürger pfeift!

Der Ausschluss von Untergebrachten (Maßnahmen-Häftlingen) per Gesetzes-Wortlaut, hier noch dazu in Anwendung eines „Redaktionsfehlers" (siehe oben), stellt eine eindeutige Diskriminierung dar!

Aktuelle Unterschiede zwischen bedingter Halb- und Drittelstrafe der Strafgefangenen gegenüber den Maßnahmenvollzugs-Opfern widersprechen somit ebenfalls dem Grundsatz der Rechts-Einheit, -Sicherheit und -Kontinuität.

Das alles umrahmte der listige Irrfahrer in den Justizwelten mit seinen Artikeln im Insider, die er zur Erbauung vieler Richter mit ausgefeilten Textspenden anreicherte. Da verwies er gerne bei Behauptungen in Gerichtsentscheidungen, seine Schreibweise sei wirr, er würde entgegen dieser Anwürfe aus gutem Grund im zivilisierten Deutschland geehrt als

Karlauer Literaturpreisträger

Der Workshop Kreativ Schreiben erntet neue Meriten. Einer der Teilnehmer in 2014 wird beim deutschen Ingeborg Drewitz Literaturpreis für Gefangene im

April 2015 in Düsseldorf geehrt, falls er dorthin reisen darf. Sein prämiertes Gedicht wird in der dort erscheinenden Anthologie veröffentlicht. Leider scheinen diese Verse nicht geeignet, die intern für den Insider geltenden Bedingungen für einen Abdruck zu erfüllen, da es sehr spezifisch auf Problemstellungen des Vollzugs eingeht, zu denen aktuell vom Staatsanwalt noch ermittelt wird.

Dazu verfasste er einen zärtlichen Liebesbrief an den Justizminister, mit einem:

Ansuchen um Haftunterbrechung ins Ausland

Da der absolut unzuständige JA-Karlau-Mitarbeiter des Dr. Mock, Rathmanner, sich anmaßte, eine Entscheidung zu treffen, die ihm - bereits laut Gesetz - keinesfalls zusteht, wird der BMJ aufgefordert, diese Entscheidung selbst zu treffen oder diese, monokratisch bestimmt, einem Subalternen wie dem Vollzugsdirektions-Leiter Prechtl persönlich aufzutragen.

Als einer der Preisträger des Ingeborg-Drewitz -Literaturpreises für Gefangene 2014 wurde ich bereits frühzeitig zur Preisverleihung am 19. April 2015 nach Düsseldorf eingeladen. Daher beantrage ich höchst vorsorglich bereits jetzt die zeitlich der Reise entsprechende Unterbrechung der Unterbringung, bei Bedarf in Begleitung des verantwortlichen Bibliotheksleiters BInsp. Thomas H***, der aktuell zum Workshop „Kreatives Schreiben" tätig ist und dazu bereit wäre.

Das Ersuchen um ministerielle Stellungnahme und Entscheidung erfolgt aufgrund der nötigen Auslandsreise, deren begehrte Genehmigung meines Wissens laut StVG nicht in die Kompetenz eines Anstaltsleiters oder dessen subalternen Offiziers fällt.

Eine Fluchtgefahr ist laut Akteninhalt und OLG Linz nicht gegeben.

Außerdem würde ich mir damit die Chance entgehen lassen, meinen ehemaligen Trauzeugen BMJ Dr. Wolfgang Brandstetter und die werten Damen und Herren Staatsanwälte, Richter, Justizwachebeamte und Gutachter als Angeklagte oder Zeugen mit ihren jeweiligen Straftaten öffentlich konfrontieren und durch den Schöffensenat und das Volk aburteilen zu lassen.

Mag. Herwig Baumgartner e.h.
Politischer Gefangener

Die Glosse ‚Outsider' im Insider 34 fokussiert ähnliche Aspekte des Knastlebens.

Ein Jahr danach fabulieren sie wieder, die Autoren des Workshops ‚Kreatives Schreiben'. Wie die Mitglieder der Schachgruppe dokumentieren sie einen neuen Weg in der Freizeitgestaltung. Zwar sind es noch wenige, doch langsam fragen sich auch andere, die auch nicht auf den Kopf gefallen sind, warum sie selbst mit

Ego-Shooting und Soap-Opera als Bildschirm-Junkie langsam runden. Dies vor allem im Winter, wenn kein Fußball die Gemüter reizt. Weitere Angebote im Bereich Bildung stehen in der ‚Pipeline' und harren eines Budgets, hört man munkeln. Eine neue Schiene wurde jedenfalls gelegt und die ersten Touristen versuchen sich als Draisinen-Fahrer.

Wer sagt, dass im Knast die Bildung hintanstehen müsste? Die ECDL-Kurse zur berufsnötigen Zertifizierung mit dem europäischen Computerführerschein sind begehrt, auch Maturanten sammeln sich zum nächsten Fachgebiet. Es hat sich herumgesprochen: Keine Bildung bedeutet ‚null Chance am Arbeitsmarkt', unabhängig von der Vorbelastung durch eine Haft. Diese lapidare Erkenntnis hat jene überzeugt, die bisher nicht wussten, wie sie ‚draußen' weiter leben sollen, ohne rückfällig zu werden. Wer keine Ausbildung hat, keine Chance zur Schärfung seines Geistes sucht und nutzt, bleibt im Wirtschaftsleben des 21-ten Jahrhunderts auf der Strecke.

Daher gibt es eigentlich nur einen Scheideweg. Mit neuem Elan voran, etwas Kreatives zu schaffen, bessere Strategen zu besiegen, Prüfungen abzulegen oder versauern. Was kann die Justiz noch weiter tun, als all dies anbieten? Die Kritiker am Irrsinn des Wegsperrens über 17 Stunden pro Tag müssen sich entgegnen lassen, dass ein Großteil der Insassen keine Perspektive haben will. Was jedoch belohnt diejenigen, welche sich aufraffen, handeln, sich weiterbilden?

Unberührt sieht die Politik dem Versagen der Resozialisierung weiter zu.

Das Feedback in der Medienwelt war großartig. Wenngleich auch keines der subventionierten Medien etwas nachdruckte, kannten plötzlich Viele diese Texte. Dank Internet und Mail waren sie unauffällig und subversiv verbreitet worden und ihre Botschaft wurde verstanden. Seine Rhetorik hob Inkonsistenzen und Selbstwidersprüche in Ideologie und Argumentation der Justiz und ihrer Protagonisten, der Richter, wahrheitsgetreu, aber offensichtlich und für jene in möglichst peinlicher Weise heraus. Manche Medien übernahmen die schartigsten Aussprüche mit Genuss. Herwig sah sich plötzlich für Vollzugslockerungen vorgeschlagen und würde Ausgang erhalten.

Justizreport

Der vielfach angekündigte Justiz-Report erschien endlich. Das Trio, die selbsternannte Crew ‚Investigativer Journalismus', hatte zuvor einen Status mit Inhalten aus den eigenen Recherchen des Teams aufbereitet. Dazu Entwürfe für Artikel über Mängel und laufende Ermittlungen der Justiz erstellt, Rechnungshof- und Volksanwaltschaftsberichte aus 2010 und 2013 verwendet. Anschließend die Ergebnisse mit jenen des Justizausschusses zu Vollzug und Maßnahme analytisch verglichen.

Die Enttäuschung über das Ergebnis der internen Kommission des Justizministeriums in der Regierung führte zu sauren Kommentaren von allen Oppositionsparteien. Ein Parlaments-Ausschuss wurde nach der überraschenden Absage im Dezember 2014 durch die Großkotzparteien erneut gefordert, da der Justizminister offensichtlich seine Aufgaben nicht lösen wolle.

Erkennbar war Eines: Entlassungen aus der Maßnahme nahmen unmerklich, doch deutlich zu. Ein Beispiel dafür war das merkbare Umdenken der Anstalt Karlau im Falle des Justizrebellen.

Helmut gelang ein Hit mit seinem neuen Artikel, der es in die ersten Seiten des verlagseigenen Magazins schaffte und die mühsame Recherche-Arbeit des Teams mit Erfolg krönte. Im Insider 34 bildete dieser Text eine Titelstory mit der bezeichnenden Headline:

Ein Mäuslein kreißte

Der Berg - er hielt still. Was sollte er sonst tun? Die wahre Geschichte eines epochalen Werkes. Den Report BMJ-V70301/0061-III 1/2014 der Arbeitsgruppe Maßnahmenvollzug kann jeder maßgerechte Bürger zu seiner sinnlichen Erbauung downloaden. Für unsere Leser haben wir keinen Aufwand gescheut und rafften einige kommentierte Auszüge aus dem titanischen Werk der beteiligten Geistesgrößen zusammen.

Sie waren herbeigeströmt auf Aufforderung des Sektionschefs Mag. Michael Schwanda, um für den Justizminister Dr. Wolfgang Brandstetter den Maßnahmenvollzug zu durchleuchten und als wahre Leuchten ihres Faches geniale Verbesserungen einzuleiten, damit nicht wieder Untergebrachte in Justizanstalten aromatisch duftend in ihren Zellen verwesen sollten. Darunter jene Kapazunder, welche sich in den bisherigen Strafanzeigen und Berichten über Menschenrechtsverletzungen im Vollzug an vorderster Front bewegen.

Schließlich galt es, der Besitzstandwahrung und persönlichen Präferenzen des Hohelied der Perpetuierung zu trällern. In politüblicher Selbstbeweihräucherung parlierte die Gruppe von namhaften Expertinnen und Experten miteinander und verfasste die besagte Wortspende.

Bericht: Der Bericht stellt den Zwischenstand einer weiterzuführenden dynamischen Diskussion dar und gibt die Vorschläge und Empfehlungen aus den jeweiligen Fachbereichen der Arbeitsgruppe wieder, aus welchen sich in der vorliegenden Zusammenschau die aus fachlicher Sicht gebotenen Reformen ergeben. Es konnte eine sehr breite interdisziplinäre Partizipation erreicht und damit sichergestellt werden, dass die Expertise der im Maßnahmenvollzug relevanten Akteurinnen und Akteure unmittelbar in die Überlegungen der Arbeitsgruppe einfließen.

Insider: Das Magazin ‚Profil‘ spricht aktuell dazu beim Maßnahmenvollzug vom ‚Guantanamo‘ Österreichs. Diejenigen, welche die bisherige menschen- rechtswidrige Gesamtsituation zu verantworten haben, erarbeiten Reformvor- schläge, um den Status ihrer bisherigen Arbeitsergebnisse, sprich das Los der Un- tergebrachten, entscheidend zu verbessern.

Bericht: So sind nicht mehr zeitgemäße, oftmals stigmatisierende Begriffe durch weniger diskriminierungsgeneigte zu ersetzen. Beispielsweise dokumentiert Punkt 5 der legistischen Vorschläge diese grandiosen Ergebnisse mit: Anpassung der Gesetzessprache an die modernen Entwicklungen: an Stelle von ‚geistig ab- norm‘ etwa ‚Rechtsbrecher/in, der/die an einer schweren psychischen Störung leidet‘.

Insider: Die epochale Erkenntnis ist lobenswert, dass man derselben Kuh ei- nen gefälligeren Namen geben soll, um der befürchteten Verständnislosigkeit der Bevölkerung entgegenzuwirken.

Bericht: Die Zuständigkeit des Justizressorts bleibt erhalten, jedoch werden die Länder finanziell an der stationären Behandlung im Maßnahmenvollzug betei- ligt.

Insider: Weil die Kosten ins Unermessliche explodieren, kriegen die Länder Aktien der ‚Bad Bank Maßnahme‘. Die Zustimmung der Länderfürsten wird er- hofft und - gleich dem Hypo-Desaster - erwartet der Justizminister begeisterte Kostenübernahme-Erklärungen durch Real Big Spender der Bundesländer für den heißgeliebten Bund, wie beispielsweise von Erwin Pröll.

Bericht: Forensische Gutachten sollten aufgrund der mit ihnen für die Be- troffenen regelmäßig verbundenen weitreichenden Folgen besonderen Qualitäts- anforderungen entsprechen. Diesen werden die in der Praxis erstatteten Gutach- ten mitunter nicht gerecht

Insider: Diese Gruppe schrieb so nebenbei ein neues Lehrbuch für die An- wendung euphemistischer Formulierungen für das Gutachtensdesaster. Bei genau- erem Lesen erfährt der begeisterte Student des Werkes Details.

Bericht: Dieser kritische Befund beruht auf den Ergebnissen einer vom Bun- desministerium für Justiz in Auftrag gegebenen, von der Universität Ulm durch- geführten Qualitätsanalyse über die ‚Gutachten zur Zurechnungsfähigkeit und Ge- fährlichkeitsprognose von Sexualstraftätern in Österreich'

Gerichtliche Urteile und die ihnen zugrundeliegenden Sachverständigengut- achten sind zumindest potenziell in zweifacher Weise nicht treffsicher: Betroffene, die nicht in den Maßnahmenvollzug gehören, geraten dorthin, während andere Angeklagte, bei welchen die Unterbringung nahe liegt, lediglich eine Freiheitsstrafe erhalten.

Insider: Das ist jedoch nicht alles. Weiter erfährt man auch: Obwohl weitgehend anerkannt ist, dass die Analyse von Risikodispositionen und die Rückfallprognose eine Spezialisierung bedingen, wird dem in der Praxis bei der Auswahl der Person des/der Sachverständigen noch zu wenig Augenmerk geschenkt.

Bericht: Festzuhalten ist, dass die Rate der ‚Falsch-Positiven' die Rate der ‚Falsch-Negativen' überwiegt. Derzeit ist im besten Fall von vier ‚Falsch-Positiven' für eine ‚Richtig-Positive' Person auszugehen, weshalb - wie noch näher auszuführen sein wird - eine Verringerung der ‚falsch-positiven' Maßnahmenuntergebrachten durch möglichst viele sinnvolle und wirksame Alternativen angezeigt ist.

Insider: Übersetzt heißt das - einfach formuliert:

80% der Untergebrachten gehören nicht in den Maßnahmenvollzug.

Wie vertuschen wir medial unauffällig die bisherigen Verbrechen an den Untergebrachten im - laut Profil - Guantanamo Österreichs?

Bericht: Bereits in den letzten Jahren wurden für den Bereich der judiziellen Praxis vermehrt Fortbildungsmöglichkeiten in den Bereichen forensische Psychiatrie und Psychologie und forensische Kriminalprognostik angeboten.

Insider: Laut Website der Österreichischen Ärztekammer seit September 2006. Aber angeboten heißt nicht automatisch auch: Genutzt! Dazu weiß der Report mehr.

Bericht: In Österreich gibt es eine Ausbildung für forensisch-psychiatrische Gutachter/innen - die positive Absolvierung der entsprechenden Diplom-Ausbildung der Österreichischen Ärztekammer stellt die Voraussetzung für die Eintragung als Sachverständige/r für das Fachgebiet ‚psychiatrische Kriminalprognostik' in der Gerichtssachverständigenliste dar - erst seit rund zwei Jahren.

Obwohl die bisherigen Curricula recht erfolgreich verliefen und gut angenommen wurden, ist bislang nur eine einzige Person im Fachgebiet ‚psychiatrische Kriminalprognostik' als gerichtlich beeideter Sachverständiger eingetragen.

Insider: Dabei wurde dieses für Österreich einzigartige Forensik-Genie, Dr. Reinhard Haller, laut LG Linz nicht aufgrund dieser Ärztekammer-Ausbildung zertifiziert, sondern hat das zuständige Landesgericht eigene Erkenntnisse dazu verwendet, ihm diese Berechtigung zu erteilen. Jedoch plant das Ministerium, für die bisherigen Scharlatane unter den Sachverständigen - namentlich jedem bekannt - eine wahrhaft Österreichische Lösung.

Bericht: Schaffung von Ausnahme- bzw. Übergangsregelungen für langjährige forensisch-psychiatrische Gutachter/innen, die sich der vorgesehenen Qualifizierung nicht (mehr) unterziehen (müssen) und den universitären Bereich.

Insider: Damit soll für die justizeigenen Fachteam-Cliquen abgesichert werden, dass die bisherigen Auftragsnehmer, meist greise Freunderl der Vollzugsrichter, weiter ihr Schindluder treiben können. Allerdings sollen sie dafür weit besser bezahlt werden, damit sie erstmals richtige Untersuchungen durchführen statt welche ‚mit dem Nassen Finger aus der Ferne' zu erstellen. Oder auch nicht.

Bericht: Bei den besonders zeitaufwändigen psychiatrischen Untersuchungen sollte es (für die Sachverständigen) erstmalig möglich sein, stundenweise abzurechnen, da finanzielle Anreize geschaffen werden sollten, damit sich Gutachter/innen einerseits einer entsprechenden qualifizierenden Ausbildung unterziehen und andererseits qualitätsvolle, umfassende forensische Gutachten erstellen.

Insider: Im Gegenzug, als Anreiz für interessierte Anwälte, welche den Scharlatanen in Weiß auf die Pelle rücken wollen, sollen die Rechte des Untergebrachten verbessert und dabei insbesondere die grundrechtlich garantierten Verfahrensrechte eingehalten werden. Damit ergibt sich zwangsläufig auch die perfekte Chance, einen Sachverständigen wegen eines Falschgutachtens persönlich mit seinem gesamten Vermögen haftbar zu machen und Schadenersatz einzuklagen.

Bericht: Bei Untergebrachten gemäß § 21 Abs. 2 StGB soll im Entlassungsverfahren das Erfordernis der notwendigen Verteidigung (im Sinne des § 61 StPO) ab dem Zeitpunkt des urteilsmäßigen Strafendes, bestehen. Vorher soll das Vollzugsgericht verpflichtet sein, den/die Untergebrachte/n aufzufordern, eine/n Verteidiger/in namhaft zu machen und/oder die Verfahrenshilfe zu beantragen.

Insider: Freiwillig dies? Wohl kaum. Warum denn dann? Der Grazer Richten Helmut Krischan ignoriert im Vorsatz EGMR-Entscheidungen seit 1992, wie das Werk beweist.

Bericht: Im Laufe der Entwicklung der Rechtsprechung zu dieser Frage konkretisierte der EGMR, dass eine anwaltliche Vertretung für psychisch kranke Menschen im Maßnahmenvollzug im Prinzip unabdingbar ist. In einer weiteren Entscheidung bekräftigte der EGMR die Pflicht der Mitgliedstaaten, eine anwaltliche Vertretung für psychisch kranke Menschen im Maßnahmenvollzug bereitzustellen (EGMR Megyeri vs. Germany, 12/05/1992 (13770/88); Magalhaes Pereira vs. Portugal, 26/02/2002 (44872/98).

Insider: Damit wird die Grazer Kurfürstenrechtsprechung mit verfassungswidriger Verweigerung eines Verfahrenshelfers der Wiederaufnahme ausgeliefert und kann Dr. Helmut Krischan mit seinen Mandarinen und somit die steirische Maßnahmen-Justiz vielfachen Wiederaufnahmeverfahren freudig entgegenblicken - mit all den darin inbegriffenen Schadenersatzklagen, denn erstmals in der Geschichte der Psychiatrie Österreichs werden offiziell gültige Standards begehrt.

Bericht: Die fehlenden Qualitätsstandards für derartige Gutachten wurden bereits vom Rechnungshof im Jahre 2010 bemängelt. Es wird daher die Einrichtung einer interdisziplinären Kommission empfohlen, die sich gezielt der Schaffung von Qualitätsstandards für psychiatrische und psychologische Prognose- und Schuldfähigkeitsbegutachtungen im Rahmen der Urteilsfindung sowie im Entlassungsverfahren widmet. Diese Richtlinien, deren Adressaten neben der Richter-

und Staatsanwaltschaft auch die forensischen Gutachter/innen sind, könnten sich an den von Boetticher et al. (2005, 2006) publizierten derartigen Mindestanforderungen orientieren.

Insider: Bis dato waren die Zitate desselben Autors (Boetticher et al. - NStZ, Heft 10/2006) bei den Richtern chancenlos. Die Freunde der Scharlatane ignorieren bis heute diese und andere medizinische Fachliteratur. Dabei profilierten sich in der Vollzugspraxis bisher insbesondere folgende Mitglieder der Expertengruppe: RidLG Mag. Martina SPREITZER-KROPIUNIK und Mag. Sonja HÖPLER-SALAT, beide LG Strafsachen Wien, dabei gedeckt durch das weitere Mitglied der Arbeitsgruppe, ihr Gerichts-Präsident, Mag. Friedrich FORSTHUBER.

Bericht: Bei nach § 21 Abs. 2 StGB Untergebrachten entscheidet das Vollzugsgericht nach Strafende, ob auf Grund weiterbestehender Gefährlichkeit die Behandlung in einem psychiatrischen Krankenhaus erforderlich ist (Entschließungsantrag NR 1022/A(E) XXIV. GP). Dort sitzen die gerichtlich bestellten Auftragsgutachter, teilweise als Primarius, als Chefarzt der Vertuschungs-Medizin.

An Universitätskliniken ist die Habilitation Voraussetzung für die Berufung zum Chefarzt oder Leitenden Arzt der Abteilung. In der JA Asten ist beispielsweise die bekannte Heidi Kastner ohne jede universitäre Qualifikation als Leiterin tätig.

Insider: Für die medizinische Scharlatanerie bei den angeblichen Experten zeichneten unter anderem die Univ. Doz. Dr. Karl DANTENDORFER, Ass. Prof. Dr. Ernst GRIEBNITZ sowie Univ. Prof. Dr. Reinhard EHER (BEST), der Guru der 'Gutachten aus der Ferne' aus Akten des Fachteams verantwortlich. Also jene Quacksalber, die bis heute die nunmehr offiziell empfohlene Medizinliteratur ignorieren.

Bericht: Universitäre Verankerung der forensischen Psychiatrie - Schaffung eines Lehrstuhls für forensische Psychiatrie: Diese Forderung wurde im Verlauf der Richter/innenwoche 2014 und auch seitens der Vollzugsverwaltung sowie der Selbstvertreter/innen der Menschen mit psychischen Erkrankungen, die aufgrund ihrer Krankheit gegen geltendes Recht verstoßen haben, erhoben.

Insider: Zu erwähnen, dass somit bis dato Scharlatane und Quacksalber mit intakten Beziehungen zur Staatsanwaltschaft die Gutachten erstellt haben, wird wundervollerweise vergessen.

Bericht: Vorschläge zur Organisation der Vollzugsverwaltung:
Aufbau entsprechender Fachkompetenz im Bereich Betreuung in der Vollzugsdirektion (vgl. RH 2010) bzw. (ab 1. Juli 2015) in der neuen Generaldirektion für den Straf- und Maßnahmenvollzug.
Kontrolle der Behandlung und des Behandlungserfolgs durch Schaffung einer zentralen Zuständigkeit (Richter/innenwoche 2014).

Insider: Damit soll den Richtern das Recht auf die Kontrolle der Lockerungen komplett entzogen werden, entgegen dem Gesetzeswortlaut des aktuell gültigen § 166 StVG.

Bericht: Anstelle von Unterbrechungen der Unterbringung (UdU) treten Lockerungen der

Unterbringung (LdU). Die Maximaldauer von Lockerungen der Unterbringung wird auf drei Monate erhöht, wobei Verlängerungen um jeweils drei Monate möglich sind. Die Zuständigkeit für diesbezügliche Entscheidungen liegt im Sinne klarer Verantwortlichkeiten bei der Anstaltsleitung.

Insider: Das Ganze wird konterkariert durch die nächste Aussage, welche die bis dato vom Fachteam in Willkür ausgeübte Gewährung von Lockerungen schlichtweg zertrümmert.

Bericht: Um der Gefahr einer überlangen Anhaltung, und damit der Gefahr einer Hospitalisierung und damit sogar Verschlechterung der Prognose im Maßnahmenvollzug bei § 21 Abs. 2 StGB entgegenzuwirken, sollte grundsätzliches Ende der Maßnahme das Ende der Strafhaft sein. Dabei sollte nicht die Entlassung mangels ausreichender Gefährlichkeit, sondern die Nichtentlassung trotz Strafendes besonders zu begründen sein.

Insider: Dazu erläuterte das Justizministerium als besonderes Zuckerl für die Helmut Krischan-Clique - Gericht und Fachteam - die bisher vorsätzlich ignorierte Rechtsprechung in den Kurfürstentümern subalterner Roben-Möchtegerne.

Bericht: Bereits jetzt hat eine bedingte Entlassung zu erfolgen, wenn zwar die Wahrscheinlichkeit der Begehung weiterer Straftaten hoch ist, aber die zu befürchtenden Straftaten nicht mehr solche mit schweren Folgen sind. Gleiches gilt, wenn zwar Straftaten mit schweren Folgen zu erwarten sind, die Wahrscheinlichkeit hingegen nicht mehr hoch ist (vgl. Ratz, WK² StGB § 47 Rz 10-11).

Insider: Das führt zwangsläufig zur Frage des Schadenersatzes an alle Betroffenen der Fachteam-Gerichts-Mauscheleien für die Missachtung der oberstgerichtlichen Rechtsprechung bisher.

Darüber schweigt das Gremium im Wissen um allein schon die Anzahl der Verfahren, in denen die oben genannten Richterinnen rechtswidrig entschieden haben.

Bericht: Untergebrachte, die nach den empfohlenen, enger gefassten Einweisungsvoraussetzungen

nicht mehr eingewiesen würden, sind unbedingt zu entlassen. Ihnen sind auf freiwilliger Basis indizierte Betreuungs- und Behandlungsleistungen anzubieten, deren Finanzierung das Justizressort übernimmt.

Insider: Von einem Schadenersatz wegen der vorsätzlichen Freiheitsberaubung durch Richter aufgrund falscher Gutachten und Fachteam-Versagen ist keine Rede. Der Justizminister will diese Verbrechen an der Menschlichkeit weiter vertuschen, was das Zeug hält. Trotz der Klarstellung des Magazins Profil, dass der Staat Österreich sein Maßnahmen-Guantanamo ebenso zu verantworten hat.

Wie beispielsweise die Nachkriegsregierungen die Vertuschung von Verbrechen wie die einstigen Spiegelgrundaktivitäten und den politischen Schutz deren Ärzte wie den herausragenden späteren Sachverständigen des Landesgerichts für Strafsachen Wien, Dr. Heinrich Gross.

Bericht: Der Karlauer Anstaltsleiter Dr. iur. Josef Mock und der Volksanwaltsvertreter Dr. Peter Kastner trafen in der Arbeitsgruppe aufeinander.

Menschenrecht gegen Justizanstaltspraxis.

Dr. Mock im Interview im Insider 32: Alles ist in bester Ordnung, wie es ist.

Dr. Kastner: Aktuell erfolgt eine rechtswidrige Anhaltung – siehe den Volksanwaltschaftsbericht 2013. Nur die Anhaltung in eigenen therapeutischen Anstalten trägt auch dem von der Rechtsprechung des EGMR eingeforderten Abstandsgebot am besten Rechnung.

Basis: Entscheidung des deutschen Bundesverfassungsgerichts vom 4. Mai 2011, 2 BVR 2365/09.

Ignoriert seit Jahren von der Vollzugsrichterschaft.

Insider: Die Medien berichteten vom Karlauer Superhäf'n für alle etwa 400 Stück ‚21-Zweier' unter Dr. Mock. Bestätigt vom Justizminister Brandstetter, der damit die Ergebnisse der Arbeitsgruppe verhöhnt und die rechtswidrige und ‚nicht artgerechte' Anhaltung fortsetzt.

Bericht: Es wird empfohlen, besondere Außenstellen für den Maßnahmenvollzug in Justizanstalten innerhalb von fünf Jahren aufzulösen. In der Übergangsphase sind diese Außenstellen baulich, personell und organisatorisch von der Gesamtanstalt getrennt zu führen. Die Leitung dieser Abteilung inklusive der Wahrnehmung von Dienst- und Fachaufsicht über alle in ihr tätigen Mitarbeiter/innen soll durch eine Fachkraft erfolgen.

Insider: Ist doch schon der Fall, oder nicht? Im Zellenhaus sind Strafgefangene gemischt mit Untergebrachten. Alle werden medizinisch-psychologisch geführt durch den Traktkommandanten und den Strafvollzugsleiter. Jedenfalls behauptet das der kürzlich promovierte Jurist und Anstaltsleiter.

Bericht: Wenn überhaupt noch eine Unterbringung in einer Justizanstalt in Frage kommen soll - erfolgt diese vom Strafvollzug getrennt in eigenen Einrichtungen, sofern nicht die Behandlung ausnahmsweise etwas anderes erfordert, die zur Erreichung einer möglichst frühzeitigen Entlassung vollzugsöffnende Maßnahmen und Entlassungsvorbereitungen vorsehen und in enger Zusammenarbeit mit staatlichen oder freien Trägern eine nachsorgende Betreuung in Freiheit ermöglichen muss.

Insider: Vollzugslockerungen werden weiterhin vom Strafvollzugsleiter nach Willkür entschieden. Das laut OGH irrelevante Fachteam soll nachträglich exkulpiert werden. Das erreicht die Justiz folgendermaßen laut den nächsten Ergüssen der Arbeitsgruppe.

Bericht: Um die Effizienz des Maßnahmenvollzugs zu steigern, sollte auch die Nichtbehandlung kein Grund sein, den Untergebrachten nicht zu entlassen. Auch der Judikatur des EGMR zum sog. ‚Abstandsgebot‘ würde dadurch entsprochen. Bei der jährlichen gerichtlichen Überprüfung, ob die Maßnahme noch erforderlich ist (vgl. § 25 Abs. 3 StGB), wäre zudem auch das Gericht in die Pflicht genommen, zu überprüfen, ob eine erforderliche Behandlung auch angeboten wird.

Insider: Das hat der OGH schon vor Jahrzehnten normiert (vgl. RIS-Justiz, RS0090536). Nun wird eine uralte, bis dato rechtswidrig ignorierte Rechtsprechung als ‚Ergebnis‘ der Meetings intellektueller Genies in Roben verkauft.

Bericht: Bei Anhaltungen, die mehr als 5 Jahre das urteilsmäßige Strafende überschreiten, soll die weitere Anhaltung an eine ausgeprägt hohe Wahrscheinlichkeit der Begehung schwerer Straftaten geknüpft werden.

Insider: Damit werden über 90 Prozent aller bisherigen Anhaltungen aufgrund der Fachteam-Initiativen und falscher Gutachten über Jahre hinweg schadenersatzvermeidend zu sanieren versucht. Außerdem gilt diese ‚neue Rechtsprechung‘ aktuell schon immer und wird geflissentlich von den Vollzugsgerichtssenaten ignoriert. (vgl. Ratz, WK-StGB 2. Auflage, § 45 Rz 10).

Bericht: Um der Gefahr einer überlangen Anhaltung, und damit der Gefahr einer Hospitalisierung und damit sogar Verschlechterung der Prognose im Maßnahmenvollzug bei § 21 Abs. 2 StGB entgegenzuwirken, sollte grundsätzliches Ende der Maßnahme das Ende der Strafhaft sein. Dabei sollte nicht die Entlassung mangels ausreichender Gefährlichkeit, sondern die Nichtentlassung trotz Strafendes besonders zu begrün-den sein.

Insider: Das widerspricht so sehr der obgenannten 5-Jahresfrist, dass erkennbar wird, wie sehr sich die für die rechtswidrige überlange Anhaltung Verantwortlichen fürchten, dass ein Regress im Erfolgsfall einer Klage nach Amtshaftungsgesetz sie selbst straf- und zivilrechtlich persönlich trifft.

Bericht: Bei der Entscheidungsfindung des Vollzugsgerichtes über die bedingte Entlassung soll ein/e fachkundige/r Laienrichter/in (eine mit dem Maßnahmenvollzug und seiner Klientel gut vertraute Fachkraft) im Senat beteiligt sein.

Insider: Die mit-/verantwortlichen Fachteam-Mitglieder wollen ihre eigene Haut retten und bei der ‚Sanierung‘ dabei sein, damit das Risiko von Regressforderungen in Schadenersatzverfahren gering bleibt.

Bericht: Die Entscheidung über eine bedingte Entlassung wird in einer Verhandlung analog einer Haftverhandlung nach § 176 StPO getroffen. Die Anwesenheit des Sachwalters, so vorhanden, ist sicherzustellen. Auch der Case Manager nimmt an der Verhandlung in einer beratenden Funktion teil.

Die Verhandlung findet auf Verlangen der betroffenen Person öffentlich innerhalb der Vollzugseinrichtung, in der sich die Person befindet, statt.

Insider: Die Geheimjustiz bleibt das Wunschkonzert der Vollzugs-Richter, des Fachteams und der Gutachterscharlatane. Sie wird nur bei einem Aufbegehren des Betroffenen unterlassen.

Bericht: Das Gebot eines aus Art. 7 MRK abgeleiteten deutlichen qualitativen Abstands zwischen der Verbüßung einer Freiheitsstrafe und einer schuldunabhängigen präventiven Anhaltung hat über Deutschland hinaus allgemeine Geltung und zeigt auch im österreichischen Maßnahmenvollzug dringenden Handlungsbedarf auf.

Insider: Der Vertrag von Lissabon gilt, obgleich das bis dato von den Richtern ignoriert wird.

Laut Bericht - Status 2013 - werden bis dato im Durchschnitt 76,4% der Untergebrachten 3,6 Jahre über die Strafzeit hinaus angehalten. Bei 400 Insassen wurden bis dato 300 Insassen insgesamt mehr als tausend Jahre menschenrechtswidrig angehalten. Das ‚tausendjährige Reich' der Fachteams mit meist greisen Gutachter-Scharlatanen und Vollzugs-Richtern ohne jedwede medizinische Grundausbildung wird hiermit durch den Bericht ausreichend gewürdigt.

Bericht: Wirksame Formen der Dienst- und Fachaufsicht sollten im Maßnahmenvollzug Platz greifen; es sollte ein elaboriertes Führungssystem geschaffen und ein Managementsystem eingerichtet werden, das vor allem durch Wirkungsorientierung, Zielvereinbarungen, Personalentwicklung, Qualitätsmanagement und Controlling gekennzeichnet ist.

Insider: Der Report attestiert den Justizanstalten die persönliche Willkür: Bisher erfolgte alles im Verantwortungsbereich von Fachteams ohne jede Kontrolle, lieferte Kranke den hauseigenen Psychos und Maturanten in Uniform aus.

Guantanamo in Austria wird somit bestätigt.

Bericht: Entsprechend dem Ziel des Maßnahmenvollzugs sollten alle Behandlungsinterventionen ab dem ersten Tag des Vollzugs auf eine Vorbereitung einer Entlassung und somit auf Behandlung und Risikominimierung abgestimmt sein.

Insider: Der geübte Schwachsinn mit Basis- und anderen Pseudo-Gruppen-Therapien als bisher geübtes ‚Behandlungsfeigenblatt' wird eliminiert.

Bericht: Es sollte nachhaltig dafür Sorge getragen werden, dass die Unterbringungsbedingungen und die Praxis des Maßnahmenvollzugs nicht nur in den Außenstellen für Maßnahmenvollzug in den Justizanstalten deutlich verbessert, sondern auch in der Justizanstalt Wien-Mittersteig auf ein einer therapeutischen Spezialanstalt angemessenes Niveau angehoben werden.

Insider: Was schlichtweg besagt, dass bisher von einem medizinischen Niveau keine Rede sein kann.

Bericht: Es wird empfohlen, generell für eine kompetente und fachlich ausgewiesene ärztliche und therapeutische Leitung aller für den Maßnahmenvollzug zuständigen Organisationseinheiten Sorge zu tragen.

Insider: Lapidar übersetzt: Psycho-Scharlatane und Maturanten in Uniform sollen durch ausreichend ausgebildete Leitungs-Fachkräfte ersetzt werden.

Bericht: In Justizanstalten oder Außenstellen, in welchen eine Maßnahme gemäß § 21 Abs. 2 StGB während der fünfjährigen Übergangszeit vollzogen wird, soll die Mehrzahl der Mitarbeiter/innen aus therapeutischen Fachkräften bestehen. Justizwachebedienstete, die in diesen Bereichen tätig sind, sollten über entsprechende Zusatzausbildungen und über eine besondere Eignung für die Tätigkeit im Maßnahmenvollzug verfügen.

Insider: Dieser Gesetzeswortlaut gilt seit Beginn des Maßnahmenvollzugs. Die aufgedeckte Vollzugspraxis im Kadaver-Verwesungsknast Stein erinnert den Justizminister, dass Gesetze, die in seiner Verantwortung liegen, auch einzuhalten gedacht wären.

Bericht: Und in diesem Tenor geht es weiter …

Dieser unvollständige Ausschnitt aus dem Bericht zeigt dem unbedarften Leser mit unverhohlenem Charme, wie sehr die Experten-Kapazunder bestrebt waren, gesetzlichen Vorschriften und Menschenrechte einzuhalten als wichtig zu erwähnen, doch klarstellten, in der Sache nichts ohne die Garantie eines umfassenden und nachträglichen Haftungsausschlusses ändern zu wollen. Ja, der Endsieg steht nun ja kaum mehr bevor, aber man soll ja kämpfen bis zum Schluss - hieß einstmals die Durchhalteparole.

Dazu ergänzte der Jungreporter seine Erkenntnisse mit einem Schriftsatz von Herwig vom 2.4.15:

An alle Parteisprecher des NR-Ausschusses Justiz via Parlamentsdirektion
im Rahmen der Serie „Tango Corrupti" – Nr: 231
und andere

Sachverhaltsdarstellung iSd Art 52 B-VG an die Abgeordneten zum Nationalrat
und Strafanzeige wegen Straftaten in krimineller Vereinigung
mit deren ‚Kopf' - Justizminister Brandstetter

Der Bericht der Arbeitsgruppe Maßnahmenvollzug liegt dem BMJ seit Längerem vor. Er bestätigt alle bis dato von mir aufgedeckten Fakten in den bisher dem Parlaments-Justizausschuss vorliegenden 230 Sachverhaltsdarstellungen an den Nationalrat (Tango Corrupti Nr.: 1 - 230).

Die bisherigen, permanenten Strafanzeigen gegen Richter und deren Auftragsbeträger, der Psychiater, Psychologen und deren Komplizen, angestellt als Psychos in den Strafvollzugsanstalten, werden damit bestätigt.

Die bisher durch die korrupte Staatsanwalt- und Richterschaft in den Vollzugsgerichten gedeckten Psycho-Scharlatane und Gutachtensbetrüger sind somit endgültig entlarvt und versucht der korrupte, offenbar bestochene Justizminister, seine Freunderl unter dem Dr. Mengele-Gesindel weiter zu decken, wie auch jene Richter, die wie ein Dr. Helmut Krischan, Dr. Wittmann, Mag. Olschak und - die sogar in der Arbeitsgruppe als Richter vertretenen - Magi. Höpler-Salat oder Spreitzer-Kropiunik wissentlich ihre Machtbefugnis missbrauchten und vielfach strafangezeigt sind.

Beweis: Bericht der Arbeitsgruppe Maßnahmenvollzug, Zitate:
Seite 6:
Dazu wurden im Rahmen der Untergruppenarbeit die Gefahren angesichts einer unveränderbar mangelnden Zuverlässigkeit von Gefährlichkeitsprognosen und der damit verbundenen unzureichenden Treffsicherheit von Einweisungsentscheidungen aufgezeigt und die Notwendigkeit sinnvoller und wirksamer Alternativen zur Verringerung der fehleingewiesenen ('falsch-positiven') Maßnahmenuntergebrachten hervorgehoben.
Seite 42:
Das Ziel muss sein, sowohl die Anzahl der 'Fehleingewiesenen' (Falsch-Positiven) als auch die Anzahl der zu Unrecht nicht Eingewiesenen (Falsch-Negativen) zu senken. Festzuhalten ist, dass die Rate der 'Falsch-Positiven' die Rate der 'Falsch-Negativen' überwiegt. Derzeit ist im besten Fall von vier 'Falsch-Positiven' für eine 'Richtig-Positive' Person auszugehen, weshalb – wie noch näher auszuführen sein wird – eine Verringerung der 'falsch-positiven' Maßnahmenuntergebrachten durch möglichst viele sinnvolle und wirksame Alternativen angezeigt ist. Festzuhalten ist jedoch, dass unter den derzeitigen Prognosemöglichkeiten – deren Verbesserung nicht zu erwarten ist – im besten Fall von vier 'Falsch-Positiven' zugunsten einer „richtig-positiven" Person auszugehen ist.

Bei ALLEIN etwa 100 Untergebrachten NACH Strafende verantwortet der Justizminister wissentlich mit seinen Komplizen in der Staatsanwalt- und Richterschaft diese vorsätzliche Freiheitsberaubung in fortgesetzter Folter à la Guantanamo an diesen Opfern. Er riskiert eine Verurteilung in Den Haag wegen der Verbrechen gegen die Menschlichkeit, sollte nicht SOFORT, innert eines Monats, eine unabhängige Kommission, bestehend aus ausländischen Gutachtern die mindestens 80% falschen Diagnosen aufdecken und die einzelnen Betroffenen menschlich und finanziell entschädigt werden.

Dr. Wolfgang Brandstetter, der korrupte Komplize seiner Verbrecher in Robe, möchte schmeichelweich seine mindestens 1000 Jahre Freiheitsberaubung durch Dr. Mengele-Richter vertuschen.

Seite 14:

> Das Gebot eines aus Art. 7 MRK abgeleiteten deutlichen qualitativen Abstands zwischen der Verbüßung einer Freiheitsstrafe und einer schuldunabhängigen präventiven Anhaltung hat über Deutschland hinaus allgemeine Geltung und zeigt auch im österreichischen Maßnahmenvollzug dringenden Handlungsbedarf auf.

Faktum: Laut Bericht - Status 2013 - werden bis dato im Durchschnitt 76,4% der Untergebrachten waren 3,6 Jahre über die Strafzeit hinaus angehalten. Bei 400 Insassen wurden bis dato 300 Insassen insgesamt mehr als tausend Jahre menschenrechtswidrig angehalten. Das ‚tausendjährige Reich' der Fachteams mit meist greisen Gutachter-Scharlatanen und Vollzugs-Richtern ohne jedwede medizinische Grundausbildung wird hier ausreichend gewürdigt.

Seite 68:

> Die fehlenden Qualitätsstandards für derartige Gutachten wurden bereits vom Rechnungshof im Jahre 2010 bemängelt. Es wird daher die Einrichtung einer interdisziplinären Kommission empfohlen, die sich gezielt der Schaffung von Qualitätsstandards für psychiatrische und psychologische Prognose- und Schuldfähigkeitsbegutachtungen im Rahmen der Urteilsfindung sowie im Entlassungsverfahren widmet. Diese Richtlinien, deren Adressaten neben der Richter- und Staatsanwaltschaft auch die forensischen Gutachter/innen sind, könnten sich an den von Boetticher et al. (2005, 2006) publizierten derartigen Mindestanforderungen orientieren.

Faktum: Bis dato waren die Zitate desselben Autors (Boetticher et al. - NStZ, Heft 10/2006) bei den Richtern chancenlos. Die Freunde der Scharlatane ignorieren bis heute diese und andere medizinische Fachliteratur. Dabei profilierten sich in der Vollzugspraxis bisher insbesondere folgende Mitglieder der Expertengruppe: RidLG Mag. Martina SPREITZER-KROPIUNIK und Mag. Sonja HÖPLER-SALAT, beide LG Strafsachen Wien, beide dabei gedeckt durch das weitere Mitglied der Arbeitsgruppe, ihr Landesgerichts-Präsident, Mag. Friedrich FORSTHUBER.

Bericht Seite 47:

> Bei nach § 21 Abs. 2 StGB Untergebrachten entscheidet das Vollzugsgericht nach Strafende, ob auf Grund weiterbestehender Gefährlichkeit die Behandlung in einem psychiatrischen Krankenhaus erforderlich ist (Entschließungsantrag NR 1022/A(E) XXIV. GP). Dort sitzen ihre Auftragsgutachter.

Faktum: Für die medizinische Scharlatanerie bei den Experten verantwortlich zeichneten unter anderem die Univ.-Doz. Dr. Karl DANTENDORFER, Ass.-Prof. Dr. Ernst GRIEBNITZ sowie Univ.-Prof. Dr. Reinhard EHER (BEST), der Guru der „Gutachten aus der Ferne" aus Akten des Fachteams. Also jene Quacksalber, die bis heute die nunmehr empfohlene Medizinliteratur ignorieren.

Dasselbe gilt für die Geheimjustiz mit der konsequenten Verweigerung von Verfahrenshelfern durch die Dr. Mengele-Richter im Gesperre der Justizanstalten (vgl. Fall 2 BE 136/14m et. al.).

Die Grazer Richten unter Helmut Krischan ignorieren im Vorsatz EGMR-Entscheidungen seit 1992!

Seite 49:

> Im Laufe der Entwicklung der Rechtsprechung zu dieser Frage konkretisierte der EGMR, dass eine anwaltliche Vertretung für psychisch kranke Menschen im Maßnahmenvollzug im Prinzip unabdingbar ist. In einer weiteren Entscheidung bekräftigte der EGMR die Pflicht der Mitgliedstaaten, eine anwaltliche Vertretung für psychisch kranke Menschen im Maßnahmenvollzug bereitzustellen (EGMR Megyeri vs. Germany, 12/05/1992 (13770/88); Magalhaes Pereira vs. Portugal, 26/02/2002 (44872/98).

Schon mit diesen wenigen Punkten allein wird bewiesen, dass der korrupte Justizminister seine Schadensminderungspflicht ignoriert, um gewerkschaftskonform seine Verbrecher in Robe und Arztmantel zu decken. Der Komplize der neuen Dres. Josef Mengele agiert noch dazu als ehemaliger Strafrechtsprofessor und scheißt auf alle Rechte der Untergebrachten zugunsten des Amtsmissbrauchs seiner korrupten Verbrecher um die Richter Wittmann, Krischan, Olschak und deren Komplizen in den OLGs.

Mag. Herwig Baumgartner e.h.
Politischer Gefangener in – laut. Profil:
Österreichs Guantanamo

Die Folge der gesamten Aktion war erfreulich für Helmut.
Dr. Haber bat den Athleten zu einem Einstellungs-Gespräch.

Sitzungen

„Nur weiter, mein Freund, die Sitzung beginnt, sobald die letzten Bedingungen erfüllt sind, die Unterschrift trocknet. Dort auf dem Tisch wartet der Werbe- und Werkvertrag." Der drahtige ältere Mann in seinem Malerkittel wies in die Ecke des Tattoo-Studios, an dessen Tür bereits ein Schild mit: ‚Heute geschlossen' prangte. Helmut zeichnet den Vertrag.

„Fertig, was soll ich tun?"

„Wichtig ist, alle Anordnungen genau zu befolgen. Es muss alles auf einmal erfolgen, sonst besteht die Gefahr, dass etwas nicht zusammenpasst und das wär' jammerschade. Keine Angst vor mangelnder Hygiene, ich arbeite absolut steril, nur solange ich die Konturen zeichne, trage ich diesen Umhang. Wir beginnen mit einer etwas schwierigeren Stellung, setzen, solange Du körperlich frisch bist, mit der anstrengendsten, kompliziertesten fort, dass wir am Schluss während Deiner vollen Entspannung arbeiten können. Okay?"

„Ich bin nur das Modell, fangen wir an."

„Gut, zuerst zeichne ich die Konturen, dann tätowiere ich diese. Anschließend kommt der Ladeneigentümer, der all die Füllungen und Schattierungen ausführt, die nur Massenarbeit sind. Zuletzt korrigiere ich etwaige Mängel und signiere das Werk. Du musst nur über Dich ergehen lassen, was man Dir sagt, dann flutscht alles wie geplant und vertraglich vereinbart. Es wird nicht einfach sein, doch Du weißt auch, was Du von uns gefordert hast, echte. lebendige Kunst."

„Ich bin für alles bereit."

„Dann leg Dich auf die Seite auf den Tisch. Ich muss Deine Extremitäten fixieren, dass die Muskeln genau dort hervortreten, wo ich es brauche, sonst wirkt das Ganze unnatürlich, wenn Du gehst oder Dich anders bewegst. Straff fesselt er den Athleten an diverse Seile, die den Tonus hervortreten lassen. Dann beginnt er mit einer Art Markier-Stift zu zeichnen, entwirft das Gebilde, wobei er sich an seine Skizzen und Fotos des früher benutzten Modells hält. Dann wechselt er die Seiten, Helmut liegt nun auf der anderen Hüfte und langsam wird es anstrengend. Damit geht nun die Bauchlage in der Folge einher, dass sich der Athlet erholen kann. Irgendwie ist es verwunderlich für ihn, dass nirgends ein Spiegel zu sehen ist.

Der Maler erklärt es ihm: „Wenn Du Dich selbst in einer Pose siehst, veränderst Du unwillkürlich Deine Stellung und ruinierst damit meine Kontur. Verstehst Du das?"

„Jetzt ja, Machen wir weiter."

Nun kommt die Froschstellung, die Helmut eigenartig berührt. Hilflos am Rücken wie eine Schildkröte liegend, wird er an delikaten Stellen wie den Oberschenkel-Innenseiten bemalt. Die Pose endet bald, beim Zeichnen ist der Grafiker sehr schnell. Sobald der Athlet ausgestreckt auf dem Rücken liegt, wird der Rest vollendet und eine Pause angesagt.

Inzwischen kleidet sich der Künstler um, kommt aus der Dusche, nur mit einem weißen T-Shirt und einer Art Lendenschurz gekleidet, mit einem Sock in der Hand. Diese Art Slip soll Helmut tragen, um Farbe und mögliches Blut von den Genitalien bestmöglich fernzuhalten. Dann beginnt die Prozedur in derselben Reihenfolge. Der Künstler arbeitet schnell und zügig mit der Tätowier-Maschine, die prickelnd über den Körper gleitet. Bald sind beide Hüftlagen beendet und die Prozedur in enger Fixierung beginnt.

„Jetzt wird es unangenehm. Nicht verkrampfen, es hört bald auf, doch Du musst mir vertrauen", spricht ihm Draco Mut zu. Dann beginnt er in der Zone der Unterschenkel zu stechen, nahe der Knöchel an den Waden, was eine eigenartige Spannung hervorruft. Es bereitet Helmut immense Schwierigkeiten, dabei stillzuhalten. Schließlich beendet der Künstler das Werk und erklärt ihm: „Wenn ich an den erogenen Zonen der Innenschenkel beginne, geht das auf diese Weise niemals. Ich werde auf eine alte japanische Methode zurückgreifen, die Dich anders ruhig stellt. Das Irezumi, die Tätowierung, wirst Du so besser ertragen und auch die Haut wird besser reagieren."

Mit leiser Neugier beobachtet Helmut, wie der Meister eine Art Öl benutzt, langsam seinen Daumen auf Entdeckungsreise schickt und - leicht massierend – den Jungen öffnet. Der Athlet staunt, wie schnell er sich entspannt und alles in seiner Pose akzeptiert. Dann erweitert die kundige Hand die Anzahl auf zwei, drei Finger und mühelos gleiten sie vorwärts. Plötzlich blickt der Erkannte auf die erwachenden Lenden des Künstlers und mit Schrecken spürt er, wie seiner Fixierung jetzt eine weitere Komponente, einem Schiffsmast gleich, hinzugefügt wird, die ihn praktisch am Tisch festnagelt. Gleichzeitig fährt Draco unbeirrt mit seiner Arbeit fort, da der Junge jetzt ohne jede Bewegung die Zeichnung durch die Nadel hinnimmt. Schmerzen beginnen sich mit einem andern Gefühl zu vermengen. Die Zeit vergeht wie im Flug, bis der Künstler nach fast einer Stunde seine Maschine weglegt und vorsichtig alle Fesseln beseitigt.

„Jetzt gebührt Dir eine halbe Stunde Pause, dann geht es weiter, das Schlimmste ist vorbei."

„Wie lange wird es noch dauern?"

„Je nach Deiner Konstitution und Ausdauer. Ich bin in etwa einer Stunde fertig Dann kommt Thorsten, Ihr kennt Euch, behauptet er."

Nach der Kaffeejause liegt er nun auf dem Bauch und die wenigen Konturen bereiten ihm leichte Schmerzen. Diese Stellen sind empfindlich. Der Grafiker tröstet ihn, dass es keine weiteren Seitenlage- und Froschposen mehr geben wird. Die habe er alle schon fertiggestellt. Dann nimmt der Junge die komfortable Bauchlage ein und wird erneut an Armen, Beine und um die Hüfte fixiert.

203

„Jetzt brauche ich eine Muskelspannung, welche mir meine Skizze testet. Das wird nicht ganz so angenehm für Dich, aber Du hast den Vertrag ja unterschrieben und zugestimmt. Ich werde deshalb nicht darüber diskutieren." Mit diesen Worten beginnt der Maler, mit Nadeln den Jungen zu piksen, dass die Muskeln hervortreten, als er sich instinktiv zu befreien sucht. Das Muskelspiel fasziniert den Art-Experten, er ist mit seinem Werk zufrieden. Weiter gleitet die Maschine über den Rücken, bis wieder die bekannten Probleme anfangen. Schweigend fixiert der Anker das bebende Schiff, legt es auf Kiel.

Nach einer Stunde legt der Maler die Maschine weg, tauscht die Nadel und erklärt, dass Thorsten nun weitermache. Er, Draco, käme am Schluss wieder, um das Werk zu signieren. Er geht, lässt den Jungen allein, dessen Gefühle toben. Etwas scheint sein Körper jetzt zu vermissen. Die Tür öffnet sich und der Saunagast mit dem Schlagzeug-Hobby erscheint. Auch er überrascht Helmut. Jetzt erkennt er es. Das könnte ein Bruder des Malers zu sein, was sich in allen Merkmalen bestätigt. Sein Körper hat nun alles akzeptiert, was der Meister ihm antut. Schmerzen weichen einem Gefühl der Lust, oder trügen ihn seine Gefühle. Er ist sich nicht mehr seiner selbst sicher und ergibt sich zuletzt den wechselnden Emotionen. Die Schattierungen am Tattoo werden Stunden später fertig. Der Tätowierer verlässt seinen eroberten Platz und verschwindet mit einem Klaps auf des Jungen knackig-weiße Hinterbacke.

„Perfekt. Du bist fast fertig, es fehlen nur mehr der Bewegungstest und meine Signatur."

Der Künstler tätschelt den Athleten zentral und besetzt sein zuvor erobertes Revier, nimmt es wieder in Beschlag. „Nur Geduld, das ist der vorletzte Schritt." Trost spendet er und fertigt. Dann betrachtet er sein Werk mit skeptischen Augen und scheint zufrieden. „Der letzte Schritt ist der Funktionstest des Drachenleibes. Die kriege ich nur so richtig zu sehen."

Eine Martinet zieht er aus der Schublade und stellt sich hinter der Jüngling. Dann beginnt er, methodisch das Muskelspiel zu animieren, die einzelnen Muskel in ihrer zuckenden Reaktion zu betrachten, Szenen zu testen, während Helmut nicht mehr weiß, wie er das aushalten soll. Zuletzt, als die motorische Dynamik überhand zu nehmen scheint, nutzt der Künstler seinen Pinsel, um den Kontrapunkt zu setzen.

Eine halbe Stunde später steht er, umwickelt mit speziellen Folien, vor einem Spiegel, wiederholt und erhält bestätigt, was er vor allem die nächsten zwei und folgenden Tage für seine malträtierte Haut unbedingt und sorgfältig zu tun hat. Auch, wann er wiederkommen müsse. Dann verschwindet der Künstler und geht schlafen. Er macht sich nicht die Mühe, zu warten, bis Helmut abzischt.

Helmut verlässt zufrieden die Stätte seiner Hinrichtung als Junge. Jetzt ist er ein Drache, ein Gezeichneter, der sich seine Rabatte ehrlich verdient hat. Das Tattoo ist gefertigt, zuerst hat der Künstler mit seiner Order, dann der Tätowierer mit den Nadeln seine Nebengebühren und Schuldforderungen eingetrieben. Die Tätowierung schmerzt ihn mehr als alles andere, außer seinem verletzten Stolz.

Wirklich unangenehme Tage gehen langsam vorbei. Der Athlet befolgt minutiös alle Anweisungen zur Pflege und nach den Tagen der Heilung präsentiert Helmut das Werk dem Tätowierer mit vollem Stolz im vereinbarten Fotostudio. Dort muss er stundenlang posieren und flucht vehement über seinen Leichtsinn, zugestimmt zu haben. Doch auch diese psychische Folter geht vorbei und die Fotostrecke soll er am letzten Zahltag, jenem der letzten offenen Rate erhalten. Doch an dem Tag wird sein Geld verschmäht. Der Maler weist auf den Vertrag und den Grundsatz: „Pacta sunt servanda, mein Freund!"

„Was heißt das?"

„Deine Tätowierung wird jetzt abgenommen, wie jedes Kunstwerk an einem Objekt. Du kannst alles morgen früh nachlesen. Doch das ist jetzt egal, denn jetzt sieh!"

Draco breitet die Set-Card aus, welche der Fotokünstler geschaffen hat und übergibt Helmut auch die Negative auf einer DVD.

„Wenn Du Interesse hast, Du wärst schon zweimal gebucht. Die Agenturen haben sich darum gerissen. Jetzt liegt es an Dir, ob Du das willst. Ich habe mein Werk signiert und jetzt zahlst Du die letzte Rate wie vereinbart. Zeig mir das reale Werk meiner Fantasie."

Eifersucht

Herwig hat zum einmaligen Erfolg über die Justiz, seinem ersten Ausgang, eine kleine Feier angesagt und Martin mit Freunden dazu eingeladen. In ein chinesisches Restaurant außerhalb des Zentrums, wo sie das Lokal-Extrazimmer für sich allein haben werden. Diese Feier zum Obsiegen über die Justiz ermöglicht es Rita, Helmut eifersüchtig zu machen und ihre Schlüsse daraus zu ziehen. Wie vereinbart trifft sie sich mit Suzette. Es geht um die geplante Streit-Aufstellung der beiden Rivalen- Sie wählen diesen Anlass.

„Dein Bulle ist jetzt gebrandmarkt?"

„Wie Dein Drache. Mein Künstlerfreund war überglücklich. Er schwärmt von beiden Werken als Meisterstücke. Sieh her!" Suzette legt die Set-Cards auf den Tisch.

„Fantastisch!"

„Jeder von beiden ein Leckerli für jede läufige Hündin, wie versprochen."

„Sie ahnen nichts?"

„Nicht das Geringste. Jetzt sieh die wahre Kunst!"

Sprachlos starrt Rita auf die Fotostrecke, die Draco aus den Meisterschüssen des Fotografen gestaltet hat. Zuerst den Drachen in allen Perspektiven, dann den Bullenschädel in seinen Variationen durch unterschiedlich einfallendes Licht und Schatten.. Danach, als sie sich wieder in die Augen sehen können, legt die Ältere von beiden die Sensationsbilder auf.

„Jetzt weißt Du, warum Dein Spitzname ‚Das Wiesel' passt? Darf ich vorstellen: Der Basilisk." Feierlich dokumentiert Suzette das Unfassbare. „Das geforderte Geschenk des Zeus an die eifersüchtige Hera. Außerdem: Stell' Dir mal Zeus anders vor." Sie legt eine weitere Fotomontage auf: „Hier zeigt sich Io."

„Die beiden bringen uns um?"

„Warum, beide sind begeistert und für Helmut wird schon bei der Agentur nachgefragt. Wer sollte ahnen, was aus einer derartigen Kombination entstehen kann? Draco ist ein Genie!"

„Was machst Du mit diesen Bildern?"

„Selbstverständlich vernichten. Die Originale liegen in unseren beiden Banksafes. Du musst morgen hingehen, Dich mit einem Dokument ausweisen und Dein Passwort ändern."

„Lass' nochmal sehen! Wirklich, das ist genial. Wie geht es weiter?"

„Jetzt hetzen wir beide aufeinander, weil nun jede von uns einen Sekundanten nutzen kann, einen Kaishaku-Nin für den Seppuku, dem ritualisierten Selbstmord unserer Bonsai-Samurai. Allerdings leicht abgewandelt, denn wenn unsere Helden mit dem Nachvornebeugen des Hauptes das vereinbarte Zeichen geben, recken sie gleichzeitig empor, was einer jeweils den Blankwaffen des anderen zueignet."

„Seppuku, das ist doch Suizid?"

„Nein, in Wahrheit ist es die Wiederherstellung des verlorenen Gesichts, der verlorenen Ehre, durch ei-ne freiwillig sich demütigende Handlung, die Strafe für einen Gesetzesverstoß. Genau das ist unser Anliegen."

„Das kann ja auch gegen uns verwendet werden!"

„Sobald einer es geschnallt hat, ja. Du weißt also, was Dir blüht, wenn Du plauderst."

„Du würdest Deiner Freundin wirklich?"

„Selbstverständlich und mit Genuss!"

„Wie erfahren Sie von ihrem Recht?"

„Ich werde Helmut Vollmacht geben für meinen berüchtigten Seitenspringer Martin. Wenn er ihn ertappt, sei es auch nur in der Sauna bei verbotenen Ideen, kriegt er freie Hand. Du hast die Titularbistums-Option seit Deinem Show-down. Erkläre Martin zum ‚Bishop', wie im Schach auf Englisch der Läufer heißt, dabei gleichzeitig ‚le Fou' auf Französisch und ‚Kurier' in einer mittelalterlichen Variante, also Dein Bote, der sich selbst dabei zum Narren macht, wenn er als Bischof die Regentschaft ausübt.“

„Du bist unschlagbar!“

„Wenn es um Erläuterungen geht, ist etwas Fantasie gefragt.“

„Okay. Lass uns das Spiel beginnen, die Figuren aufstellen.“

Suzette erklärt Martin, dass er Helmut reizen möge, indem sie ihm hiermit ausdrücklich erlaube, Rita bei der geplanten Feier hemmungslos anzubaggern. Helmut soll zeigen, was in ihm an Gefühlen für ihre Freundin steckt. Alle wüssten zwar Bescheid, dass die beiden auf eine Beziehung zusteuern, aber Helmut hat sich noch nicht genügend geoutet, dass er Revieransprüche stecke. Dies, obwohl er bereits in ihrem Appartement ein und aus gehe. Das mache ihm sicher Spaß, oder nicht?

Martin zögert in taktischer Klugheit. Er rechnet sich damit reelle Chancen aus, Helmut endgültig zu dominieren, sollte dessen Eifersucht zu einem Eklat führen. Ihn erneut disziplinieren zu können und Spaß dabei zu haben, reizt sehr. Schließlich stellt eine feste Beziehung des Lehrers ein optimales Alibi für seine ureigenen Interessen dar, die sich bis jetzt nicht verfolgen ließen. Seine eigenen Frauengeschichten hingegen riecht Suzette hundert Meilen gegen den Wind. Das hat Martin begriffen, es liegt also an ihm, den Jungen zu reizen. Seinen erklärten Zögling gebührend zu erziehen, wenn sie beide allein sein werden.

„Na gut. Ich versuch's.“ Zögernd stimmt er zu, gegen einen weiteren freien Abend mit seinen Jungs in der Sauna.

Karotte

Unabhängig von den Plänen anderer hat Brigitte mit den Zwillingen vereinbart, dass sie Harry ob seiner Eignung als noch erziehungsfähiger Partner testen möchte. Die beiden reagieren hellauf begeistert, da sie der knapp Fünfzigjährigen mit dem mehrere Jahre jüngeren Mann ein optimales Exemplar besorgt haben, das die sich noch passend herrichten werde. Schließlich hält er sie für knapp vierzig und sie hat nach ihren eigenen Worten schon die eigenen Nichten bei ihm ausgestochen. Das Tüpfelchen auf dem ‚I' wäre noch eine reelle Eifersucht, die sich mit Herwig ausprobieren lässt. Dieser stellt mit seinen über sechzig Jahren ein naturgegebener Rivale bei einer für so jung geglaubten Frau dar, den Harry zu bekämpfen haben wird, um bei Gigi endgültig zu landen.

Sie sind alle versammelt, als die Chose losgeht. Cora und Vera haben Herwig ihre Bedingungen genannt, der listige Alte diese akzeptiert mit den Worten: „Es gibt nichts Schöneres als querbraten.“

Das alte Spiel beginnt. Der Justizrebell amüsiert mit frappierenden Geschichten aus den Jahren hinter Gitter und delektiert sich selbst an kleinen Episödchen, welche die Ohnmacht der Justiz gegen Humor beweisen. Beispielsweise seine Pinkelwandstory. Er holt das Blatt hervor, das er zur Ergötzung der Gesellschaft auch mitgebracht hat.

„Hier die Beschwerde an die Vollzugsbehörde 1. Instanz, an einen gerade frisch promovierten Doktor der Rechte, mit Anregungen für Sexfreaks à la Dr. S***, dem medial bekannten und strafrechtlich verfolgten Chefpsychologen.

Vorangestellt wird: Eine Schlosserei befindet sich in der Anstalt – mit Lehrbetrieb.

Welche Beschwer liegt an?

Seit Monaten fehlt nach einer Beschädigung die hintere Sichtschutz-Wand (Blech) im großen Spazierhof (Süd). Jeder Pinkler ist den Blicken Vorübergehender ausgesetzt. Ob eine Kamera direkte Übertragungen an Interessenten unter Dr. S*** Artgenossen ermöglicht, ist nicht zu erkennen. Vielleicht ist ja auch der inzwischen im Besucherraum nicht mehr erlaubte Handscanner integriert, um den Voyeuren unter den staatsanwaltlich beobachteten Karlauer Psychos eine Möglichkeit zu bieten, ihre Peeping-Tom-Opfer per Scan-Analyse schnell wiederzuerkennen.

Es darf davor gewarnt werden, denn angeblich erblindete dieser besagte Voyeur daraufhin.

Eine Alternative zur Befriedigung der Interessenten wäre die Nutzung der für die Gute-Nacht-Geschichten angeschafften Video-Anlage: Freiwillige könnten vielleicht die (von geistig keinesfalls abnormen Psychos) offenbar heißgeliebten „Golden Shower-Szenen" darbieten. Mit dem Auktions-Erlös via eBay könnte die offenbar finanziell marode JA Karlau ein passend großes Stück Blech am Schwarzmarkt erstehen. Vielleicht mit dem ‚ersparten' Geld der erneut im März gestohlenen Toiletteartikel? Da gehen sich auch noch die drei Tischtennisnetze laut letzter Betriebssprechersitzung aus, sonst muss eben vielleicht ein Kunstschmid mitbrunzen. Gegebenenfalls könnte ja ein Kalender mit diesem Modell erzeugt und verkauft werden.

Titel: Ein Pinkeljurist in allen Jahreszeiten." Der Saal brüllte

„Besonders gut kam meine Schlusssequenz an" berichtet der Justizrebell, „denn ich sandte den Text verschiedenen Lesern meiner literarischen Ergüsse und sie strahlten und verbreiteten die wirklich frohe Kunde: Erledigt 13.3.15 – alles geht, wenn man die richtigen Worte findet." Das Gelächter tobte durch den Raum und alle tranken, dazu angeregt, begeistert auf das Seelenheil des Anstaltsleiters.

„Man hat auch andere, weit profanere Probleme als Insasse zu lösen, insbesondere untereinander und manchmal kulturübergreifend, wobei gelegentlich eine schriftliche, dringende Anregung an die Anstaltsleitung mit einer Kopie an den Betroffenen und andere Etagenbewohner hilfreich sein mag. Dabei gilt es, die Form zu wahren und sich vorsichtig auszudrücken. Wenn beispielsweise einem gebetsbrüllenden Muslim nicht anders zu erklären ist, dass sein Geheule bei offener Zellentür stört, er diese schließen möge, wenn er inbrünstig mit der Kaaba in Mekka telefoniert, dann kann das so aussehen."

Martin schnappt sich das Papier und rezitiert:

„Der Insasse vermutlich der Zelle C 105 im Zellenhaus stört - etwas vermindert - weiter. Da er seinen Drogenschlaf offenbar untertags benötigt, weil er während der Öffnungszeiten kaum eine andere Beschäftigung hat, wird für ihn eine Anregung erstattet, welche beachtet werden möge.

. Es scheint der Moslem auf dem Stock seine Rolle als Gläubiger mit jener eines ‚Hilfs-Muezzins' zu verwechseln. Ein solcher ist kein islamischer Geistlicher, sondern gehört zum Personal einer Moschee, welche in der Karlau nicht existiert. Ein Muezzin ruft weitere Gläubige zum Gebet. Da es solche untertags im Zellenhaus kaum Einwohner gibt und sich der Gläubige, die Suren selbst still vor sich hinmurmelnd, in Richtung der Qibla rituell verneigen soll, stören die durchdringenden Gebetschreie aus der Zelle auf C2 in Anflehung seines ‚größer als alles und mit nichts vergleichbarem' Herrn insbesondere zu noch nachtschlafener Zeit.

Zudem lehnen alle anderen Insassen die noch dazu von den Sunniten ausschließlich zum Morgengebet gesprochene Formel ‚As-salatu khayrun min-a-naum' (Das Gebet ist besser als Schlaf) vehement ab und notfalls wäre zu befürchten, dass die tägliche Gebetsformel ‚Hayya 'ala khayril 'amal' (Eilt zur besten Handlung) von schlagfertigen Insassen falsch verstanden werden könnte.

Kompromiss-Vorschlag: In Indonesien wird oft auf einen Muezzin verzichtet und mittels Gongschlägen zum Gebet aufgerufen. Zumindest außerhalb der Verschlusszeiten könnte der Ausruf zum Salat ebenfalls per Gong erfolgen und somit den Schrei jedes selbst ernannten Schrei-Helfers ein für allemal ersetzen. Allerdings sollte dann ein Ersatz-Imam auch stichprobenartig kontrollieren, wie es mit der Gebetstreue zum Adhān in Wahrheit bestellt ist.

Beschäftigungs-Idee: Zwei Hilfs-Hausarbeiterposten könnten mit den beiden Störenfrieden umgehend besetzt werden, beispielsweise in einem Unternehmensbetrieb oder in der Küche, wo es immer was zum Putzen gibt. Dies als therapeutische Arbeit, damit sie etwas müder sind und zumindest den Morgenschlaf verabsäumen könnten."

„Treffend und unwiderlegbar freundlich, wenn man kleinere Abstriche macht, denn diese Darlegungen des Gebets mischt einige sunnitische mit schiitischen Riten!" Helmut spielt den Beckmesser, doch scheint er das Ganze nicht wirklich ernst zu nehmen.

„Wieder nur ein Beweis Deiner kleinlichen Regelgläubigkeit." Martin reizt den Athleten weiter.

Gigi rückt immer näher an ihn heran, während der gelöst wirkende Justizrebell bei Harry mit Stichworten auslöst, was dieser in seinen Gerichtspraxisjahren erlebt hat und damit die Histörchen humorvoll ergänzt. Dabei setzt auch Martin seine Duftnote und über kurz oder lang schmiegen sich Gigi an den ex-Knacki und Rita an den frisch gebrandmarkten Stier. Beide registrieren mit Befriedigung den steigenden Unwillen in den Gesichtern der beiden sichtbar verliebten Tölpel, der sich auf deren verbissenen Visagen widerspiegelt.

Jetzt spielen die Zwillinge noch das ‚Enttäuschte-Schnäuzchen-Spiel' und lassen Brigitte spüren, dass sie eine ältere Rivalin nicht hinzunehmen gedenken, nachdem sie gerade so viel Spaß mit dem sexuell ausgehungerten Häftling haben.

Veras Schnütchen kommentiert Cora, grinst die andern Frauen an und meint: „Er hat jahrelang gespart, und nicht Geld. Der würde jede allein überfordern, aber wir beide sind schon seit einiger Zeit bereit, ihm die nötige Therapie angedeihen zu lassen. Bald dürfen andere ran. Wie heißt es doch so schön: ‚Wer zuerst kommt, mahlt zuerst'. Wir lassen nicht nur Kleie übrig, sondern bestes, griffiges Mehl der deutschen Type 550, backstark, feinporig und mit bestem Mineralstoffgehalt für vielseitige Zwecke verwendbar. Das kann man später bestens für einen delikaten Karottenkuchen gebrauchen."

Harry fühlt Ärger aufsteigen, dass seine neue Flamme so sehr an dem bösen Jungen klebt, wie er sie gerne selbst an seinem Schenkel fühlen möchte.

„Aber", so signalisieren ihm ihre Blicke: „Du hast mich noch nicht zurückgerufen, mir keine Antwort gegeben, was willst Du also? Auch andere Mütter haben nette Söhne."

„Martin, ich wusste gar nicht, dass Du so ein Schatz bist und dem armen Mann hier deine Feder geliehen hast. Was hat Suzette dazu für Meinung?" Rita, inzwischen als Mittelpunkt platziert, legt beiden Männern die Arme um die Schultern und ahnt die Hand von Gigi auf seinen Hüften, mehr, als dass sie diese sieht. Der Justizrebell reagiert wie ein jeder waschechte Kerl und strahlt wie ein stürmendes Schlachtross, ein wahrer Bukephalos eines Alexanders.

Sie merkt instinktiv, wie sich Helmut windet, da sie sich nun an einen noch älteren Mann anschmiegt und ihm somit signalisiert, dass sie Reife suche und keinen Spätpubertierenden. Das kratzt an seinem Selbstbewusstsein und er beginnt zu sticheln: „Seit wann stehst Du auf Opas?"

„Seit ich gemerkt habe, wie strikt sie führen können und wie viel Zeit sie sich lassen, alles, aber wirklich auch alles bis zur Neige zu genießen. Prost Herwig!" Sie trinkt diesem zu.

„Was wir uneingeschränkt bestätigen können", setzen die Zwillinge obendrauf.

210

„Du wirst es noch lernen, schon die Bibel sagt, Du sollst der Herr Deines Weibes sein." Der gereizte Helmut kann es nicht lassen und spielt auf ihre letzte Episode an. Darauf hat Rita gewartet und dankt für das Stichwort.

„Du kennst wohl die Narrenbibel nicht? Dort steht geschrieben: ,Du sollst der
Narr Deines Weibes sein', man änderte das Wort Herr in seine wahre Bedeutung."

„Niemals, ich werde immer den Kardinal meiner Frau darstellen."

„Da wirst Du Recht haben, mein strahlendweißer Kardinal."

„Du willst ja einen klugen Partner."

„Kardinäle tragen doch rot, oder nicht?" Cora zeigte sich interessiert.

„Es gibt die Virginische Nachtigall, so heißt der Rote Kardinal. Man bringt ihm
seine Flötentöne bei. Der kirchliche Kardinal wiederum übt keinerlei Leitungsge-
walt aus, weshalb Du wirklich Recht hast, mein verehrter Helmut. Der Titularbischof von Fesseë wird sich um Dein Seelenheil kümmern." Rita hat nun alle La-
cher auf ihrer Seite.

Gigi fällt nun ein. „Mich will keiner so richtig unterhalten, so bleibst nur mehr
Du. Herwig. Ich gönne Dich nicht den beiden Adepten, Du brauchst eine erfahrene Lady, die Dich anhimmelt nach all den Qualen hinter Gitter. Oder stehst Du
jetzt eher auf Apfelbacken?"

„Was noch zu klären wäre. Ich muss erst wieder ausgiebig testen, welche Seite
der Medaille ich bevorzuge. Der kanonische Weg scheint meist der bessere. Nur
wer die Chance von Abzweigungen erkennt, der findet seinen eigenen Weg, denn
,Der Weg ist das Ziel', lehrt Konfuzius. Also bedeutet das, dass man auf allen
Wegen versuchen muss, ob man dort Befriedigung findet."

Jetzt gehört ihm das Gelächter und Harry schäumt. „Dich hat die Haft wirklich
etwas konfus gemacht, so scheint es."

Brigitte registriert es mit Wohlgefallen und Herwig mustert sein neues Opfer:
„Etwas bi schadet nie, oder? Bist Du eifersüchtig und möchtest mit Gigi Platz
tauschen? Kannst Du mit dem Trio mithalten? Ich seh' den Speck an Deinen Hüften, so sieht kein agiler Coq-de-Gascogne aus, kein d'Artagnan. Ein etwas fülli-ge-
rer Musketier wie Porthos vielleicht, der etwas rau und impulsiv daherkommt, im
Herzen jedoch ein Teddybär bleibt. Stehst Du auf rundliche Typen?" Die Frage
war an Gigi gerichtet.

„Alter Mann, was bringst Du noch auf die Reihe?" Harry wird persönlich.

„Er spielt gerade in der Häf'nliga Fußball, als Kapitän seiner Mannschaft. Er
weiß also, wie man mit Bällen umgeht." Vera stichelt und hebt bezeichnend ihre
Titten.

„Ihr könnt mich mal." Er steht auf und geht Richtung Toilette. Brigitte tauscht
mit den Zwillinge das ,Thumbs-Up-Zeichen' aus. Alles läuft für sie zufriedenstel-
lend. Auch Rita lehnt sich satt zurück.

Inzwischen sind sich auch Martin und Helmut in die Haare geraten und Suzette zwinkert Rita zu.

„Hast Du keine eigene Frau, dass Du meine Anmachen musst?"

„Bellende Hunde beißen kaum" grinst Martins Ehegespons.

„Warum siehst Du so unberührt zu, wenn Dein Mann mit meiner Freundin flirtet?" Helmut faucht geradezu.

„Seit wann seid Ihr liiert?" Vera beugt sich fragend zu Rita.

„Ich weiß nichts davon, aber er scheint überzeugt zu sein. Das liegt an der Jugend und der Jahreszeit. Im Frühjahr treiben aus allen Sträuchern Jungtriebe, Schösslinge, aus. Bei Humanoiden hängt das offenbar mit ihrem Ursprung im Schoß zusammen. Diese Stängeln muss man rechtzeitig beim akrotonen Wuchs beachten, sonst wuchern sie unkontrolliert in den Himmel."

„Ich werde Dir schon zeigen, wer der Herr im Haus ist!" Helmut funkelt Rita an.

„Ein Ehekrach noch vor einer Verlobung. Das finde ich wirklich traumhaft." Cora hetzt weiter.

„Was heißt Verlobung. Sie ist ja noch nicht einmal meine Freundin und flirtet schon auf ‚Teufel komm raus' mit einem Ehemann. Noch dazu jenem ihrer besten Freundin."

„Vielleicht teilen sich beide das Schmuckstück? Wer weiß das schon?" Vera fällt in nörgelndem Tonfall ein: „Kaum ein Junge schafft die Performance eines erfahrenen Gatten. Masse ist bei weitem nicht Klasse. Zwar macht auch die Menge Spaß, aber nur einmal. Danach sind Geschick, Erfahrung und Routine gefragt."

„Wie wahr, Herwig, wie wahr. Denkst Du nicht auch manchmal so?" Gigi seufzt und blickt dem Angesprochenen tiefgründig in seine himmelblauen Pupillen. Sie hat bemerkt, dass Harry erfrischt zurückgekommen ist.

„Er wird auch mal ein Ehemann. Dann wird er erkennen, wovon Ihr sprecht, gönnt ihm doch Zeit. Neues lernen zu können ist die Tugend der Jugend, die Erkenntnis kommt erst mit den Jahren." Martin im onkelhaften Ton. Dabei tätschelt er Helmut gönnerhaft die Schulter, ahnend, was kommt.

„Du alter Bock schaffst ja nicht einmal mehr Deine Frau, was willst Du mit Rita?"

Schallendes Gelächter kommt von Suzette.

„Junges Feuer brennt schnell und rauchlos, Spuren hinterlassen nur ausgewachsene Strünke. Trieblinge bieten bestenfalls Material für Zunder: Wichtig zum Feuermachen, schlecht, um sich warm zu halten."

„Ihr könnt auch mich mal!" Helmut flucht.

Herwig kann es nicht lassen und fällt ein. „Wirklich, wann und wo?" Sein Blick auf den Athleten lässt diesen zögern.

„Ich bin nicht vom anderen Ufer!"

„Kein Balletttänzer? Du hast so eine schöne, athletische Figur mit Knackpo? Fast wie Conchita, doch hoffentlich mit einer Klobasse."

„A Burenhäutl!" Cora schmettert die Botschaft in den Raum. Helmut errötet.

„Meine Freundin im Schatten der Burenwurst." Das Gekicher greift um sich.

„H.C., that's art, Mann! Gekritzelt ,med ana schwoazzn dintn' vom Meister persönlich!"

„Fragt er auch höflich: How much, Schatzi?."

„Unter der Bedeckung eines Hutes?" Die Stimmen rufen durcheinander. Die literarischen Zitate bringen den Athleten zur Weißglut und er verzieht sich maulend in die Toilette.

„Gratuliere, slam dunk!!" Suzette und Rite klatschen einen High-five.

„Übersetzt mit: Gestopft. Hier das vorlaute Mäulchen."

Die Mädels gönnen sich einen Baileys zum Abschluss, die Gesellschaft löst sich langsam auf.

Harry erkundigt sich bei Gigi, ob sie noch etwas bummeln möchte.

Die beiden verschwinden. Als auch Herwig dem Ruf der Natur folgt, kommt Helmut zu ihr.

„Was sollte das alles?" Zischt er sie an.

„Du weißt genau, was Sache wird. Dein Bischof heißt ab jetzt Martin. Du hast ihn selbst gewählt. Glaubst Du, Du kannst mich bloß stellen, weil Du mal in meinem Bett warst?"

„Aber ich ..."

„Shut up! Du wirst Deine Schuld bezahlten, mein junger Herr. No way out!"

Revanche

Rita rechnet nun zeitnah für ihre provozierte Eroberung durch den Dekathleten mit ihm ab. Sie verurteilt ihn, sich seinem von ihr gewählten Bischof, seinem Meister zu stellen. Das Titularbistum wird zwar virtuell zum Ausgleich für die Vollmacht vergeben. Jener von Suzette für Helmut an ihrem Gatten. Doch erfährt keiner von beiden die wahren Hintergründe. Es ergeht nun an Martin per Mail Ritas Verdikt, die Maßregel zur Besserung, an ihren Freund und Helfer: ,Dem Präfekten obliegt das opus dei in geziemender Form; er möge dem Seminaristen die Gehorsamspflicht seinem Vorgesetzten gegenüber nachdrücklich in Erinnerung bringen'.

Damit hat die Clique, hat das Duo der Gattinnen erneut einen Volltreffer gelandet. Das Spiel entwickelt sich wie strategisch geplant. Die Rivalen werden aufeinander gehetzt, ausgerichtet durch die Bedeutung ihrer Taufnamen: Martin als Sohn des Mars ist es vorherbestimmt, Helmut zu besiegen, den mutigen, blonden Mann, wie eine der linguistischen Interpretationen den Namen herleitet. Wird der Recken den Drachen mit der Seilschlinge bändigen, mit dem Mimung erlegen?

Diese Frage stellen sich die beiden Frauen nicht; sie vertrauen einfach auf ihren untrüglichen Instinkt, der die aktuelle Machtverteilung zwischen beiden richtig einschätzt, allerdings durch völlig unterschiedliche Motive begründet. Einerseits sei es das Alter und andererseits die Reife als Vorbild für den Jüngling, gleich der klassischen Rolle des Eromenos seinem Erastes gegenüber.

Helmut begibt sich widerspenstig zum Rapport. Geplant ist, dass er von seinem Bischof mit der Order ‚vademecum‘ rituell dorthin geleitet, auf dem Altar opfern und die rigide Methode zur Erhaltung der gebotenen Disziplin erneut eindrucksvoll zur Schau gestellt werden soll. In der Sauna bekommt Martin Lust, den Priesterschüler perfekt in seine neue Zusatzrolle einschulen. Dabei erblicken beide zum ersten Mal jeder das Tattoo des Anderen.

Der Bulle behauptet, das Bild sein illustrativ richtig, er zermalme den niederen Wurm mit seinen Hörnern.

Der Drache erklärt, er nehme wie ein Minoischer Stierspringer diesen bei den Hörnern wie ein Geräteturner das Seitpferd, beginne zu voltigieren und lasse dessen Zunge beim Rückwärtssitz die Medaille beidseitig verehren oder bereite den Minotaurus, der in Wahrheit für ihn nur sein Bukephalos sei, das Pferd Alexanders, dessen Übersetzung ‚Ochsenkopf‘ lautet. Sonst niemand außer ihm wäre imstande, es zuzureiten. Auch das nur, wenn es seinen Schatten nicht sieht. Eine klare Betriebsanleitung, die er, der Pagenstecher, befolgen würde, denn mit diesem Begriff bezeichnet man sowohl einen Wallach als auch den erziehungsbedürftigen und bedingungslos ergebenen Schildknappen eines Ritters, in der in jeder Beziehung für ihn zu sorgen hat. Der Gaul warte in Wahrheit ungeduldig auf Ritterschläge zur Schwertleite und das Anlegen der Sporen.

Aufgrund der offenen Schuldfrage wird erwartungsgemäß der Drache noch einmal besiegt, dessen malerisch geschmückter Leib anschließend Rita zum ersten Mal ob der Funktionsweise des Lösungsansatzes tief befriedigt. Des Widerspenstigen erfolgreiche Zähmung in kanonischem Gehorsam gegenüber seinem geistlichen Oberen, ihrem Sekundanten, in echter Obedienz, bereitet ihr großes Vergnügen.

„Himbeer- oder Erdbeerapfel nennt man den Weißen Kardinal und Deiner entspricht jetzt optimal der Rolle, die Du selbst gefordert hast. Deinem Bischof ist zu gratulieren.“

Suzette warnt Rita bei ihrem Telefongespräch mit der Vollzugsmeldung noch einmal eindringlich davor, jemals Einzelheiten erfahren zu wollen. Das würde die gesamte Aufstellung ruinieren. Nur das sichtbare Ergebnis zähle. Es sei umgehend zu begutachten und die Arbeit sei zeitnah zu kommentieren. Also formuliert sie ihren Vermerk: „Nicht wirklich ausreichend deutlich signiert, die Handschrift ist verschwommen, nicht unverkennbar und schwer lesbar. Die Zeilen scheinen nicht bündig.“

Justizrebell auf Achse

Sie würden auf ihn warten, hatte man Herwig mitgeteilt. Auf diesen Wegen, denen die Justiz nicht zu folgen vermag, es niemals vermochte. Damals hießen sie Kassiber, die kleinen Nachrichtenpuzzles, meist Zettelchen mit Informationen, welche das Haus in Richtung Adressat verließen. So stand er nun vor dem Tor und wartete, dass ihm geöffnet, das Sesam-Codewort zum Eintritt in die freie Welt gesprochen werde.

Langsam schlenderte der Justizrebell auf den Parkplatz hinaus, verfolgt von den Blicken der Justizwachebeamten, welche ihm hinterherstarrten. Langsam näherte sich eine Limousine mit getönten Scheiben. Sie glitt fast geräuschlos vor die Einfahrt. Eines der rückwärtigen Fenster öffnete sich einen Spalt und er hörte klassische Musik, offenbar aus einer Operette, was auch das Publikum zum Staunen brachte. Grinsend erkannte der Tiroler die Arie, reckte seine Schultern, schritt wie ein Gardesoldat in Richtung des Luxusgefährts mit dem Stern, das sachte vor ihm anhielt.

Beide rückwärtigen Türen öffneten sich gleichzeitig und als Vorgeschmack auf die ihn erwartende Hölle entstiegen zwei Teufelinnen dem Gefährt, die eine blond, die andere schwarz, beide auf High-Heels, mit einem orangefarbenen Minirock bekleidet, der in züchtigen Ländern als weitaus zu schmal verbannt worden wäre. Über dem faszinierenden Schenkelquartett erhoben sich zwei Torsi mit waffenscheinpflichtigen marineblauen Tops, deren v-förmig gespaltene Mitte an die Golfe von Sues und Akaba erinnerte. An der geografischen Position von Taba und Elat knüpften sich straffe Spaghettiträger, welche mit sichtbarer Mühe die Fülle zu bändigen versuchten.

„Hola iamigo!" flötete die Schwarze: „Wie sind die nächsten Tage Dein Cover!"

„Cora und Vera, abgekürzt Cover", erklärte Blondie, vor allem ans fassungslos blickende Publikum gerichtet.

„Titelbild, Schutz und Tuchent in Einem", grinste Blacky anzüglich. „Einsteigen, die Show beginnt."

Der schwere Wagen verließ langsam das Gelände. Die Fantasie der uniformierten Zuseher spielte jeweils private Kurzfilme.

„Wir haben Deine Kritik über das klassische Weihnachtskonzert in der Anstalt gelesen", begann die erste Versuchung in Fleisch und Blut und setzte fort: „Ich lese kurz Deine Version und mein Schwesterherz nimmt anschließend unsere Anpassungen dazu vor. Vernimm den Text zu unserer Musik:

Ich lad' mir gerne Gäste ein

Mezzosopranistin Christiane Riedl, Tenor Sebastièn Parotte und der Tenor am Klavier, László Gyügér, faszinieren das Publikum.

Die ‚Lady in Red' wendet sich ab vom Vogelfänger neben dem Pianisten und alle Augen verfolgen sie in die rechte Ecke der gedachten Bühne in der katholischen Kirche. Sie reckt das Haupt und die Musikbegleitung setzt ein. Schnell erkennen alle, wie sehr Papagena sich über Papageno ärgert. Solche Mimik und Gestik überzeugen in jeden Stummfilm. Sie fordert den Vogeljäger, der sich heftig gegen die Unterstellung wehrt, er sei ein Filou. Ihre beiden leidenschaftlichen Stimmen füllen im Duett den Saal.

Beim ersten Beifall wundert sich ein Zuhörer: ‚Warum bitte brauchen andere Sänger Mikrofon und Lautsprecher'?

Mit einem Allegro setzt der Pianist die Mozart-Werke fort, gefolgt von der Arie ‚Lá ci darem la mano' des französischen Tenors aus ‚Der bestrafte Wüstling' oder ‚Don Giovanni', die in Deutsch als ‚Reich mir die Hand mein Leben, komm auf mein Schloss mit mir' Volksliedcharakter einnimmt. Als Ergänzung zum Thema Frauen und Beziehung setzt der Tenor aus der Oper ‚Le nozze di Figaro' fort und heischt im Publikum um Verständnis ob der erwarteten Probleme mit der Braut. Schließlich heiratet man ja nicht jeden Tag und glaubt dabei, es wäre das einzige Mal im ganzen Leben.

Das ‚Ave Maria' von Sir Paolo Tosti, eine eher unbekannte Vertonung, von Christiane gefühlvoll interpretiert, besänftigt die Emotionen.

Doch sie hat die Rechnung ohne den Wirt am Klavier gemacht. Der Pianist ist zufrieden und bedankt sich ‚Im Casino' mit Robert Stolz und regt die Stimmung mit Hochprozentigem an.

Die Dame feiert Party und lässt die Tassen hochgehen, bis sie beschwipst mit dem Becher in der einen zierlichen Hand, die andere um den Hals einer Flasche geschlungen, über die Treppe torkelt. Charmant, wie eben ein Mädel in dieser Verfassung, reizt sie die Situation aus und entsorgt die leere Pulle mit einem zackigen Wurf in den Schoß eines Galans. Mit ‚Ich lade gern mir Gäste ein', aus der Wiener Operette ‚Die Fledermaus' von Johann Strauß (Sohn), krönt sie ihren Auftritt und jeder Zuhörer würde gerne kommen und mitfeiern. Sebastièn freut sich über das Interesse der Schönen und hofft auf einen Schluck des Tropfens, am liebsten mit einer Direktinfusion aus der hehren Quelle des Gesangs.

Wer mag ihm das verdenken, da doch alle derselbe Gedanke quält. So ein Temperamentsbolzen könnte ein Rudel Kinder, Katzen und Hunde besitzen und wäre trotzdem umlagert wie einst die sagenumwobene holde Penelope. Selbstverständlich bedarf es für einen Erfolg auch eisgekühlter Veuve Cliqot in genügender Menge als Trank der Dame. Auf der Bühne muss es eben für den Schein Prickelwasser von beispielsweise Römerquelle sein, das genossen wird, während aus den

Pianotasten Melodien von Ralph Benatzky strömen, der durch das Singspiel ‚Im Weißen Rössl‘ weltweit bekannt wurde.

Danach lebt der als Junker gewandete Tenor in der Satire ‚La Grande-Duchesse de Gérolstein‘ um das militärische Brimborium so richtig auf. Sein ‚Piff-paff-puff‘! richtet er mit Erfolg direkt an einige der uniformieren Zuhörer. Währenddessen blättert die Sopranistin im Notenbuch um und bittet wortlos: ‚Bitte nicht auf den Klavierspieler schießen‘!

Das ist nicht aus der Luft gegriffen und wirkt, denn als die beiden sich danach auf der Bühne treffen, erklärt sie als Scharfschützin Oakley (aus ‚Annie Get Your Gun‘ von Irving Berlin) ihrem Sebastièn, dem Frank Butler dieser Rolle: ‚Alles, was du kannst, kann ich viel besser‘! Er glaubt ihr aufs Wort; sie wird alles treffen, worauf sie zielt, als er Annie in die Augen blickt.

Doch wer zündelt kann böse angesengt werden. Sie will ihn verführen, den jungen Offizier Octavio. Gegen ‚Meine Lippen küssen so heiß‘ (von Fritz Löhner-Beda aus der Operette ‚Giuditta‘, vertont von Franz Lehár) gibt es keine Chance, keine Hoffnung auf Gnade, das männliche Reptilhirn ist genetisch auf diese Reize programmiert. Die Gefahr droht dem ganzen Auditorium, Helden recken ihren Rücken, ziehen den Bauch ein und fixieren die signalroten Verheißungen. Und es kommt noch schlimmer, denn „Tanzen möcht‘ ich, jauchzen möcht‘ ich" fordert ‚Die Csárdásfürstin‘ (Emmerich Kálmán), bis der junge Mann endlich das begehrte Weib in die Arme nimmt und munter im Takt schwenkt, was sie mit einem sieges-bewussten und unwiderstehlichen Blick honoriert. Fred Astaire und Gene Kelly im Zuschauerraum blicken neidvoll auf die Bühne, sind sie doch zu spät gekom-men.

Der Pianist lässt Gnade walten und sein Tenor tröstet die Eifersüchtigen und Alleingelassenen melancholisch mit ‚Auf der Heide blüh‘n die letzten Rosen‘, alle daran erinnernd, dass das Konzert nun langsam zu Ende geht. Nicht nur Robert ist Stolz auf ihn dafür.

Zum weihnachtlichen Abschluss wurden Franz Mohr und Franz Xaver Gruber geladen, doch in deren Vertretung feiert Christiane die ‚Stille Nacht, heilige Nacht‘. Ruhe und Frieden kehren in die Kirche ein.

Alles wird mit donnerndem Applaus bedankt, das Publikum bietet stehend seine Anerkennung dar und bittet das Trio mehrmals vor den virtuellen Vorhang."

„Unsere Version nahm kleinere Änderungen vor." Vera blickt Herwig tief in die himmelblauen Augen. „Auf unserer Heide blühen sie nicht, denn es verliert sie jeder, die letzten Hosen, und diese Nächte werden nicht still, obwohl auch wir einer anbetungswürdigen Göttin zu huldigen gedenken."

Der Justizrebell bemerkt, dass sich bei diesen Sätzen ein kleine Rebellion in seiner Kleidung anzubahnen scheint und versucht, cool zu bleiben."

„Ich hab' nicht die Mittel für Prickelwasser und Casino-Orgien."

„Aber Freunde. Wozu wären die sonst da!"

„Was bedeutet das?"

„Das heißt, Du wirst pünktlich nach dem dreimaligen Krähen des Hahns wieder verleugnet und abgegeben - vor der Kaserne, vor dem großen Tor, bei der Laterne, die steht ja noch davor."

Ihr melodiöser Alt erregt den Mann: „Tu es una bandolera, una gata fiera, una abisadora?"

„Yo quiero bailar, tú quieres sudar y pegarte a mi, el cuerpo rozar, y yo te digo: si tú me puedes provocar eso no quiere decir que pa' la cama voy. "

„Yo soy el perro entre las gatas."

„Das werden wir erst noch feststellen müssen."

„Gerne, el amor alimenta el corazón."

„Wieso sprichst Du Spanisch?"

„Ich spreche die Sprache nur, indem ich Italienisch hart ausspreche, also beispielsweise statt ‚simile ‚similar' sage, mit rollendem ‚r' und harter Endung. Ansonsten nur ein paar Brocken, die manchmal weiterhelfen, eigentlich nur wenige Piropos."

„Mit ebenderselben Ergebnischance?"

„Touché! Ich mag Dich, Euch beide! Endlich mal etwas geistreichere Konversation. Warum seid Ihr wirklich hier?"

„Auftrag von Suzette. Sie will Dich testen, als Mann und Mensch, im Auftrag des Reporter-Trios. Den Mann, der erstmals nach mehr als fünf Jahren Haft Ausgang erhält."

„Wow. Das wird spannend. Wie geht es weiter?"

„Zuerst fahren wir zu Dir nach Hause, dort wartet unser Essen. Dann sehen wir weiter."

„Okay. Warum sprecht Ihr Spanisch?

„Schule. Sie hat uns vorbereitet aufs Leben. Perfektioniert im Urlaub und benutzt haben wir es später beim heftigen Dialog in der Praxis. Du glaubst nicht, wie hilfsbereit Südländer beim Spracherwerb sind."

„Doch, bei Spanisch kann ich mir das bestens vorstellen." Grinsend bewundert Herwig der beiden wundervoll üppige Dekolletés. „So eine Notarkrawatte hat doch was Seriöses."

„Scheusal!"

„Warum?"

„Weil Du uns in Verlegenheit bringst!" Cora fiel ein. „Wir tragen selbst die Schuld dafür, denn wir wurden ausreichend gewarnt."

Die Fahrt geht weiter. Sie werden überrascht, dass dieser Knastbruder keine wie immer gearteten Annäherungsversuche startet, sondern mit Genuss auf weise spielt, bis die Zwillinge ihn provozierend fragen, ob er als Mann überhaupt noch etwas tauge.

„Wie soll ich das wissen? Zuerst freue ich mich auf eine heiße Dusche, danach erhoffe ich ein warmes Essen und eine heiße Debatte."

„Warum keine Diskussion?"

„Wegen der nachfolgenden Abstimmung."

„Worüber?"

„Über Eure Frage von vorhin." Nun hat er sie erwischt und sieht eine leichte Röte aufsteigen.

„Nach einem anregenden Disput?"

„Der ultimative Test für situative Schlagfertigkeit."

„Was soll das beweisen?"

„Nichts, aber es macht Spaß, wie man bemerken kann. Super Teint übrigens!"

„Souverän reagiert. Was beherrscht Du noch?"

„Mich." Jetzt brüllt Vera los. Sie kann sich nicht mehr halten, Cora fällt ein und der Fahrer lacht schallend mit.

„Bei dem Improvisationstalent kannst Du sicher sein, dass man Deinen Bluff lange nicht durchschaut."

„Spontane Kreativität und ihr praktischer Gebrauch, gepaart mit freier Assoziation und Rabulistik lassen viel erreichen und führen gelegentlich auf verschlungenen Pfaden zum Ziel."

„Rechts- und wortverdreherisches Geschwätz."

„Im Krieg und in der Liebe …"

„Eristische Dialektik!" Vera schnaubt vor Verachtung.

„Die Kunst, Recht zu behalten, sagt Schopenhauer dazu."

„Wo bleibt dabei die Wahrheit?"

„Im Bett, wo sie hingehört! Darauf zielte doch Eure Frage vorhin?" Frech grinst der Justizrebell. Er erwartet keine Antwort auf dieses Statement und er behält Recht.

„Du führst unsere Frage damit ad absurdum, oder willst es zumindest?"

„Kombiniere, Watson, er hat uns hereingelegt. Gratulation!" Cora lacht aus vollem Hals. „Der Junge ist wirklich gefährlich."

„Er hätte wohl Anwalt werden sollen, bei der Begabung für Wortklauberei und Sinnverdrehung."

„Ganz sicher niemals. Dazu muss ich einen Klassiker zitieren, der das besser erläutern kann: Honoré de Balzac, in ‚Le Père Goriot'. Kennt Ihr die Rede von Vantrin an Rastignac zur:

Karriere, historisch

„Wenn Sie etwa dreißig sind, werden Sie Richter, falls Sie die Robe noch nicht auf den Kehricht geworfen haben. Und mit vierzig heiraten Sie eine Unternehmenstochter mit sechstausend an Unterhalt. Oder Sie genießen Protektion, dann sind sie mit dreißig Staatsanwalt, verdienen fünftausend und kriegen die Tochter des Bürgermeisters. Ein paar kleine, niedliche Gemeinheiten und Sie haben es mit vierzig zum Generalanwalt geschafft.

Außerdem darf ich Sie darauf aufmerksam machen, dass es im gesamten Staat nur zwölf derartige gibt, aber tausende Bewerber und darunter sind Kerle, die würden ihre Familie verkaufen, um eine Stufe höher zu kommen. Aber gut, wenn Ihnen der Beruf nicht zusagt, schauen wir uns nach etwas anderem um.

Wünschen der Herr vielleicht Advokat zu werden? Auch schön. Da muss man zehn Jahre darben, Tausend im Monat aufwenden, sich eine Bibliothek und ein Büro zulegen, auf Gesellschaften gehen, vor einem Anwalt buckeln, um an Klienten zu kommen und den ganzen Justizpalast mit der Zunge auf Hochglanz bringen. Wenn dieser Beruf einen reich machen würde, hätte ich ja nichts dagegen. Aber zeigen Sie mir fünf Anwälte, die mit fünfzig mehr als fünfhunderttausend im Jahr verdienen?"

„Genial. Das habe ich in dieser Form noch nie so gehört. Warum bist Du kein Rechtsverdreher geworden?"

„Weil ich was Gescheites gelernt habe. Außerdem ist es Charaktersache. Viele Häftlinge haben mich schon dasselbe gefragt, oder dieselbe Frage zu einem Richteramt gestellt. Ich musste sie öfters belehren, dass ein Anwalt in Wahrheit ein blutgeldsaugender Vampir ist und als solcher rigid in seinen Schranken gehalten werden muss. Sonst wird er pflichtvergessen.

Normalerweise gibt es für Mandanten keine Chance, eine Pflichtmissachtung durch den Verfahrenshilfe- oder Wahl-Anwalt erfolgreich zu rügen und in einem Wiederaufnahme-Verfahren vor Gericht damit Erfolg zu haben. Der Oberste Gerichtshof, der OGH, hat dies nun im Zusammenhang mit einem Antrag auf Erneuerung gemäß der Strafprozessordnung etwas relativiert.

Beschuldigtenrechte im Sinne des Artikel 13, dem Recht auf wirksame Beschwerde, in Verbindung mit dem Artikel 6 der Menschrechtskonvention, die das Recht auf ein faires Verfahren in Waffengleichheit zwischen Anklage und Verteidigung regelt, unterliegen einer besonderen Gewährleistung durch das Gericht. Es muss der Anwalt nicht allein der Verhandlung beiwohnen, sondern hat eine materielle Verteidigung für das Gericht objektiv wahrnehmbar zu sein.

Wenn also dem Angeklagten durch den Anwalt Akteneinsicht oder Kopien verweigert werden, beispielsweise von Delegierungs-, Ablehnungsanträgen oder der üblichen Vorab-Rechnungsstellung durch einen Sachverständigen, trifft dies zu. Ebenfalls beispielsweise bei einer Verweigerung des Anwalts, einen Antrag auf Erneuerung an den OGH zu unterfertigen. Besonders Verfahrenshelfer sparen sich meist alles, was Arbeit bedeutet, und damit kriegt man sie in die Haftung. Es macht viel mehr Spaß, die angeblichen Experten vorzuführen und gegen sie zu klagen. Das erheitert die Richter insgeheim besonders."

„Auch die Richterinnen?"

„Um meine Antwort zu ergänzen: Es gab schon andere Interessen, wegen des Frauenüberhangs in der Justiz. Die Österreichischen Richterzeitung 2011 berichtete über einen Vortrag der Profil-Journalistin und Feministin Elfriede Hammerl vor der Richterschaft, die sich über den Vorhalt einer Verweiblichung der Richterschaft aufregte. Schließlich urteilten bei demografisch bestätigten 52% Frauenquote in Österreich in 2001, 50,6% Richterinnen und klagten erst 48,2% Staatsanwältinnen an.

Allerdings stellte die ehrenwerte Dame der Frauenbewegung ernüchtert fest, dass bei den Anwälten nur 18% Frauen diese Qualifikation nachweisen können, was darauf hindeutet, dass sich die ‚Elite' der Juristerei nicht gerade ausgeglichen weiblich darstellt. Außerdem hat die Zeit die Situation seit 2011 verändert. Von den Richteramtsanwärtern 2014 sind zwei Drittel weiblich und man denkt in der Richtervereinigung bereits darüber nach, diesen Beruf den Herren der Schöpfung wieder schmackhaft zu machen, um eine Entwicklung wie bei den Lehrern zu vermeiden. Gefällt Euch das?"

„Langsam beginne ich Dich zu verstehen." Cora sieht dem Justizrebellen in die Augen und wird ernst. „Du gehst unbeirrt Deinen Weg, komme was wolle. Es gibt kein Fettnäpfchen, das Du nicht zum Spritzen bringen willst, koste es, was auch immer."

„Was habe ich zu verlieren?"

„Nichts. Das macht Dich ja so gefährlich und deswegen hassen sie Dich. Suzette hatte Recht."

„Womit?"

„Mit ihrer Warnung."

„Welcher?"

„Cave canem!"

„Bailar el perreo inbegriffen?"

„Reguetón nach Reggae, mit Bob Marley als Urvater?"

„No woman, no cry!"

„Du willst mich schon wieder aufs Glatteis führen!"

„D'accord. Die Idee kam mir schon mal in den Sinn."

„Scheusal!"

„Chica sin jockey, vámonos a fuego."

„Yo quiero conocer un dueño."

„Una felina?"

„Mujer latina."

„Im wahrsten Sinne des Wortes."

„Was meinst Du damit?"

„Nietzsche, Dále con el látigo!"

„Azotar?"

„Was machst Du sonst mit einer 'diabla en la cama', wenn Du überleben willst?"

„Declarar la paz."

„Okay - mache ich hiermit."

„Besiegelt." Beide küssen Herwig gleichzeitig auf die Wangen. Er spürt die Hitze ihres Atems, riecht den Duft ihres Parfums und die Frische ihrer Jugend.

Inzwischen haben sie seinen Häuserblock erreicht, der Mercedes hält und alle drängen nach draußen. Er schnappt sich seine Tasche, sie gehen ins Gebäude und fahren hoch bis zum Dachgeschoß. Die Wohnung scheint sauber, ist geheizt und es riecht köstlich nach Indian Curry.

„Ich geh' zuerst unter die Dusche, da ich fertig koche, Cora folgt, sie serviert und zuletzt bist Du dran. Ihr habt jeder 5 Minuten. Okay?" Vera ist schon am Weg, während Herwig kurz im Schrank seinen Bademantel sucht und danach im Schlafzimmer einen Blick auf seine Bilder wirft, die vollständig erscheinen, wie auch der Inhalt der Schublade im Schreibtisch seit Jahren entstaubt doch unberührt scheint. Seinen Pilotenkoffer öffnet er und erkennt die letzten Projektunterlagen, als hätte er sie gestern gedruckt. Er kleidet sich aus und wartet, bis das Klopfen an der Tür das Freizeichen für seinen Badetermin signalisiert.

Nach einigen Minuten steht er frisch in der Küche, die benutzten Badetücher wirft er in die Waschmaschine und setzt den vollautomatischen Saeco-Kaffeeautomaten in Gang. Grand Espresso Arabica-Bohnen und Wasser sind nachgefüllt, nur ein oder zwei Reste im Behälter zeigen, dass die Köchin keine Kostverächterin und vorzugsweise eine Südländerin, eher aus dem Norden stammend, gewesen sein dürfte. Beide Mädel staunen und bestätigen seinen Verdacht.

„Woran hast Du das gemerkt?"

„An der Auswahl des Kaffees."

„Es war Gigi, unsere Leihtante."

„Wer ist das?"

„Wenn wir mal eine Gouvernante brauchen, leihen wir uns Brigitte aus. Sie beherrscht das Spiel hervorragend und schreckt alle unsere Opfer ab. Manche sind dermaßen schnell mit Ideen wie feste Bindung, Kinder und Garten, das man zu drastischen Mitteln greifen muss. Das schafft sie locker, denn wer nicht zuvor schon im Vorgärtlein ausreichend bewiesen hat, dass er sein Pflänzlein genügend gießt und regelmäßig das Unkraut jätet, wird wohl niemals ein perfekter Gärtner werden. So schnell lenkt sie die meisten ab, dass man um diese fast fürchten muss. Wer solche Proben nicht besteht, bleibt ewig chancenlos.

„Danke für die Warnung, sollte es so gemeint gewesen sein. Ich habe bei Gott keinen grünen Daumen und werde ihn niemals besitzen. Deshalb geh' ich für frisches Gemüse beispielsweise zum Brunnenmarkt. Dort ist die Auswahl optimal in jeder Hinsicht."

Cora mustert ihn und lächelt: „Wie ich schon sagte, Vera, der ist mit allen Wassern gewaschen."

„Reines Überlebenstraining im rauen Umfeld."

„Lass mich raten: Saunafreak?"

„Bingo, gut geraten. Ich liebe die Aussicht auf dampfende Granitsteine und Cellulite-freies Gelände."

„Warum?"

„Ich bin ein schlechter Ackerknecht und zieh' die Furchen mit dem Pflug nicht gerade. Damit gibt's bei mir kaum Chancen bei ‚Bauer sucht Frau', denn es reizt mich immer anderes Getreide oder Gemüse. Ich bin auf Fruchtfolgewechsel-Betriebe eingestellt. Ein Risikokandidat, nichts für Firmen wie Monsanto und gleichartige, eher für ‚montar a santa', vielleicht in einem convento. Schließlich bin ich Virgo."

„Nur im Sternzeichen."

„Frechdachs!"

„Mahlzeit!" Vera erscheint mit der Schürze und jetzt erkennt der Justizrebell, was ihm lange schon unbewusst aufgefallen war. Beide haben sich aus seinem Kleiderschrank bedient. Sie tragen jede eines seiner langärmeligen karierten Frottee-Freizeitshirts, Cora ein rotgetöntes, ihre Zwillingsschwester bekleidet mit mehr blauen Mustern. Ihre Miniröcke fehlen, doch reichen die Hemdschöße bei beiden weiter als die waffenscheinpflichtigen Stoffreste zuvor. Die Knöpfe sind geschlossen, die Fülle verborgener Schätze zeigt sich unverkennbar darunter. Fast keusch wirken die Fräuleins, doch wissen sie allzu gut um die unverhohlene Erotik eines Herrenhemdes. Herwig gibt auf. Er lässt sich verführen und beide lernen die Reife des Alters zu schätzen.

Am nächsten Tag entdeckt der Justizrebell, was ihm alles in seiner Abwesenheit gestohlen worden war. Der ‚Aufseher' seiner Gemächer hatte entgegen der Abmachungen einen anderen als Mieter einziehen lassen, der die Wohnung als Drogenlabor und Cannabis-Gärtnerei missbraucht hatte. Trotz permanenter Beschwerden durch einen Freund Herwigs ließ sich der besagte Kümmerer nicht von seiner guten Meinung gegenüber dem Dieb abbringen. Als zuletzt ein anderer die Wohnung übernahm, beklagte sich der frühere Wächter, dass einige Sachen der Tochter des Täters noch fehlen würden. Herwig gab ihm schriftlich eine passende Antwort. Aufgrund der berechtigten Beschwerden aufgrund seiner bisherigen fürchterlichen Handschrift beginnt er mit: Nachdem der Drucker jetzt funktioniert - krallenbefreit meine Antwort.

Da es nun eine Aktenzahl der Ermittlungsbehörde gibt, wundern mich ein wenig Deine Fragestellungen, zu denen behördliche Antworten für mich eindeutig nicht einem Verdächtigen mitzuteilen bestimmt sein dürften. Dass Du als sein Begleiter jene Fragen aufwirfst, die sich sofort anbieten, zeugt von einer konsistenten Ermittlungs-Logik, die weitere Antworten vorwegnimmt. Besonders erheiternd finde ich die verschwundene Dose mit integriertem Wattgassen-Bedarf und das ‚war & wurde' dazu, mit der Schloss-Rapunzel-Geschichte beim absolut einbruchsresistenten Türblatt aus Kevlar.

Zum Thema Büro-Wohnung vermisse ich weiter die Information, wo die angebliche ‚wieder auftauchende Schatulle' mit Werten von Tausenden von Euro (Akt B6/26601/2015) abgeblieben ist. Auch frage ich mich nun vorsorglich, ob der auch von Dir früher benutzte Beamer der Amazing ITSC GmbH ebenfalls ‚Beine' gekriegt hat, oder noch geruhsam aufhältig ist.

Außerdem darf ich korrigieren: Einerseits bin ich nicht Auftraggeber eines ‚Vollzugsorgans' sondern andererseits nach aktuellem Status ein offenbar perfid bestohlenes Opfer in einer Büro-Wohnung, in dem Deinen Briefen nach durchgehend galt: ‚Kein Mieter - keine Miete'.

Wo sich etwaig gelagerte Gegenstände eines niemals als Miet-Bewohner existenten ‚Aufsehers' mit ‚Schwund meines Eigentums' befinden mögen, ist mir - in der Grazer Ferne - leider nicht mitgeteilt worden. Ich gehe davon aus, es sei notorisch bekannt, dass ich weder von einer Fluchtvorbereitung auf einem Kinder-Damenfahrrad mit einem rotem Teddybär als Komplizen, noch von einer gedachten Renn-Besohlung mit zwei Paar Kinder-Lackschuhen wissen konnte. Im Hinblick auf meinem behaupteten IQ sollte es auch kaum einen begründeten Verdacht bei den grünen Männchen dazu geben.

Dass ein Notebook fehlt und die Marsmännchen davon nichts zu wissen scheinen, zeugt für mich von den unerklärlichen Gedankengängen dieser Aliens. Ich glaube, dass die Rückgabeforderung an mich jedenfalls an die falsche Adresse gerichtet sein dürfte und die Jedi-Ritter vielleicht besser darüber Bescheid wissen sollten. Seine Mappe fehlt anscheinend nicht. Ob Kopien gemacht wurden, beispielsweise von seinem Club-Urlaub in Santa Fe, fragst Du auch den Falschen.

Deine eigenen Worte zitierend, die auch meinem Anliegen entsprechen:

Ich darf nun davon ausgehen, dass ich meine, zufällig auch rote Schatulle mit vollständigem Inhalt und alles andere umgehend und in jeder Weise unbeschädigt zurückerhalte und ersuche um Deine entsprechende Anordnung bzw. Auftrag an das/den Vollzugsorgan, Aufseher und Nicht-Miet-Bewohner.

Dass Du im Zusammenhang mit einem Teddybären von Diebstahl sprichst, zu meiner Schatulle mit sämtlichen Kinderwertgegenständen jedoch keine Äußerung ergeht, fällt vermutlich nicht nur mir auf, und finde ich dies inzwischen auch höchst spannend, doch auch befremdlich - wie Du.

Vorschlag eines ‚staatlich anerkannten Idioten': Erinnere Dich auch gelegentlich der Problematik einseitiger Sichtweisen und versuche Dich gegebenenfalls mal in Talmudischer Rhetorik.

Mit justizempathischen Grüßen aus Lipizzanien in Absurdistan
Herwig, Politischer Gefangener im laut ‚Profil': Guantanamo Österreichs

Bevor er noch Abschied nahm, überließ er den Zwillingen zur Weitergabe an das Reportertrio seinen letzten Schriftsatz, seine Beschwerde an den Verfassungsgerichtshof. Davon erhoffte sich der Justizrebell, dass die Regierung echte Probleme erhalten würde. Das nicht nur in seinem Fall, sondern für alle Maßnahmeninsassen Österreichs.

Neugierig, wie sei eben als Frauen fast genetisch zu sein haben, schmökerten die beiden in dem Text und staunten über die formellen Ausführungen, welche so gar nicht einem normalen Schreiben ähnlich klangen.

„So ist das eben, wenn man eine Geheimwissenschaft ausübt. Der VfGH hat alle Register gezogen, dass der unbedarfte Normalsterbliche keine Chance hat, jemals formal richtig zu argumentieren. Auch so kann sich eine korrupte Justiz die Entlarver ihrer Fehler vom Leib zu halten versuchen." Lapidar kommentierte der Tiroler in dieser Weise sein Werk und machte sich auf den Weg.

Mag. Herwig Baumgartner

VfGH
Palais Ferstel, 1014 Wien

---

     o   Antrag auf VH zur Erstellung und Einreichung des
     o   Parteiantrags auf Normenkontrolle / Gesetzesbeschwerde

   •   Die Zusendung eines VH-Antragsformulars wird beantragt, da in der Karlau nicht erhältlich
     o   Keine Handlung ohne VH

- Eine öffentliche Verhandlung wird beantragt
  - In eventu wird beantragt - amtswegige Überweisung an den VwGH
- Die Beschwerde ergeht gegen die Beschlüsse
  - des LG Graz, GZ:
    - 19 BE 30/14y, ONs 95 (1 NS 8/15g), 106,110 nebst Protokoll,114
    - 1 NS 8/15g
  - im Original beigelegt nebst den Beschwerden dazu in Kopie
- Ich bin Partei des Verfahrens und
  - werde in meinen Rechten durch das verfassungswidrige Gesetz verletzt und
  - habe im besagten Verfahren Rechtsmittellegimitation
- Der Senat LG Graz hat zu dieser Anhörung aufgrund der
  - verfassungswidrigen Gesetzeslage der § 21 StGB idgF sowie die §§ 157, 167 StVG idgF
  - als Ordentliches Gericht erster Instanz entschieden
    - Derselbe LG-Richter war zuvor Richter zu 1 BE 67/13f, richtete also in eigener Sache auch iZm der Normenprüfung (in Verstoß gegen Verfassungsgarantien), die nun – jahrelang verspätet und in anderer Sache - durch den VfGH erfolgt ist.
- Der § 21 StGB idgF sowie die §§ 157, 167 StVG idgF sowie beide in allen vorhergehenden Fassungen sind ersatzlos aufzuheben, da verfassungswidrig iSd Art 139 resp. 140 B-VG.
  Laut den Ergebnissen der Experten-Arbeitsgruppe, bestehend aus etwa 30 fast allein aktuell mit dem Maßnahmenvollzug betrauten Personen, sind 4 von 5 Einweisungsgutachten absolut und wissentlich falsch!

Beweis: Arbeitsgruppenbericht Studie BMJ-V70301/0061-III 1/2014 des BMJ vom Januar 2015
  - Damit ermöglicht es dieser § 21 des StGB, dass in Willkür kerngesunde Menschen als angeblich geisteskrank im Maßnahmenvollzug gefoltert und mit Medikamenten schwerst körperverletzt werden können.
- Das RM ist rechtzeitig, weil das LG Graz dem OLG Graz die Entscheidung aufgrund des Delegierungsantrags vorzulegen hat, somit eine entschiedene Rechtssache, aber noch keine Endentscheidung des OLG über die Beschwerde selbst vorliegt.

- Die Frist ist noch im Laufen, da das RM 14 Tage Zeit hat und die beantragte Ablehnung der Richter noch nicht entschieden ist (RM-Schriftsatzkopie - siehe Anlage)
- Des Weiteren liegen bereits weitere gleichartige, auf der besagten VfGH-Entscheidung basierende WA-Anträge anhängig, sodass derselbe Antrag wiederholt würde, sollte dieser Antrag abgewiesen werden.
- Das Anlassverfahren fällt unter keine Ausnahme laut Gesetzestext.
- Das Gesetz wäre unmittelbar anzuwenden, da die Delegierung aufgrund der Eingabeinhalte und der berechtigten Ablehnung der Grazer Richter zwingend zu entscheiden wäre, die Aufhebung der Maßnahme mit sofortiger Entlassung resultiert.
- Bei Aufhebung des Gesetzes würden erstmals die Psycho-Scharlatane aufgrund ihrer Auftragsbetrugsgutachten straf- und zivilrechtlich verfolgt und Tausende Jahre unberechtigter Anhaltung gesühnt. 4 von 5 Insassen waren laut Arbeitsgruppenbericht „FALSCH-POSITIV" und im Durchschnitt bis zu 3,9 Jahren rechts- und verfassungswidrig in der Maßnahmenvollzugsfolter und gelten verdachtsweise als Hospitalisierungsopfer.

Beschwer
Vorangestellt wird:

- Der VfGH hat die bisher geübte Praxis, dass Gutachter von der StA im Ermittlungsverfahren bestellt und anschließend in der HV tätig sind, laut ORF-Radio u.a. Medien als verfassungswidrig aufgehoben, die absolute Nichtigkeit dieses Vorgehens erkannt.
- In beiden meiner Verfahren wurde jeweils die Sachverständige, Dr. Kastner, im Ermittlungsverfahren bestellt und war diese zweimal in Folge verfassungswidrig in zwei HV erneut tätig.
- Somit sind beide originären Maßnahmen-Verfahren absolut nichtig und daher gesetzeskonform von Amts wegen (iSd § 354 StPO, da offenkundige Tatsache) wieder aufzunehmen –
  - LG Linz 24 Hv 46/10k, 20 Hv 38/11f.
  - in eventu
    - Durch die Generalprokuratur von Amts wegen an den OGH heranzutragen!

Zu LG Linz 24 Hv 46/10k:

Bereits der Antrag auf Erneuerung des Strafverfahrens gemäß § 363 a StPO meines VH Mag. Gerlach Bachinger, per Web-ERV an den OGH vom 9.1.2012, verweist auf meinen handschriftlichen Schriftsatz an den OGH vom 4.11.2011, dokumentiert basierend auf meinem inhaltlich gleichlautenden Antrag vom 12.6.2011 (vgl. Seite 1, 4.11.11) die Waffengleichheitsverletzung iSd Art 6 EMRK, auf der letztlich die neue Entscheidung des VfGH basiert.

Der Hinweis auf das Österr. Anwaltsblatt, 2011/03, S 132 ff ist auf Seite 2, Zeile 2 dokumentiert.

Sämtliche Vorwürfe gegen die Ermittlungs-Gutachterin der StA, welche in der HV erneut trotz meiner Vielzahl von Anzeigen und Beschwerden durch das Gericht bestellt tätig wurde, sind bereits in der BV OLG Linz, 8 Bs 226/12k dokumentiert und sämtliche Wiederaufnahmeanträge dagegen wurden bis dato von Senat 8 OLG Linz nebst den LG-Linz-Richtern abgewiesen in Verletzung meiner Rechte, die jetzt der VfGH endlich – aufgrund von „politisch interessanten" Verfahren entscheiden hat.

Bereits im Urteil des OLG Linz 8 Bs 441/10z, Berufungsverhandlung (Seite 11, Abs. 1) lehnt das Gericht die Heranziehung meines beantragten zweiten SV iSd § 127 Abs. 3 Satz 1 - dokumentiert im Urteil - ab! Voraussetzung läge laut OLG keine vor. Die Verfassungswidrigkeit dieser Entscheidung wird vom Senat 8 OLG Linz seit 2011 bis dato in mehr als dreißig Wiederaufnahmeanträgen amtsmissbräuchlich rechtsverletzend ignoriert!

Das OLG Linz stellt dabei die Weigerung des Angeklagten, mit der StA-bestellten SV - begründet mit Rechtssätzen des RIS-Justiz (RS0097541) - nicht zu sprechen, als Begründung für das Verletzung seiner garantierten Rechte dar: a.a.O., Seite 14, letzter Absatz.

Somit ist durch diese Akten selbst bewiesen, dass das OLG Linz mit dem LG Linz entgegen den Regelungen zur Normenprüfung bis 1.1.2015 in Amtsmissbrauch die Wiederaufnahme und Normenprüfungen vorsätzlich verhindert hat! Cui bono?

Auch die Generalprokuratur hat bereits zum Antrag auf Wiederaufnahme (ergangen in Kopie an BMJ, OLG Linz, LG Strafsache Linz, 11.5.11) durch die Mutter, Berta Baumgartner, vorsätzlich deren Vorhalte ignoriert, Zitat (Blatt 1, Seite 2 handschriftlich): „Dr. Kastner erstellte ein „Gutachten" aus Aussagen u.a. meiner Schwiegertochter über meinen Sohn, jener Frau, die mir meine Enkel seit 10 (der Oma und dem Papa inzwischen fast 14) Jahren vorenthält mit Beihilfe des OGH ..." (a.a.O. Blatt 2 Seite 2): „5) Warum gibt es bis dato weder Protokoll noch Urteil des OLG Linz vom 8.3.11?"

Beweis im Akt:

Das Protokoll wurde erst nach 6 Monaten nach Ende der EGMR-Beschwerdefrist übersandt!

Gegen die erste der Linzer Richter-Komplizen des Verfassungsbruchs, Dr. Karin Lindinger, welche die Kastner-Gutachten deckte (24 Hv 46/10k, ON 1381) und selbst in LG Linz 20 Hv 38/11f erneut das Kastner-Falsch-Gutachten der Ermittlung durch dieselbe StA Mag. Breier und ihrer Verhandlung/HV zugrunde legte, wurde die Disziplinaranzeige wegen Amtsmissbrauch mit OGH Ds 4/12 durch den Präsidenten Dr. Eckart Ratz persönlich, in Unterschlagung der gebotenen Normenprüfung und im Wissen um die Verfassungswidrigkeit zurückgewiesen! In OGH Ds 3/12-4 auch jene gegen den OLG-Präsidenten Linz in derselben Angelegenheit!

Somit haftet der OGH-Präsident persönlich für die Unterschlagung der Normenprüfung und die Verfassungswidrigkeit der Entscheidungen dieser Richterin zu beiden Verfahren LG Linz 24 Hv 46/10k, 20 Hv 38/11f.

Zu LG Linz 20 Hv 38/11f:

Die erste der Linzer Richter-Komplizen des Verfassungsbruchs, Dr. Karin Lindinger, welche die Kastner-Gutachten deckte (24 Hv 46/10k, ON 1381) richtete selbst in LG Linz 20 Hv 38/11f und legte erneut das Kastner-Falsch-Gutachten der Ermittlung durch dieselbe StA Mag. Breier und ihrer Verhandlung/HV zugrunde. Wiederholte somit die absolute Nichtigkeit im Vorsatz.

Den Antrag auf Erneuerung, eingebracht durch VH-Anwalt Mag. Zauner am 6.9.13 entschied in eigener Sache, somit in Amtsmissbrauch der OGH-Senat (Dr. Schroll, s. oben) in 12 Os 110/13p, der bereits zu GZ: 24 Hv 465/10k (On 666, GA Kastner) zum Antrag nach § 363a StPO rechtswidrig entschieden hatte somit in Perpetuierung der Verfassungswidrigkeit laut aktuelle Entscheidung des VfGH 2015!

Das OLG Linz hat in Fortsetzung der Unterlassung durch das LG Linz, somit in krimineller Gemeinschaft mit dem Erstgericht zig-fach genau dieselbe Normenprüfung zu beiden Vorverfahren verweigert, welche nun für bestimmte Fälle durch renommierte Anwälte angeregt, problemlos erfolgte. Cui bono? Die Staatsanwältin der Verfahren in Linz, StA Mag. Michalea Breier und ihr Chef. EStA Mag Dietmar Gutmayr unterlassen ihre Pflicht gemäß den verba legalis des § 354 StPO, aufgrund dieser VfGH-Entscheidung von Amts wegen in beiden Verfahren Wiederaufnahme zu beantragen, somit in Amtsmissbrauch.

Bereits am 15.5.2012 – Erinnerungen an: „Österreich ist FREI !!" – jedoch nicht von Rechtsbeugern in der Justiz wurde die jetzige Aufhebungsursache durch den VfGH vom OGH ignoriert!

War ja noch kein Kulterer oder Haider-Freunderl von Gutachten betroffen !

Zu OGH 14 Os 2/12v-9 vom 15. Mai 2012!

Der OGH-Senat, bestehend aus medizinischen Laien, dokumentiert pedantisch die angeblichen Ermittlungsergebnisse Dris. Kastner zu 24 HV 46/10, angeblich aus Teilen der Akten bis Mai 2010 und legt diese Ermittlungsergebnisse dem Urteil 2012 zugrunde, weil Kastner sie als SV der StA auch in der HV vorgetragen und erneuert hat.

Zitat:

„Der Reklamation einer Verletzung von Art 6. Abs. 3 lit. d MRK (a.a.O., Seite 3, letzter Absatz) zufolge gesetzlich vorgesehener Bestellung von SV im Ermittlungsverfahren durch die StA (§ 126 Abs. 3 StPO) mangelt es an dieser Voraussetzung …"

wird ergänzt (a.a.O., Seite 3, letzter Absatz) mit:

„und kann (*wenngleich aus dem Umstand, dass ein im Hauptverfahren beigezogener SV bereits im Ermittlungsverfahren im Auftrag der im Hauptverfahren als Partei auftretenden StA tätig war, eine gewisse Anscheinsproblematik resultieren kann* – mit Zitaten aus Ratz et.al.!) nicht außer Acht gelassen werden, dass der SV für das Hauptverfahren vom Gericht zu bestellen ist, dem er mangelndes Fachwissen substituiert."

Zu OGH 12 Os 110/13p

Die Begründung des § 363a StPO mit der Verletzung Art. 6 Abs.1 und Abs. 3 lit d MRK steht auf Seite 2 Abs. 2, a.a.O. Alle Ablehnungen dieser SV und deren Abweisung auch durch das OLG Linz (Antrag a.a.O. Punkt 1.c) wurden im Beschluss durch das OGH geflissentlich- cui bono - ignoriert.

Der OGH-Senat, bestehend aus medizinischen Laien, dokumentiert pedantisch die angeblichen Ermittlungsergebnisse Dris. Kastner zu 24 HV 46/10, angeblich aus Teilen der Akten bis Mai 2010 und legt diese Ermittlungsergebnisse dem Urteil 2012 zugrunde, weil Kastner sie als SV der StA in beiden HV vorgetragen hat, wobei beidesmal – siehe Protokolle 24 Hv 46/10k, 20 Hv 38/11f und beide BV-Protokolle, OLG Linz 8 Bs 441 /10z und 8 Bs 227/12g - mehrfach ein Obergutachter mit Lehrberechtigung an einer Universität von den Richtern verweigert wurde. Cui bono?

Dabei schreibt der OGH vom Generalprokurator Dr. Franz Plöchl ab, der in Gs 523/13v, Seite 2, ein fehlendes Privatgutachten moniert, das amtsbekannt laut st. Rspr. des OGH generell nicht als Beweismittel taugt (vgl. 13 Os 59/10s, Ratz, EWK-StPO § 281 Rz 351) – vgl. a.a.O. Erneuerung Punkt 1.e !

Damit deckt der GFP auf, dass der OGH und die GP seit spätestens 14,.10.2013 vom verfassungswidrigen Verhalten der Linzer LG, OLG sowie der

OGH-Richter wussten! Plöchl somit Anregung zum Amtsmissbrauch in eigener Sache zum Decken eigener Unterlassung als Rechtswahrer der Republik im Croquis verantwortet.

Die Normenprüfung hat somit auch der OGH verweigert entgegen der Rechtslage bis 1.1.2015:

Zur Normenprüfung iSd Art 141(1) iVm Art 89(2) B-VG:
   Um derartige Fragen zur Gewährleistung der Rechts-Einheit, -Sicherheit und –Kontinuität zu klären, steht jedem Antragsteller die Anregung zur Normenprüfung nach dem Bundes-Verfassungsgesetz (B-VG) zu. Dies nach aktueller Rechtsprechung des Verfassungsgerichtshofes, solange noch kein Urteil oder Beschluss im Verfahren gefallen sind. Dies ist auch ab 2015 als Individualbeschwerde am VfGH möglich.
   Nach Satz 2 in § 89 Absatz 2 des B-VG kann die Instanz zur Prüfung der Verfassungsmäßigkeit verpflichtet werden, wobei es sich mit dem Rekurs gemäß § 192 Abs. 2 ZPO bei einem Antrag auf Unterbrechung zur Überprüfung der Rechtsnorm laut VfGH „keinesfalls um eine Ermessen-Entscheidung" handelt. . Vor allem, wenn die Verfassungswidrigkeit deutlich gemacht wurde (vgl. ÖRZ 4/11, S. 82ff).

Der OGH-Senat deckt damit auch die Verweigerung des zweiten SV, beantragt in der HV zu 20 Hv 38/11f und in der Berufung (siehe Punkt 3 c – zur Nichtigkeit) resp. zur Ablehnung (ON 78 As 11, siehe Punkt 3,b., a.a.O.) der Auftragsgutachterin des StA. Ebenfalls den Antrag auf ein Gutachten (Punkt 3 d – a.a.O.) durch Mag. Dr. Burtscher - ger. beeid. SV !

Der Vorsatz zur Vertuschung des falschen Auftragsgutachtens Kastner aus 24 Hv 46/10k- ON 666 ist somit erneut bewiesen, wie auch die Mittäterschaft von GP und OGH-Senat.

Die vorsätzliche Protokollfälschung des BV-Protokolls
      mit dem Antrag auf Normenprüfung zu SV-Fragen wie
   Ermittlungsverfahren – Hauptverhandlung – Verweigerung Obergutachten
   unterschlägt der OLG-Senat im Amtsmissbrauch und wird von der StA und den WA-Richtern gedeckt!

Wie sich aus den – bisher irrtümlich an das LG Graz gerichteten - Normenprüfungsanträgen im Detail
 darstellt, führen die Rechtsfragen zur unbedingten ersatzlosen Aufhebung des § 21 StGB, da eine gutachterliche Untersuchung mit VIER falschen zu EINER richtigen Gutachtensdiagnose jenseits jeder rechtsstaatlichen Voraussetzung für die Anwendung dieses Paragraphen (resp. der Vollzugs-§§ laut StVG) entbehrt.

Sämtliche in Maßnahme befindlichen Opfer dieser strafrechtlich indizierten, organisierten Folter von angeblich geisteskranken doch gesunden Menschen sind sofort freizulassen. Der Schadenersatz ist amtswegig iSd § 354 StPO von der StA einzufordern, Prozessbegleitung für die Opfer iSd §§ 65 ff StPO zu stellen.

Mag Herwig Baumgartner e.h.

Herrensitz

Sie bummeln wieder im Abendlicht, doch diesmal nicht in der Nähe ihrer vermeintlichen Wohnung. Eine Villa mit kleinem Vorgarten steht etwas abseits und Gigi biegt in diesen ein. Verwundert folgt Harry. Sie öffnet die Haustür und lädt ihn ein, weiter zu kommen.

„Wo sind wir hier?"

„Mi casa e su casa."

„El camino comienza en su casa?"

„Si, Señor."

„Dies ist ja fast ein Schloss. Deine Wohnung ist eine Prunkvilla. Soll ich mich sofort als Graf fühlen."

„Vicomte dürfte es eher treffen. Der Stellvertreter eines Grafen."

„Wo ist der Hausherr?"

„Das bin ich. Für mich erfolgreich, für ihn glücklich geschieden. Hier habe ich das Sagen und ich liebe den Herrensitz."

„Wirklich, das würde ich gerne bewiesen erhalten."

„Ich zeig Dir das Häuschen, Hänsel." Sie führt ihn herum und zuletzt über den Gang ins Boudoir vor dem Schlafzimmer.

„Das Werk von Suzette. Designed on her majesty's request."

„Wirklich?"

„Natürlich, unterschätz' die Gute niemals."

„Bin ich ihretwegen hier, in der Ausstattung inbegriffen?"

„Ich weiß nicht, heute habe ich mit Dir und Herwig zwei Harrys getroffen und ich weiß noch nicht, welcher mir besser gefällt, mich mehr reizt. Beim Namen bräucht' ich gar nicht aufzupassen, da sie beide phonetisch fast gleich ausgesprochen werden. Ich könnt' mich also nicht einmal im Tiefschlaf versprechen. Ein Optimum für eine Ménage-à-trois."

Harry wird aufs Eis geführt wie der sprichwörtliche Esel. Karotte Brigitte lehrt jetzt das sture Maultier sich für sie strecken, den Hals recken und tanzen. Dass die Leidenschaft mit Eifer sucht, was Leiden schafft, findet sie all das, im wahrsten Sinne des Slogans.

„Die Nächste. Was findet Ihr alle an diesem Knilch?"

„Er ist knusprig, lecker und intelligent, bringt ein Dirndl zum Lachen und - wenn ich den Zwillingen Glauben schenke - auch zum Trillern und Jubilieren. Was will eine reife Frau mehr?"

„Ich werd's Dir schon zeigen!"

„Ich werde zuerst mal diese Treter loswerden, sie kneifen schon den ganzen Abend. Aber ohne sie bin ich nicht sexy, fühle mich nicht groß genug. Ich komm' gleich wieder." Sie verschwindet und lässt ihn allein. Neugierig öffnet er die Tür und lugt ins halbdunkle Schlafzimmer. Die Tagesdecke liegt achtlos daneben, das Bett halb aufgeschlagen. Er blickt auf das Satinleintuch unter der Tuchent aus Wildseide, alles in bordeaux-rot gehalten. Harry schlüpft in den Raum, reißt sich die Kleider vom Leib, streckt sich, auf dem Rücken liegend, unter dem Laken und wartet.

Minuten vergehen. Da öffnet sich die Tür und sie tritt ein, barfuß, eine Reitgerte in der Hand, in einem kurzen schwarzen Wickelkleid.

„Dacht' ich's mit doch! Schieb' die Decke weg, ich möchte alles sehen."

Harry gehorcht und präsentiert seine Waffen.

„Ich sagte Dir schon, das ist mein Herrensitz!" Gigi lässt sich vom Anblick verführen und sattelt das Pferd. Sie beginnt langsam, versetzt dem Ross einen leichten Klaps mit der Gerte und passt sich dem Rhythmus an. Seine Finger zupfen an ihrem Kleid, doch sie klopft ihm drauf und befiehlt: „Warte!"

Erst als er langsam den Takt gefunden hat, löst sie mit einem Griff das Band und wickelt sich in einer einzigen, fließenden Bewegung aus dem Stoff. Er staunt über das feste Chassis, die C-Klasse über einem flachen, straffen Bauch, und stramme Schenkel, die das dunkle Gebüsch umrahmen. Die erfahrene Reiterin lässt keine Hast zu und führt den Hengst. Sie zeigt ihm, was einen Flamenco ausmacht, dass sie ungestüm im Sattel sitzen, ein Ross mit Schenkeldruck und Muskelspiel bändigen kann.

Da ertönt die schmissige Marschmelodie. Er glaubt ‚John Brown's Body' zu erkennen, doch sie lächelt: „Nein. Das ist die gesungene Parodie Mark Twains auf ‚The Battle Hymn of the Republic'. ‚Updated', nannte er das Stück, da sein Text nun lautet: ‚Mine eyes have seen the orgy of the launching of the Sword', endend mit dem Refrain: 'His lust is marching on.'

Gigi klaubt das Handy aus dem zerknüllten Kleid und nimmt ohne weitere Verzögerung oder Unterbrechung ihres Rittes das Gespräch an: „Oui."

Harry spitzt die Ohren, kriegt jedoch die Antwort der Gegenseite nicht mit. So hört er nur Gigi: „Nein, es passt. Ja, ich bin dabei. Sie ist zwar noch nicht so weit, aber jede Stute muss einmal beginnen. Mein Programm ist nicht allzu schwer. Sie wird zwar patzen und das Finale nicht schaffen, doch was soll's. Ich habe sie erst mit der Piaffe vertraut gemacht, aus der ich sie in die Passage führe. Spanischer Tritt und die Lektion des Schritts aus dem Stierkampf, um den Bullen zu reizen, folgen. Das Ziel ist es, auch mit einer Courbette zu glänzen und sie bei Gelegenheit die Pesade üben zu lassen. Die hohe Schule der Dressur dauert eben und kostet viel Schweiß und Zähren."

Währenddessen steigert sie das Tempo, reitet sie heftiger und Harry hat Mühe, sich im Zaum zu halten. Doch sie kennt keine Gnade und schließlich obsiegt sie über seinen machtlosen Willen. Sie lächelt schadenfroh und spricht ins Mobiltelefon: „Wie ich schon sagte, sie schafft das Finale nicht. Bis später." Sie wirft das Handy auf den Polster, stützt sich auf beide Arme und ignoriert seinen Haltegriff. Ihr Augen funkeln, als sie zischt: „Dein Gang nach Canossa wird ein harter Bittgang. Du hast mir was zu sagen, Harry, Dein Solo allein reicht mir nicht."

„Wer war das am Telefon?"

„Eine Zeugin der Zeugung."

„Was!"

„Was glaubst denn Du? Ich hatte Dich laut und deutlich vorgewarnt. Und jetzt das. Ohne Hütchen Dein Mütchen zu kühlen? Sich Regen bringt reichen Kindersegen, das ist doch nichts Neues. Du kamst nicht zum Bußgang in Sack und Asche, sondern streutest Deine Asche aus dem Sack. Jetzt nehme ich eben Dein Handeln für die fehlenden Worte. Erst am vierten Tage wurde Heinrich der Bann erlassen. Bar aller königlichen Gewänder hatte er zu dulden. So sei es auch Dir bestimmt. Du wirst Dir Urlaub nehmen, bis zum Wecken am Dienstag."

„Und unser Projekt?"

„Helmut macht das sicher hervorragend. Ruf' einfach Deinen Chef an, fordere Urlaub und übergib Helmut Deine Aufgaben. Der macht das gerne und arbeitet gleichzeitig an seiner Chance im Verlag."

„Aber."

„Basta. Ich hab einen Mann im Bett, der mich verführen wollte. Er hat nur Eines nicht beachtet: Was er da begonnen hat, muss er auch fertigbringen. Ich bin jetzt Deine Baba Jaga. Sei nur froh, dass ich Dir nicht auf den Rücken springe und Dich zu Tode hetzte, sondern genussvoll zur Musik von Mussorgski zu den Bildern seiner Ausstellung die Passage trainiere. Pass nur auf, die wahre Hexe reitet nicht etwa auf einem Besen, sondern auf einem Mörser, den sie mit dem Stößel zum Hexenritt antreibt. Ich könnte auf Gedanken kommen, wenn Du nicht parierst."

„Ich habe nicht vor."

„Gut. Da Du nichts anderes vorhast, kannst Du schon mal beginnen, mir zu zeigen, was und wie Du es versprochen hast. Ein guter Bauer lässt sein Feld nicht unbestellt und jetzt kann auch nichts mehr zusätzlich passieren. Glück auf, mein Hengst!"

Montag früh erreicht den Verlagsleiter eine SMS mit der geforderten Nachricht. Er ahnt nicht, dass den erschöpften Junggesellen der Schlaf des Gerechten übermannte und er vom Virus brisanter Ehegedanken schwer infiziert ist.

Reporter Helmut

„Sie haben Glück." Die Chefsekretärin blinzelte Helmut ermunternd zu. Schließlich darf man mit den Augen genießen, was sonst der Freundin gehört. „Gehen Sie rein. Lassen Sie sich nicht einschüchtern. Er möchte Sie haben. Wer auch nicht?" Schelmisch grinste Anna ihn an.

„Sie sollten nicht mit mir flirten, ich könnte sonst schwach werden."

„Jammerschade. Ich steh' nämlich auf starke Männer. Also wird nichts aus uns beiden." Der Schalk blitzte aus ihren Augen.

„Touché!" Helmut schmunzelte. Es war wie immer ein nettes Spiel, von Ritas Freundinnen getestet zu werden.

„Herein mein Freund!" Dr. Haber klang jovial.

„Guten Morgen!"

„Ich mach's ganz kurz. Rita hat die journalistische Leitung und die Chefredaktion erhalten. Sie braucht einen Mitarbeiter, mit dem sie etwas auf die Beine stellen kann. Daneben sollten Sie Ihre Kolumne weiter führen. Was wir zahlen, wissen Sie. Eine Probezeit von einem halben Jahr haben wir beidseitig, weil danach erst das Geschick des Magazins erstmals absehbar wird. Ich nehme an, Sie wollen keinen solchen Vertrag, da er uns beiden nichts bringt, Sie nur kostet, weil Sie ja versichert in der Schule angestellt sind. Trotzdem sollten wir diese Zeit nutzen, weil es für beide Seiten eine Chance bedeutet."

„Gut. Ich hatte schon befürchtet, dass ich wählen würde müssen. Ich kann ja von keinem der beiden Jobs richtig leben, während es mit beiden gut geht und mir Raum für meinen Sport lässt. Noch würde ich nicht so gerne meine Laufbahn beenden, vor allem nicht für dieses Gehalt."

„Kluger Junge. Dann sind wir uns einig. Unser Angebot: Sie bieten uns alles exklusiv an und wir verschachern Ihre Werke. Was wir nicht haben wollen, erfahren Sie so kurzfristig wie möglich. Wenn wir nichts davon bringen wollen, können Sie damit auf den Markt gehen, wohin immer Sie wollen. Das gilt auch für andere Werke. Ich habe gehört, Sie arbeiten an einem literarischen Werk. Was ist das?"

„Noch nicht Bestimmtes. Weiß noch nicht genau, was es werden wird."

„Endlich mal ein ehrliches Wort. Alle erzählen mir immer von ihrem Roman, Drehbuch oder sonst was. Lassen Sie uns sehen, was Sie haben, wenn Sie glauben, es ist präsentabel. Sie sind somit offiziell ein Reporter bei uns. Gratuliere!"

„Danke. Was habe ich sonst noch zu beachten?"

„Fragen Sie Anna oder Rita. Also dann, auf gute Zusammenarbeit. Übrigens: Ihre Artikel kommen bei den Lesern an."

Ein Musterbeispiel dazu waren das Interview und die letzte Kolumne."

Deutsch als Fremdsprache

Freitags morgens, knapp vor 8 Uhr. Noch schläft der Tag in der Anstalt, obwohl die Betriebe ausgerückt sind. Im Schulungsraum der Bibliothek erwacht das Leben, als Frau Osterer erscheint. Sie strahlt Vergnügen aus, Lebenslust, Optimismus. Es tauchen bereits erste Gesichter auf, noch halb im Traum und deren Besitzer belegen freie Plätze im Raum. Langsam füllt sich das Schulzimmer mit Ausländern jedweder Herkunft und Muttersprache.

Freudig wird jeder begrüßt, animiert, den Gruß zu erwidern und ein paar Worte zum Tag, zur Stimmung beizutragen. Egal ob „ich hab' verschlafen' oder „ich hatte Kopfschmerzen letzte Nacht", jeder eingebrachte deutsche Satz löst eine Folge von Kommentaren der Mitschüler aus. Aktiv werden diese in den Unterricht eingebunden. Jedem, der eine Wortmeldung abgibt, wird eine Bestätigung der richtigen Formulierung oder Hilfe dazu gestellt. Das Klima verbessert sich zusehends, aus dem Trott wird ein gefühlter Trab, ein Galopp, wenn eine witzige Bemerkung dazu ausgeschlachtet wird, Deutsch im Alltagsgebrauch zu erklären.

Alle werden animiert, weiter Diskussionsbeiträge abzugeben, sich einzubringen in den Unterricht, in das Gespräch. Gesagtes wird in richtiger Wortstellung von der ganzen Gruppe wiederholt, wenn es sich um übliche Wendungen handelt, Phrasen, die im Alltag verwendet werden, doch in keinem Lexikon stehen. Spracherwerb hat viel mit der Umgebung zu tun. Die Vortragende kennt keine Berührungsängste bei Themen. Je engagierter die Jungs, desto lustiger werden die Beiträge, erste Scherze lockern den Unterricht auf, bis nach einiger Zeit in der Klasse keine Spannung mehr zu spüren ist, zumindest scheinen alle geistig ausgestiegen aus dem Gefängnis, fühlen sich wie in einer Schule, in einem Unterricht, um ihre Deutschkenntnisse anzuwenden. Dies im Alltagsgespräch, in Umgangsdeutsch, das vom Steirisch-Kärntnerischen Umfeld geprägt ist.

Die Lehrerin integriert die Gruppe in sich selbst, eine schwierige Aufgabe für einen Pädagogen, die großen Einfühlungsvermögen erfordert. Coaching, so könnte man es weit besser bezeichnen, läuft hier im Unterricht, beim Spracherwerb. Eine fremde Sprache lernt man am besten zwischen den Laken. Das geht nur in einem Einzelunterricht. In der Gruppe erfolgreich ist die angewandte Methode, alle und jeden auf seinem Niveau einzubeziehen. Eine psychologisch äußerst anspruchsvolle Leistung, die Erfahrung und Empathie ungeahnten Ausmaßes erfordert. Das geht nur bei Berufung zum Auftrag. Gerade hier in einem Strafhaus, wo der tägliche Frust, das Gehabe und der elendigliche Trott alle Motivation zum Teufel schickt.

Die Jungs sind intensiv bei der Sache, weil es ihnen Spaß macht, sie verlassen mental den Kerker und werden zu wissbegierigen Schülern. Diesen Tag hat sie es wieder geschafft, aus der amorphen Masse unmotivierter Weggeschlossenen eine

236

Schulklasse zu formen. Leben in die Runde zu bringen, Lernwillen zu fördern. Fast könnte man zum vergangenen Unterricht sagen, das war Gruppentherapie par excellence. Ein Lehrbeispiel für gelungenen Unterricht. Eine psychologische Gewaltleistung, die jede Woche jede einzelne Stunde wiederholt werden muss. Weil Schüler auftauchen oder nicht, je nach aktueller Stimmung, jede Stunde unterschiedliche Typen, wird der Unterricht zur permanenten pädagogischen Schwerstarbeit im stimmungsbelasteten Umfeld.

Hut ab vor dieser Leistung!

Fragen drängen sich auf:

Warum nicht mehr Schüler das Angebot nutzen?

Eine Antwort gibt die Pädagogin im Interview, in dem sie auch Anregungen vorstellt.

Warum Deutsch in der Haft lernen?

Wer sich darauf selbst keine Antwort geben kann, hat sowieso schon verloren, ist demotiviert, enttäuscht, frustriert.

Warum ist Deutsch als Fremdsprache nicht für alle sprachunkundigen Insassen verpflichtend? Umso mehr, da § 57 StVG festlegt, dass jedem Volksschulkenntnisse zu vermitteln sind.

Deutsch in Volksschulniveau zu beherrschen, beinhält einfache Fertigkeiten, wie einen Brief, einen Antrag in rudimentärem Deutsch zu schreiben, beispielsweise an die Anstalt, an das Vollzugsgericht.

Die Anzahl der Ausländer in Haft und deren Sprachkenntnisse in Deutsch divergieren stark vom Gesetzeswortlaut. Hier gilt es, weiterhin Schulungs- und finanziellen Mittelbedarf für Deutsch als Fremdsprache zu erheben und im Vollzug den Auftrag des Gesetzgebers zu erfüllen. Es hapert am Geld, denn der Leiter der Weiterbildung, Major Christian Fürbaß wäre höchst interessiert, seine Aufgabe noch besser zu erfüllen.

„Hat er es jetzt geschafft?" Suzette war platzte vor Neugier. Ihre Freundin Rita schien überglücklich.

„Der Erfolg seiner kritischen Analyse des Justizreports gab für Dr. Haber den Ausschlag. Helmut wird Journalist unter meiner Chefredaktion. Seinen Faktotum-Job behält er nebenbei, denn erstens weiß man nie in diesem Gewerbe, wann das Blatt eingestellt wird oder nur mehr online verfügbar wird und andererseits würde er sonst seine optimalen Trainingsmöglichkeiten verlieren. Denk nur, er hat einen eigenen Sportplatz mit privatem Trainingsraum, den Schlüssel für den Zutritt rund um die Uhr. Dafür muss er nicht viel mehr als den Rasenmähen darf und kann seinen Hantelspaß haben. Das bei guter Bezahlung."

„Weiß Dr. Haben von Euch beiden?"

„Gott behüte, selbstverständlich nicht! Er würde einem von uns beiden sofort kündigen. Er hält nichts von einer Liaison im Beruf. Also spielt der Dekathlet zu Hause eine Doppelrolle."

„Wie meinst Du das?"

„Nun, ich habe Spaß daran gefunden, zu Hause von ihm geführt zu werden, nachdem ich ihn im Büro schikanieren kann. Selbstverständlich muss die Sache geheim bleiben, denn Dr. Haber duldet keine Paare bei seinem Blatt. So wird jeder Tag ein Erlebnis für uns beide, das Helmut auf den Geist geht. Das hält die Spannung aufrecht, da er weiß, dass alles nicht von Dauer sein wird. Nicht nur deshalb schreibt er auch weiter an seinem Werk. Er hofft, dass es mal Erfolg haben wird."

„Was wird das?"

„Ich habe keine Ahnung, Manchmal glaube ich, dass es ein Drehbuch sein könnte."

„Willst Du es nicht herausfinden?"

„Bist Du verrückt? Ich habe meine beste Beziehung sein Menschengedenken und soll sie aufs Spiel setzen, um herauszufinden, wie mein Schatz in seinen Träumen tickt? Du selbst hast mich ja gewarnt, über die anderen Fragen Antworten zu suchen. Solange ich kein Zeichen von Ermüdung spüre, ist das für mich tabu."

„Kluges Mädchen. Ich habe das Gefühl, die beiden belauern sich im Moment. Jeder hofft, dass der andere Scheiße baut und so warten sie jeder auf seine nächste Gelegenheit. Macht richtig Spaß, die beiden miteinander zu sehen, da fühlst Du praktisch, wie der Strom zwischen beiden rauscht. Tausende von Volt stark. Jeder will a volte oder una volta per tutte dem anderen befehlen dürfen, er soll ‚voltarsi volenteroso'. Danach wird es zuhause immer spannend zwischen den Laken. Ein echten Dekathlon mit Leitungsschau."

„Komisch, weil Du das gerade erwähnst. Ja. Du hast Recht. Wenn Dir mal fade wird, treffen wir uns auf ein Dinner zu viert. Danach kannst Du den öden Nachtfilm wieder einmal vergessen."

Beide kichern wissend.

Verdächtigung

Der Trainingszehnkampf war erfolgreich gelaufen, Helmut hatte über 7300 Punkte erzielt und das nach einer harten Woche mit Geräten und Gewichten. Das Mösle-Mehrkampf-Meeting konnte kommen, er war vorbereitet. Die Eifersucht auf Martin hatte seinen Ehrgeiz gesteigert, bei jedem Stoß, Schritt oder Sprung hatte er seinen Rivalen bei Rita vor Augen gehabt, was im Ergebnis den Trainer erfreute. „Du hast die Kraft, jetzt müssen wir nur noch an der Technik feilen."

Er war Mittwoch am Nachmittag die fünf Stationen mit dem Bummelzug nach Dornbirn gefahren, hatte das Appartement bezogen, das wirklich gemütlich eingerichtet war. Die Wirtin bedankte sich für die Vorauszahlung durch die Firma und er schwieg dazu. Warum auch viele Worte machen, die nur zu Problemen führen konnten? Seine Wut drängte ihn ans Telefon: „Es wird Zeit. Diese Machtfrage zwischen uns beiden wird neu aufgeworfen und geklärt. Saunaspaß ist garantiert. Ich will meinen Möchtegerne-Sir in der Sauna in Deinem Tagungshotel treffen; dort werden gerade finnische Wochen abgehalten. Wir treffen uns dort um fünf." Ohne eine Antwort abzuwarten, legte er auf und hoffte, dass sein Gesprächspartner ebensolche Wut empfinden möge wie er. Das beruhigte ihn erstmal. Er durchstöberte die Räume, fand sie für seine Zwecke bestens möbliert und auch sonst geeignet. Vor allem ohne Nachbarn, da über der Garage gelegen, ohne Verbindung zum Haus.

Früh brach er auf und bummelte durch die Straßen. An einer Bäckerei-Konditorei konnte er nicht vorübergehen. Die frisch gebackene Hefeteigtasche mit Topfen lockte mit unwiderstehlichem Aroma nach Zimt, Kardamom und Rosinen.

„Das nennt sich Pulla, wir haben jetzt finnische Wochen", erklärte die junge Verkäuferin: „Daran kannst Du ungeniert nuckeln" fügte sie schalkhaft hinzu.

„Ich trink fast nichts, ich bin Sportler" erwiderte er freundlich, denn das Küken schien kaum 14 Jahre alt. „Wie schön, das hört man selten hier." Ihr Augenaufschlag war gekonnt und sicher stundenlang vor dem Spiegel geübt; er genoss die Szene und flirtete weiter.

„Du duftest genauso gut wie sie; rieche ich Kardamom in Deinem Parfum?"

Jetzt wurde sie verlegen: „Ich trage kein Parfum. Bei der Arbeit" fügte sie schnell hinzu, um ihr Alter zu verschleiern.

„Welch' eine Schande für so ein hübsches Mädel. Dein Freund ist wohl nicht allzu aufmerksam. Das kann sich bitter rächen, glaub' mir."

„Ich werd es ihm beibringen, danke für den Tipp. Ich muss weiterarbeiten" Sie genoss ihren graziösen Abgang. Die Bäckersfrau hatte aufmerksam zugehört und lächelte nun dem jungen Mann zu.

„Danke, dass Sie so nett zu ihr waren."

„Sie wird noch einige Herzen brechen, sie hat etwas, das sie aus der Masse heraushebt." Helmut spürte, dass die Frau ihn eingehend musterte.

„Warum sagen Sie das?"

„Weil es der Wahrheit entspricht. Ich habe etwas gefühlt, das von ihr ausgeht. Das passiert nicht oft bei einem Teenager in diesem Alter."

„Sie hat es wohl von ihrer Mutter?" Der Blick war eindeutig und Helmut fürchtete seine Antwort.

„Ich muss Sie enttäuschen, ich will nichts von ihr oder Ihnen. Ich möchte schon gestehen, dass ich Dauerkunde werden würde, wäre sie etwa 5 Jahre älter, Sie ist vierzehn, oder?"

„Was haben wir denn da? Einen jungen Mann, der seine potentielle Schwiegermutti mit ihren dreißig Jahren der Göre wegen von der Bettkante stößt? Dabei wäre ich gerade in seinem Jagdschema und passendem Alter. Sie sind garstig und verdienen eine Strafe für diese Gotteslästerung!"

„Was stellen Sie sich vor?"

„Sie müssen die Pulla hier essen, mit Kaffee oder Tee auf Kosten des Hauses. Ich schätze Menschen, die ihre Meinung unbeirrt darlegen. Und ich bedanke mich im Namen von Nicole. Ich werde es ihr in ein paar Jahren erzählen, wenn sie es mal für ihr Selbstbewusstsein braucht."

„Sie überraschen mich schon wieder!"

„Erstens sind Sie ein hübscher junger Mann und locken Kunden an. Zweitens lass ich mich gerne von einem kecken Jüngling beflirten und drittens möchte ich Nicole auf andere Gedanken bringen, da sie gerade ein Tief hat. Also kommen Sie schon und schenken Sie uns die Viertelstunde."

Es wurde fast eine Stunde daraus, in der immer mehr Kunden den Schanigarten füllten. Der Teenager war durchgängig am Laufen, da der Laden florierte. Helmut verabschiedete sich mit Bedauern, als sein Termin nahte.

„Siehst Du, was ich meinte. Ich danke Dir, Du hast meinem Umsatz einen unerhörten Stups verpasst. Komm wieder, wenn Du im Lande bist und bring Deine Freunde mit."

Die Sauna war nur für Gäste geöffnet und Helmut musste die Rezeptionistin überreden, dass er mit Martin sich hier treffen und selbstverständlich dafür bezahlen wolle. „Ich mache eine Ausnahme, weil Sie bei einer Bekannten wohnen. Bestellen Sie eine bessere Flasche Wein und ich kann Sie als Gast eintragen", schlug die Dame vor. Einen Eintrittspreis kann ich nicht verbuchen und möchte auch nicht anfangen, Laufkundschaft aus dem Ort zuzulassen"

„Ich nehme den Chiroubles, den Cru de Beaujolais um 27 Euro. Gläser finde ich dort?" Er war zufrieden, da er von Martins Lust an solchen Tropfen wusste.

„Nein, aber ich werde ihn dort servieren lassen. Er sollte doch vorher etwas atmen, oder? Woher kennen Sie solche Weine in Ihrem Alter?"

„Man soll niemals das Alter mit Erfahrung verwechseln. Ich gestehe, dass ich selbst kaum trinke, doch mein Freund ist ein Genießer und liebt rote Franzosen. Danke für Ihre Freundlichkeit."

Im Vorraum ließ er seine Sporttasche im Kasten und sperrte zu. Sein Bademantel war präsentabel und so schlenderte er in den Aufenthaltsraum. Überrascht stellte er fest, dass fast nur sportliche und meist junge Männer dort lärmten. Da wurde ihm schnell klar, dass dies die Biker der Motorräder auf dem Parkplatz sein müssten. Wenige Girls waren darunter, die waren so was von durchtrainiert, dass er kaum die Augen davon lassen konnte. Das blieb nicht unbemerkt und eine der Holden näherte sich. Helmut stufte sie sofort als lesbische Feministin ein, ungeachtet ihrer überaus femininen Bewegungen, mit denen sie auf ihn zu tänzelte.

„Wen haben wir da, etwa einen Voyeur?"

„Wieso, ich bin nicht schwul?"

Mit einer solchen Herausforderung hatte die Hübsche nicht im Traum gerechnet und ein nachdenkliches Zögern bewies die Spannung der Schaltkreise hinter ihrer Stirn. „Aber ich", provozierte sie weiter.

„Schön für Dich, so stelle ich mich der Konkurrenz. Bei wem?"

Die anderen Gäste hatten das Ganze mitverfolgt und ein erstes vergnügtes Grinsen zeichnete sich an manchen Lippen ab.

„Bei mir vielleicht?" Eine athletische Aphrodite bot sich ihm ungeniert dar, die runden Hüften lockend herausgereckt. Helmut ahnte, dass dieses Gebiet schwer vermint sein würde.

„Vielleicht werde ich doch noch meine Bi-Ader entdecken, was glaubt Ihr?" Damit wandte er sich den Motorradfahrern zu, die sich um einen offenkundigen Leithammel scharten. Jetzt hatte er sie auf seiner Seite.

„Ich versteh' Dich gut, bei Olga wird man nachdenklich" grinste dieser ihn an. Wer bist Du, doch keiner von uns, oder?"

„Nein, ich bin auf zwei Beinen und meist mit dem Zug unterwegs. Ich steh' auf Sauna und Spaß."

Die Grazien hatten sich in eine Ecke verzogen, da ihnen keine Aufmerksamkeit mehr gewidmet wurde. Mit der Zeit freundeten die Jungs sich an und waren vom Thema Sport gefangen. Sie diskutierten über den Wert wahrer Entspannung und die finnische Art der Sauna, welche diese Woche vorgestellt wurde. Zusammengebundene Birkenzweige lagen auf einem Tisch neben der Kabinentür. Es zierten die Ruten hellblaue und rosa Schleifen, die beiden Typen der Reiser eindeutig unterschiedlich zusammengestellt.

Martin hatte einen Scheißtag hinter sich. Seine Stimmung war am Sand, als er bei der Rezeptionistin den Saunaeintritt heischte und er gab seinen Unmut unmittelbar weiter. Doch er war an die Falsche geraten. „Nur, weil Ihr Kollege so nett war, mache ich eine Ausnahme. Haben Sie Ihre Kinderstube vergessen?" schenkte sie ihm passend ein.

Wortlos nahm er den Schlüssel, verpisste sich auftragsgemäß in die Garderobe, fluchte laut und besorgte sich Plastik-Schlappen zum Badetuch. Dann betrat er das Schlachtfeld, bereit, seinen Missmut an Helmut abzureagieren. „Warum hast Du nicht auf mich gewartet?" rüde stieß er diese Worte hervor.

„War nicht ausgemacht." Auch hier klang etwas Schärfe durch.

„Gehen wir in die Kabine!" Schweigend musterten sich beide Männer, der Eine, älter, mit kaum eins-siebzig, der Athlet mit über eins-achtzig gegenüber. Ein Hahnenkampf schien bevorzustehen. Ein Biker schlug fröhlich vor, „Los Jungs, ab zum Aufguss."

„Ich mach ihn." Martins Ton klang schneidend. Er packte den Kübel mit dem Handtuch zum Wedeln und marschierte voran.

„Den werden wir Mores lehren" flüsterte ein massiger Typ und nickte seinen Freunden zu. Sie folgten. Ein jeder nahm ein Bündel der Birkenreiser mit, wie es auf den gedruckten Anleitungen zu den finnischen Wochen in der Sauna empfohlen war.

Als Martin mit seinem Aufguss fertig war und herrisch in die Runde blickte, begann der besagte Typ auf der zweiten Ebene sitzend: „Jetzt wollen wir uns bedanken, schließlich bleibt man Fremden gegenüber nichts schuldig. Rolf, Ivo, Ihr beginnt."

Zwei Riesen schnappten sich den Kleinen und trugen ihn stehend vor den Anführer. Sie hoben ihn auf die Saunabank in der ersten Ebene, zwangen ihn zum Knien, beugten ihn vorwärts und der Redner klemmte sich den Kopf des Opfers zwischen die massigen Schenkel. Seine Arme waren gebeugt und die Bodyguards übergaben Hand für Hand dessen beide in die Tatzen des Chefs. So war nun der große Angeber einem nach alter Sitte zu bestrafenden Buben gleich dargeboten, ‚bottoms up', wie es auf Englisch so illustrativ heißt.

„Wir lernten ein nettes Spiel in Finnland" begann er. „Wenn Du errätst, wer Dir gerade mit den Reisern die Durchblutung fördert, wird er Dich weiter erfreuen. Rätst Du falsch, wechselt derjenige hinter Dir und es beginnt von Neuem. Los geht's!"

Der erste Schlag kam forsch doch nicht bösartig und Martin spürte, wie sich seine Haut rötete, genau wie es bei dieser Art der Durchblutungsförderung sein sollte. Er schwieg. Erst nach dem Zehnten, als sein Rücken und seine Waden bis zu den Oberschenkeln prickelten, gab er kurz „Helmut" von sich.

„Falsch" entschied der Schiedsrichter, „Wechsel!"

Weiter ging die Show und wieder hörte man: „Helmut."

„Falsch" wiederholte sich, wie auch: „Wechsel!"

Beim dritten „Helmut" war es anders. Inzwischen war der Gebeugte wie eine österreichische Fahne gefärbt, die Durchblutung hatte den Teint zu einem satten Rot verändert und manches Reisig hatte einen sichtbaren leichten Strich hinterlassen.

„Falsch. Da Du ja offenbar Sehnsucht nach der Hand Deines Herrn verspürst, soll Deinem Wunsch entsprochen werden. Los mein Freund, Du bist erwählt worden."

Martin stutzte. Warum hatte er das getan? War das instinktiv und unbewusst geschehen oder hoffte er auf etwas von seinem bisher geführten Novizen als dessen vermeintlicher Herr? Er würde es sehr bald erfahren.

„Das tapfere Schneiderlein hat sieben auf einen Streich erledigt. Ich werde wohl für die umgekehrte Version in die Gute-Nacht-Geschichten eingehen, als jenen, der erzählen kann: Einen mit sieben Streichen."

Martin fröstelte es. Er bemerkte in dieser ihm bestens bekannten Stimme etwas völlig Neues, Strenges.

„Normalerweise regeln die Engländer Derartiges mit ‚Six of the best‘. Dazu etwas Mathematik von Deinem Hauslehrer: Das ist die Zahl der Vollendung: Vollkommen, perfekt oder ideal, weil sie genauso groß ist wie die Summe ihrer positiven echten Teiler. Sie ergibt sich aus Euklids Formel. $2^{n-1} * (2^n - 1)$.

Für $n = 2$ gilt also: $2^1 * (2^2 - 1) = 6 = 1 + 2 + 3$ und es gilt sogar $6 = 1 * 2 * 3$.

Dir gebührt jedoch einer mehr, wie beim Geburtstag, einen zum Weitermachen nach der Vollendung, also sieben."

Der Anblick war verlockend. Die Vorgänger hatten das Zielgebiet bewusst so gestaltet, dass sich ihm als einzig unbehandelter Streifen nun die prallen weißen Hinterbacken entgegenreckten. Der Anführer hatte dafür gesorgt, dass ihm solcherart für den Gesichtsverlust zuvor Genugtuung verschafft werden sollte und er spürte, dass er sich genau das holen würde. Die anderen Saunagäste, die Biker-Jungs, halfen ihm, Martin es auf die Art der Vorfahren eindrucksvoll zu lehren, seine widerliche Arroganz nicht auf diese Weise zur Schau zu stellen und sich den Wünschen seines Herrn widerstandslos zu beugen. Rita kam ihm in den Sinn, ihr Flirten mit diesem Galan, dem Ehemann und er entschied, sich bitter zu rächen. Die Jungs waren sich klar, dass zwischen den beiden etwas Persönliches abging und warteten gespannt. Helmut streifte mit einem schnellen Griff die meisten Blätter von den Zweigen, hob die Rute und zog kräftig durch.

Ein scharfes Einatmen war sein direkter Lohn, doch die Globen gaben Kunde vom echten Erfolg. Eine handbreite, tiefrote Strieme zog sich fast waagrecht über die untere Gesäßhälfte, an der Stelle, an der die Backenrundung in den Oberschenkel übergeht. Die Halbkugeln zuckten unkontrolliert und jeder sah, wie sehr sich der Gebeugte bemühte, seinen Stand zu halten.

Zwei weitere Steifen färbten in der Folge das Gesäß bis zur oberen Einkerbung des Gluteus maximus. Inzwischen keuchte und schwitzte das Opfer männlicher Eifersucht. Seine Hinterbacken hatten sich selbständig gemacht, zollten der Birkenrute ihren Respekt, tanzten einen ‚Csárdás macabre‘. Irgendwie führte das Ganze dazu, dass alle andern Flaggen auf Halbmast standen, was den Bikern entging, jedoch nicht den Girls, die sich darüber leise kichernd amüsierten.

Helmut wechselte die Seite und nahm die Rute in die andere Hand, die stärkere Rechte. Er hatte jedem Streich genügend Zeit gelassen, seine volle Wirkung zu entfalten. Er war bereit, sein Ziel zu erreichen, seine bisherige Rolle zu ändern, selbst mit „Ai, Sir, yes, Sir" den Respekt erwiesen zu erhalten, der ihm gebührte.

Strieme Nummer vier änderte alles. Auf Chinesisch heißt das Zahlwort: ‚Sì‘, wie ein ‚ja‘ auf Italienisch. In China Symbol für Unheil; Grund ist die Lautähnlichkeit mit sǐ für ‚Tod‘. Genauso starb mit diesem Hieb die Arroganz des Managers, seine Backen wölbten und höhlten sich rhythmisch und sein Schrei: „Aus! Ich hab‘ genug!" tönte durch die Kabine. Die malträtierten Globen zuckten wie verrückt und alle Ruten hatten eine ‚Habt-acht-Stellung‘ eingenommen.

„Six of the best, heißt es und die Engländer wissen warum. Du hast noch nicht genug, weil Du nichts anzuschaffen hast. Sieben war mein Versprechen und ich halte es." Helmut spürte, wie er die Führung übernahm, Martin sich endlich beugte und seine Backen unwillkürlich nach oben reckte, als ob er bereit sei für das, was ihm jetzt bevorstand.

Helmut hob die Rute und sie zögerte in der Luft, dass alle den Atem anhielten. Dann fuhr sie nieder und querte die Mitte, den Äquator, grub sich in das Fleisch. Elastisch gab es nach, federte zurück, fast weiß schien die Strieme, welche die endgültige Entscheidung brachte. Der Arsch bebte und die Halbkugeln tobten ekstatisch. Der erstickte Schrei kündete von der Unterwerfung, dem Sieg. Doch jetzt vollendete der strenge Herr das Werk. Ohne zu warten, bis sich der erste Schmerz gelegt hatte, fuhren die Birkenreiser erneut nieder, gruben sich in die Furche über den Oberschenkeln und signierten das schraffierte Gemälde in samtenem Dunkelrot, das einzelne fast schwarze Striche durchkreuzten.

Ein Stöhnen ging durch die Reihen und die gezeichneten Arschbacken fuhrwerkten wie wild in der Luft, die Rosette schien fast ein Lied zu pfeifen, so öffnete und schloss sie sich rhythmisch. Es lag eine unerhörte Spannung wie eine Drohung in der Luft, da sprach Helmut in ungerührtem Ton:

„Nummer sieben verabreiche ich Dir in unserer Wohnung. Du wirst lernen, ohne Widerrede zu gehorchen. Antworte!"

Lange hielt die Stille an, bis sich endlich die Lippen öffneten mit: „Ai, Sir, yes, Sir."

Die Jungs entspannten sich und der Anführer entließ den Frechdachs mit der Warnung: „Brich nie Dein Wort!"

Die Mädels zeigten auffällig auf die Masten. Die Jungs waren zuerst leicht verlegen, bis sie merkten, dass keiner, auch kein Einziger schlaff geblieben war, sich die Nippel der Damen straff zum Himmel reckten, worauf sie grinsend wiesen.

Helmut klapste Martin auf den Arsch, befahl: „Abmarsch"!

Sie kehrten zurück ins Miet-Appartement, mit einer frisch entblätterten Rute in der Sporttasche, was einem hilfreichen Biker zu verdanken war. Dort angekommen wollte der tätowierte Stier etwas sagen, doch Helmut gebot ihm: „Schweig! Ich hab‘ gerade Deinen Arsch gerettet, wie Du bemerkt hast. Oder wolltest Du ihn allen anbieten, die sich drauf sichtbar freuten? Jetzt klären wir die Herrschaftsfrage zwischen uns endgültig. Jetzt zahlst Du deine Schulden! Los, Hosen runter und rauf aufs Bett!"

Der unbewegte Blick zeigte Martin, dass die Würfel gefallen waren. Er folgte der Anweisung, kniete sich auf die weiß überzogene Matratze, die malträtierten Globen hochgereckt. Helmut fesselte ihm die Hände mit dem Bademantelgürtel auf den Rücken. Er wollte die Niederlage seines früheren Gläubigers denkwürdig besiegeln und diese bestimmte Erinnerung wachrufen.

Da aktivierte sich das Handy des Gebeugten, die Gitarre des Paco de Lucia erklang. Die ersten Noten der Don Escamillo-Arie tönten durch das Zimmer. Helmut aktivierte das Telefon, legte es neben Martins Kopf.

„Hallo" stotterte Martin, „was kann ich für Sie tun?"

„Schau mal einer an, der werte Herr Gemahl kennt meine Nummer plötzlich nicht mehr. Wo bist Du gerade?"

„Im Appartement in Dornbirn, wie geplant, was fragst Du?"

„Das kann jeder sagen. Wer ist bei Dir, Du klingst so komisch?"

„Helmut, Du weißt ja, dass er mit mir zurückfährt."

„Gib ihn mir!" Offenbar war Suzette schlecht drauf.

„Helmut, Suzette will Dich sprechen."

„Kennst Du nicht mehr das Zauberwort für brave Jungs, Martin?" Helmut amüsierte sich, da er wusste, dass Suzette jeden Ton mithörte.

„Bitte."

„Na, siehst Du, geht doch, mein Freund."

„Hallo Helmut, Suzette, wie geht's."

„Blendend, gerade jetzt."

„Erfolgreich gewesen."

„Über alle Maßen, in jeder Hinsicht, und mehr als 7300 Punkte im Trainingswettkampf, das lässt hoffen."

„Fantastisch, Du wirst Rita begeistern. Hört Martin mit?"

„Noch nicht, gleich. Warte, ich stell' auf Lautsprecher."

„Hallo mein Schatz. Ich dachte schon, ich erwisch' Dich mit heruntergelassenen Hosen auf einem fremden Bett, so eigenartig, wie Du geantwortet hast."

„Warum denkst du so etwas?"

„Weil ich Dich gut genug kenne, wenn Du auf Dienstreise bist, mein Schatz. Du, Helmut!"

„Ja bitte."

„Solltest Du jemals meinen Herzallerliebsten mit nacktem Arsch ohne mich auf einem fremden Lager erwischen, versohl ihm seinen Hintern, dass er einen Tag nicht mehr ruhig sitzen kann. Ich vollende dann das Werk als liebende Ehegattin. Er gehört mir allein. Du hast ab jetzt meine Vollmacht. Er braucht eine feste, eine strenge Hand, sonst flaniert er außerhäusig wie ein streunender Kater. Und Du, als studierter Pädagoge, weißt ja, dass eine sofortige Strafe am allerbesten wirkt, oder nicht."

„Dein Wunsch ist mir Befehl. Gute Nacht."

„Gute Nacht, Helmut. Nun zu Dir, Martin, Dieter lässt seine Papa lieb grüßen. Er schläft schon und ich werde mich ins Bad legen, es war ein harter Tag. Bleibt es bei Freitag?"

„Natürlich, die Dienstreise wird pünktlich enden."

„Okay, habt viel Spaß miteinander, Ihr beiden. Pass auf Deinen Hintern auf. Jetzt kann ich auf schlagkräftige Hilfe zurückgreifen, wenn es nötig sein sollte, ich allein Dir nicht mehr Frau werde. Bussi!"

„Bye, Liebling, Bussi zurück."

Helmut brachte Martins Handy in Sicherheit. Sein eigenes hatte er bereits zuvor, noch während des Telefongesprächs, auf Video gestellt und strategisch so platziert, dass die Kamera alles filmt, was am Bett passiert.

„Nun, was seh' ich da, Suzettes Gatte Martin mit nacktem Arsch in einem fremdem Bett. Trotz meiner Vollmacht seiner Angetrauten traut er sich das."

„Das ist nicht fair!"

„Wie bitte?"

„Das ist nicht fair!"

„Nächster Versuch."

„Das ist nicht fair, Sir."

„Gut, Du lernst schnell. Vergiss es nie wieder, wenn wir unter uns sind. Bei ‚Lève tes fesses', was nichts anderes bedeutet, als ‚Reck mir Deinen Arsch entgegen', wirst Du das tun, ohne jede Widerrede, dass ich Deinem Allerwertesten unmissverständlich zeige, wer sein Herr ist, außer Suzette natürlich. Selbstverständlich bar jeder Kleidung, so wie Du Bares von mir wolltest, kriegst Du alles bar zurück. Ich habe nämlich meine damalige Rechnung vom Hotel Triest gefunden, mit allen meinen Getränken und der Sauna drauf. Dafür werde ich jetzt Suzette aufs Wort gehorchen. Du hast mich belogen und betrogen. Die Zeit der Besserung ist für Dich angebrochen. Hoch den Arsch!"

„Aber ich, aaaaaaaaaaaahhh."

Die bisher verborgene Rute aus der Tasche hatte ihr Ziel gefunden und die heißen Arschbacken neuerlich gefurcht. Es hatte Martin auf den Bauch geworfen und seine Arschbacken zuckten wie verrückt, als wäre zwischen der letzten Strieme in der Sauna und dieser kein Augenblick vergangen. Helmut beobachtete fasziniert, wie sich die Rosette anbot, verbarg, ja, einatmete, ausatmete, in einem Rhythmus, der den Lippen eines Fanfarenbläsers ähnelte, der sein Instrument zum Klingen bringt.

Wieder zuckten die Birkenreiser nieder und wiederholte sich das Spiel der Globen. Martin keuchte und wimmerte nur mehr. Ein dritter, heftiger Hieb über die Schenkelfurche festigte das Bild. Martin sah mit Erstaunen, das nicht nur sein eigenes zweites Ich ein Eigenleben entwickelte, sondern auch Suzettes private Oboe sich für ein Konzert bereitmachte. Jetzt dämmerte ihm etwas und er handelte wie ein geborener Musikant, der seinen Takt, sein vollkommenes Riff für die Reprise gefunden hatte.

Die letzte Note war noch nicht verklungen, als der Dirigentenstab seinen Ehrenplatz fand. Martin spürte die Härte, die auch er gespendet hatte. Eindringlich klärte Helmut, wer in Zukunft öfter keine Hosen mehr anhaben würde. Die heißen Backen rieben sich in Ekstase, um die dunkelrote Glut zu mindern, die kontraktile Muskulatur bewies ihre Berechtigung und der stramme Tonus ließ Helmut erahnen, was das Werk des Herrn, das ,opus dei', alles vermag.

Es ging so für einige Minuten und Helmut musste alle Kraft zusammennehmen, das Rodeo-Pferdchen zu reiten, nicht aus dem Sattel gehoben zu werden. Martins begleitende Laute klangen wie Musik in seinen Ohren. Er hatte nie vermutet, wie leidenschaftlich ein Streitross im Galopp schreien konnte. Langsam übernahm er wieder die Herrschaft über den Hengst, nahm ihn zwischen die Schenkel und ritt unbeirrt mit losem Zügel weiter, bis der Falbe in den Trab zurück fiel. Fixiert am Nadir bockte der Mustang und versuchte zu entkommen, doch der Reiter ließ das nicht zu. Langsam änderte er seinen Rhythmus und eroberte bisher unbekannte Gefilde, furchte Gräben, öffnete Türflügel und machte Klemmendes durchgängig. Aus dem Wildpferd war plötzlich ein bestens eingerittener Zelter geworden, der sich dem leisesten Schenkeldruck fügte, sich gehorsam lenken ließ. Der Falbe war auf texanische Art beritten worden und dankte es dem Bereiter mit freudigem Schnauben. Weiter führte der Pfad in neue Tiefen und der Recke begann seinen Angriff auf die zu erstürmende Burg. Weiter und enger wurden die Wege, als die er die Serpentinen bewältigte, begleitet vom orchestralen Gestöhne des Streitrosses. Schneller, heftiger trieb der Eindringling den Hengst zwischen die Burgtore, steigerte den Galopp. Da, im allerschlimmsten Augenblick, ertönte wieder die Auftrittsarie des Matador. Helmut hielt inne, im engsten Nahkampf tief in den Verteidigungsanlagen eingegraben.

Er sah auf das Display, ließ sich und Martin fast eine Minute Verschnaufpause, bis er abhob.

„Hallo Suzette, was Dringendes? Martin ist sofort da."

„Nicht nötig. Kein Lautsprecher. Wo seid ihr, schon im Restaurant?"

„Nein, wir sammeln unsere Sachen noch auf dem Bett, ich habe gerade ausgepackt."

„Gut, er hört nicht mit? Ich wollt Dir noch im Vertrauen sagen, dass Rita sich auf Dich freut und Deine feste Hand insgeheim liebt. Das wird sie Dir niemals

sagen, also vergiss es sofort wieder. Solltest Du eine faire Gelegenheit haben, zeig'
auch meinem Schatz, was ihm gebührt. Er lügt in letzter Zeit öfter, doch ich kann
ihn nicht in flagranti erwischen. Ich bau' auf Dich. Ist Deine Hand wirklich so
streng? Ich beneide Rita. Zieh ja keine falschen Schlüsse. Gute Nacht, Eroberer
der schüchternen Jungfrauen."

„Gute Nacht."

„Wer war das?"

Klatsch. Die Hand hatte voll getroffen. Martin jaulte auf, der Arsch zuckte
unter den Schenkeln.

„Wie heißt das?"

„Wer war das? Suzette?"

Klatsch. Der Hengst scheute.

„Wie heißt das?"

„Bitte, wer war das, Sir, war es Suzette?"

„Du wirst es schon lernen, hart aber herzlich erzogen. Es geht Dich nichts an,
mit wem ich spreche."

„Es war mein Handy!"

Klatsch, Pause, klatsch, Pause, klatsch, Pause, klatsch. Der Reiter lag jetzt fast
auf dem ungestüm tänzelnden Mustang.

„Lüg' mich nie wieder an, Martin!" Helmut zeigte ihm sein eigenes Mobiltelefon. Mit seiner Kamera hatte er zuletzt weiter dokumentiert, wie er die Eckpfeiler
seiner Erziehung in den Boden rammte.

Schweigen antwortete. Martin befürchtete, dass sein neuer Meister von Suzette
dazu animiert worden wäre, dass Helmut willkürlich entscheiden würde, dass und
wann er Martin für Wiederholungen wiedersehen wolle. Dass er sich notfalls von
Suzette zum Abendessen einladen ließe, sollte er sich drücken wollen. Der Bumerang eigener Ideen traf voll ins Ziel und Helmuts Selbstbewusstsein schien mit
jeder Minute Ritt zu wachsen. Schließlich hatte er seinen bisherigen Chef überführt, überwunden, den Minotaurus absolut im Griff und wollte seine Duftmarke
setzen, sein Revier markieren.

Der gezeichnete Martin überdachte jetzt Möglichkeiten, aus dieser Falle ohne
weiteren Schaden zu entkommen, doch fiel ihm nichts dazu ein, außer, dass er
vorerst wohl in die bittere Pille beißen müsse. „Man kann nicht immer gewinnen,
außer, manchmal, an schmerzhafter Erfahrung", tröstete er sich insgeheim. Es
würde dauern, bis er an seine erzwungene Zustimmung mit „Yes, Sir" oder „Ai,
Sir" nicht mehr mit echtem Respekt denken müsste. Dieser Sir hatte, das musste
er Helmut zubilligen, seine Herrschaft eindrucksvoll angetreten, wollte sie - vor
allem für ihn deutlich spürbar - ungehindert weiter ausbauen.

„Lève tes fesses!" Der gefürchtete Befehl kam erneut. Martin gehorchte und fühlte, dass der Nahkampf unterbrochen wurde. Er hörte Wasser rauschen, den Reiter trinken und den Kühlschrank öffnen. Dann kehrte dieser ans Bett zurück.

„Wir haben nur den heutigen Tag für das komplette Einreiten, das erste Zureiten besorgen wir schon morgen, Freitag gibt's die erste Perfektion, wie bei einem Tanzkurs. Also habe ich beschlossen, dass wir nicht auswärts essen gehen. Du bist sowieso zu fett, wie man am Schwimmreifen an den Hüften sieht. Weit wichtiger ist die Fortsetzung Deiner Erziehung, mein kleiner Zögling. Alles, was Du Dir für mich ausgedacht hattest, benötigst Du viel dringender und ich bin bereit, Dir zu helfen. Weil ich auf Suzettes Seite bin, und Du mit barem Arsch im fremden Bett ertappt wurdest. Fast, als hättest Du Dich auf all die Bikerjungs gefreut, die Dich nehmen wollten, nachdem ich Dich zubereitet hatte. Und jetzt geht's weiter: Bottoms up!"

„Ai, Sir, yes, Sir."

„Diese historische Rute kommt in Deinen Koffer, die wirst Du Suzette mit besten Grüßen übergeben, von Deinen Lügen erzählen. Ich bin fast sicher, außer der Geschichte mit der Barrechnung wirst Du kaum etwas erzählen, sie ist schlimm genug. Ich wette, Deine Gattin wird fortsetzen, wo wir übermorgen abends aufgehört haben werden, damit die Striemen Dich lehren, ein treuer Ehemann zu bleiben."

„Sicher, Sir."

„Für Dich, für heute Abend, habe ich schon früher meine Vorkehrungen getroffen. Es ist beschämend für einen Gentleman, dass Du einen so offen einlädst, mit Deinem prallen Hintern. Heb' Deine Hüften, ein Polster wird feierlich präsentieren, was meine Wünsche erfüllt. Meine neue Errungenschaft, Sesam, wird kompromisslos helfen, bei Bedarf mir Dein Schatzkästlein zu öffnen und zu schließen, das sind seine Aufgaben. Sieh! Hier mein Knackärschlein, Du wirst ihn akzeptieren, respektieren und fürchten lernen, lügnerische Ratte. La canne für den Mann. Il bastone Deines Padrone. Für die Ratte den Rattan, hab ich beschlossen. Küss' ihn zum Dank, denn er wird Dich erziehen."

Ein biegsamer Rohrstock fiel vor den Augen des liegenden Managers auf das Leintuch.

„Lève tes fesses und wage ja nicht, Dich zu drehen!"

„Ai, Sir, yes, Sir"- Der Hintern hob sich, schob sich am Polster zurecht. Eine Hand ergriff den elastischen Dirigentenstab und dieser zerstörte mit einem Mal alle Hoffnung auf Gnade vor Recht. Zwei-, drei- sechsmal erläuterte der Richter dem Leugner den Gesetzestext, signierte und nahm in den Pausen die Geständnisse entgegen. Der Schuldspruch war damit signiert: Die zweite vollkommene Zahl, die Drei für das ‚n', die für das Trio, Martin, Suzette und Helmut, stehen sollte. Er wälzte den sich windenden Zögling auf den Rücken, forderte die Beichte und spendete die Mundkommunion.

Danach forderte er Martin auf, sich in der Weise der angehenden Priesterseminaristen zu präsentieren, in Demut das Leintuch zu küssen. Die zischende Gerte forderte ihren Tribut, spendete tätige Buße, bis es ihm ausreichend erschien. Die Klagen des Adepten ignorierte der strenge Herr. Das Werk musste vollendet werden. Er bestieg wieder den Sattel, schob die Zehen in die Steigbügel, verstaute Sesam und ritt langsam los. Noch bockte der Mustang wie wild, doch in dieser Lage war ein Ausbruch chancenlos. Galopp war angesagt, also hob der Jockey sich in den Bügeln und ließ den Hengst sich strecken und biegen, wie er wollte. Der Genuss war nicht nur auf seiner Seite und er merkte, wie sich ein Rhythmus einspielte, seine erste Barzahlung erfolgte. Er verzögerte immer weiter, wartete, bis sich das Wildpferd seinem Schicksal ergab. Gleich danach spürte er die totale Kapitulation, was ihm die Möglichkeit gab, die erstürmte Burg endgültig zu erobern, jeden einzelnen Saal, jede Kemenate. Hitziger und heißer wurde der Sattel unter ihm und mit einem letzten Sprung schaffte er es in den Burgfried, den er damit in seine Gewalt brachte. Erschöpft vergoss er den letzten Schweiß bei der endgültigen Eroberung des schüchternen Burgfräuleins. Beide krochen auf das Brautbett des Eroberers.

Keiner bewegte sich. Minutenlag spürte jeder den anderen und Martin hütet sich, den Mund zu öffnen. Der Geschmack auf den Lippen erinnerte ihn an die Stunden in der Sauna. Eigentlich fühlte er sich befriedigt und geborgen. Er hatte seine Rolle akzeptiert. Lag sie seiner wahren Natur näher, als die Gegenteilige? Das würde er herausfinden müssen. Er war sich klar, dass Suzette die Spuren lesen, sie verfolgen würde, wenn er nicht genügend achtgab. Doch das erst morgen. Er schloss die Augen und schlummerte befriedigt ein. Helmut wunderte sich, doch war auch er erschöpft und so lagen bald beide wie das Tier mit den zwei Rücken auf dem Laken, der Knappe im festen Schenkelschluss des Ritters, sorgsam den Mimung bewahrend.

Die Freiheit

Es lag etwas in der Luft, denn sogar die Reporter anderer Medien begannen ohne Not zu recherchieren und fragten beim Verlag nach neuen Reports. Dr. Haber vertröstete die Spießgesellen der Journaille und leitete einen Deal mit anderen Medienproduzenten ein.

Der Insider kam heraus und mit ihm eine Art Persiflage über das Verfassungshofurteil zur Beendigung der Gutachter-Scharlatanerie in Artikel und Leserbrief. Der Outsider las sich unterhaltsam. Über die Ergebnisse der Schreibstube berichtete das Magazin gesondert.

Verfassungsgerichtshof beendet Gutachtenspraxis

Der VfGH kippte endgültig das bisher übliche und menschenrechtswidrige Vorgehen der Gerichte bei Sachverständigen. Dieser oberste Gerichtshof hat die bisher geübte Gutachterpraxis, im Ermittlungsverfahren UND in der anschließenden Hauptverhandlung als Sachverständiger tätig zu sein, laut ORF-Radio u.a. Medien als verfassungswidrig AUFGEHOBEN.

Somit steht jedem Betroffenen der Antrag auf Wiederaufnahme des Strafverfahrens aufgrund der Verfassungswidrigkeit der originären Gutachtenserstellung mit Antrag auf sofortige Aufhebung der Maßnahme und mit Antrag auf Hemmung des Vollzugs zu. Das OGH-normierte Beschleunigungsgebot in Haftsachen ist dabei ausdrücklich zu beachten.

In jedem davor betroffenen Unterbringungs-Verfahren wurde bis dato - gesetzeskonform nach der vielfach bekämpften alten Strafprozessordnung bis 2015 - der Wunsch-Gutachter der Clique von Staatsanwalt und Richter im Ermittlungsverfahren bestellt und wurde dieser verfassungswidrig in der Hauptverhandlung richterwunschgemäß erneut und erwartungsgerecht tätig.

Somit ist jedes derartig abgelaufene Verfahren absolut nichtig und gesetzeskonform - da die nichtigkeitsbestimmende Verletzung des ‚Gebotes der Waffengleichheit‘ von Anklage und Verteidigung vor Gericht als offenkundige Tatsache im Akt vorliegt - von Amts wegen wieder aufzunehmen.

So weit so gut.

Was macht einer der somit vom VfGH jetzt endgültig abgeschossenen Auftrags-Sachverständigen vor einem Grazer Gericht, um seine Scharlatanerie - erfolgreich - weiterzuführen?

Anmerkung: Der Sachverständige hat das Opfer seines Machwerkes selbstverständlich noch nie gesehen, erstellte also seine Wortspende an den Richtersenat mit dem ‚Nassen Finger‘ und ‚aus der Ferne‘!

Dr. Franz Schautzer erklärte laut Protokoll der Anhörung - wörtlich zitiert Folgendes:

„Bei der Anhörung präsentiert sich Herr Baumgartner gleich vorweg in der Art und Weise, wie ich ihn eigentlich in meinem Gutachten ausführlich dargestellt habe. Er hat vorweg eine Reihe von Symptomen geboten, die absolut genau dem Zustandsbild zuzuordnen sind, welches ich dargestellt haben, nämlich einer dauerhaften wahnhaften Störung. Der wesentliche Hintergründe dieses dauerhaften Wahns stellt wohl der Versuch von Herrn Baumgartner dar, seine Maßnahme in einer Art und Weise zu hinterfragen bzw. anzukämpfen, wie es in der Form - wie er es betreibt - nur durch Symptome eines Wahns erklärbar sind. Die Mittel, die er einsetzt und die Art und Weise, wie er dies versucht, unterstreichen die Pathologie dieses Strebens und dies lässt sich durchgehend in den verschiedenen Akten, aber auch in den verschiedenen Vorgutachten absolut gut nachvollziehen."

Warum war denn der Franzl dermaßen missgelaunt?

Das Protokoll gibt Antwort: „Festgehalten wird, dass der Untergebrachte den Gutachter als ‚Kasperl' bezeichnet ..."

Das kratzt selbstverständlich am Selbstbewusstsein des greisen Psychos.

Außerdem liest sich im Protokoll zu einer weiteren Wortspende des Psychopathen: „Über Befragen durch den Untergebrachten: Wo ich studiert habe, geht Sie nichts an."

Als wäre er Hauptdarsteller auf einer Marionettenbühne, so versucht der hilflose Psychiater, das Krokodil mit seinem Wortprügel zu erschlagen. Leider hat er nicht mit dem Intellekt des Reptils gerechnet. Auf die Frage nach den Hauptkriterien seiner, nämlich der angeblich nach wissenschaftlichen Methoden diagnostizierten Störung des angeblichen Wahnbefallenen, liest der werte Herr Sachverständige laut dem Protokoll aus dem ICD-10 Büchlein aus 1993 vor. Dies im Jahre 2015. Das dienliche kleine Secondhand-Werk vom Flohmarkt sieht entsprechend zerfleddert aus.

Es folgt die ‚Persönliche Diagnose' des Franzi-Onkels nach ICD-10 - betreffend:

F.22.0, die ‚wahnhafte Störung' des forschenden Kasperl-Gegners, des Untergebrachten Baumgartner.

Franzi liest aus seinem Büchlein vor: „Die Wahninhalte sind sehr variabel. Oft handelt es sich um einen Verfolgungswahn, einen hypochondrischen Wahn, einen Größenwahn, eine Querulantenwahn, einen Eifersuchtswahn oder eine Wahn, dass der Körper der betreffenden Person deformiert sei, dass andere denken er oder sie rieche schlecht oder sei homosexuell."

Die somit entlarvte und sich verfolgt fühlende, eifersüchtig-homosexuelle, megalomanisch-querulatorisch hypochondrisch-stinkende Gnomen-Schwuchtel

Baumgartner konstatierte - leider nicht im unvollständigen Wortprotokoll aufzufinden - lapidar: „War's das, Kasperl?"

Aufgrund dieser- mehrfach erfolglos weiter und näher - auch durch den Anwalt - zu hinterfragen versuchten ‚persönlichen Diagnose' entschieden die Grazer Psychoexperten in Robe, zu einem Gutachten, dessen Diagnose eindeutig § 21 Abs. 1 StGB zuzuordnen ist, die Fortführung der Maßnahme nach § 21 Abs.2 StGB.

Dümmer geht es wohl kaum noch. Außer selbstverständlich an Gerichten, in denen Albert Einsteins Erkenntnisse unvermindert weiter gelten: „Die Dummheit der Menschen und das Universum sind beide unendlich groß. Beim Universum bin ich mir allerdings nicht wirklich sicher."

Was soll auch herauskommen, wenn drei Roben- mit einem Psychokasperl ihre Intelligenzen vereinen? Wissenschaftlich erwiesen wird der IQ dabei nicht addiert. Die alte Regel der Soll-Bruchstelle am schwächsten Glied mag dem verständigen Denker zur Analyse helfen. Man könnte der Einfachheit halber aus der Körpergröße seine Schlüsse ziehen.
Kenner trällern nach dem Urteil des VfGH in der Justizanstalt nun schadenfroh den Gassenhauer der Karlau: ‚Laurins Abgesang'.

Leserbrief: König Laurins Abgesang

Wie schon im letzten Insider vom Karlauer Karli berichtet, interessiert den weltbekannten Rechtsausleger Dr. Helmut Krischan keine Stellungnahme eines Experten wie jene des Verfassungsrechtlers Univ. Prof. Dr. Bernd-Christian Funk zum unabdingbaren Recht auf Verfahrenshilfe für Untergebrachte. Willkürlich nach Gusto verteilt dieser Richter in wahrer ‚Kurfürsten-Privatrechtsprechung' die Gunst der Verfahrenshilfe nach Belieben in vollendeter Willkür.

Im Bericht der Arbeitsgruppe Maßnahme des Justizministeriums vom Januar 2015 ist dazu nachzulesen - auf Seite 49 im Punkt:

4.3. AUFBAU UND AUSBAU DES RECHTSSCHUTZES UND DER RECHTE VON PATIENTINNEN UND PATIENTEN

Während in Art. 5 EMRK das Recht auf Rechtsbeistand nicht ausdrücklich gewährleistet ist, wurde dieses in der Rechtsprechung des Europäischen Gerichtshofs für Menschenrechte (EGMR) anerkannt. Überdies garantiert nach dieser Judikatur Art. 5 lit. e EMRK auch das Recht auf Verfahrenshilfe in bestimmten Fällen. Im Laufe der Entwicklung der Rechtsprechung zu dieser Frage konkretisierte der EGMR, dass eine anwaltliche Vertretung für psychisch kranke Menschen im Maßnahmenvollzug im Prinzip unabdingbar ist.

In einer weiteren Entscheidung bekräftigte der EGMR die Pflicht der Mitgliedstaaten, eine anwaltliche Vertretung für psychisch kranke Menschen im Maßnahmenvollzug bereitzustellen. (siehe beispielsweise die Entscheidungen des EGMR Megyeri vs. Germany, 12/05/1992 (13770/88); Magalhaes Pereira vs. Portugal, 26/02/2002 (44872/98); jeweils abrufbar unter http://hudoc.echr.coe.int.; vgl. auch Nowak/Krisper, a.a.O., 650 ff).

Zur Stärkung der Rechte und der Rechtsposition von Untergebrachten ist es daher wünschenswert, den betroffenen Personen eine adäquate rechtskundige Vertretung – gegebenenfalls in Form der Beigebung eines Verfahrenshelfers/einer Verfahrenshelferin – zur Seite zu stellen. (Ähnliche Stärkungen der Rechte und der Rechtspositionen von Betroffenen wurden beispielsweise im Unterbringungsgesetz (§§ 13 ff UbG) und im Heimaufenthaltsgesetz (§ 8 HeimAufG) verwirklicht).

Wie hieß es früher so schön: „Was schert es eine Deutsche Eiche, wenn eine Sau sich daran kratzt?" Das gilt halt nicht unbedingt für ein kümmerliches, zerfranstes Stämmlein, aufgepfropft auf einen künstlichen Wurzelstock. So werden sie ihn fröhlich trällern, den Abgesang des Willkür-Kurfürsten, denn in Graz soll angeblich die EGMR-konforme Rechtsprechung demnächst einziehen.

So scheide ich mit tränendem Auge ob König Laurins Abgesang von meinem herzallerliebsten Richter mit einem wahren Deutschen Gruß: Tschüs!"

Outsider 35

Ein Staatsbürger kann sehr viel lernen, wenn er im Fernsehen die Sitzungen im Parlament mitverfolgt.

Die Beschwerden über eine als Prügel-Polizei bezeichnete Truppe an Uniformträgern beschäftigten die eifrigen Abgeordneten zum Nationalrat. Der Grüne, Dr. Pilz, stellte Eines ganz klar: Wenn bei all den An-zeigen niemals ein Polizist verurteilt wird, ist dies genauso unglaubwürdig, als würde jeder angezeigter Uniformierte verurteilt.

Des SPÖ-Sicherheitssprechers Darlegungen stachen aus allen Wortspenden der anderen Hinterbänkler hervor, als er strahlend verkündete, in der Strafsache des verwahrlosten Verwesungshäftling in der JA Stein wären alle Strafanzeigen von der unbestechlich arbeitenden Staatsanwaltschaft eingestellt worden.

Die Frage stellt sich dem unbedarften Leser: „Ist deswegen alles OK. Erfolgte keine Straftat, weil alles eingestellt wurde?"

Der Wahrheit über den Rechtsstaat erläuterte ein anderer Sprecher. Nicht die Polizei sei am Dilemma des Prügelvorwurfes schuldig, sondern die Staatsanwaltschaft. Schließlich stellen diese Robenträger die aller-meisten Anzeigen kommentarlos ein. Im Falle des Steiner Kadaver-Pflegers wurde kein einziger der Mithäftlinge befragt, obwohl es eine dahingehende schriftliche Strafanzeige gab. In der JA Suben prügelten die Uniformierten vor laufender Kamera - zu sehen in YouTube. Dort gab es Strafen: 100,-- Euro pro Schläger.

Der oberste Staatsanwalt ist der Justizminister, ein ehemalige Strafrechtsprofessor der Wirtschaftsuniversität Wien. Leider gibt es von ihm selbst zur Anfrage nach Auskunftspflichtgesetz keine Antwort. Schließlich fühlt er sich als oberster Dienstherr seinen Beamten verpflichtet.

Verletzt er deshalb den Amtseid, den er den Bürgern gegenüber geschworen hat?

Workshop Kreatives Schreiben

Der Erdtrabant, er bringt Ideen, erweckt bei Menschen seit jeher ihre Fantasie. Manche werden mondsüchtig, andere, meist Kinder, traumwandeln in mondhellen Nächten. Alle haben es schon mal hingestrichelt. Als Anleitung für meine Kinder nutzte ich, was ich selbst gelernt hatte:
„Punkt, Punkt, Komma, Strich - fertig ist das Mondgesicht."

Der Freiherr Johann Wolfgang von Goethe dichtet im ‚West-östlichen Divan' das Gedicht ‚Nachklang', wobei dieser Diwan kein Sofa darstellt, sondern auf Persisch eine ‚Werkausgabe' bedeutet:

„Lass' mich nicht so der Nacht, dem Schmerze,
Du Allerliebstes, du mein Mondgesicht!"

Jean Pujol, unter seinem Alias ‚Le Pétomane' bekannt als Kunstfurzer, interpretierte das französische Kinderlied: ‚Au clair de la lune' auf seine spezielle Art, während der Belgier Louis Brassin ein Klavierstück. die ‚Nocturne pour piano' dazu schrieb.

Das Theaterstück von Robert Lepage ‚Die andere Seite des Mondes' zeigt Auswirkungen dieser nächtlichen Sehnsucht zum Philosophieren bis zum Driften ins Absurde. Sein Held Phillippe ist von ihm fasziniert, flüchtet aus seiner tristen Realität in eine schwerelose Fantasiewelt im Weltall auf die erdabgewandte Seite des Trabanten.

Dean Martin besingt in seinem Refrain: "when the moon hits your eye like a big pizza pie - that's amore", im gleichnamigen Lied um die Liebe im Mondenschein.

Den kulturellen Niedergang nennt man Dekadenz, was als Begriff bezeichnet, dass es objektiv bessere oder wünschenswertere gesellschaftliche und kulturelle

Zustände gäbe. Das gilt sicher für das Umfeld in einer Haftanstalt. Was kann also verwundern, dass in manch abgeschiedener Zelle eines Knasts zur nächtlichen Stunde Werke entstehen, die - den genannten vergleichbar - durch Absonderlichkeiten auffallen. Mag es sein, dass fast nur noch ‚Seelisch Abnorme' ihre Zeit mit kreativen Schreiben verbringen? Fast hat es diesen Anschein, blickt man auf die Autoren der Anthologie, die Schar von Acht

Sie haben sich auf das Risiko eingelassen, gelesen und öffentlich kritisiert zu werden. Diesmal bringt ein Verlag das Büchlein heraus, entlarvt die Täter mit dem Stift. Ob unter denen ein Goldschmied der Worte sich verbergen mag? Nur der Leser wird es erfahren.

„Die Feder ist mächtiger als das Schwert." Jeder zitiert gerne den Baron Lytton, den Romanautoren. Doch dieser formulierte auch: „Das leichteste Opfer für einen Betrug ist man selbst." So mag es sein, dass der Knastbruder, der so schöne Reime oder Prosa verfasst, in der Praxis später wieder eher zum Schwert als zum Gänsekiel greift. Trotzdem ist Schreiben eine Therapie, die fast keiner anderen gleichkommt. Worte sind vergänglich, doch: „Wer schreibt, der bleibt." Diesen Sinnspruch kennen alle jene Insassen, die sich vehement gegen reale oder vermeintliche Ungerechtigkeiten mit Beschwerden wehren und feststellen, dass nichts wird mit Lockerungen, weil die vermeintliche Obrigkeit die Wahrheit nicht schätzt. Schließlich gilt noch immer: „Schöne Worte sind nicht wahr, wahre Worte sind nicht schön."

Auch das ist nachvollziehbar. Entlarvte rächen sich. Das ist eine sehr menschliche Schwäche.

Empathie?

Ach ja, die lehrt man die Untergebrachten in Gruppentherapien.

„Wie gefällt Dir das?" Harry wedelte triumphierend mit dem Heft, das die Buntstift-Karikatur des Haderer zu ‚Je suis Charlie' mit der Figur Brandstetters in der Mitte als Cover geklaut hatte.

„Ich hab was Besseres!" Rita grinste über beide Ohren. „Er hat einen Wiederaufnahmeantrag für einen muslimischen Ehrenmörder geschrieben und eine Schari'a-konforme Rechtsprechung für Asylwerber ohne Integration gefordert. Hier, lies die wichtigsten Passagen, ich habe alle Zitate von Paragrafen oder aus der Rechtsprechung bereits eliminiert, weil sie den normalen Leser nicht interessieren."

Harry schnappt sich die Blätter und staunt. Einzeln reicht er sie an Helmut weiter, der das kaum abwarten kann, weil er weit schneller beim Lesen ist als der Gerichtsreporter. Er schüttelt den Kopf und studiert die Ausführungen der Beschwerde am gegen den Abweisungsbeschluss des

Landesgericht Innsbruck

Der VfGH hat die bisher geübte Gutachterpraxis, im Ermittlungsverfahren und in der HV tätig zu sein, laut ORF-Radio und anderen Medien als verfassungswidrig aufgehoben. Daher ist der Antrag auf Wiederaufnahme von Amts wegen allein deswegen antragsgemäß zu entscheiden.

Delegierung

Die fehlende Fairness im OLG-Sprengel Innsbruck liegt offenkundig vor. Nicht ohne Grund verletzt der Erstrichter rechtsprechungsignorant sämtliche Verfahrensgarantien. Behauptet wird von Dr. Wolfgang Schaumburger ein angeblicher Dreiersenat, der jedoch namenslos bleibt. Der Vergleich mit Ku-Klux-Klan-Justiz gegenüber Muslimen drängt sich auf.

Beschwerde wegen Nichtigkeit et. al.

Der Beschluss wird in seiner Gänze bekämpft, wegen unrichtiger rechtlicher Beurteilung, Verweigerung des VH-Anwaltes zum Rechtsmittel ‚WA-Antrag‘, Mangelhaftigkeit des Verfahrens und Aktenwidrigkeit.
Festgehalten wird, dass das Entscheidungsorgan EU-Richtlinien- (2010) und auch inzwischen seit 2014 staatlich gesetzeswidrig -

- die Ausführung seines nichtigen Beschlusses in Farsi in rassistischer Diskriminierung des Afghanen verweigerte,
- ihm zusätzlich den Verfahrenshilfe-Anwalt zur Erstgerichtsentscheidung raubte!

Bekanntlich stellt ein Antrag ein Rechtsmittel dar, somit ist auch der Antrag auf Wiederaufnahme als solches zu klassifizieren. Daher ist laut StPO in der geltenden Fassung zuerst über den Antrag auf Verfahrenshilfe zu entscheiden und erst nach Erledigung dieser, die Wiederaufnahme ‚vorbereitenden‘ Rechtssache, in der Sache selbst.
Somit ist der Beschluss in der Sache nichtig, da zuerst der VH-Antrag zu erledigen ist.
Das Erstgericht hat somit rechtswidrig in der Sache selbst entschieden und eine unzulässige und den Instanz-Senat beeinflussende Vorentscheidung getroffen, welche den OLG-Senat als befangen klassifiziert. Rechtswidrig hat der ‚Senat Namenslos‘ dem Antragsteller die Entscheidung über den Antrag auf VH zum Rechtsmittel Wiederaufnahme verweigert, will eine eigene Entscheidung nur für die allfällige Beschwerde gesondert und erst nachher treffen. Dieser vorsätzliche

‚Raub der VH- resp. Wahl-Anwaltes' zeugt von den ausgelebten unsachlichen psychologischen Motiven des RidLG (Richter des Landesgerichtes). Bereits öfter musste ein Senat des OLG die korrekte Rechtsprechung dem RidLG erklären und wiederholt sich diese Ignoranz offenkundig österreichweit.

Formal fehlen sogar die Beschlüsse der Verweigerung der VH zum Antrag auf VH für alle Rechtsmittel und zum Antrag auf Ausführung in der Muttersprache des Afghanen und beweist der RidLG somit seine Ignoranz für überstaatliche Rechtsnormen der EU, welche im EU-Staat Österreich in Rechtskraft erwachsen sind, was die Innsbrucker ‚Namenlos-Senats' -rassistischen und unsachlichen psychologischen Motive gegenüber muslimischen Asylwerbern beweist.

Unterschlagen wird beispielsweise dann eine Entscheidung zu der Argumentation - siehe komplett im originären Antrag:

Zumindest für einen gewissen, vom VfGH im Zuge der angestrebten Normenprüfung zu spezifizierenden Zeitraum steht jedem Asylwerber iSd Grundsatzes des Art. 6 EMRK Waffengleichheit und Gleichbehandlung zu.

Insbesondere die völlige Abhängigkeit im Rechtssystem, das Dolmetscher- und VH-Ausgeliefertsein als nicht ausreichend deutsch verstehende Migrant, ist von Amts wegen vom OGH zu sanieren.

Dass offenkundige Tatsachen, unter Würdigung des Rufes eines angeblichen „Rechtsstaates" Österreich von Amts wegen zu bewerten sind, unterschlägt der RidLG. Cui bono?

Entscheidungsverweigerung zum Anwaltsversagen

Antrag: Die Formalfehler des Verteidigers in Unterlassung ordnungsgemäßer Verteidigung als Risiko des Migranten sind iSd § 353 (1) StPO zu sehen und entsprechend zu bewerten - et. al.

Dazu hat der OGH dies im Zusammenhang mit einem Antrag auf Erneuerung etwas relativiert. Beschuldigtenrechte im Sinne des Artikel 13, dem Recht auf wirksame Beschwerde, in Verbindung mit Artikel 6 der Menschrechtskonvention (MRK), dem Recht auf ein faires Verfahren in Waffengleichheit zwischen Anklage und Verteidigung, unterliegen einer besonderen Gewährleistung durch das Gericht. Es muss der Anwalt nicht allein der Verhandlung beiwohnen, sondern hat eine materielle Verteidigung objektiv wahrnehmbar zu sein

Das Erstgericht unterlässt dazu sogar jedwede Bemerkung und ist somit analog zu § 281 (1) StPO die absolute Nichtigkeit durch Unterlassung einer Entscheidung über einen Antrag, somit die Mangelhaftigkeit des Verfahrens gegeben.

Normenprüfung

Festgehalten wird, dass nach den Ausführungen des Entscheidungsorgans im Beschluss (iSd BGBL I Nr. 92/2014) die unabdingbare Normenprüfung nach der neuen Rechtsprechung ab 1.1.2015 beantragt wird. Die rechtlichen Voraussetzungen dazu (vgl. § 140 Abs. 1; Z 1; lit. a B-VG) sind zweifelsfrei gegeben, da dieser Beschluss in erster Instanz nun vorliegt und die nachstehend dargelegten Fakten die Verfassungswidrigkeit (iSd leg. cit. lit. d) der im Folgenden dargelegten Gesetze resp. der angewandten Rechtsprechung beweisen.

Es behauptet das Entscheidungsorgan, es lägen keinerlei Gründe, die Wiederaufnahme rechtfertigend, vor. Dies zeugt von einer bewussten Täuschung der Instanz, die offensichtlich in Innsbruck aus missverstandenem Korpsgeist bei jedem Senat des OLG Innsbruck zu befürchten ist, weshalb die Delegierung nach Wien zwingend zu entscheiden ist.

Dabei unterschlägt das Entscheidungsorgan die Mitwirkungs- resp. Auslöser-Beteiligung des Frauenhauses und des Opfers selbst zum Totschlag - bzw. Mord nur laut Urteil - im durch seine und ihre Religion berechtigten und nachvollziehbaren Affekt aus rein parteipolitischen Aspekten, somit aus unsachlichen psychologischen Motiven. Schon aus dem Protokoll sind diese Ehrenmord-Fakten, begründet durch die Erziehung und Religionsabhängigkeit dokumentiert und wurden sie niemals juristisch korrekt dahingehend bewertet, wie der Antrag auf Wiederaufnahme diese Aspekte nachvollziehbar als mildernde Umstände und Beteiligungsargumente darlegt. Im Urteil und im Beschluss fehlen zusätzlich jedweder Hinweis auf eine Auseinandersetzung mit der Frage der Rolle des Frauenhauses als organisierte Scheidungs-Initiierungs-Institution und Quelle der ehebrecherischen Beziehung des muslimisch verehelichten Opfers zum durch das Frauenhaus vermittelten Ehebrecher

Dass dermaßen offenkundige Tatsachen, unter Würdigung des Rufes eines angeblichen ‚Rechtsstaates' Österreich amtswegig zu bewerten sind, unterschlägt der RidLG. Cui bono?

Folgende Fakten hat das Entscheidungsorgan dabei in Fortsetzung seiner diskriminierenden Bewertung weiter ohne angemessene Würdigung der vorgelegten Beweise ignoriert.

Der Antrag basiert auf der ständigen Rechtsprechung zu § 353 StPO und einer eklatanten Verletzung des Gleichheitsgrundsatzes gegenüber Angehörigen einer anderen Kultur und der Achtung vor deren religiösen Gesetzen, denen in ihren Heimartländern der Verurteilte wie auch das Opfer unterliegen, welches davon erwiesenermaßen umfassende Kenntnis besaß, wie das HV-Protokoll Seite 12ff beweist, siehe Zitat: ‚... der Imam die Steinigung angeordnet hätte.'

Das Urteil verletzt alle Rechtsnormen des Schari'a und maßen sich die österreichischen Gerichte nachweislich an, selbstherrlich Rechtsnormen für die gesamte Welt aufzustellen, denen jeder Flüchtling und Asylwerber ohne nachweislichen Kenntnis der deutschen Sprache und der Landesgesetze nach Grenzübertritt nach Meinung der beteiligten Entscheidungsträger ohne jede Schulung oder Integration in die österreichische Gesellschaft ohne Abstriche unterliegt. Ihre Ansicht über ein Rechtssystem beinhaltet durchgängig die Anmaßung der Gültigkeit der Rechtsansichten der Austrianer als Benchmark für die restliche Welt.

Insbesondere unterlassen alle Instanzrichter die gebotene Bewertung der islamischen Religion und ihrer Beibehaltung durch die Gattin in deren ausdrücklichen Wissen um die Todesfolge einer außerehelichen Beziehung nach der ihr bekannten Rechtsprechung, also ausdrücklich eine Bewertung iSd § 353 (3) StPO.

Das Rechtssystem insbesondere gegenüber ausländischen Migranten ist gemäß dem geltende EU-Recht, insbesondere gemäß dem Vertrag von Lissabon im Verfassungsrang iSd § 353 StPO zu sehen, ebenfalls ist die Strafbemessung gemäß § 353 (3) StPO zu bewerten. Die Verfassungswidrigkeit des Urteils beruht auf der Diskriminierung von Moslems iSd Art 7 B-VG sowie deren Strafrecht, der Schari'a, und verletzt diese Haltung Art 6 EMRK, das Recht auf ein faires Verfahren iSd generell gültigen IPRG-Grundsätze.

Das Urteil steht zweifelsfrei in Anwendung der Schari'a nicht in einer ausgewogenen Verhältnismäßigkeit zu deren Rechtsnormen und ist somit in seiner Gänze unverhältnismäßig. Da in beispielsweise Frankreich und England bereits speziell ausgebildete Schari'a-Experten unter den Richtern solche Sachverhalte bewerten, verstößt das Urteil ausdrücklich gegen die Grundsätze zur Verhältnismäßigkeit der ausgesprochenen Strafe und maßen sich die Senate aller Instanzen an, gegenüber Ausländern, deren angestammtes Strafrecht die Schari'a bildet, die afghanischen oder saudi-arabischen Gebote des dort geltenden Strafrechts zu verunglimpfen.

Der OGH-Senat unter Vorsitz von Dr. Valentin Schroll hat sich in Fortsetzung des fragwürdigen Entscheidungs-Tenors in der Hauptverhandlung (vgl. im Protokoll) in unangebrachter Weise angemaßt, das Rechtssystem eines Staates wie Afghanistan und der fundamentalistischen islamischen Religion, der Schari'a, herab zu qualifizieren, eine Haltung, die der Senat des OLG Innsbruck in geradezu cliquenhafter Gemeinschaft in seinem Beschluss übernommen hat.

Da sich der OGH in seinem Beschluss zusätzlich anmaßt, als ,Maßfigur' nicht einen in Kabul, Afghanistan lebenden ,Maßmenschen', einen gesetzestreuen, gläubigen Moslems heranzuziehen, somit das Rechtssystem Afghanistan diskreditiert, stellt sich die Frage, wie viele der Millionen an Talibans, Paschtunen oder Usbeken et. al. resp. in Europa bis dato zig-tausende eingewanderte Flüchtlinge sich mappen lassen auf die OGH-Schroll'sche ,Maßfigur' hinsichtlich des Zitates des OGH:

‚...sozialer Stellung, Lebenskreis, Alltag, Gesundheit, Beruf, Bildung, Herkunft usw. ...'

Im Hinblick auf die aktuelle Diskussion um die Aussagen der österreichischen ex-Justizministerin und Richterin Mag. Claudia Bandion-Ortner zu 999 Peitschenhieben beim Flogging ‚nicht jeden Freitag' für den medial bekannt gewordenen Blogger, der diese Strafe mit an Sicherheit grenzender Wahrscheinlichkeit nicht überleben kann, wie ärztliche Bulletins verkündet haben, steht diese Haltung der Robenträger zur hier laut Schari'a üblichen Steinigung als maßgerechtes Urteil diametral den Grundsätzen zur gesellschaftlichen und andauernd erfolgreichen Integration von Flüchtlingen gegenüber.

Zumindest für einen gewissen, vom VfGH im Zuge der angestrebten Normenprüfung zu spezifizierenden Zeitraum steht jedem Asylwerber iSd Grundsatzes des Art. 6 EMRK Waffengleichheit und Gleichbehandlung zu. Insbesondere die völlige Abhängigkeit im Rechtssystem, das Dolmetscher und VH Ausgeliefertsein als nicht ausreichend deutsch verstehende Migrant ist von Amts wegen vom OGH zu sanieren. Die Formalfehler des Verteidigers in Unterlassung ordnungsgemäßer Verteidigung als Risiko des Migranten sind iSd § 353 (1) zu sehen und entsprechend zu bewerten.

Zwar gilt der Anwalt laut ständiger Rechtsprechung des OGH als Risiko des Mandanten, doch ist ein VH weder von ihm ausgewählt noch ist der Migrant entsprechend in der Lage, diese Mängel seines vom Staat bestellten Pro-bono-Vertreters selbst zu erkennen, ihm also ausgeliefert, dies ohne jedwede Kontrolle durch den bestellenden Staat, vertreten von der Richterschaft. In diesem Fall unterließen alle Instanzen ihre Pflicht zur Supervision des VH und laut der ständiger Rechtsprechung des OGH (vgl. VfSlg 2.294 et. al.) steht somit dem Verurteilten die Wiederaufnahme zu, da der Anwalt seine Pflichten nachweislich nicht erfüllt hat und dies sub auspiciis des Gerichts, aller 11 Richter der 3 Instanzen, die somit ihre gesetzlich gebotene Anleitungspflicht unterlassen haben, was iSd § 353 (2) StPO fristgerecht gerügt wird, da dem Verurteilten solche Rechtsauslegungen erst jetzt vermittelt wurden und der VH alles Diesbezügliche an rechtskonformen Einwendungen und Darlegungen schlichtweg unterlassen hat.

Der bestellte VH hat, wie der OGH selbst in seinem Beschluss eindeutig darlegt, die gebotene Ausrichtung am Verfahrensrecht bei der prozessförmigen Darstellung des Nichtigkeitsgrundes Eventualfrage unterlassen, obwohl sich laut dem HV-Protokoll der für fundamentalistisch denkende Moslems allgemein begreifliche Akt zur Tatzeit originär schon allein aus dem religiösen Bewusstsein ableiten lässt.

Nach ständiger Rechtsprechung müssen offenkundige Tatsachen nicht einmal mehr behauptet werden, das Gericht muss diese von Amts wegen berücksichtigen. Offenkundige Tatsachen hat das Gericht, nach ständiger Rechtsprechung des

OGH, also nach seinen eigenen, öffentlich zugänglichen und im Rechtsinformationssystem des Bundes (RIS) publizieren Grundsätzen von Amts wegen zu bewerten und bedarf es laut dieser Erkenntnis absolut keiner Rüge durch einen Verfahrenshelfer. Dabei ist iSd Grundsatzes ‚in dubio pro reo' für den Verurteilten vorzugehen, der wie hier nicht einmal den juristischen Sinn der Wortspenden versteht und aktenkundig nicht alles übersetzt erhalten hat, was die Protagonisten des Verfahrens absonderten. Somit ist der OGH-Beschluss per se eine entlarvende Darlegung des bekannten Grundsatzes ‚res se ipso loquitur'.

Auch weiter rügt der OGH die fehlende verfahrensrechtlich zu einer erfolgreichen Beschwerde gebotene Darstellung und verhöhnt den Anwalt, der einen ‚ ... bloßen Verweis des Beschwerdeführers auf seine Herkunft ... etc.' verfasste und zeigt der OGH auf, dass entsprechend RIS-Justiz, Rechtssatz RS0100677 [T4 und T5] eine Begreiflichkeit oder Fundierung der ‚ ... solcherart substratlosen Rechtsbehauptung ...' fehle und führt in überheblichem Ton, wie für einen erstsemestrigen Studenten der Rechtswissenschaften, genüsslich aus, dass ‚... nämlich unter Anlegung eines individualisierenden objektiv-normativen Maßstabs vom Verhalten eines rechtstreuen Durchschnittsmenschen auszugehen' sei, ‚der mit den durch die inländische Rechtsordnung geschützten Werte innerlich verbunden ist' (RIS-Justiz RS0092072 u.a.m.).

Für den Verurteilten unterlässt der Senat jedoch, die Millionen an Taliban, Paschtunen oder Usbeken et. al. respektive in Europa bis dato zig-tausende eingewanderte Flüchtlinge als den richtigen Benchmark heranzuziehen und ihm, dem Einwanderer zu erläutern, wie diese Modellstaatsbürger in Wahrheit diese Justiz und ihre Protagonisten einordnen, wenn – wie zuletzt in allen Medien – gerade im ‚heiligen Land Tirol' dabei keine Erwähnung von jahrzehntelang kinderschändenden Priestern erfolgt, die nach Aufdeckung der Tat nicht durch die Justiz dieses verherrlichten Landes verurteilt wurden, sondern mit Billigung der Politik, der Richter- und Staatsanwaltschaft nur eine Versetzung der kriminellen Pfaffen bei Kinderschändung als ‚zu Recht erkannten', wie sich aus den Dokumenten beispielsweise der Klasnic-Kommission ergibt. Für die Wiener Senatsexperten sei der Wilhelminenberg genannt, oder die international bekannten Strafverfahren gegen Richterliebling und BSA-Mitglied Dr. Heinrich Gross. Dazu passen die eklatant wahrheitswidrigen Aussagen insbesondere zum Messerlänge von 20 cm bei (vgl. HV-Protokoll LG Innsbruck) einer Klingenlänge von 8 cm laut GA Univ. Prof. Dr. Pavlic, was einem üblichen Schweizer Messer entspricht.

Auch die reale Maßgeblichkeit der Protokoll-Unterschrift des Verurteilten ohne irgendwelche Deutsch-Kenntnisse unterlässt jeder Senat zu bewerten! Mit der wissentlichen und falschen Behauptung zur Tatwaffe, einer Messerlänge von 20 cm erweckt der Senat, im dringenden Verdacht zu § 108 StGB, den völlig falschen Eindruck der Tathandlung mit einer Machete oder eines Metzger-/Schlachtermessers, der den Geschworenen verdachtsweise in der ,eindringlichen und intensiven Belehrung' durch die Richter (vgl. HV-Protokoll) von 14:19 bis 14:43 Uhr ,ans Herz gelegt worden sein könnte', was beim unbedarften Leser des Protokolls schwerste Bedenken gegen die Art und Weise dieser ,gebotenen Belehrung' erweckt. Eine ausländerfeindliche und rassistische Haltung ist daraus verdachtsweise zusätzlich ableitbar. Worauf diese Laienrichter nach einer Kaffeepause und dem Drang nach einem wohlverdientem Abendessen nach der ununterbrochenen Sitzung ohne irgendwelche eigene Fragen an einen Zeugen, Sachverständigen oder den Verurteilten seit 9:00 Uhr und einer Unterbrechung von 10:20 bis 10:23 bereits nach insgesamt 43 Minuten (von 14:43 bis 15:26) einen ,Wahrspruch' absonderten, der ihnen offenkundig wichtiger als eine Auseinandersetzung mit der Sachlage schien. Schließlich plagte der Hunger, dem gegenüber nur ein Ausländer stand.

Unter anderem fehlt im Urteil zusätzlich jedweder Hinweis auf eine Auseinandersetzung mit der Frage der Rolle des Frauenhauses als organisierte Scheidungs-Initiierungs-Institution und Quelle der Beziehung zum neuen Lover, dem seine ebenfalls in dieser Anstalt hausenden ,Tante', welche ihm seine neue ,Liebe' vermittelt hat, die angeblich in platonischer Weise ihr zartes Händchen in aller Öffentlichkeit auf seinem Oberschenkel liegen hatte, was in der islamische Kultur wohl einzigartig bleiben würde, wenn vom Ehegatten ungerächt.

Die von Frauenhaus-Damen geschulte Provokation des wie üblich zu entsorgenden Ehegatten in Erwartung seiner Straftat zur erfolgreichen Ergatterung der Obsorge unter tätiger Beihilfe des Jugendamtes ist in zahlreichen Internet-Foren (genannt sei für früher Genderwahn.com oder jetzt Justiz-Debakel.com) nachzuschlagen und wäre als Aspekt zur Rage des Täters zu bewerten gewesen, was die Psychiaterin nicht einmal ansatzweise bewertet hat. Somit reiht sich diese Tat zu den vielen, bislang von radikalfeministischen Frauenhaus-Scheidungs-Initiatorinnen verursachten Bluttaten, welche weiter ansteigen werden, wenn die organisierte Entsorgung von Asylwerber-Gatten weiter auf diese Weise betrieben wird.

Außerdem sind nach der Schari'a bei der eingebrachten Scheidung durch die Frau die ehelichen Kinder für sie verloren, wie das rechtswidrig verweigerte islamwissenschaftliche SV-Gutachten ergeben hätte. Somit wurde dieses unbedarfte Mädchen zum nächsten Opfer der Radikal-Feministinnen-Kultur im Frauenhaus, welche die Selbstbestimmung der Muslimin trotz Todesgefahr forcierte.

Ich beantrage die Normenprüfung mit entsprechender Unterbrechung nach dem B-VG zur Frage einer verhältnismäßigkeitswahrenden Anwendung der Schari'a in jenen Rechtsfällen, die nach einer noch nicht anzunehmende Integration insbesondere in das Rechts- und Gesellschaftssystem Österreichs geboten ist, welche alle Richter trotz des zwingenden Gebotes laut den Ausführungen in den (Referenz-)Entscheidungen unterlassen.

Zu grundlegenden Fragen der Recht-Einheit, -Sicherheit und -Kontinuität iZm gravierenden Gewalttaten durch Migranten aus Ländern mit Rechtssystemen wie der fundamentalistischen Schari'a existiert keine oder keine ausreichend EU-konforme, konsistente Rechtsprechung. Insbesondere ist dazu auch die publizierte Äußerung der Richterin Mag. Claudia Bandion-Ortner als vereidigte Vertreterin des Staates und ex-Justizministerin zu Körper- und Todesstrafen nach dem Freitagsgebet heranzuziehen.

Die entlarvenden Ausführungen zum ‚strafrechtlichen ordre public' im OGH-Beschluss laut Moos und der Überzeugung des Angeklagten zum Recht auf Steinigung bestätigen die Unterlassung einer bewussten Fragestellung durch Gerichte, StA und Verteidiger nach einem realen Putativnotstand und seiner, wenn auch falschen Rechtansicht beim Täter, der offenkundig die Tötung akzeptiert, wie auch jede gläubige Muslimin in der Schari'a-Umgebung diese erwartet.

Aus den bösartig ignoranten Darlegungen des OGH zum angeblich unterlassenen Vorbringen zum Gemütszustand der Rage nach der ‚… großen narzisstischen Kränkung' fehlt keineswegs die Darlegung eines Vorbringens, da der OGH offenkundig diese von Amts wegen als offenkundige Tatsache zwar richtig erkannte, aber die gebotene Bewertung unterließ, was einen absoluten Nichtigkeitsgrund darstellt, der ebenfalls in eine ausgewogene Normenprüfung einzugehen hat.

„Der geht vehement auf den Anwalt und die Gerichte los." Helmut kommentierte bewundernd diese Zeilen.

„Das Wichtigste siehst Du oder weißt Du gar nicht?" Rita fiel ein. „Laut einer Emanzen-Sendung von Radio Helsinki sollte dieser Herwig doch ein gewaltiger Rechtsradikaler sein. Dazu jetzt diese Unterlagen. Ist alles falsch, was man uns über ihn erzählt? Wer setzt solche Gerüchte in die Welt?"

„Fotzenjustiz. Diesen Titel gab er angeblich einem seiner Gedichte, die er dem Grazer Senat widmete. Frauenhasser nannten ihn deshalb andere seiner intimen Brieffreunde an den Gerichten. Vor allem in seinen Gutachten kommt dies vor. In diesem Genderwahn-Forum kannst Du drei komplett gescannte psychiatrische Gutachten über ihn finden. Seite für Seite, Punkt für Punkt. Die hat er selbst hineingestellt, damit jeder sich ein Bild über dieses Psycho-Gesindel machen kann. So ist es durch weitere Postings dokumentiert. Man kann daher nicht gerade sagen, dass er ohne Selbstbewusstsein handelt. Stell Dir einmal vor, Du bist Richter und er schlägt Dir den niedergeschriebenen gequirlten Sachverständigen-Schwachsinn über seine Person um die Ohren. Die werden heiß, so vor Publikum. Da wette ich mit Dir um alles auf der Welt." Harry grinste. „Deshalb hat man ihn kaltstellen

wollen, denn genau das hat er auch für andere, schüchterne und weit weniger wort-
gewaltige Väter gemacht. Coram publico die Richter verhöhnt. Sie mit dem Wortlaut ihrer Gesetzen öffentlich geprügelt."

„Was soll diese Eingabe bezwecken?"

„Er schreibt es doch klar nieder. Die Asylantenmädel werden von den Frauen-
hausfurien sogar verkuppelt, wenn sie Musliminnen sind. Die Mitbeteiligung der
Radikal-Emanzen an diesem Mord an einer untreuen Ehefrau soll nicht unbeachtet bleiben, ins Urteil miteinfließen. Offenbar fordert er eine Verurteilung mit
Klarstellung der Mitschuld der Weiber und eine Bewertung der Mitschuld der Ehegattin an ihrem dadurch provozierten Ehrenmord als ausdrücklich anerkannten
Milderungsgrund. Daher kein lebenslängliches, sondern ein der Schari'a als Gesetz
angepasstes Urteil mit fixer Strafzeit. Das wiederum überlässt er dem Staat zu finden.

Genial!

Außerdem mokiert er sich über die Herren in Robe und ihren generellen
Imagewunsch, der so gar nichts mit der Realität des Volksempfindens zu tun zu
haben schein, im kolportierten Gedicht:

Traumberuf

Vom Sinne befreit sind Justiz und Rechte
Und nichts ist mehr so, wie ein Jurist es dächte.
Megalomanie hat die Richter geprägt,
Wobei schon jeder am nächsten Sessel sägt.
Jedes Verfahren eine Schau mit dem Schein,
Doch Recht und Gesetz bleiben einsam daheim.

Der Staatsanwalt spricht vor dem Schöffengericht,
Lügt die Hucke voll, mitten ins Gesicht.
Sanft schläft der Richter, seine Hand ist geballt;
Er weiß es genau: Er ist die Staatsgewalt.
Das Lügengespinst der Anwalt will lösen,
Doch strebt der Richter, nur weiter zu dösen.

Sein Spruch liegt im Akt, warum das Gehabe?
Der Tag geht vorbei, dann gibt's ein Gelage.
Ja! Burn-out und Suff, das Risiko nennt er.
Der Robenträger. Gesetze? Die kennt er.
Anwenden diese? Nur wenn's passt - er beschließt.
Schließlich wird er sonst nicht von Freunderln begrüßt.

Was ist ihm lieber? Recht, Gesetz oder Suff?
Freundschaft und Liebe? All das kriegt er im Puff.
Geht er nach Hause - dort trist ist die Stube
Und wenn's nicht mehr passt, er hüpft in die Grube.
Andere richtet nur ein geisteskrank' Kind,
Deshalb im Abschaum man die RichterIn find't.

Zuletzt widmet er seinem besonderen Freund am Landesgericht Graz, dem Vize-präsidenten Dr. Helmut Krischan, noch eine besondere Epistel, eine Art Gleich-nis, das er nennt:

Mutation

Er war unsanft entschlafen. Das heiß ersehnte Trio hatte, wenig überraschend, gekündigt, als es ihn erblickte und seine geliebte Eva, die ihm bis dahin immer die Stange gehalten hatte, war abgehauen. Sie vermochte nicht mehr, die Schabe aus-zuhalten, in die er sich verwandelt hatte. Er hatte damit den Seinen erneut immens geschadet, ihr gedeihliches Fortkommen stand auf dem Spiel. Entnervt äußersten alle den Wunsch nach einem Leben ohne das fast menschengroße Ungeziefer, in dem sie ihn nicht mehr zu erkennen mochten: Ihren Bruder und Verwandten im Geiste.

„Was wird die Zukunft weisen", fragt der Leser in Gedanken Franz Kafka, den Autor dieser Tragödie. Kritiker interpretieren die Dreiteilung der Struktur:

- Der Moment der Verwandlung als Ende von Gregors menschlicher und beruflicher Existenz.
- Das Zusammenleben mit dem Ungeziefer in der Familie und ihrer Be-ziehungen.
- Das schwindende Interesse der Sippe an Gregor

So erwachte er erneut in seiner Gestalt und Fetzen der Erinnerung an die letz-ten Aktivitäten überkamen ihn. Urplötzlich dämmerte ihm, dass sich etwas ereig-net hatte, etwas Grauenvolles, Ungeheuerliches, Unfassbares. Rege Fantasie und lapidare Realität hatten sich vermischt, als er so dahingegrübelte. Nichts mehr war selbstverständlich, alltäglich, normal. War er selbst seelisch abnorm? Weshalb wa-ren sie dermaßen grausam zu ihm, ließen ihn hängen? Wer hatte ihn verraten, wie einst Brutus seinen Imperator? Er verstand sich und seine Existenz als juristischer Künstler in einer ihn umgebenden, aber auch ihn vernichtenden Gemeinschaft von Spießern.

Dieses unheimliche Gefühl schattenhafter Ungewissheit, einer rätselhaften, ja amorphen Bedrohung, einer Exposition gegenüber einer schemenhaften Macht, es lähmte ihm alle Glieder. Sie hatte ihn schlussendlich selbst erreicht, begann ihn zu verschlingen, die kafkaeske, menschenfremde, zynisch-kalte Behördenbürokratie. Seine völlige Hilflosigkeit grämte ihn tief im Herzen. In seinem Albtraum schlich er, den anonymen Mächten ausgeliefert, durch ein unerforschtes Labyrinth von Entscheidungen des Menschenrechtsgerichtshofes in Strasbourg. Seine bisher allgegenwärtige Macht über das Schloss Karlau und seine Bewohner schien zu bröckeln, kein Zugang wurde ihm mehr zu den Akten ermöglicht.

Eine minutiöse Auflistung seiner bis dato legitimiert geglaubten, willkürlichen Entscheidungen raste durch seinen Schädel. Würde er wieder erwachen als Käfer, als Kakerlake? War er letztlich doch an der eigenen Selbstüberschätzung und Arroganz gescheitert?

„Ein erstes Zeichen beginnender Erkenntnis ist der Wunsch zu sterben". Der Spruch stammt von Kafka. War es nun soweit? Galt für genau ihn die Türhüter-Legende? Lag Wahrheit in ihrer Interpretation durch die Kritiker des Autors?

„Der Mann vom Land hat idealisierte und naive Vorstellungen über das Rechtswesen. Der Türhüter, der vor dem Gesetz steht, ist der Beamte, der zwischen Rechtsuchenden und Gesetz die Verbindung verhindert. Durch seine hinhaltenden Angaben verurteilt er den Mann vom Land zum sinnlosen Warten bis zum Tod. Lässt man sich auf die Diktion der Erzählung ein, beginnt also hinter der Tür das Gesetz. Folglich ist vor der Tür gesetzfreier Raum. So handelt auch der Türsteher, der sehr bestimmt auftritt und sich niemandem gegenüber zu rechtfertigen hat, entweder willkürlich oder er vollzieht ein dumpfes vorbestimmtes Schicksal."

War damit das Gesperre der Justizanstalt gemeint? Gibt es keine Gesetzmäßigkeit, keine Regel, wodurch der Rechtsheischende in die Sphäre des Gesetzes gelangen kann oder davon ferngehalten wird? Seine Suche nach dem Gesetz hinter der Tür wird durch das Fehlen einer Gesetzlichkeit vor der Tür plausibel, ja letztlich zwingend.

Die Qual dieser Gedanken ließ ihn frösteln, erzittern. Vorsichtig versuchte er, seine Gliedmaßen zu fühlen, ihre Beweglichkeit zu testen. Er erschrak, erstarrte. Es fehlten die Flügel, zwei Beinchen, doch die beiden Fühler schienen noch an ihrem Platz. Funktionsfähig. Er tastete seinen Kopf ab, fühlte einen Bart. Sein Körper fühlte sich geschrumpft an, doch pralle Stinkdrüsen im Hinterleib ließen ihn aufatmen. Die Stelzen unter den verbliebenen Beinen waren intakt.

Bang ward ihm beim Versuch, sich zaghaft zu erheben. Zuletzt kam er auf die Füße und richtete sich furchtsam auf. Vor ihm erblickte er den Spiegel an der Wand, im goldenen Rahmen. Er näherte ihm seinen Schädel. Es spiegelte sich seine Visage im Glas und das Unbegreifliche geschah. Er hatte sich zurückverwandelt. Aber die Frage blieb: War es zum Besseren? Wortlos grüßte er sich selbst mit den Worten: „Du bist es: Helmut."

Freiheit

„Die Justiz gibt Milch - Herwig frei", so lautete die SMS von Harry an Gigi und die anderen.

„Jetzt wird's spannend: Böse Jungs sind niemals zu alt für Mädels." So kommentierte sie ihre Weiterleitung an das Zwillingspaar, das ihr nach dem erfolgreichen Test in den Ohren gelegen war, diesen noch einmal wiederholen zu wollen. Der Validität halber, sagten sie schmunzelnd.

„Harry wurde damit widerlegt. Dies trotz seiner Beziehungen. Eigentlich gleichzeitig Harrys Niederlage, der sich mit einigen Mitarbeitern der Justiz aus alten Freundschaften erneut angefreundet hat. Die haben entrüstet abgelehnt, an so etwas auch nur ansatzweise zu denken. Für sie hieß es: Der sitzt lebenslang."

„Cora und Vera feiern diese Nächte durch. Er wird erst wieder am Montag erreichbar sein." Diese Einsicht brachte Rita und Helmut zum Schmunzeln. Beide saßen gerade mit Suzette in einem Café und studierten die Rückmeldungen und Leserbriefe zu den letzten Berichten in der Online-Ausgabe ihres Mediums. Alle wussten inzwischen von der gegenseitigen obskuren Beziehung zwischen Drache und Stier doch sie vermieden jede Anspielung an irgendein verwandtes Thema, da Martin bereits an einer beruflichen Chance für den Jungreporter strickte.

„Damit haben wir kein brisantes Thema mehr, oder?" Der Athlet brachte sein Problem auf den Punkt.

„Jetzt wird es spannend. Dr. Haber wird jetzt ebenfalls in die Bütt gebeten. Ich hoffe auf die richtige Entscheidung, denn nun steht alles auf der Kippe. Unser geplantes Magazin scheint im Aufsichtsrat nicht viele Freunde zu gewinnen. Was wirst Du machen, wenn der Auftrag jetzt endet?"

„Ich weiß was Du auch weißt und wir hoffen beide dasselbe. Jetzt können wir offenbar mit Herwig rechnen und der kann für uns beide die Lösung bringen." Rita klang hoffnungsvoll.

Suzette warf erstaunt ein: „Wieso der?"

„Der bringt interessante Ideen aus seiner Erfahrung mit, die Martin und ich gemeinsam herausgearbeitet, als unseren Vorschlag vorgestellt und diesen intern kolportiert haben. Das Echo war hervorragend."

„Chancen?"

„Real neunzig Prozent. Wer hat denn noch Kreativität in diesem Journaille-Kadaververein? Außerdem wird er niemals in Erscheinung treten, sondern vorerst nur die Studie verfassen. Erst bei Erfolg seine Ergebnisse vortragen und danach wird ihm kaum jemand noch etwas in den Weg legen können. Du kennst seine rhetorischen Fähigkeiten."

„Gut. Dann heißt es wieder mal: Abwarten und Tee trinken." Suzette wirkt zufrieden.

Herwig steht vor der Karlau und wartet wieder. Die Zwillinge wollten ihn abholen, nach Hause bringen und mit ihm durchfeiern. So ward es ihm mitgeteilt. Jetzt ist er gespannt. Ein Mercedes biegt in die Einfahrt ein und parkt. Ein soignierter Herr steigt aus. Offenbar ein Besucher.

Da - ein Motorengeräusch - doch das klingt wie ein Mofa. Genau das ist es. Begleitet vor einem e-Bike biegt es Richtung des Justizrebellen und die Beamten grinsen. Spott kommt auf.

Ein Uniformierter lästert: „Zu wenig Leistung gebracht, gleich viel PS kommen, wie Du verdient hast" - seine Kollegen lachen.

„Bist eben uninformiert." Herwig nimmt es gelassen. Er ahnt etwas und wird nicht enttäuscht. Zwei Jungs steigen von ihren Schmalspurgefährten und bitten Herwig um sein Gepäck. Auf einen Wink erscheint ein neutraler Kombi, der in der Nähe geparkt hat. Sie laden die verschiedenen Kartons und Schachteln ein, grüßen freundlich und fahren ab. Weiter wartet das Volk.

Ein Minibus tauscht auf, bunt verziert mit Blumen-Girlanden. Er hält in einigem Abstand und entlässt eine Horde Cheerleader. Gekleidet, wie ein Frühlingstag gerade zulässt, nackt wäre unerotisch dagegen, so prangen die Mädel mit ihrer prallen Weiblichkeit. Da wackeln Hüften und wippt es - der Justizwache bleibt der Mund offen. Das Damenkomitee bildet ein Spalier. Inzwischen ist eine Limousine herbeigeglitten, deren geöffnete Seitentür am Ende der Gasse zum Spießrutenlaufen auf das Opfer wartet. Melodische Harmonien klingen leise daraus hervor.

Die jungen Frauen haben inzwischen jede eine Karikatur einer Robe übergeworfen, die gerade bis zu den Hüften reicht, jede ein Blatt gerolltes Papier, einem Schriftsatz ähnlich, in der Hand. Damit prügeln sie theatralisch den Justizrebellen bis zur Autotür, in der eine Odaliske erscheint, geschmückt wie eine orientalische Haremsdame, die sich vor dem Mann verneigt, ihn ins Gefährt bittet. Die Spalierdamen umringen den Mercedes und jubeln. Herwig steigt majestätisch ein, nachdem er sich huldvoll bedankt und der halb Verschleierten die Hand geküsst hat.

Die Tür wird von einer der hippen Tänzerinnen geschlossen, der Wagen rollt davon, die Mädel tänzeln zurück in ihren Bus und innerhalb von Sekunden ist der Parkplatz leer. Bis auf den unbeachtet gebliebenen Hobbyfilmer, der alles auf seiner Kamera aufgezeichnet hat, um die verarschten Justizverantwortlichen später via YouTube zu beglücken.

Herwig lächelt seine Retterinnen an: „Wow, das war grandios. Sie haben sich vor Geilheit fast ins Hemd gemacht."

„Unerfüllte Wünsche sind was Grausames." Vera bestätigte seine Ahnungen.

„Gilt das generell?"

„Hast Du keine?"

„Ich sterbe für ein Curry und das Dessert danach."

„Un dulce olor a muerte?"

„Eher wohl nach Gabriel García Márquez: Crónica de una muerte anunciada."

„Perro que ladra no muerde."

„La práctica hace al maestro."

„Die wirst Du kriegen, mort ou vif, bis dass der Morgen graut."

„La mort est mon métier. Ich hab Urlaub bis zum Wecken, was soll's?"

„Pass nur auf, dass nicht in Deinem Nachruf steht: Le coq est mort! Schon mancher hat sich in einer Nacht übernommen."

„Sicher kein Caganer!"

„Ein was?"

„Eine Figur aus Catalunya. Sie steht für den Spruch: Menja bé, caga fort i no tinguis por a la mort!"

„Heißt es das, was ich denke?"

„Bien sur."

„Touché. Vera, er hat Dich schon wieder verarscht." Cora grinst ihre Zwillingsschwester an.

„Er wird es büßen: Con el culo al aire."

„Aber Vera, wer wird denn?"

„Er hat angefangen."

„Ihr befetzt Euch wie zwei G'schrappen im Kindergarten."

„Was sich liebt, das neckt sich." Vera will nicht aufhören.

„Hexe!" Herwig ist sich jetzt ganz sicher.

„Es wird Zeit, dass Ihr Eure Smarties bekommt."

„Salbei, Saxana." Damit hat er wieder ihre Aufmerksamkeit.

„Wer ist das, warum Salbei?"

„Sie ist das Mädchen auf dem Besenstiel. Sie sucht ein Weiberohr, um endlich Mensch zu werden."

„Nie gehört."

„Ein tschechisches Märchen. Vera darf mit dem Kehrgerät nicht etwas falsch verstehen. Sie darf drauf reiten - an Walpurgis wird sie wissen warum."

„Was soll das Weiberohr?"

„Aztekensalbei, Salvia, das Kraut der Jungfrau. In schamanische Zeremonien der Mazateken werden damit Visionen hervorgerufen, wird wahrgesagt. "

„Wie kommst Du auf das?"

„Alter rhetorischer Trick. Verblüffe alle mit irgendeinem Nonsens und Du hast Dein Publikum. Hat doch funktioniert, oder?"

„Scheusal!" Cora blickt ihn wieder einmal mit tiefgründigem Lächeln an.

„Wie soll ich sonst bestehen?"

„Friede?"

„Pax?"

„Mit zwei Tauben als Symbol?"

„Keiner Drachentaube wie mir?"

„Was ist das schon wieder?"

„Heraldik. Eine mythische Chimäre. Flügel, Beine und Schwanz eines Drachen zur Paloma Blanca. Schließlich ist er mein Tierkreiszeichen. Verwandt dazu ist die Sphinx, die von ,sphingo' herzuleiten ist, Griechisch für ,erwürgen'. Dazu fällt Euch sicher der Sphinkter ein. Jedenfalls ist dieser Dämon bekannt für sein todbringendes Rätsel. Meine individuelle Lösung für die Frage zum abendlichen Dreibein kann ich Euch nahebringen. Daher kommt vermutlich auch meine Liebe zu Denkanstößen und -Problemen. Schließlich sind Schimären auch gedankliche Trugbilder. Der Sieg über einen Drachen ist nach den Sagen meist nur durch überlegene List zu erringen. Außerdem ist er ein Symbol der eigenen Stärke, eine Art gut gemeinte Warnung für den Gegner. In China steht der ,Long' für die königliche Macht. Nicht zuletzt zu bedenken: Der Drachenkampf stellt eine Art Initiationsritus dar. Carl Jung interpretiert diese Auseinandersetzung im Zusammenhang mit einer gefangenen Prinzessin auch als eine zwischen der männlichen und weiblichen Seite der Persönlichkeit des Mannes, wie auch als ein Symbol für den Krieg gegen das Böse inner- und außerhalb der eigenen Person."

„Werden wir jetzt philosophisch?"

„Notwehr, schließlich steht mir eine harte Nacht bevor."

„Im wahrsten Sinne des Wortes, hoffe ich." Coras Augen blitzen.

„Wir sind da. Habt Dank für Euer Geleit. Speis' und Trank sind, hoffe ich, schon bereit."

„Labung für einen Helden, gewiss."

Die drei steigen aus dem Mercedes und begeben sich in Herwigs Wohnung. Über den Rest schweigt die Chronik. Etwaige Reklamationen wurden nicht vernommen, soll Gigi später verraten haben. Der Justizrebell war erst am Wochenanfang wieder telefonisch erreichbar.

Werkauftrag

„Martin schafft einen Job für Herwig", berichtete Rita ganz aufgeregt ihren Mitstreitern im Verlag."

„Wie das? Als ex-Knacki? Soll er einen Bankraub versuchen um die Sicherheitsvorkehrungen zu testen?" Harry war wie immer absolut positiv eingestellt, was allen wie üblich auf die Nerven ging.

„Nein, sein Thema lautet in etwa - abstrakt formuliert: Sind irgendwelche Erkenntnisse aus dem jahrelangen Nervenkrieg für die Bank nutzbar? Mein Schatz
sieht eine Joboption für Herwig. Dessen Erkenntnisse aus dem Nervenkrieg im
Knast sollen geprüft werden, ob etwas daraus für Belange der Bank adaptiert werden kann und mit welchen Erfolgsaussichten."

„Das soll Sinn machen?" Helmut klang skeptisch.

„Selbstverständlich glaube ich, dass der listige Justizrebell ganz etwas anderes
im Köcher hat, doch das wird er selbst mir niemals verraten." Ritas Statement ließ
die Anderen aufhorchen.

„Jede Chance wird er nutzen und ich bin mir sicher, dass er Erfolg haben wird.
Deshalb solltest Du ihn unterstützen, Helmut. Er wird einen Assistenten brauchen
und Deine Fähigkeiten, blendende Exzerpte zu schreiben, stellen eine unerwartete
Hilfe dar. Du machst so etwas fast aus dem Handgelenk und er hat eine laufende
Kontrolle der Qualität seiner Arbeit hinsichtlich der Verständlichkeit für die Putz-
frau, also für das Vorstandsniveau. Du kannst dabei nur gewinnen."

„Du hast Recht. Ich werde es ihm anbieten, denn er wird zu stolz sein, um
etwas zu bitten. Außerdem kann ich eine Auffrischung in andern Themen bestens
gebrauchen, denn im Moment herrscht wieder einmal nachrichtentechnisch
‚Saure-Gurken-Zeit‘. Bald wird sogar die gute alte Nessie wieder gesichtet werden."

„Wir haben uns zuletzt einen Artikel, nein, das ganze Insider-Magazin zu Ge-
müte geführt und Martin und unser Controller glauben beide, etwas darin entdeckt
zu haben, das sie neugierig machte. Man hat mir einen Artikel mitgegeben, der
auch mich faszinierte." Der Vorsitzende der Bank fuhr fort: „Ich würde gerne von
Ihnen einen Kurzvortrag hören, mit dem Sie sich inhaltlich identifizieren und der
mich ansprechen könnte. Situativer Test Ihrer Schlagfertigkeit und Situations-Rhe-
torik, die manche rühmen. Schaffen Sie das auf Zuruf?"

„Sie wollen riskieren, dass ich Sie langweile?"

„Sie haben 10 Minuten meiner Zeit."

Herwig erwiderte: „Wenn‘s nicht mehr wird, wenn Sie Zwischenfragen stellen
sollten. Gerne. Das Thema lautet:

Spinnweben und Wollmäuse

Im Strafvollzug sieht man besonders deutlich, wie sehr die Politik in engstir-
niger Verwaltungsarbeit und im Verwahrungsgedanken agiert und den Faktor
Bildung im Zusammenhang mit seiner Resozialisierungsaufgabe ignoriert.

Gerade Strafgefangene, die den ganzen Tag Zeit hätten, sich weiterzubilden,
ja sogar sich studierend auf das Wiederaussetzen in die freie Wirtschaft vorberei-

ten wollten, werden keine wie immer geartete Möglichkeiten geboten, die eigentlich auf der Hand liegen, wenn die Wiedereingliederung der Gestrauchelten in die Wertegesellschaft gewollt wäre. Das umzusetzen würde nur marginale Kosten verursachen, während die absehbaren Rückfälle der Entlassenen mangels rosiger Zukunftsaussichten die Volkswirtschaft und die Justiz erneut belasten. Dagegen stehen die gewohnten Wollmäuse und Spinnweben im Vollzug.

Inzwischen kommen manche Auslegungen des Gesetzes leicht verkrustet daher und zeugen von mangelnder Anpassung an die Entwicklung der Gesellschaft.

Das Strafvollzugsgesetz (StVG) normiert in seinem Wortlaut in § 20 Absatz 1, dass dem Verurteilten zu einem ‚den Erfordernissen des Gemeinschaftslebens angepassten Lebenseinstellung‘ verholfen werden soll. Das setzt voraus, dass der Vollzug diese aktuellen Erfordernisse auch kennt und die Fähigkeiten und Hilfsmittel besitzt und einsetzt, um seine Aufgabe gesetzeskonform zu erfüllen.

Selbstverständlich soll die Haft laut den Vorgaben des Gesetzgebers nicht dazu dienen, einem verurteilten Rechtsbrecher seine vorhandene Expertise in seinem angestammten Beruf zu rauben, was bei kürzeren Haftstrafen meist noch ohne Auswirkungen bleiben mag, im Bereich der Biomedizin oder Informatik jedoch als zwingende Folge derzeit billigend in Kauf genommen wird, bis die erste dahingehende Amtshaftungsklage Erfolg zeitigt. Dass einem zu Resozialisierenden durch die Haft seine Wiedereingliederungschance in den früheren Beruf amtswegig zerstört wird, interessiert die Vollzugsleiter bis dato nicht.

Recht auf Bildung

Wie üblich lernen ignorante Behördenleiter solche Fakten erst nach einer erfolgreichen Verurteilung der Republik, wenn das Arbeits- und Sozialgericht rechtskräftig erkennt, dass der inhaftiert gewesene Arbeitswillige mangels ausreichender Förderung seiner zuvor existierenden beruflichen Fähigkeiten statt eine ‚den Erfordernissen des Gemeinschaftslebens angepassten Lebenseinstellung‘ wieder vorzufinden, als maximal Hilfsarbeiter oder gar nur als Nachtwächter eingesetzt werden könne. Aus dem Mediziner wird dann durch die ‚Hilfe‘ der Justiz ein Langzeitarbeitsloser.

Allgemein ist es anerkannt, dass ohne einen Zugang zu Information mit Unterstützung durch die Informatik, sprich einem PC am Arbeitsplatz, die Chance auf einen Job nach der Haft für nicht handwerklich Tätige gleich Null ist. Die technische Vernetzung der Berufswelt ist inzwischen soweit gediehen, dass beispielsweise nicht einmal mehr eine Abmeldung zum System ELGA, der Elektronischen Gesundheitsakte, oder die Bestellung eines Zeitschriften-Abonnements ohne e-Mail oder Online-Zugang zur Website des Verlags möglich ist.

Ein Häftling darf, in den meisten Fällen zumindest, einen eigenen PC oder Laptop über die Anstalt erwerben, ebenso geeignete Software. Allerdings zu weit überhöhten Preisen, wobei diese Zusatz-Margen offensichtlich in unbekannte Kanäle versickern. Erfahrungsgemäß besteht für den Insassen noch dazu keine Chance, diese Software marktgerecht up zu daten. Was gleichsam einem Berufsverbot und einer strafrechtlich relevanten Unterdrückung vom Eigentum gleichkommen kann, weil der Betroffene nicht zeitnah sein Arbeitswerkzeug, die Software, auf den marktüblichen Stand bringen oder gar ein neues Service-Pack installieren kann, das er mit dem Erwerb der Software bereits mitbezahlt und damit rechtmäßig erworben hat.

So wäre er zwar generell für den Wieder-, oder nach langer Strafe erneutem Eintritt in das Berufsleben gerüstet, wäre nicht der Umstand gegeben, dass er nicht einmal sein Betriebssystem oder Office-Paket aktivieren und einen Großteil der mit derzeit Windows 8.1 als Betriebssystem mitgelieferten Applikationen ohne Webzugang schlichtweg nicht nutzen kann. Das ist faktisch eine Beschneidung seines Eigentums ohne jede rechtliche Deckung, denn ihm eine Software des Standardauslieferungsumfangs, beispielsweise das Nutzen eines Kalender-Programms oder ähnlicher Anwendungen zu verwehren, hält wohl keiner rechtlichen Prüfung stand.

Dafür noch etwa tausend Euro für Hard- und Software hinblättern zu müssen, stellt im Sinne des § 934 ABGB eine ‚Verkürzung über die Hälfte des wahren Wertes' dar, welche ein jeder Abgezockte einklagen kann. Mit der Maßgabe der Nachbesserung, dass also die Anstalt als verantwortlicher Vermittler des Erwerbs die miterworbenen Updates kostenlos und marktüblich sofort, also auf Abruf, diese bereitzustellen hat. Eine derartige Klage vor dem Handelsgericht steht jedem Betroffenen zu.

Gleichzeitig wäre eine diese Folge verhindernde neuerliche Verweigerung des Rechts auf den PC im Sinne des § 20 des StVG in der geltenden Fassung rechtswidrig, wie auch eine problemvermeidende Verweigerung des Erwerbs für andere Häftlinge im Sinne des Gleichbehandlungsgrundsatzes aus Artikel 7 Bundesverfassungsgesetz.

Grundvoraussetzung: Internet-Zugang

Ohne Webzugang funktioniert heute fast keine Anwendersoftware mehr, andererseits gibt es außer im gewerblichen Handwerk fast keinen Beruf mehr, der ohne intensive Informatik-Unterstützung ausgeübt werden kann. Außerdem sind lokale Lösungen seit Jahren nicht mehr existent, selbst Wikipedia, andere Wissens-Portale und Online-Nachschlagwerke sind nicht mehr auf Datenträger zu kaufen, nur mehr via Internet nutzbar.

Der ECDL-Führerschein, den ein neuer Nutzer sinnvollerweise erwerben kann, um seinen PC zumindest halbwegs beherrschen zu können, benötigt die volle Funktionsfähigkeit auch des Internet-Zugriffs. Einige Stunden testweiser Übung im Tandem mit dem Kursleiter können wohl kaum die berufsnotwendige Expertise gewährleisten, die ein Entlassener am Arbeitsmarkt dringend benötigt.

Dabei gibt es keinen wie immer gearteten Grund für diese Einschränkungen sinnvoller Webnutzung! Seit Jahren existieren einfache Lösungen für den eingeschränkten und gesteuerten Zugang zum Internet, wobei der benötigte Webserver die erlaubten Zutrittsbereiche wie Behörden-Sites oder Neustart, Software-Lieferanten wie Microsoft oder Adobe, Wissensportale wie Wikipedia, Lexika wie Leo, Medien wie ORF, Profil, Standard oder Bücher von Amazon und alle Download-Optionen regelt bzw. ermöglicht.

Hingegen darf jeder User derzeit jedes im Zeitschriftenhandel angebotene Ego-Shooter-Gewaltspiel nutzen, während das Online-Lesen eines aktuellen Wissenschaftsmagazins verboten wird. Auch für den ungebremsten Genuss schwachsinniger Soap-Opera-Serien gibt es keinerlei Einschränkungen, wobei dafür etwa 40 TV-Sender zur Auswahl stehen, während ein zielgerichteter Abruf von sinnvollen Filmen in sogar der Muttersprache eines Häftlings über Video-on-Demand-Anbieter um eine Flatrate von beispielsweise 9,99 Euro pro Monat, wie es Netflix anbieten will, verboten sein soll. Mit nachvollziehbarer Logik hat das alles nicht mehr das Geringste zu tun, wie ebenso wenig mit dem Strafvollzugs-Auftrag, den der Gesetzgeber normiert hat.

Das Dilemma des Insassen geht noch weiter. Wollte er sich für seinen Beruf ordnungsgemäß weiterbilden, müsste er - derzeit illegal - ins Netz. Dafür wird ihm nach dem Erwischen der PC monatelang abgenommen. Welch ein Hohn!

Gretchenfrage

Die durch das geltende Gesetz verpflichtende Weiterbildung durch die JA wird mit der Wegnahme des Arbeits- und Bildungswerkzeuges amtswegig verhindert, während der Vollzugs-Auftrag des Gesetzgebers zur Wiedereingliederung schlicht missachtet wird. Aktive Weiterbildung wird bestraft, während nur Verlegenheitsargumente aufgebracht werden, warum die geregelte Anbindung ans Web nicht erfolgt. Es verstößt gegen jede Logik, dass einem zu Entlassenden der Arbeitsmarkt-Chancen praktisch von der JA verwehrt werden, indem ihm verweigert wird, aktuelle Software zu nutzen.

Weil die Justiz es verabsäumt, ihm einen kontrollierten Zugang zum Internet bereitzustellen, ja sogar, welch Entlarvung der Perfidie, den Zugang zur Entscheidungssammlung der österreichischen Rechtsprechung, dem RIS, dem Rechtsinformationssystem des Bundes: www.RIS.BKA.gv.at. Vermutlich, um den verarschten Insassen keine Chance zu ermöglichen, auf Referenzentscheidungen der Oberstgerichte gestützte, berechtigte Beschwerden vorzubringen. Damit wird außerdem der Grundsatz der Waffengleichheit im Sinne des Artikels 6 der Menschenrechts-Konvention verletzt.

Dabei sind bereits alle Zellen mit dem TV-System vorverkabelt. Diese auch in den meisten Privathaushalten vorhandene Radio-Leitung nutzt der Internet-Provider UPC seit Jahren beispielsweise in Wien mit einer ausgefeilten Technologie und fast einer Breitband-Kapazität. In der JA ist dieser frei verfügbar, da keine andere Nutzung mehr existiert. Über ein lokales LAN-Kabel mit Konverter wäre somit jeder PC via LAN-Modem anschließbar. Das stellt technisch keine besondere Herausforderung dar und könnte somit jeder den kanalisierten, eingeschränkten Anschluss ans Internet darüber erhalten.

Gretchenfrage: Warum nutzt die Anstalt diese Option nicht?

Es scheint keine logische Antwort darauf zu geben.

Da die Freigabe der Sites bei einer bundesweiten Vernetzung der lokalen Anstalts-Router zu einem gemeinsamen Webserver zentral via Justizministerium beispielsweise vom Bundesrechnungszentrum erfolgen könnte, das diese Aufgabe sowieso schon für das Intranet des Bundes erfüllt, spricht kein Umstand gegen eine solche Lösung, welche den Auftrag des Gesetzgebers zur optimalen Wiedereingliederung straffällig gewordener Mitbürger in die Berufswelt rechtsgetreu erfüllen möchte. Oder sollen weiter aus Facharbeiten und Experten Hilfsarbeiter, Nachtwächter oder Rückfällige werden?

iXxxx-Welt

Die vernetzte Welt ‚draußen‘ simst, twittert, skypet und mailt anstatt bisherige Kommunikationswege zu nutzen. Wie soll ein auf Jahre Weggesperrter sich zurechtfinden, wenn er sich nicht darauf vorbereiten kann, nahtlos in diese neue Medienwelt einzusteigen? Die Kommunikation zu sogar seinen eigenen Anwälten per e-Mail wird ohne Web-Zugang verhindert, während inzwischen in den Gerichten bereits de facto der elektronische Akt existiert.

Die Weigerung der Justiz, den in Unschuldsvermutung einsitzenden (Untersuchungs-)Häftlingen den Zugang zum Recht und seinen Rechtsvertreter zu verwehren, grenzt an diktatorische Unrechtsstaat-Mentalität. Die zu Entlassenden weiterhin bei ihrer Wiedereingliederung zu behindern, entlarvt das rechtswidrig agierende System komplett.

Im Strafgesetzbuch und im StVG steht kein Wort darüber, dass die gebotene Abschottung von der Außenwelt durch die Haft die derzeit vom Vollzug stillschweigend in Kauf genommen und ignorant gebilligten Folgen vom Gesetzgeber erlaubt worden wären. Vielmehr besagt das StVG ausdrücklich, dass die Wiedereingliederung erste Priorität besitzt, damit der Staat nicht für die Gestrandeten und Gestrauchelten ein Leben lang aufkommen muss, mit der drohenden Gefahr, dass diese sonst aus Verzweiflung über ihr Arbeitslosigkeit und Chancenlosigkeit bei der Jobsuche das nächste Rauberl planen (müssen).

‚Ne bis in idem - nicht zweimal in derselbe Sache' lautet der Rechtsgrundsatz des Strafrechts. Wodurch wäre also eine Bestrafung eines Bildungswilligen gerechtfertigt, der zur Weiterbildung in seinem Beruf den Internet-Zugang dringendst benötigt?

Selten geht die Vollzugspraxis so sehr am Gesetzgeberauftrag vorbei, wie in diesem Fall und dies seit Jahren und mit einer Ignoranz, die zum Himmel schreit. Vielmehr ist die Anstalt sogar oft stolz darauf, die PCs monatelang abgenommen und den Internet-Zugang der Insassen verhindert zu haben.   So schafft der aktuelle Vollzug mit seinen geistig verkrusteten Vollzugsleitern die Rückfallquote selbst.

Ist das ihr Auftrag oder verstehen sie ihn so?

Frage an den Justizminister: Sollen diese Spinnweben am Strafvollzug weiter gepflegt werden oder kommt Lipizzanien endlich in die Gänge?

„Gefällt mir. Die Prophezeiungen Ihrer Fans und meiner Berater trafen ein." Der Vorstandsvorsitzende lächelte Herwig an: „Wollen Sie uns eine Werkprobe anbieten, die wir als Bank gebrauchen könnten. Ich bin bereit, das Risiko einzugehen, dass wir voraussichtlich nichts davon nutzen können, was Sie produzieren werden. Mir fehlen hier kreative Spinner, die unser Unternehmen weiterbringen könnten. Was haben Sie sich als Honorar vorgestellt?"

„Kommt darauf an, was Sie wollen. Ich biete Ihnen zwei Alternativen in ihrem speziellen Fachgebiet:

Eine konzeptionelle Studie zum Thema: ‚Umfassende Besteuerung des Handel mit allen Finanzmarktinstrumenten auf Basis Internationaler Richtlinien' oder eine Machbarkeitsanalyse zu den Diskussionspunkten der aktuellen Streitfrage: ‚EU-konforme Vermögens-Steuer.' Für beide Arbeiten benötige ich vorerst keine Mitarbeiter Ihres Hauses, nur einen sicheren Zugang zu Ihren informationstechnisch verfügbaren allgemeinen Bilanzunterlagen. Am einfachsten nur die in MS-Office lesbaren Dateien Ihrer Bilanzbroschüren der letzten drei Jahre. So vermeiden Sie alle Nachreden, mit einem Knacki zu arbeiten, denn diese Daten könnte ich mir jederzeit selbst mittels Scan beschaffen."

„Wie lange brauchen Sie etwa für die Arbeiten?"

„Wir können heute einen fixen Präsentationstermin in zwei Monaten vereinbaren, ich bin es gewohnt, termingerecht zu liefern."

„Was muss ich sonst noch Wichtiges wissen?"

„Sie haben zwei Optionen. Wir schließen jedenfalls eine Non-Disclosure-Vereinbarung ab. Zur beiderseitigen Sicherheit der Ideenhoheit. Entweder Sie erwerben die Studie zum Vollpreis mit Exklusivrecht für drei Monate oder kaufen sich ein Jahr Zeitspanne. Danach ist sie für mich wieder frei verwertbar. Im Falle einer Umsetzung, auch nur in Teilbereichen, werde ich full-time als Qualitätsmanager in Ihrem Projekt engagiert bis zum Go-live und in der Testphase bis zum ersten Release nach dem Go-Live."

„Wer leitet von unserer Seite als Projekt-Manager die Studie?"

„Martin und Ihr Controller."

„Was ist mein Risiko?"

„Sie agieren als Sponsor einen ex-Knacki oder erhalten eine Idee mit Potential."

Der Controller wirft ein: „Ich empfehle, das Risiko mit der Mindestoption einzugehen. Notfalls können wir es als Spende verbuchen."

„So sei es. Wie sehen uns am zweiten Dienstag im Juni wieder. Selber Raum, selbe Uhrzeit. Sie werden neunzig Minuten für ihre Präsentation haben. Viel Erfolg." Der Vorsitzende verabschiedet sich.

Die Manager dito.

Martin und der Controller zeichnen die Vertragsunterlagen und regeln die finanziellen Aspekte der Akontozahlung. Der Bankmann war sich klar darüber, dass er so die volle Leistung des Justizrebellen erhalten würde, da dieser sich keine Sorgen um dessen Miete und Essen machen musste.

Helmut wurde eingespannt, um die Inhalte der Studie als Pressenmitteilung zu formulieren. Dieser Kurzabriss erging als eine Art Exzerpt, ohne die Ergebnisse auszuplaudern, an die Teilnehmer des Präsentations-Meetings. Dazu fertigte Herwig die Agenda für den Tag. Sie würden beide auftreten und er würde Helmut die Chance geben, sich selbst zu präsentieren, da Martin darum gebeten hatte.

Fristgerecht lieferte der Rebell die Exemplare der Feasibility-Study vorab an die beiden Kontaktpersonen, um unliebsame Überraschungen zu vermeiden. Wunschgemäß in Englisch. Nur die Vorstands-Präsentation bereitete er in Deutsch auf.

Steuerstudie

Die Manager des erweiterten Vorstandsgremiums hatten sich im Konferenzzimmer versammelt. Auf ein Zeichen des Bankvorstandes begann Martin, begrüßte die Teilnehmer, wie es sich bei solchen Gelegenheiten als üblich eingespielt hatte und er gab das Wort an Helmut, der sich als dessen Assistent und Pressekontakt für den Autor der Studie vorstellte.

„Es ärgert mich immer wieder bei Diskussionen zu einer Reichenbesteuerung, vor allem aus der gewerkschaftlichen Sicht der SPÖ, dass die lapidare Antwort der schwarzen Gegner permanent lautet, die Vermögenden würden Österreich dann den Rücken zeigen. Wesentlich bei einem Steuerkonzept, das werden Sie jetzt dargestellt erhalten, ist es, den Reichern die Legalität geringfügig höherer aber konsequent abzuführenden Steuern nahezubringen, aber sie selbst als Person dabei nicht zu beachten. Sie sollen gehen, wenn sie es wollen. Reisende soll man nicht aufhalten. Die Steuern von allem Vermögen im Land und das in jedem einzelnen anderen Staat, sollen unantastbar hier beziehungsweise dort verbleiben, keinesfalls saldiert werden können. Dann nützt einem Vermögens-Traveller eine Ausreise schlichtweg nichts. Das Konzept und wesentliche Details dazu stellt Ihnen nun der Autor persönlich vor.

Daraufhin trat Herwig an den Platz neben seinem Laptop zur Steuerung der Präsentation einiger vorbereiteter Folien. Selbstverständlich hatte er neben dem direkt verbundenen Beamer auch noch einen klassischen Overheadprojektor angeworfen, damit keine Panne seinen Vortrag unterbrechen solle. Er begann mit einer kurzen Vorstellung seiner Person und setzte fort: „Die Bank hat eine Feasibility-Studie in Form einer groben Machbarkeitsstudie zum aktuell brisanten Thema: ‚EU-konforme Vermögens-Steuer' als Werkvertrag vergeben. Ich gebe zu, ich hatte zuvor schon einige Vorstellungen dazu dargelegt, um Ihren Vorsitzenden zu interessieren und habe diese jetzt im Detail ausformuliert. Es zeigt sich wieder mal, aus Büchern kann man sehr viel lernen, beispielsweise aus:

‚Das Kapital im 21-ten Jahrhundert' von Thomas Piketty.

Der Professor an der Pariser School of Economics stellt in diesem Werk die Ergebnisse einer außergewöhnlichen Arbeit vor, die auf einfachen Erkenntnissen beruht. Ich habe diese meiner konzeptionellen Arbeit als Basis zugrunde gelegt. Alle von ihm erfassten und geprüften Statistiken sind im Internet verfügbar. Das Buch ist ein Schatz an Informationen und es wundert mich eigentlich nur, dass bis dato keiner diese Möglichkeiten erkannt und veröffentlich hat. Folgende grundlegenden Überlegungen führen zum logischen Ziel:

Inhalte

Alle Vorgänger, die über die Ungleichheit in Einkommensentwicklung und Wohlstand forschten, hatten keine ausreichenden Zeitreihen zur Verfügung, mussten die wenigen Informationen und statistischen Werte meist nur der reichsten Staaten wie Frankreich oder England per Hand auswerten. Konnten somit keine Aussage treffen, die auf einer wirklich validen Datenbasis beruhten.

Die Theoretiker um Adam Smith, Thomas Malthus, David Ricardo im 18-ten, um Karl Marx, Friedrich Engels im 19-ten wie im 20-ten Jahrhundert auch um Nobelpreisträger Simon Kuznets waren auf Annahmen und davon abgeleitete Ursache-Wirkung-Analysen beschränkt. Ohne sie mathematisch-statistisch beweisen zu können. Die ‚Kuznets-Kurve‘, eine Glocken- oder Gauß-Kurve einer Normalverteilung, entstand Mitte des 20-ten Jahrhunderts. Noch immer, bevor die Einkommenssteuer-Daten der untersuchten Staaten in ausreichender Detaillierung verfügbar waren. Diese Kurve war in hohem Maß ein Produkt der Situation im kalten Krieg und die Schlussfolgerungen Kuznets sind allein schon deshalb zu hinterfragen.

Genau diese Mängel filtert Piketty aus den historischen Werken seiner Vorgänger heraus. Er fragt sich, warum diese ihre Theorien nicht eigentlich allein auf Basis von widerstreitenden Annahmen anstatt aus nicht wirklich vorhandenen Datenextrakten entwickelten. Ihm liegt weitaus besseres statistisches Material vor. Das ebenso nicht valide genug ist, um eine Zeitreihe über Jahrhunderte hinweg zu bieten, sodass auch er auf extrapolierte Werte angewiesen ist. Dies vor allem für die modernen Entwicklungsstaaten und die ärmeren Dritte-Welt-Länder. Doch Piketty und seine Doktoranden haben Erstaunliches geleistet. Eine einzigartige Datenbank historischer Erbschafts-, Einkommens- und Bevölkerungs-Entwicklung mit ökonomischer und soziografischer Information aufgebaut.

Aus dieser Quelle heraus analysiert der Forscher die Trends und weist den Theorien seiner Vorgänger im Zusammenhang mit seiner Datenbank die qualitative Aussagekraft ihrer Theorien nach. Er zeigt Gedankengänge auf, die hinter deren Ideen standen und relativiert die Abweichungen aus einer Ex-post-Betrachtung zu Anerkennung aller nicht absehbaren Faktoren und Parameter der geschichtlichen finanz- und sozialwissenschaftlichen Entwicklung.

Die Theorien beispielsweise des Karl Marx, der 1867 das erste Kapitel des historischen Werkes ‚Das Kapital‘ veröffentlichte, sahen das Industrie- anstatt des Bodenkapitals im Zentrum ihrer Betrachtung.

Kritik

2014 wird die Frage nach dem Informationstechnologie-Potential zu bewerten sein, geht man den logischen Denkschritt weiter, den diese Theorie aufzeigt. Bei Piketty fehlt dieser Schluss, was eigentlich erstaunt. Karl Marx kreierte als apokalyptische Vision ‚Das Prinzip der unbegrenzten Akkumulation‘. Diese wurde bereits in den Börsenwerten der wichtigsten Softwareunternehmen bestätigt, da laut Spiegel (Heft 52/2014) das Marktkapital der größten vier Unternehmen 1.454,8 Milliarden Dollar beträgt, wobei Apple mit 626 Milliarden Börsenwert seine Konkurrenten Microsoft (372,3) Google (338,3) und Facebook (208,2) zu diesem Zeitpunkt hoffnungslos hinter sich gelassen hat.

Die Ressource Information hat dabei eine besondere Stellung. Wissen wird nicht weniger, wenn man es weiter gibt. Somit passen Information und auch der Gesamtkomplex Bildung nicht in dasselbe Schema wie Gas, Öl, andere Rohstoffe, Immobilien, Land, Maschinen etc. Nur der Zugang zum Wissen ist beschränkt und daraus entwickelt sich eine Grenze dieser Ressource, die künstlich gezogen, aber auch verändert werden kann.

Piketty selbst hat mit seiner Datenbank, mikroökonomisch betrachtet, seine wichtigste Ressource an Information aus den historischen Zahlenwerken und Hinweisen aus der Literatur geschaffen. Doch lässt er dieses Faktum makroökonomisch in seine Schlussfolgerungen nicht einfließen, jedenfalls nicht detailliert ausgewiesen als einen derartigen Bestandteil. Das ist erstaunlich, doch strategisch klug. Mit seinem absehbar nächsten Werk, das vermutlich auch ein ausgefeiltes und realistisches Umsetzungskonzept für seine progressive Vermögensbesteuerung enthalten dürfte, kann sich der Professor noch bequemer hinauslehnen. Somit häppchenweise die Wirtschaftswelt mit Theorien bedienen, was einem Erfolgsautor sehr gelegen kommen mag.

Folgerungen aus dem Werk

Der Leser muss sich auf die aufgezeigte Gedankenwelt einlassen, sich für das detaillierte Nachvollziehen die Basis schaffen, um die Folgerungen zu verstehen, die eigentlich auf der Hand liegen. Als Resultat aller Überlegungen unterbreitet Piketty den Regierungen gesamthafte Regulierungsformen für die potentielle Einhebung einer Vermögenssteuer. Mit Rücksicht auf die öffentliche Verschuldung und die Finanzierung von sozialen Leistungen.

Dabei stellt er konzeptionell den Sinn dar, mit einer derartigen Steuer vorrangig zuerst die Staatsverschuldung zu minimieren, bevor die politische Gier auf die Verwässerung des Budgets überhandnimmt. Im Kontext einer möglichen wirtschaftlichen Verschlechterung der natürlichen sind die intellektuellen Ressourcen potentiell nahezu unbegrenzt. Wenn der aktuelle europäische Internet-Kommissar, Günther Oettinger, gravierende Investitionen in europäische Software-Technologien fordert, um mit den USA und Israel mithalten zu können, basiert diese Hausverstands-Überlegung des Politikers wohl mehr auf Intuition als auf erarbeiteten Ergebnissen. Er sagt jedoch mehr und zielführender das, was viele Wirtschaftswissenschaftler bis dato nicht in Experten-Worte gegossen haben. Dabei liegen die Folgen dieses Mankos in der alten Welt auf der Hand.

Umsetzungskonzept

Bereits Anfang 2015 haben einige ÖVP-Politiker den Gordischen Knoten ‚Steuerreform' unter den Gesichtspunkten Pikettys betrachtet und nähern sich mit einer Vermögenszuwachssteuer genau der Gedankenwelt Kanzler Faymanns oder, besser gesagt, jener der Gewerkschaft an. Bald werden sie auch auf folgende Idee kommen, die sich aus dem genialen Werk des Franzosen ableiten lassen. Ein Konzept zu einer solchen Steuer für Vermögende könnte folgend aussehen:

1. Es wird der reine Vermögenswert minus Verbindlichkeiten (Kredite, Darlehen etc.) per Steuererklärung erfasst, wobei das Finanzamt seine gespeicherten Werte bereits dem Vermögenden, Privaten oder Unternehmen, mitliefert. Die er gegebenenfalls zu berichtigen hat.

2. Vom geschätzten Vermögenszuwachs wird zusätzlich zu den abzuliefernden Ertragssteuern diese neue Steuer erhoben, welche unabhängig von Bilanzoptimierungen auf den Vermögensrohwerten beruht, also beispielsweise auf dem Verkehrswert von Immobilien oder des Maschinenparks.

3. Diese Schätzung beruht auf einem Prozentsatz an Zugewinn, die ein jeder Eigentümer redlich erwerben kann, der sein Vermögen aktiv managt. Hilfsweise wird der Satz von 4% anzunehmen sein, der laut ABGB jedem Privaten im Schadensfall als Verzinsung zugestanden wird.

4. Die Staffelung der Steuersätze soll die Leistungsfähigkeit von Manager und Kapital berücksichtigen. Beispielsweise im Verhältnis zum ermittelten Nettovermögen (in Euro) in sinnvollen Schritten wie im folgenden Beispiel mit musterhaften Parametern gerechnet werden.

Herwig leitet in der Präsentation auf das mathematische Rechenmodell über. Er stellte verschiedene Optionen in MS-Excel dar. Zuletzt ließ er als Grundmodell vom Beamer die folgende Tabelle an die Wand werfen. Sie wirkt selbsterklärend.

Staffel für Vermögensgröße	Nettowert Euro	gestaffelter Steuersatz	gestaffelter Schätz-Ertrag in % 4
Bis 1 Million:	1.000.000,00	0%	40.000,00
Von 1 bis 5 Millionen:	5.000.000,00	5%	160.000,00
Von 5 bis 10 Millionen:	10.000.000,00	10%	240.000,00
Von 10 bis 20 Millionen:	20.000.000,00	15%	560.000,00
Von 20 bis 100 Millionen:	100.000.000,00	20%	3.440.000,00
Von 100 bis 1.Milliarde:	1.000.000.000,00	25%	36.560.000,00
Über 1 Milliarde, Bsp.:	6.000.000.000,00	30%	203.440.000,00

Die Manager diskutierten danach eifrig und stellten minutenlang detaillierte Fragen, bis der Vorsitzende einschritt. „Danke für diese Präsentation. Ich gestehe, ich bin beeindruckt. Wir werden etwa in einer Woche entscheiden, was wir weiter damit vorhaben. Ich möchte Ihr zweites Angebot annehmen. Mich interessiert, was sie dazu entwickeln können. Selbstverständlich zu Ihren uns zuletzt genannten Angebotsbedingungen Sind Sie dazu bereit?"

„Dafür benötige ich durch die Urlaubszeit etwa drei Monate, also wäre ein Termin Ende September möglich. Dann haben Sie auch für Ihre Entscheidung etwas mehr Zeit."

„Same procedure. Wir sehen uns am ersten Dienstag im Oktober. Einverstanden?"

„Gerne. Schönen Urlaub wünsche ich allen, die sich dazwischen entspannen dürfen."

Die Versammlung zerstreute sich.

Bingo

Sie hatten ein Meeting abgehalten. Der Vorstand saß mit dem Personalchef und Martin zusammen. Sie berieten über eine spezielle Personalie: Helmut. Im Zuge der Präsentation der Steuerstudie hatte der junge Reporter Eindruck gemacht, als er die Wesentlichen der von Herwig vorgestellten Konzeptideen in einer kurzen bankinterner Pressemitteilung zusammengefasst hatte. Das war eine

Idee gewesen, die der Autor der Studie angeregt hatte, um den Managern zu beweisen, dass die zu den Steuer-Themen erarbeiteten Inhalte auch für eine Erwähnung oder einen Artikel in der Jahres-Bilanzbroschüre geeignet seien.

Martin schätzte es, dass sein Schützling den Mund halten und Reden des Vor-
standes oder Presseerklärungen punktgenau formulieren konnte. Er schlug vor,
die Bank möge die Studie detailliert analysieren. Bereits zwei Bereichsvorstände
hatten sich positiv über die Lösungsansätze geäußert und weitere interne For-
schungen zu den vorgebrachten Aspekten angeregt. Das sollte auch für den Justizrebellen eine Chance auf ein weiteres Projekt beinhalten.

„Was wollen wir denn damit erreichen? Bis dato habe ich nur verstanden, dass
es potentielle Steuern geben könnte." Die Wortmeldung des Personalchefs unterbrach die Diskussion.

„Ein internes Wiki der Bank schaffen, das gegebenenfalls zum externen Zu-
griff für spezielle Kunden ausgeweitet werden kann, beispielsweise zu unseren
Research-Informationen."

„Ein Wiki, wie Wikipedia, Wikileaks, Wikimannia und andere?" Verständnis-
lose Blicke der Manager trafen den Vorsitzenden.

„Genau. Das ist eine Software, welche ihren Erfolg darin schöpft, dass jeder
Einzelne die Inhalte mitgestalten kann. Die jüngeren Mitarbeiter werden sich
begeistert dranhängen und so kriegen wir gratis Wissen dokumentiert, das wir
sonst nicht schriftlich verfügbar haben. Als eine Art Wissensmanagement ein
hervorragende Chance. Wenn wir es schaffen, dass die Motivation übergreift.
Dazu brauchen wir ein Pilotprojekt und das scheint es zu sein."

„Mit einem ex-Knacki?"

„Genau das wird alles so spannend gestalten. Dass ein jahrelang Weggesperrter kreative Ideen einbringt, welche unseren Nachwuchs-Genies nicht einmal ansatzweise gekommen sind, jedenfalls nicht für mich transparent und nahvollzieh-
bar. Ich hoffe, dass diese Konkurrenz das Beste in unseren Mitarbeitern wecken
wird."

„Was ist mit dem Projektinhalt?"

„Ist im Moment irrelevant, doch wir brauchen ein Thema, in dem sich keiner
wohlfühlt, zu dem jedoch jeder mitverfolgen kann, was sich gemeinsam entwickeln lässt. Das hat uns dieser ‚staatlich anerkannte Narr' als Zuwaage mitgegeben. Er zeigte uns, dass wir etwas und was wir neu und anders gestalten können,
wenn wir uns beraten lassen wollen. Die Auseinandersetzung mit der Literatur
eines gepriesenen Ökonomen wie Piketty, gepaart mit seinem profunden Bank-
wissen, warum sollen wir das nicht nutzen?"

„Also ist sein inhaltliches Steuer-Lösungsergebnis für uns nicht wichtig?"

„Jedenfalls nicht vorrangig, da haben Sie Recht. Genau das hat er mir auch erklärt. Dann legte er mir dar, was ich Ihnen gerade als meine Idee verkauft habe."

„Sein Konzept könnte trotzdem einen Ansatz zum Risikomanagement beinhalten, an dem wir bald knabbern werden, wenn Basel weitere Ideen gebiert."

„Richtig und außerdem beachten Sie bitte: Wer, wenn nicht ein potentiell kriminell denkfähiger Experte kann uns helfen, die Regeln juristisch korrekt einzuhalten, weniger Steuern zu zahlen?"

„Da könnten sie allerdings Recht haben. Was soll davon dokumentiert werden?"

Der Vorsitzende fasst für das Wortprotokoll zusammen: „Der Vorstand beschließt aus gegebenem Anlass: Helmut wird Pressesprecher der Bank. Vorerst, zur Probe, mit dem speziellen Auftrag als interner Sprecher der Bank zur Umsetzung des Projektes Bankensteuer zu fungieren. Als ein situativ neu budgetiertes Projekt wird die Fortsetzung der Analysearbeiten an den Studienautor vergeben, der sich mit internen und externen Kräften verstärken soll. Er erhält den Auftrag, der Bank eine Studie zu erarbeiten, ob derartige Auswertungen generell und mit welchem Aufwand informationstechnisch umsetzbar wären.

Wir erwarten eine Laufzeit von etwa sechs Monaten. Als neues Tool wird ein internes Wiki geschaffen, das der Belegschaft nach einem Feldtest als Informationsdatenbank über interne Projekte und deren Fortschritte zur Verfügung gestellt werden kann. Wir erwarten von Herwig dazu ein Angebot. Einen Werkvertrag für ihn. Die Kosten des Wiki werden interne Aufwendungen. Bitte laden Sie Helmut für diesen Mittwochabend ein. Ich möchte mit ihm essen gehen, denn bei solchen Veranstaltungen lernt man auch die Manieren des Probanden kennen."

„Was ist, wenn er nicht entspricht?"

„Dann gibt es eine Prämie und gelegentliche einen Auftrag zu Formulierungen von Pressemitteilungen und anderes. Er ist doch Reporter? Also wird er gerne die Gage nehmen. Wir können seine Talente nutzen, wenn er als Person unsere Anforderungen nicht zu erfüllen vermögen sollte."

„Immer mit Tampon, Binde und Windel gleichzeitig unterwegs?" Martin war vorlaut.

„OB - ohne Blut. Ist doch eine gefragte Lösung für einen literarischen Mord. Nimm, was Du kriegen kannst. Ein befriedigter Mitarbeiter ist ein guter Mitarbeiter. Manieren kann man ihm mit der Zeit beibringen. Treffende Phrasen als Ghostwriter erschaffen zu können, das ist ein unbezahlbares Talent. Er weiß nicht, was er wert ist und als Reporter bleibt er ewig unterbezahlt. Schnappen wir uns das ungeschliffene Juwel und machen ihn abhängig durch eine Stellung, ein Gehalt und ‚fringe benefits‘, die er sonst nie erhalten würde."

Der Personalchef war kein Freund von euphemistischen Umschreibungen der Wahrheit. „Also lade ich ihn am Donnertag für Freitag zur Vertragsunterzeichnung ein, wenn Sie kein Veto einlegen, richtig?"

Im Aufstehen bestätigt der Vorsitzende diesen Vorschlag mit: „Bingo!"

Epilog

„Du kommst spät!" Unwillig sieht Rita auf die Uhr. Es ist sechs am Freitagabend vor Pfingsten.

„Ich war im Stress, sie wollten unbedingt noch ein paar markige Sätze für diese Pressemitteilung und Du weißt, wie pingelig Journalisten sind, was sie alles in ein paar harmlose Zeilen hinein interpretieren."

„Treffer, aber ich habe aus einem anderen Grund auf Dich gewartet. Wie erkläre ich es Dir am einfachsten? OK, lassen wir es im Telegrammstil ablaufen, als ein Quickie, wie einen Draft von Dir: Rita erklärt Helmut am Freitagnachmittag vor dem langen Wochenende an Pfingsten, dass nun seine Junggesellen-Herrschaft vorbei sei, er jetzt entscheiden müsse, ob er sie heiraten wolle."

„Wie bitte?"

„Du hast richtig gehört, ich will Klarheit, meine biologische Uhr tickt und ich bin gerade im Angebot, aktuell stark nachgefragt."

„Aha, Harry hat den Limes überschritten, den Rubicon vor sich, die Würfel geschüttelt und will Dich ehrbar machen?"

„Das kann meinen Mann nicht interessieren, nur einen eifersüchtigen Lover, der alles als selbstverständlich hinnimmt. Ich habe mich entschlossen zu heiraten, doch noch nicht entschieden, wen. Hast Du mich verstanden. Ich will Dich und jetzt. Wenn Du noch nicht bereit bist, werde ich Dich überzeugen, dass Du es sein wirst, Du allein und jetzt wähle: Ja oder nein?"

Als Helmut sichtlich zögert, herumdruckst, wartet sie einige Minuten und ruft dann ihre Freunde telefonisch herbei. „Anmarsch, Légion à moi!"

„Willst Du Dir die Chance nehmen, unsere Verlobung selbst bekannt zu geben, oder verweigerst Du den Antrag und meinst, es sei noch nicht soweit, nachdem Du mich wochenlang enteert hast?" Das Grinsen auf Ritas Lippen lässt Helmut Übles ahnen, doch sein Junggesellenhirn streikt.

Die Tür geht auf und ohne jede Begrüßung geht es los. Rita erklärt Suzette, dass Helmut beim letzten Examen als Ehemann diesmal noch kläglich gescheitert sei. Suzette mustert den Kandidaten und rümpft das niedliche Näschen. „Hallo! Zuerst mal. Also mit Helmut, das ist ganz einfach: Er braucht einen kundigen Nachhilfelehrer, der ihn überzeugt. Das beschließe ich als Expertin, und erkläre, das Problem kurzfristig lösen zu können. Andiamo ragazzi! Das gilt für alle ohne Ausnahme!"

Alle vier steigen in Martins Mercedes und Suzette lässt die beiden Männer erst nach einer geraumen Stunde bei ihrer einsamen Wochenendhütte im Waldviertel aussteigen. Dann wendet sie sich an Rita: „Vertrau mir! Sei Dir bewusst, dass ich dafür kassieren werde, wenn es ein Erfolg wird. Wenn wir bei Dir zu Hause sind, machen wir eine Girls night und Du wirst in die Geheimnisse einer guten Ehe eingeweiht. Sie besteht aus viel Arbeit und Toleranz. Einzige Frage: Ist er es Dir wirklich wert, oder alles nur eine Laune vor der Regel? Schließlich tickt Deine Uhr und Du wirst schnell werfen. Damit Dich auf ihn verlassen müssen, seine Fehler tolerieren. Bevor ich jetzt aussteige und den Startschuss gebe, musst Du vollständig sicher sein: Ja oder nein?"

Suzette blickt ihr in die Augen und wartet. Rita schließt ihre, fühlt ihren Bauch ein paar Sekunden lang und dann kommt es: „Ich will ihn, er ergänzt mich und ich liebe ihn."

„Okay Süße, dann erlegen wir das Wild!"

Sie steigen aus. Suzette pfeift schrill und wartet. Die Tür geht auf und beide Männer blicken interessiert auf die Lichtung.

„Ich brauch Dich, Helmut. Ein paar Minuten bitte."

Während Martin mit Rita die Kate für ein paar Tage Aufenthalt vorbereitet, geht Suzette mit dem unwilligen Kandidaten an den benachbarten Teich und erklärt ihm die Lage. „Helmut, ich habe Dir Aufgaben für meinen Mann anvertraut, Dir Vollmachten gegeben. Das war nicht ohne Grund, denn nur Männer können etwas Derartiges restlos und dauerhaft untereinander klären. Jetzt bist Du dran, Deine Widerspenstigkeit aufzugeben. Du bist ihr Bräutigam und ich wette, Du wirst nie wieder eine solche Frau kriegen, vertrau mir. Außerdem, bedenke Folgendes: Du bist nicht allein Herr Deiner Wünsche, Du hast Verpflichtungen, die Du erfüllen wirst. Nämlich …"

Er versteht, dass Martin ihn, Helmut, an Rita bestens erzogen zurückgeben werde, so wie vice versa er diesen, nach der Dienstreise, an sie perfekt diszipliniert retourniert habe. Sie schätze die gegenseitige Hilfe, die sich bisher beide, zuletzt er ihrem Ehemann, gegeben hätten. Die dieser ihm nun in Revanche gewähren werde. In der Zwischenzeit würde sie Rita in einige Geheimnisse des perfekten Ehelebens einweihen. Notfalls wären beide Frauen gezwungen, die Nachhilfe in Ehekunde selbst in die Hand zu nehmen, sollte ihr Gemahl Helmuts Widerspenstigkeit nicht restlos Herr werden, wie er es selbst umgekehrt geschafft habe. Das Leben sei wie ein Bumerang, ein Geben und Nehmen, alles komme immer wieder zurück. Jetzt würde ihr Gatte geben, ihn als Ehezögling einschulen und daran gemessen werden. Rita habe ihr alle Vollmachten erteilt."

Helmut wird frech: „Niemand wird mich zu etwas zwingen, das ich nicht wirklich will. Das werde ich Deinem Martin eindrücklich verdeutlichen, ihm die Leviten lesen und meine Äußerung signieren. Sehen wir mal, wie das Ganze ausgeht. Noch sind wir Männer, keine beliebig bespielbaren Marionetten für Euch Frauen. Für mich ist die Entscheidung noch zu früh. Ich werde wählen, wenn ich soweit bin."

„Wenn Du meinst, wird das schon stimmen. Ich will nur Dein Bestes, gehen wir!"

Beide kehren zu den anderen zurück. Rita verabschiedet sich und steigt ins Auto. Suzette möchte Helmut noch etwas Technisches zeigen, sagt sie, geht zur Tür. Alle drei betreten die Hütte. Suzette bittet den Athleten zum Fenster, übergibt ihm einen Set-Card-Umschlag und ein Päckchen mit der Aufschrift 'Sock' und den Worten: "Damit Du es immer warm hast." Von Martin verabschiedet sie sich mit einem langen Kuss und: „Dieser Junget wird ein exzellenter Ehemann werden, sicher besser noch als Du, denn er lernt ja von einem Experten. Bereite ihn drauf vor, was zu Hause auf ihn wartet."

Sie steigt wieder in die Limousine und gibt Gas, bevor Helmut eine Chance hat, das Päckchen genau zu studieren. Sie weiß warum.

„Und jetzt?" Rita ist neugierig.

„Dort, rechts im Handschuhfach, nimm Dein Päckchen heraus."

„Was ist drin, darf ich es aufmachen?"

„Nicht jetzt, das braucht Zeit. Du hast zwei Tage bis Sonntag, da komme ich zu Dir und wir trainieren gemeinsam. Lies Dir alles durch und sei Dir klar, dass Du am Montag die Rolle Deines Lebens spielen musst und wirst. Großwild zu jagen birgt immer ein Risiko. Nur ein erfahrener Jäger ist dafür geeignet. Es heißt nicht umsonst ‚game hunting', weil es immer ein Spiel bedeutet, eines um Leben und Tod. Helmuts nächste Sebastiana im Busch erlebt er als Bräutigam oder nie. Niemals. Hast Du das verstanden? Wir spielen eine Art Schach und beherrschen das Spiel. Nutzen wir den Vorteil. Wir sind unschlagbar von einem Amateur. Wenn Du versagst, ließ, was Dir blüht, auf der letzten Seite und ich meine das todernst."

Staunend blickt Rita auf ihre Freundin, verkneift sich weitere Fragen und schweigt, bis sie ankommen. Die Nacht wird lang. Am Morgen verabschiedet sich Suzette wie besprochen und die Braut ist allein. Sie grübelt und erkennt plötzlich, dass alles einen Sinn hat, einer unsichtbaren Regie folgte, die zu diesem Ziel führen musste. Ja, sie war bereit dafür. Mit ganzem Herzen.

Helmut reißt das Paket auf und staunt. Vor ihm liegen ein Kuvert, ein knallroter Sock, ein hellblaues Bändchen und ein lindgrünes französisches Strumpfband. Er öffnet den Umschlag, entnimmt mehrere Blätter und liest. Währenddessen hat Martin alles wie geplant vorbereitet und wartet. Auf der ersten Seite steht nur: „Du hast es so gewollt. Wer herrschen will, muss zuerst dienen lernen. Das weiß jede Braut."

Unwillig schüttelt er den Kopf und dreht das Blatt um: „Deine Kleidung bis Montag liegt vor Dir. Nur das Band, das wirst Du erst bei der Rückkehr tragen, an Deinem Ego. Die Fotostrecke zeigt Deinen Körper vorher und nachher, mit Deinem fantastischen Drachen-Tattoo aus der Sicht jener, die Dich eingehend betrachten können. Zuerst eine Totale, dann die Sicht nach dem Wirken der Triebe und zuletzt, wie es aussieht, wenn der Drache besiegt, sein Felsen bestiegen wird. Das ist die Vorlage für Martin. Du hattest die Drei als Zahlenbasis Deiner Lehrmethode zur Vollkommenheit gewählt, so sei sie auch für Dich bindend."

Auf Blatt drei stehen folgende Worte: „Ist es eine Masche, hat sie Dich in der Tasche, ist es ein Knoten, gehörst Du dem Boten, fehlt sie ganz, führst Du sie zum Hochzeitstanz. Wähle klug!"

Auf dem Strumpfband aufgestickt liest er die Worte des britischen Hosenbandordens: ‚Honi soit qui mal y pense' für ‚Ein Schelm, wer Böses dabei denkt'. Helmut erkennt sofort die Botschaft: Das Recht des Trägers auf die Herrschaft soll damit ausgedrückt werden. Der Sock, eine Hüftschnur mit Beutel für die Genitalien, komplett gesäßfrei, erklärt sich selbst. Ein letztes Blatt verbirgt sich noch im Kuvert. „Dreh die Fotos auch um", liest er. Die vier Fotos kennt er, sein Tattoo hatte genug Aufsehen erregt. Er legt die Bilder nebeneinander mit der Rückseite nach oben auf den Tisch, erbleicht und starrt fassungslos auf Martin.

„Genial, nicht? Ein wahrer Künstler, finde ich." Martin grinst süffisant. „Ich habe nicht den geringsten Zweifel, dass die Zeit Deiner Herrschaft damit endet, für Dich eine neue Epoche beginnt. Diese herrliche Einfärbung des Drachen und seinen Todeskampf sollte man im Tattoo nur situativ hinzufügen, oder siehst Du das anders? Was glaubst Du, warum Rita ihn Dir geschenkt hat? Nur wahre Liebe weiß, was sie dafür opfert. Du kannst jetzt gehen oder Dich kleiden, wie es geschrieben steht. Wähle klug!"